无疆

风起萧行 | 著

ENDLESS
BOUNDARIES

清华大学出版社
北京

内 容 简 介

　　在一次交通意外中，核物理学家夏天元失去了自己的妻子安平。夏天元舍不得妻子离开，在最新生物科技和计算机技术的支持下，夏天元让安平以人工智能程序的形式得以存在……

　　中国科学家克服了重重艰险，经历了生离死别，最终他们不负使命，其民族大义和家国情怀，为我们的民族创造了美好的明天。

　　所谓无疆，是众人对民族的爱无疆！是科技精英们引领科技，穿越时空行无疆！

图书在版编目（CIP）数据

无疆 / 风起萧行著. —北京：清华大学出版社，2020.7（2020.9重印）
ISBN 978-7-302-55392-2

Ⅰ. ①无… Ⅱ. ①风… Ⅲ. ①长篇小说－中国－当代 Ⅳ. ① I247.5

中国版本图书馆 CIP 数据核字（2020）第 068541 号

责任编辑：杜春杰
封面设计：刘　超
版式设计：文森时代
责任校对：马军令
责任印制：沈　露

出版发行：清华大学出版社
　　　　　网　　　址：http://www.tup.com.cn，http://www.wqbook.com
　　　　　地　　　址：北京清华大学学研大厦 A 座　　邮　　编：100084
　　　　　社 总 机：010-62770175　　　　　　　　邮　　购：010-62786544
　　　　　投稿与读者服务：010-62776969，c-service@tup.tsinghua.edu.cn
　　　　　质量反馈：010-62772015，zhiliang@tup.tsinghua.edu.cn
印 装 者：三河市金元印装有限公司
经　　销：全国新华书店
开　　本：170mm×240mm　　印　　张：24.25　　字　　数：363 千字
版　　次：2020 年 7 月第 1 版　　印　　次：2020 年 9 月第 2 次印刷
定　　价：59.80 元

产品编号：086987-01

目录

一、复　　活

　　早上 7 点 45 分，夏天元像往常一样开车路过学校门口。他降下车窗，注视着门口来来往往的家长和学生，这是他接送儿子养成的习惯。片刻后，夏天元驶离学校门口，他慢慢地将车窗关上，车窗外的光线随之变得暗淡。

　　两年前，夏天元的妻子安平在一次交通事故中去世，留下三岁的夏川。没有好好陪过儿子，是夏天元心中的遗憾。妻子去世之后，夏川一度和爷爷奶奶住在一起。夏川不知道妈妈已经离开了人世，全家人都哄着对他讲：妈妈去到很远的地方工作，要在夏川长大后才能回来。

　　夏天元总是爱做同样的梦：梦中是在自己年少的时候，他凭借着双脚往下蹬。身体慢慢飞起，不是很高，掠过树梢。当身体完全飞起来时，远处连绵的群山逐渐映入眼帘，那是他魂牵梦萦的贺勒山。他鸟瞰着大地，那山川、旷野，那呼啸在耳边的风声，令他沉醉。每次从这样的梦中醒来，夏天元的心情都非常好，快乐的童年记忆像溪水一样缓缓流过。

　　差不多两年半前，那时安平在医院里已经昏迷了三周。夏天元在那段时间里像是着了魔似的，他疯狂地学习和研究生物芯片的相关内容。在医院宣布安平脑死亡的前一周，夏天元曾一度把安平接回家中几天。在安平的生命衰竭报警的情况下，夏天元不得不请他在西坦最好的朋友——西坦人民医院脑外科医生胡相文的协助，把安平送回医院。胡相文组织脑科医生进行会诊，专家们向夏天元发出了安平病危的通知。3月18日，医院向夏天元开出了安平脑死亡的证明。

离开办公室前，夏天元关掉了计算机。在屏幕全黑的一瞬间，恍如人的思想飞逝而去。

"天元，晚上一起喝一杯，好吗？"在夏天元正准备离开办公室的时候，高中光叫住了他。

作为阳山研究所的副总裁和总工，高中光主导着研究所的里里外外。

阳山研究所的研究领域不仅是CHC集团的核心机密，也是国家的最高秘密之一。选择西坦这样的小城市作为研究基地，很大程度上是出于保密需求。

"好吧。"夏天元随口答应着。

高中光多年前在国外就迷上了喝红酒。在富江边的八峰山植物园右手边，有一间叫光影止步的红酒店，高中光总是喜欢在那里喝酒。他们从电梯直下到地下停车场，高中光快速地用遥控器开启了他的电动汽车，那是一部CHC集团最新的研究成果——T型电动汽车。夏天元识趣地收起了自己的车钥匙。

"怎么样？天元。要振作起来，你是研究所的核心！"高中光关切地说。

"我真的想时间能够止步呀！那样可以给我们多争取些时间。"夏天元平静地回答。

"是呀，我们现在就去找那种感觉。"高中光瞄了一眼夏天元说。车子在江边飞快地行驶着。

"给我开一瓶爱士图尔，我们20分钟后到。"高中光用车载电话和红酒店的人交代着。

安平比夏天元小两岁，但是安平是夏天元心中的姐姐。夏天元在遇到安平之前的生活非常简单：好好读书，正直做人，努力工作，这就是全部。安平是夏天元见过智商最高的女人，夏天元曾经想过：安平的智商应该有160，或者更高。安平生前从事高能激光的研究，她所从事的专业和课题，没有影响安平对夏天元和夏川的关爱和照料。安平离开北京，来到西坦加盟CHC集团后，不管有多忙，对他们父子俩的耐心和关心似乎从来不知疲倦，直到她遭遇不测。

"下车吧。"高中光停好车说。走进红酒店，迎面飘来了耐金柯尔的爵士乐，这种感觉是夏天元喜欢的。"今天我没有要房间，我们就在高台上喝吧。"高中光拉着夏天元走到窗边靠近江景的高台上。

"高总，晚上好。"一个女人过来和高中光打着招呼。"好啊，再好也没有你好。尊敬的晓雯小姐。"作为礼节，夏天元也转身和那位叫晓雯的女士点头示意。

"这是我的同事，夏天元，夏主任。上次我带他来你这儿时，你不在。"高中光愉快地介绍着。

"我刚从法国回来，在布艮地待了两周。"晓雯微笑着对夏天元说。

"真不错。"夏天元附和着。

"晓雯，今天我们来份炭烧牛排，再一人一份鹅肝。"高中光笑着安排了菜。"请拿三个杯子过来。"高中光补充道。

"好的。"晓雯转身去厨房安排。

"天元，喜欢这个地方吗？"高中光问。

"喜欢，有种怀念的感觉。"夏天元说。

"晓雯，今天你要好好和我们一起喝点。"高中光见晓雯走来大声说。

"好啊！高总，夏主任，和你们这样的大科学家共饮是我的荣幸。"说着，晓雯坐在了夏天元的斜对面。夏天元抬头看了下晓雯：这个女人感觉上应该是三十三四岁的年纪，人比较瘦，个子很高，应该在170厘米以上。妆容得体，有着一种成熟女性的魅力。

夏天元突然想起了安平，安平也差不多有170厘米的身高，只是没有晓雯那么瘦，安平不怎么化妆，她没有时间。夏天元不自觉地在拿安平和晓雯比较。

"天元，晓雯是西坦人，不像我们是外来户。"高中光的话把夏天元从走神的思绪中拉了回来。

"晓雯，你很优雅，没想到是西坦人。"夏天元冒出这么一句话。

"西坦是个小地方，但我们西坦人很真诚，很……"不知为什么，晓雯没有说下去。

"酒醒了 40 分钟了，差不多了。来吧，朋友们。"高中光说着举起了酒杯。

"天元，你也不主动敬一下我们晓雯女士。她可是咱们这里的名媛，和她共饮，那是咱俩的荣耀。"高中光看见夏天元有些走神，便示意他敬酒。

"哪里，高总您太抬举我了。你们是贵客，又请我喝这么好的酒，这才是我的荣幸呢。来，高总，感谢您。夏主任，咱们一起敬高总吧。"说着，晓雯举起酒杯望着夏天元。

"晓雯说得对！咱们一起敬一下高总。祝他快乐、顺利！经常领我们喝好酒，也把我带一带，尽快提高一下。上次我们过来你不在，高总给我做了一次红酒鉴赏的启蒙教育，让我受益匪浅！感谢老板，感谢老师。"夏天元赶紧端起酒杯向两人致意。

第二天来到办公室后，夏天元拿起电话打给胡相文。

"相文，我的技术难题有解吗？"夏天元问。

"理论上可以达到，我是说理论上。但是实操上不确定性非常大。"胡相文说。

"全靠你了。相文，你知道这对我意味着什么。"夏天元激动地说。

"我知道。可是，你真的决定了吗？"胡相文问道。

"决定了。你定时间，到我家里的实验室来。"夏天元说。

"好吧，但愿我们不要后悔。"胡相文说道。

夏天元在家里拥有一个最高等级的秘密实验室。实验室很大，也很神秘。整个实验室安排在别墅的地下室里。夏天元住的这栋房子，是 CHC 集团作为对核心技术人员的最高待遇安排给他的。别墅的位置相当好，离晓雯的光影止步红酒店很近，就坐落在富江东岸的八峰山南麓。夏川的爷爷奶奶去了杭州，别墅里只有夏天元自己。安平去世后，夏天元和儿子由保姆李梅来照顾。

夏天元用双重密码打开地下实验室厚厚的大门。他慢慢走下楼梯，一百多平方米的实验室里放满了计算机，大部分设备都是最近几个月才刚刚到位的。细心人会发现，每台设备的不显眼处竟然有个小标签，上面的加密编码竟然是军用级别。

夏天元走近小型冷库，里面有一个盛有液态氮的钢罐。夏天元拉开柜门，凝视着钢罐，一瞬间，他呼出的气息在浓浓的寒意中凝成了霜雾。

这时电话铃声响起，是特殊的咔、咔、咔的声音，那是夏天元和胡相文联系专用的电话铃声。

"准备好了吗？"胡相文问。

"好了，这两年以来我一直就在等这一刻！快过来吧。"夏天元兴奋而期待地说道。

胡相文是夏天元在西坦最好的朋友。两年多前，夏天元刚到西坦的时候，在研究所落成庆典前的那天晚上，夏天元的助手肖风行在布置典礼会场时，不慎从梯子上摔落。当时肖风行头部受重伤，被紧急送往西坦市人民医院。肖风行在当天值班医生胡相文的抢救下，得以生还。在救助的过程中及后续治疗期间，胡相文精湛的医术和从容淡定的气度折服了夏天元。在随后的交往中，夏天元得知：胡相文原来在上海人民医院做脑外科副主任医师，曾经在一次对高级领导的开颅手术方案上和科主任意见分歧，最终屈从了主任。主任错误的方案导致领导死在手术台上。当时医院压力很大，但主任背景雄厚，人脉甚广，最终大事化小。但因胡相文是主刀医生，顺理成章地要担负主要责任。责任认定下来后，胡相文愤而辞职，回到老家西坦。

警报系统的蜂鸣器在响，红色的指示灯在闪烁。从监控器上夏天元看到胡相文拎着两个大箱子站在门口。夏天元撤销了报警系统后，给胡相文开了门。

安平之前一直在北京的一家光学研究院里工作，她从事的高能激光的研究和夏天元的研究有很高的相关性。安平知道夏天元的研究遇到了瓶颈，在现实环境中，夏天元的研究需要同步卫星的支持。在计算机模拟中，实验环境和现实环境的误差值的分布，决定着这项实验的进展。从那时起，安平就默默地把夏天元的研究和自己的研究并案研究了。在某些细分的领域，安平的研究深度不知不觉中已经超越了夏天元，甚至已经走在世界的最前沿。

"开始吧。"胡相文说。

在工作台上，布满了密密麻麻颜色不一的线缆。"确认 UPS 系统的持续时间了吗？"胡相文问。

"3 套电池组，每组 30 块高能电池，两套主机，可以支持主计算机运行 72 小时。"夏天元回答。

两人小心翼翼地打开冷柜，抬出钢罐。在把钢罐放在工作台上后，夏天元马上给钢罐接上电源和各种各样的线缆。

"预计解冻时间 180 分钟。第 179 分 30 秒输入 300cc O 型血，温度 37℃。"胡相文冷静地部署，夏天元紧张地执行着。

时间一分一秒地走过，夏天元在低温的实验室里竟出了一身汗。

"准备输血。"胡相文喊到。

夏天元从恒温柜中取出血袋，接入钢罐，鲜红的血液汩汩地流入钢罐。

接驳的主机显示器开始有数据跳动：0110110111100011100100100010001······

"正常吗？"胡相文问。

"不知道，现在还不确定，但是显示有数据输出。"夏天元紧张地回答。

"植入电极，刺激视觉中枢、听觉中枢、语言中枢。"胡相文的声音依然平静。

主计算机的屏幕浮现出一张数码构成的脸，这是夏天元所设定的程序，触发的条件是系统开始接受有规律地输出数据。

"可以多大程度上复制？"夏天元问。

"要看我们的速度和存储空间了。"胡相文说。

"我们有 6 台超级服务器，24 核 48 路，最大内存 500TB。"夏天元说。

"应该够了。我们理论上有 48 小时，之后蛋白组织会逐步衰竭、分解。"胡相文说。

数码脸在一点一点地由平面变为三维。三维的层次加深，说明正在源源不断地获得数据的填充。

"每隔一个小时，给钢罐降一次压，注意控制钢罐内部温度的上升速度。"胡相文说。

夏天元和胡相文极为默契地配合着，他们所用的技术，在 CHC 集团内是最高密级的，但即便如此，还是引起了 K 国的密切关注。

"电能的无线传输和高能存储，太不可思议了！中国人是怎么想的，我想知道。"K 国国防工业公司总裁沃顿在公司战略研讨会上，对工业情报部的总经理阿尔蒙德说道。

"我还是坚持认为这是中国人的政治噱头，我看我们没有必要再浪费时间了。这么长时间、这么多人力的投入，不太值得呀！"阿尔蒙德不以为然地说道。

"让你的人深层次、全方位地了解，不要轻易下结论。"沃顿严肃地说。

"好吧，让我们看看中国人到底在搞什么样的把戏。"阿尔蒙德无可奈何地回复道。

K 国国防工业公司科技部的史密斯博士，从 5 年前就开始集中所有研究力量主攻"物质的瞬间转移"课题，这一课题的战略意义非同一般。史密斯博士是总裁沃顿最看重的天才。刚刚 40 岁的史密斯统领着国防工业公司科技部这一最高端、最核心的研究机构。史密斯的研究正在遭遇困境，他的困难不仅仅是技术上的，他的核心思路常常无法和其他研究员取得有效沟通，他和他的团队在"传输"的途径上意见分歧很大。前任科技部的头儿里奇博士和他的团队合作得很好，但是他们一直没有进展。几年前的一个圣诞节前，沃顿宣布由史密斯接任里奇，里奇担任史密斯的副手。

里奇博士的家世显赫，他的家族在 K 国的势力不可小觑。史密斯博士和里奇博士微妙的关系，是科技部里的公开秘密。史密斯可以在某种程度上理解里奇，但是他无法改变里奇和里奇旧部们对他的不满。史密斯初来乍到，以及普通的出身背景，使他在国防工业公司中缺乏号召力。

史密斯博士进入国防工业公司的审核，是由阿尔蒙德亲自主导的。经过 6 个月缜密的调查，阿尔蒙德为史密斯盖上了审核通过的印章。史密斯放弃了在国家物理研究所舒适的工作，进入国防工业公司工作，多半是为了沃顿的赏识。另外，他也一直想将停留在实验室里的理论运用在现实世界中。

"怎么样？"胡相文问。

"速度非常快，进展顺利！可以开始构建逻辑体系。"夏天元激动地回答。

从周五下午4时开始，到现在周六上午8时，两人已经奋战了16小时。

"从现在运行的速度来看，再有10到12小时就可以复制完毕。"夏天元说。

"越快越好，蛋白组织不能长时间保持稳定。细胞在休眠了那么长时间后会重新唤醒，这样的生化反应中的不确定因素很多，时间越长，风险越大。"胡相文说道。

"相文，你说她一旦苏醒，能够接受这样的事实吗？"夏天元担心地说道。

"应该可以吧。在她的最后时刻，我们已经在和她沟通相关的事情了。"胡相文说道。

"可是她当时是昏迷的状况，不知道我们沟通的有效性有多少？"夏天元担心地说。

"从我对她当时的大脑的综合反应测试来看，我认为你不用有太多的担心。再说事故中她的脑部受伤程度比较轻。"胡相文安慰道。

随着数据的不断填充，一张睿智而清秀的面孔已经浮现在显示器上。

"这是她30岁生日那天我给她拍的，那天她真美。"夏天元指着显示器说道。

"我想她会喜欢的。她的自我认知系统会让她看见自己最美的样子。"胡相文认真地说道。

显示器中，安平的面孔清晰地浮现着。她的神色安详，双眼微闭。三十多年的岁月没有改变这个单纯女人可爱的面容。

复制的工作又进行了8小时。不知不觉中，整整24小时过去了，两个男人不知疲倦地疯狂工作着。这时安平的逻辑思维框架已经完全建成。

晚间10点的时候，系统的"嘟嘟"声提示所有信息已经复制完毕。

"我要输入系统启动提示码了，相文。"夏天元紧张地说道。

"好，我太紧张了。"胡相文回答道。

夏天元也颇为紧张，他专注地看着信息数据，不自觉地低喃了两句诗："红墙已故青苔上，古道兴亡俱成荒。"

　　屏幕中的安平缓缓睁开双眼。夏天元呆呆地看着安平，那种感觉真是难以名状。那么靠近，却又感觉那么遥远。这时，屏幕中的安平竟然流下两行泪水。夏天元再也按捺不住自己的心情，掩面痛哭起来。胡相文松了一口气，悄悄地走到角落里，刚坐下便马上睡着了。安平的最后记忆信息告诉她，夏天元在她身边哭泣，那是两年前的事情了。他和她约定了系统启动码，就是这两句诗。之后，她在风中远远地飘去，思念是唯一牵着她的线绳，现在有人在牵动它。

　　"夏川怎么样了？儿子一切都好吗？"安平的声音从音箱中传出来。

　　"他很好，现在他和爷爷奶奶在一起。回老家过暑假。"夏天元轻轻地回答道。

　　"现在是什么时间，我的意思是哪一年？"安平问道。

　　"2030 年 8 月 10 日 22 点 31 分。"夏天元说道。

　　"时间过得真快，一下就两年多了。"安平轻叹道。

　　"回来了就好。"夏天元已经从和安平的简短对话中，知道了安平的系统在正常运转。

　　"有的东西再也回不来了，天元。"安平幽幽地说道。

　　"我会和你一起把它们拿回来的。"夏天元哽咽着说。

二、核心机密课题

夏天元从事的研究领域，在各个国家都是保密级别最高的。阳山研究所自成立以来，一直受到国内外情报机构的密切关注。电能的无线传输在工业、军事上的意义不言而喻。反物质介质的高能存储，更是颠覆性的概念。在上述的两个领域之外，夏天元近期又启动了最为核心和机密的课题——物质的时空跨越。这个领域是他的终极研究方向，恰恰这也正是史密斯博士的主攻方向。

夏天元的观念是：时间是空间的发散或收敛过程，即时间是空间运行的速度。夏天元的设想很直接，夏天元认为时间不可以独立作为一个维度，而只是隶属于空间的运动，一旦空间停止发散或收敛，所谓的时间将陷于停滞。当然，夏天元也不认为时间会长期保持停滞，夏天元觉得空间的运行是钟摆型的，在发散和收敛之间，两端各有停顿，但周期可能是无限长或者不能确定。

"天元，我老婆给我带了两支 NAPA 谷的 Screaming Eagle，2007 年的。晚上一起喝点？"高中光电话里颇为兴奋地说道。

"好的。"夏天元随声答应着。

在高中光的不断带领之下，夏天元对红酒产生了渐浓的兴趣。在或浓或淡的花香、木香、果香中微微沉醉的感觉是夏天元喜欢的，夏天元的生命需要那样的感觉。

依然是耐金柯尔的爵士乐飘荡在耳边。晓雯前一段时间把光影止步红酒店重新装饰了一下，临江的几间房外，种上了一丛一丛的芦苇，芦苇丛在视觉上和江水连成一片。

"夏主任，高总在宝雅克房。"晓雯在一旁提醒道。

夏天元回头看见了正向他示意的晓雯。"好的，谢谢。"夏天元回应道。

晓雯坐在沙发上正注视着夏天元，两人猛然的对视，让夏天元觉得有点恍惚，灯光下的晓雯手中拿着一本书，侧倚在沙发上。

夏天元发觉到自己的失态，只好迎着晓雯的目光走上前。

"什么书那么好看？"夏天元问道。

"哦，是《格调》，一本讲生活品位和社会等级的书，很尖刻。"晓雯微笑着回答道。

"哈哈，我喜欢福赛尔的风格，没想到他在中国也有女粉丝。"夏天元调侃道。

"我没想到您也是他的忠实读者。夏主任，您在读这本书的时候会有一种很过瘾的感觉吗？有没有觉得是拿着鞭子在抽打粗鄙的人和事呢？"晓雯注视着夏天元问道。

"说您是女粉丝我完全无得罪之意，只是觉得女人一般会反感那些过于刻薄的东西。"夏天元看到晓雯说得非常认真，以为她有些不快，连忙解释着说道。

"您误解了。我是粉丝，但仅限于他的这本书。他后来写的《恶俗》那本书，就有些稀松平常，语言也不像《格调》那么精准、到位。起初我担心是翻译的水平不行，后来读了原版的，还是觉得拼凑的感觉大。看来应该是作者江郎才尽了。"晓雯说到这里，停顿下来望着夏天元。

"《格调》是一本对我影响很大的书，我反反复复地读过很多遍，总是被作者尖刻而精准的语言所折服和触动。今天被您这么一提示，看来《恶俗》我不用花时间读了。"夏天元像是自言自语地说道。

"我知道很多人，尤其是男人不爱读这本书，是觉得自尊心深深地受到了伤害，您在读的过程中会不会不自觉地对照自己？"晓雯带着狡黠的笑，问夏天元。

"你们有完没完？行了晓雯，天元就是你说的那个对照者！这本书我看了一半，实在是看不下去了，我觉得完全是中产阶级以下的阶层在无病呻吟，矫揉造作！我直接把书送给了大厦的清洁工。"高中光过来拉着夏天元说。

"晓雯，你也别看书了。Screaming Eagle 可不是每天都能遇得上，喝完了，晚上你抱着你的书看个够。"高中光对晓雯也发出了邀请。

宝雅克房的墙壁上悬挂着巨幅的油画，内容却是沙枣树在戈壁中兀立着。看到夏天元对着油画入神，高中光说："这画和房间不是很协调啊，晓雯。"

"没有啊，高总。我觉得晓雯的搭配和设计很有特色，这幅画和窗外的芦苇丛非常合拍。"夏天元没等晓雯回答，就说了自己的观点。

"天元，你这家伙很会讨好女人嘛！晓雯这样的装修风格你也夸得出来，看来我担心你找不到女朋友，是我过虑了。"高中光望着晓雯，奚落着夏天元。

夏天元转头回望晓雯，觉得她的眼神有些闪烁。

"高总、天元，请入座吧。"晓雯连忙招呼他们岔开话题。

大家坐下后，晓雯给两人斟酒，请他们试酒。用 NAPA 地区当年评定为 10 分的赤霞珠酿造的美酒，一瞬间便征服了高中光和夏天元。

在史密斯对沃顿的汇报中，关于空间膨胀和塌陷的观点，赢得了沃顿的高度认同。在这期间，史密斯进一步提出了空间系的概念，史密斯认为：空间是分层分系的。不同级次、层系的空间处于不同的膨胀或塌陷状态。在两个或多个相邻的空间中，处于膨胀状态的空间和塌陷状态的空间，由于运动方式不同而存在明显断层，史密斯命名这种断层之间的间隔为"空间壁"。

沃顿曾经开玩笑，请史密斯在"空间壁"上开个洞，要足够大！史密斯当时的心情却一点也不能放松下来，他明白这将是怎样的一件浩大的工程，这项工程对资金、技术、能源、能量的需求和耗用都将是惊人的，而且这么大的投入还不一定有结果。

在办公室，夏天元向高中光汇报了自己在能量传输方面的想法。夏天元的主要思路是：将电能转化为激光，由地面站发射至同轨卫星，再由卫星群接力传播，最终在指定的地面站回收激光并还原成电能。高中光听了夏天元的汇报后，先是沉默了很久。突然，他从座椅上猛跳起来，抱着夏天元激动地说："天元，我听懂你说的了！我看见了我们的卫星群在太空闪耀！"

此刻，夏天元也被高中光热烈的情绪感染着。

"理论上讲，如果强调对地球包括两级的全覆盖，我们要拥有 5 颗高轨同步卫星和两颗极地卫星，实际上考虑到气象和地质情况，我们可能需要更多卫星。"夏天元望着高中光说。

"不用怕，集团会支持我们的，我们有庞大的 100 亿元的再融资计划。"高中光一边说着一边飞快地计算着可能的投资额。

"还有一件重要的事情，我想汇报，就是我们的研究思路上的新突破。这可能引致我们路径上的根本性变化。这种变化、改变将是颠覆性的。"夏天元一下子变得非常严肃地说道。

"哦，这是一个什么概念？天元你快说来听听。"高中光对无线传输的概念已经感到非常震撼，现在居然有更超越的思维，他的兴趣马上被再度调动起来。

"是这样的，我们在新能源领域面临重大突破。所里面通过强磁场对核聚变的渐进控制以及对热辐射控制已经取得了实质性进展。核聚变设施的小型化和实用化，目前在技术上已经基本攻克。我们现在的小型化水平和运用，正在将我们所研究的储能和传输变得失去现实意义。所以，我刚才给您汇报的无线传输的方案，可能来不及实施就过时了。"夏天元把可控的核聚变设备小型化的实践情况补充汇报。

"天元，科技发展太快，你说的我完全理解。这是好事儿！氢元素在地球上可谓取之不尽，用之不竭的资源，如果我们的聚变设施小型化，最终微型化得以实现，那能源的问题就彻底不存在了。哈哈，这种技术的运用伟大而神奇。"高中光顺着夏天元的思路自己又描述和展望了一番，他深深地为夏天元团队的努力精神和科技发展的趋势而震撼。

三、不一样的肖风行

肖风行最近事情颇多，他这一两年以来始终积极地、全面地接受胡相文为他设计的恢复训练。在脑部损伤治愈过程中，肖风行成了胡相文的好朋友。胡相文也很看重这个聪明精干的年轻人，再加上肖风行之前在上海治疗心理创伤时和胡相文的太太黄医生曾经多次交流，这层关系使得他们之间非常亲近。

胡相文6岁的儿子宋凯之知道肖风行精通截拳道，就黏上了肖风行。肖风行怀着对胡相文感恩的心，对小凯之非常好。小凯之最喜欢的就是肖叔叔带他去公园的草地上打滚、追逐。

当年在肖风行脑部伤患的治疗上，胡相文大胆地采用了植入生物芯片的方法。主要是当时肖风行的大脑运动和记忆功能区受损比较严重，传统的手段难以修复。情急之下，肖风行的父母在了解了胡相文的大胆拯救方案后，最终选择在芯片植入的方案上签了"同意"二字。夏天元的家庭背景和肖风行的家庭背景是极其相似的，他们的父母都是大学教师。所以，由夏天元主导的对肖风行父母的说服工作是最合适不过的。手术后，肖风行的恢复速度非常快，在恢复过程中，肖风行发现自己在阅读和记忆方面的能力超凡。只要是看过的东西、文字就会过目不忘。很快，肖风行又惊讶地发现自己的运动能力大幅提高。

肖风行的感情之路很有戏剧性。中学时代的他单纯而清高。良好的家庭背景和教养使得他和同龄人有些不同。父母之爱在肖风行身上体现得简单而不凡。同班女同学林凤深深地爱恋着肖风行，她多方设计和肖风行交往，总是有意无意地和他找话。班里的男生都看出来林凤对肖风行有意思，有男生上课时告诉肖风行：林凤正在看你呢。肖风行不好意思转头看，只是微微侧脸用余光往后排扫了一下。只见林凤正痴痴地望向他这边，羞得肖风行急忙转头坐好。林凤是班里最出色的女生，个子很高，上课坐在最后几排。她成绩优秀，是全班男生心仪的女生。知道林凤喜欢自己，肖风行的内心是喜悦的，但是肖风行是矜持的，他保持着外表的冷漠。直到一次文艺会演结束后，他对林凤说："可以等我一下吗？"林凤欣喜地点头说："好！"那天他们俩在文化宫边上的酒吧里喝了些啤酒，然后一路散步走出去好远。

　　作为夏天元的助手，肖风行清楚地了解他们这个课题的难点，而且肖风行隐约地感觉到夏天元近期的一些变化。肖风行和夏天元一样有坚强的内心和正义感。

　　肖风行的内心是寂寞的，两年前的一场变故，很大程度上改变了他的人生。林凤在大学毕业后到深圳，如愿地嫁给了肖风行。肖风行在别人眼中是最幸福的男人，当时的他经常幸福地思量老天对他的眷顾。

　　刚到深圳的时候，林凤还在北京工作。当时肖风行和林凤每天最幸福的时刻，就是下班以后两人留在办公室里打电话。

　　一年以后，经过种种努力，林凤放弃了在北京的工作来到深圳。团聚后，两人马上就体会到了不一般的幸福和快乐。他们两人一起去公园的湖边坐下，就像当年在北京读书时，他们在学校旁边公园的小湖边坐下一样，只是那么并排坐着就足够了！他们相伴在阳光下、晨暮中、细雨里，很多时候两个人可以不说话，有时候突然一起想说点什么，在转面相对的时候又突然觉得什么都不用说了，这时候往往是内心最快乐的瞬间。两人一起逛商场，看到很多东西都会想：这个摆在宿舍的什么位置，那个摆在宿舍的什么地方，一切都充满了喜悦和憧憬。

一个人走进你的生活和生命时，经常是润物无声的。但是当她要离开你时，你的心灵却早已习惯被她占据，这时别离就是刻骨铭心的痛和失落。林凤从他的世界里消失了，他甚至很少能想起她，这也许算是真正意义上的放下了吧！可是那个拯救过他，让他走出阴霾的拉拉，随后也像谜一样突然从他的世界里消失了，他对拉拉的思念在心中隐隐作痛。

　　肖风行的情感在较短的时间内，经历了两次重大的聚散离合。每一次，都让他从幸福的高峰直接坠落在谷底。妈妈曾经跟他讲：幸福只是内心的一种感受，程度的强烈等于现实的拥有对比预期，所以要想获得更多的幸福感，主要的手段是降低预期。现在想一想这些道理，肖风行不禁苦笑起来：自己已经失去了，等于没有了预期。然而幸福呢，在哪里？这就是人生吧。总是如意事少，不如意事多。也许，他的人生终将会这样随风而行，孤寂寥落。

四、黑暗时刻

一个普通的日子，因为魔鬼的存在和肆虐变得灰色甚至是黑暗。9 月 23 日，西坦实验小学门口发生了一起凶杀案。3 个孩子当场殒命，6 个孩子重伤被送到医院去救治。

平静的生活被突如其来的噩梦打破。当肖风行赶到医院的时候，小凯之已经浑身插满了管子，躺在重症监护室里。胡相文夫妻俩在门口相拥而泣，夏天元噙着泪水对肖风行摇摇头。

在那一刻，肖风行觉得周边一下安静起来，受害学生家属们的哭叫声突然远去。紧接着，他眼前一黑。那一瞬间，好在他用双手扶住了墙面。好一会儿，肖风行才缓过神来。他不知道自己能向胡相文夫妇说些什么才好，这时候任何的问候和安慰都是多余的。于是肖风行走向胡相文，拢起他的双肩用力抱了一下。胡相文努力控制着自己的情感，没有大声哭出来，但是泪水不禁夺眶而出。

离开医院，肖风行在网上全面搜索了有关校园惨案的相关信息：犯罪嫌疑人陈天明是一个 50 岁左右的中年失败男人。平时沉默寡语，为人内向，很少和其他人往来，自从几年前妻子带着女儿离家出走后，他自己的送水站也就此停业，之后邻居都很少见到他。

凭着肖风行的判断，案情比较简单。一个性格孤僻者，因生活失败而引起的报复社会的极端行为。

　　两天过去后，小凯之仍然待在ICU病房里。胡相文夫妇在病房门口一直守候着，肖风行也一直守候着。

　　"胡主任，您的孩子胸部被锐器贯穿，肺部严重受损，尤其是肺门结构损伤，情况比较严重。"主治医生王医生说道。

　　"一定要控制住感染，加速肺功能恢复。"胡相文拉着王医生的手一字一句地说。

　　"知道，我们在尽最大的努力，如果呼吸衰竭就糟糕了。"王医生在胡相文的情绪影响下，郑重地回答。

　　"拜托了！"胡相文有些哽咽地说。

　　"夏主任，我们有机会救救小凯之吗？"肖风行站在夏天元的办公桌前面低声说。

　　"风行，胡主任怎么说凯之的情况？"夏天元站起来走向肖风行说道。

　　"夏主任，我是问您是否能救救凯之？"肖风行提高了音量，望着夏天元。

　　"我吗？风行，你这是什么意思？"夏天元停下来，迟疑地看着肖风行问道。

　　"您从事的研究我不是很懂。但我知道自从安平姐去世以后，您一直在努力想让她能够回来。"肖风行再次放低了声音，他低着头根本不敢看夏天元。

　　听到肖风行这样说，夏天元感到非常震惊。"风行，你先去帮我把办公室的门关上。"

　　当肖风行关完门转身回来时，肖风行发现夏天元的表情相当严肃。

　　"夏主任，那是一次您和胡主任一起喝酒，那天是安平姐的生日。7月8日，我记得很清楚。您和胡主任都喝多了，喝的是您家乡的贺勒山东麓的加贝兰。"夏天元看着肖风行，用眼神示意肖风行接着说。

　　"您喝多了，是我把您送回家的。那天是晓雯姐开的车，路上您含含糊糊地说：要制造足够的重力场，把安平姐在车祸前接回来。"

"什么？风行，我真的当着你和晓雯的面讲了这样的话？这样的酒话和疯话你也相信？"夏天元掩饰不住自己的难堪和震惊说道。

"夏主任，您说的可能是酒话，但我不认为您做不到！"肖风行坚定地回复道。

夏天元极力地回忆着去年7月份那场酒。

去年7月8日，如果安平还在的话，那天是她33岁的生日。那一天夏天元和胡相文相约，在晓雯的光影止步红酒店畅饮。刚刚装瓶的是中国最有代表性产区贺勒山东麓的加贝兰。这款酒是高中光前一阶段强力推荐给夏天元的。高中光说，这是中国产区最好的红酒。高中光的评价让夏天元感觉到非常欣慰，夏天元的故土情节完全得到了满足。伴随着雄壮的单宁，饱满的酒体绽放出玫瑰花的香气和浓郁的奶油的味道，这样浓厚香醇口感的美酒，让夏天元和胡相文不知不觉一人喝了一瓶。

那是一个美妙的夜晚。看着窗外的芦苇丛，品着故乡的佳酿，和人生知己畅饮的感觉是夏天元内心深处追求的图景。要是安平在身边就好了，夏天元不禁浮想联翩。安平不怎么喝酒，但她喜欢陪着夏天元。刚毕业的时候，有一次同学聚会，正好赶上是安平生日的前一天。当时大家都兴致勃勃地聊着天，憧憬未来的发展。夏天元不小心说漏嘴，同学们知道第二天是安平的生日，都起哄说让夏天元搂着安平喝一个。安平望着同学们说，这是她人生最幸福的一天，然后举起酒杯一饮而尽。夏天元当时内心是震撼的，他知道安平的话是说给他听的。他们彼此相爱，但是这句话仍然深深地撼动了他的心。夏天元默默地看着安平连喝三杯，这种时候，夏天元知道不用去劝她少喝，而是由着她高兴去。

想到这里，夏天元当时忍不住笑了出来。胡相文非常好奇，就问夏天元怎么了，夏天元笑着对胡相文说，有一次安平一连喝了三杯白酒，突然坐下来睡着了。头发都泡在菜汤里，大家怎么叫都叫不醒。过了很久，安平终于醒过来，醉眼蒙眬地看了一眼夏天元，然后猛地吐起来，吐得夏天元衣服裤子上全是。聚会结束后，同学们都坏笑着，嘱托夏天元把安平照顾好。夏天元只能搂着安平坐在沙发上，安平醉得太厉害，不扶住就马上东倒西歪。每一次以为可以站起来，但都是起来吐了，又倒下。这样一直折腾了两三个小时后，安平终于可以站起来了，由夏天元搀扶着走出饭店打车送回宿舍。事后，安平从来不承认曾经喝成那样，反而严肃地跟夏天元说，不许他乱说。夏天元只好说自己记错了，其实安平根本没喝那么多，也没有醉到连她最喜欢的那双红色皮鞋都穿不住，更不可能掐得他的手上全是伤疤。这样安平才对夏天元点下头说："对的。"

胡相文听得哈哈大笑。他对夏天元说，完全可以理解，安平那么文静的一个女人，当然不愿意被夏天元揪着这件事情当笑料。夏天元那天趁着酒劲，让胡相文讲他的恋爱故事。谁知道胡相文也喝了那么多酒，居然可以控制自己。起初什么都不想说，只说以后有机会再讲。夏天元说，自己的故事分享了，胡相文不分享，太小气！要罚酒。

胡相文看到实在拗不过夏天元，就说："好吧，那我就坦白从宽吧。天元，我现在的婚姻是第二次婚姻，所以我不是很愿意提起。我的家族在西坦是望族，但是我的前妻宋晓云的家族在西坦比我们家更有影响力。她的父亲是我们军分区司令，我们俩是小学加中学同学。中学时代时她就向我表白了，可是我并不怎么喜欢她。当然，我也不讨厌她，只是对她没有特殊的感觉。"看见夏天元认真地在听自己讲，胡相文犹豫了一下，接着讲下去。

"那是很多年前了，我在上海读医科。你比我小几岁，如果我没记错的话，好像是小7岁。你不要看这7岁的差别，从人生经历上来讲，我们基本上是两代人了。当时看到同学们都去支援西藏了，我也想去。可是我有个习惯，就是大事会和家里人商量。于是，我就打电话给我的父母说了，他们不同意我去，因为我有不明原因的心悸和早搏的问题，但是我执意要去。这事儿没想到被我前妻的父亲知道了。我这位前岳父大人知道女儿一直喜欢我，他也是从小看中我。于是，他就告诉晓云，我和同学们去了西藏，并且跟她说：去拉萨把你的心上人，我未来的女婿找回来，用什么手段都行，看你的了。后来你可以猜到了，晓云在离拉萨很远的一家县级医院找到了我。她告诉我的每一位同学，她是我的女人，她现在要替我留在这里。但是让我回家，因为我的爸爸被车撞了，在医院里抢救。家里联系不到我，妈妈派她这个准儿媳找我，回去见父亲最后一面。天元，你知道吗？晓云当时声泪俱下，在场的同学全都被感动了，根本就不让我解释，便强行把我们两个人押到火车站，送上回西坦的车。"说到这里，胡相文非常动情，仿佛他一下又回到了当时的场景里。

夏天元完全沉浸在胡相文的诉说中，他内心非常敬佩那位叫宋晓云的女士。他好像特别能理解晓云的所作所为，他知道那女人是为自己的爱拼了。

"相文，我非常佩服这位晓云女士。我很想知道她那么爱你，你们的婚姻为什么会走向失败呢？难道是黄医生横刀夺爱，拆散了你们？还是另有隐情？"夏天元十分好奇地问道。

"天元，你尽在那里消遣我。还横刀夺爱呢！怎么可能？这就是我从来不提这件事的原因，这是我的伤心事！今天我就索性讲给你，我的好兄弟。我和晓云是在我大学一毕业就结的婚，当时我只有一个执念：我应该爱她，应该娶她，你能理解吗？"胡相文两眼直直地看着夏天元问道，直到夏天元肯定地点头。

"我们在西坦结了婚，之后她跟着我到了上海。我接着读研究生，她就那么陪着我。我研究生的同学都叫她小尾巴，因为我走到哪里她基本上都跟着。其实我知道大家都羡慕我，因为晓云人长得漂亮，对我又好。"说到这里，胡相文脸上流露出幸福。

"可是晓云太薄命了！我研究生毕业后，晓云怀孕了，她非常欣喜。当时她整天笑呵呵地说，一定要给我生个儿子，长大要像我一样有出息。我也非常兴奋，我的父母、晓云的父母，大家都沉浸在幸福和喜悦的憧憬中，可是不久之后，我人生的噩梦降临了。当时我刚到市人民医院工作，你知道医院的工作强度比较大，已经到了晓云的预产期了，我仍然经常加班。我们就住在医院的家属楼里，所以也没有提前住院待产。结果一天中午，我正在值班，晓云一个人在家，她突然出现了羊水栓塞。等到她呼救，被邻居送过来抢救，前后也就二十分钟的样子，她和孩子都没了。"胡相文说到这时，已经泣不成声。夏天元也被这一急转直下的变故惊得说不出话来，此时他不知道该怎样安慰胡相文才好。

胡相文举起酒杯示意夏天元碰杯，夏天元急忙端起杯子，两人碰杯之后都一饮而尽。

"在我失去晓云和孩子的半年时间内，我没有去工作。我向医院提出辞职，医院不同意，他们让我休病假，直到我恢复再回来。我没有去争执，是因为我觉得无所谓。在晓云的葬礼上，我给晓云的父母磕了头。我认他们做了义父母，请他们原谅并收下我这个不孝之子。当时一家人抱头痛哭在一起，我那种负罪感和内疚真的是难以名状。差不多两年之后的一次春节，我回到西坦，在晓云家过年。晓云的爸爸妈妈拉着我的手说：'儿子，爸妈老了，就你这么一个儿子，你要找个媳妇，给我们生个孙子。'天元，你知道吗，晓云的父母给我说这个的时候，我的心都碎了。我真笨，晓云去世两年多了，我才知道原来我是那么爱她。我这也算是先结婚再恋爱，失去后，才知道自己真的错过了。我曾经怨过晓云，她和我父母联手把我从西藏拉回西坦，她改变了我的人生轨迹。实际上，是她拯救了我！我的身体状况的确不适合在高原地区工作、生活。她去世后，我仔细品味着我们在一起的每一个瞬间。我这才清楚地认识到，那些都是我人生中最宝贵的片段。我们俩曾经一起看过一部电影叫《十月围城》，里面的男主在受命去赴死的时候，有一段内心独白：我决心为了伟大的事业去赴死。此时，我才知道我这一世就是为了这一刻。当时晓云拉着我的手，轻轻在我耳边告诉我：'这一刻，我才知道我来到这个世界上就是为了你。'"胡相文的诉说，完全将夏天元带到了他所描述的那些场景。他深深地被胡相文和晓云的爱情所打动，同时也让他想起自己和安平的往事。

"后来，我在我们医院遇到了黄丽婷，也就是我现在的太太。实际上她当时是我的心理辅导师。她是我的校友，比我低几级。她说她在学校时就听说过我的传奇爱情故事，听她这么说我才知道，原来因为晓云，我变成了学校和医院的名人。丽婷这个人非常伟大，凯之出生之后，她说服了她的父母，让我们的孩子随了晓云姓宋。凯之满月的时候，我们去派出所给他上户口。值班的警察非常不理解地问我们，为什么孩子不跟父母姓而姓宋。当丽婷把这个故事讲给民警后，在场的民警都不由得流下了眼泪。他们被丽婷的善良和豁达，还有我对前妻和她父母的情义感动了。再往后的事情你都知道了，凯之是三家人的孙子。哈哈，这个小子真有福气呀！"胡相文此时已经平静下来，他不再像之前那么伤心难过了。

就是这样，两个人彼此倾吐着，直到他们都喝多了。之后晓雯叫来了肖风行，他们一起把夏天元和胡相文送回家，至于路上夏天元有没有说关于引力场的事情，他自己则一点都记不起。

倒是醉酒的那个晚上，夏天元做了一个梦，这个梦让他一直记忆犹新。梦里夏天元回到了小时候住的地方，那是父母在学校里面的家属楼，5楼5单元10号。妈妈生病躺在床上，夏天元站在床边照顾着妈妈。这时，从远处天边飞来一条龙，龙一直飞到妈妈病房的窗户前。龙的表情非常狰狞，红色的眼睛像喷火一样，恶毒地盯着夏天元和妈妈。那条龙使劲想冲破窗户，但是始终不能成功。夏天元很紧张，一边盯着龙，一边往厨房靠。当夏天元从厨房拿到了一把尖刀，挡在病床前时，那条龙猛地转身，咆哮着向远山飞去。龙飞走后，全家人发现整个楼房沉没到了水底。水非常清澈，窗外的电线杆、自行车、汽车，所有的一切，好像整个世界都沉入了水下。一家人围在妈妈的床前，被哀伤的气氛笼罩着，外面的水随时会涌入。梦里的夏天元觉得，这应该就是世界末日吧。随后，就从梦中惊醒了。这个梦因为景象太真切，所以夏天元一直可以记得每一个细节。这样的梦，到底是怎样的内心活动的映射，夏天元无解。

猛的，夏天元从自己的回忆中缓过神来，当时肖风行正诚挚地望着他。"风行，我不知道应该怎样向你说明，你说的是事实。我在安平去世之后，一直想挽回这件事，但是以我现在各方面的条件和技术，仍然没有办法做到。"夏天元平静地向肖风行讲述着。

"夏主任，有什么我可以帮您做的吗？不论是凯之的事情，还是安平姐的事情，我都愿意以任何形式参与。"肖风行真切地说道。

"好的，我知道了。如果有这样的机会，我一定会请你帮忙的，相文是我的好兄弟，他的事情只要我能做到，我会毫不犹豫地去做的。放心吧，风行。"被肖风行的真诚感染了，夏天元的回答也非常诚挚。再想起胡相文的人生，夏天元真的觉得老天对他们太不公平了！那么好的一家人，现在却落得如此悲惨的结局，自己真的要能做些什么就好了。

肖风行离开夏天元的办公室后，又直接去了医院。坐在监护室外面的走廊里，肖风行觉得自己除了陪同一起悲伤，没有任何办法。这种无助、无奈的感觉让他的思绪一下飘回到了从前。

那是在肖风行和林凤结婚后两年左右的时候。肖风行每天做着程序开发和系统建设的工作，虽然收入待遇都不错，可是比起林凤的出色表现和发展势头就太普通了。那时林凤通过自己的努力，做到了一家会计师事务所的合伙人。虽然要开始承担所里的相应费用，但是已经从普通的打工者变成了老板。这样的变化让夫妻俩既兴奋又紧张，随着林凤的事业发展得越来越顺利，肖风行明显感觉到了一些变化和压力。

肖风行和林凤短信里最多的沟通是这样的：林凤发消息给肖风行说，要加班，要出差，让肖风行自己照顾好自己，不用管她。肖风行内心是矛盾的。一方面他觉得林凤太辛苦，另一方面，他也觉得压力很大。在传统的观念下，肖风行感觉林凤的事业发展得比自己顺利，赚的钱也比自己多。作为一个男人，还是内心不甘和失落的。

"宋凯之小朋友的病人家属在吗？"监护室的值班医生从门缝里探出头张望着喊道。

"在，我在这里。"肖风行一下从自己的回忆中跳出来，连忙答应着。

"病人苏醒了，可以给你们 20 分钟的探视时间。"医生平和的语气传递着福音。

肖风行马上打电话通知胡相文，没一会儿胡相文满怀喜悦地匆匆赶来。肖风行央求值班医生说要和胡主任一起进去探视凯之一下。值班医生征询地看着胡相文。"他是孩子的叔叔，我们一起进去吧，谢谢您。"胡相文轻声地对值班医生说道。

"好的，胡副院长。你们先进去，我去帮您通知一下黄医生。"值班医生说的黄医生是胡相文的太太，她在医院的心理科任主任医师。生命中真的充满着巧合和缘分，黄医生正是几年前在上海治愈了肖风行心灵创伤的贵人。

换好隔离区的衣服后，肖风行跟着胡相文走入监护室。冲入眼帘的是白色布帐，各种仪器和闪烁跳动的屏幕。小凯之静静地躺在病床上，他的小脸儿上苍白得没有一丝血色，小小的嘴唇干裂着。

"凯之，爸爸和小肖叔叔来看你了。"胡相文轻声呼唤着儿子。病床上的凯之微微睁开双眼，眼神里一闪而过的欣喜，马上又被痛苦的样子取代。

"爸爸，我疼。"小凯之委屈地对着爸爸诉说。

"爸爸知道，爸爸爱你，你很快就会好起来的。"胡相文安慰着儿子，哽咽着说。

"凯之，赶快好起来，叔叔带你去草地上打滚、踢球，好不好？"肖风行轻声说道。

"好，小肖叔叔，我要去八峰山的大草坪上玩。"凯之有气无力地回应着肖风行。

看到小凯之那么虚弱的样子，肖风行心里难受极了。这时凯之的妈妈黄医生走了进来。小凯之一看到妈妈，马上哭了起来。

"妈妈，我想你，我难受，呜……"

肖风行知趣地退出监护室，让他们一家人单独待一下。听着孩子呜呜的哭声，肖风行忍不住也掉下了眼泪。

五、安平的世界

　　经过了几个月的适应期，夏天元和安平逐渐习惯了新的生活和沟通方式。很多时候，夏天元觉得自己就是在和安平视频聊天，这样的状况真的像他们跟夏川说的，妈妈到远方工作了。

　　"天元，你知道吗？我觉得自己像鬼魅一样漂浮在计算机和网络里，这种孤单和沉寂的空间让我不知所措。"安平向夏天元诉说着。

　　"亲爱的，你说的我都可以想象出来，也可以理解。按照我的计划，我不会让你长期栖身在数字世界里。但是你知道要跨出这一步有多么的复杂和困难。"夏天元无奈地看着显示器中的安平说。

　　"上次你跟我说，你们在光影止步红酒店里喝红酒，你说那个酒店的装修风格你很喜欢，是什么样的风格呀？"安平像是不经意地问夏天元。

　　"哦，原来是普通的西式风格，墙壁上和屋顶都用油画来装饰的，临江的窗外的小池塘里种着莲花。前一段不知道什么原因，他们重新装修了，现在的风格更加简约。最棒的是小池塘里的莲花，全部换种成了一丛一丛的芦苇。"夏天元在说到窗外的芦苇丛时，不禁流露出欣喜的神色。

　　"我知道你喜欢芦苇。你原来老跟我说，你小的时候，在春天你们采摘芦苇叶用来包粽子。到了冬天，你们在结冰的湖面上滑着冰车，滑累了就用手揪着芦苇秆，下面用脚一踢整条芦苇就到手了，然后那条芦苇就像标枪一样被你们投出去。"安平轻柔地倾诉着那些景象，宛如回到了夏天元少年时的冬天。

"你知道吗？亲爱的。这么多年以来，每每让我想起故乡，想起童年的时光时，最让我魂牵梦萦的就是这些。在湖面上，北风的呼啸响彻整个天地。芦苇枯黄，寒风卷过的那种苍凉之美，铭刻在我心中。"夏天元动情地追忆着北方冬天的旷野。

"天元，这些不但在你的心里，也永远印在了我的心里。"安平望着夏天元幽幽地说道。

"晓雯是哪里人？"安平把夏天元从儿时的回忆中唤了出来。

"她就是西坦本地人，怎么了？"夏天元不解地问道。

"我觉得她喜欢你。"安平平静地看着夏天元说。

"又是你们女人的直觉。"夏天元用鼻子哼着气，调侃着安平。

"不知道，我现在不是普通女人。"安平看出夏天元调侃的神色，也回了这么一句给夏天元。

"是的，你现在是小飞侠。哈哈，来无影去无踪的小飞侠，当然不是普通女人。"说到这儿的时候，夏天元突然觉得自己说得有点过了。

"天元，我没跟你开玩笑。好了，不说这个了，你妈妈的身体怎么样了？"安平见夏天元没正形，就转了话题。

"不好，而且衰退的速度很快。"说到妈妈，夏天元神色一下黯然了。

"我的事情，你和你家里人说过吗？我是指我现在的状况。"安平问道。

"还没有，但是我想先告诉我妈妈。她那么爱你，如果她知道你现在仍然存在着，无论是以什么样的形式，妈妈都会很高兴的。你车祸之后，妈妈的身体是个转折点，我觉得她一下不比从前了。"夏天元征询地看着安平。

"你决定吧，我觉得我们这一关是迟早要过的，如果对你妈妈有帮助！我家里你就先不要跟他们提了，我爸的心脏不好，好容易接受了我走了的事实，现在又告诉他女儿像魂魄一样飘荡，我担心他受不了。我想儿子了，跟奶奶说了以后，让奶奶保密，我要和川儿见见面。"安平对儿子的思念之情溢于言表。

"知道了，我先和我妈妈说一下吧。我回家一趟，当面给我妈说清楚，让她悠着点告诉我爸，老头的心理承受能力有限。"夏天元一边计划着回老家一趟的事儿，一边回答着安平。

"我研究了你妈妈的病情，我跟你说一个学术名词：大脑皮质基底节性变。通俗地说，就是渐冻人综合征。"安平小心翼翼地对夏天元说道。

"不会吧，爸爸一直说妈妈是脑梗引发的语滞和行动困难，当地医院的医生们会诊也是同样的结论。"夏天元惊异地望着安平。

"个体存在差异，一般来讲，从发病到器官衰竭导致病人死亡是 6 个月到 2 年，也有特例。例如霍金发病后仍然存活了 30 多年。"安平无法用手去抚慰夏天元，只能静静地说，默默地看着夏天元。此时安平才明白想要一个拥抱有多么遥不可及和困难。

"K 国国防工业公司科技部有一个叫威尔·史密斯的人，他之前在黑山的一家科技研究所任职的时候，发表过一篇文章论述量子纠缠。他当时的观点是：一个事件中产生的一对或多个量子呈现运动和变化的趋同性，不受空间和时间的影响。我看了他的文章后，有很多启发。那是他几年前的论文了，估计他现在应该有了新的突破。"安平不想让夏天元一直沉浸在对妈妈的担心中，于是她转移了话题。

"同一事件中产生的，我觉得是问题的核心，也就是说，这些粒子在被创造出来的同时，它们的运动和变化已经被注定了。这包括它们的自旋方式和波动的频率，注定这一切的只能是当时的场。场的强度和场内的波的频率注入了这些特性，给予这些量子变化的趋同性，这可能就是我们观测不到，但明显存在着的暗物质在发挥的应力作用。"安平接着补充说。

"应力？解释一下什么是应力。"夏天元不解地看着安平问道。

"这是我对暗物质，也就是虚粒子发生作用的命名。我的意思是：它以我们无法理解的方式对小到粒子，大到宇宙发生的作用。我的理解，应力的主要作用体现在对引力的克制。在这样的应力影响下，原子结构保持稳定，电子不至于坠落到原子核中。宇宙总体保持膨胀发散，虽然局部的塌缩在重力的作用下，随时在发生。应力不同于我们可以观测到的弱力和强力。"安平用严谨的科学语言向夏天元讲述着她的量子力学的观点。

"是的，亲爱的。你解释得太好了。这就像是我们在正态物质中研究的四大力，但是我们对暗物质之间力的作用完全没有介入方法，甚至没有数学公式。之前我也一直在思考暗物质对于时间和空间的影响是怎样作用的，现在被你一下讲得有点儿开窍了。之前我非常担心，如果我制造出一个重力场，有可能引发系统性的连锁崩塌。现在看起来，局部重力场只要在一定强度内，它的引力效应会被应力制约，而不会无限度连锁反应下去。"夏天元有种醍醐灌顶的顿悟感，他兴奋地回应着安平。

"史密斯有一个观点我特别费解，不像是物理学观点，而像是哲学观点。"安平有些犹豫着说。

"什么观点？"夏天元马上问道。

"史密斯认为：暗物质以能量的形式，或者其他不可知的形式存在，暗物质的存在使宇宙万物的确定性变化中隐含着不确定性。"安平把这句拗口的话说给夏天元。

"类似这样的观点波尔也提过。我现在的理解是：尽管构成宇宙的每一个微粒和波动都是按照其产生时就已经注定的方式在运动和发生作用。但是，因为宇宙的无穷性，使得汇总的集合体呈现出无规律的随机性。"夏天元认真地回复着，他的逻辑思维能力和方法论深得安平欣赏。

安平反复念叨了几遍夏天元的话，若有所思地微微点头。看到安平认真思考的样子，夏天元心中涌起一股爱意，那一刻他忘记了妻子其实已经离他而去。

六、光影止步红酒店

在晓雯的经营下，光影止步红酒店做得很有特色。她没有流于俗套专做燕、翅、鲍鱼这些昂贵的食材，她的中餐厨房出品保持了传统粤菜风格，西餐部分则是意大利菜系。只有六七间房的光影止步红酒店，却拥有一间六七十平方米的酒窖，酒窖的设计和布局非常专业且令人舒适。红酒部分按照法国、意大利分区，新世界部分按照 NAPA、澳洲、中国产区分区，最重要的法国酒部分又分成了波尔多、布艮地、南法隆河谷三个组成部分。

晓雯店里的存酒丰富，左岸名庄中值得喝的二十来个酒庄的酒，其中有部分是晓雯喜欢的品种，如雄狮、宝嘉隆、爱士图尔、宝芙、女爵、力士金、玫瑰山庄这些二级庄的酒。这些酒在晓雯的酒窖里年份非常全，经常可以找到 1986 年、1999 年、2000 年、2003 年、2005 年、2009 年、2010 年、2015 年、2016 年等这些顶级年份的酒。

右岸名庄的酒金钟是高中光最喜欢喝的酒。高中光对夏天元说："金钟是平衡度最好的酒，没有之一。在晓雯的酒窖里，波尔多右岸的酒以圣艾米莉永产区的为主。"

"很大程度上，晓雯开光影止步这家红酒店，其实只是为了自己喝酒方便。"

这一点是高中光总结的。晓雯对高中光的观点报以微笑和赞许。在高中光的引领之下，夏天元慢慢开始了自己的红酒生涯。晓雯知道夏天元的故乡在兴庆城，于是在一次喝酒的过程中，就随意对夏天元说，她有个朋友在贺勒山有个酒庄。但是，那个朋友自己主营的产业不景气，没有心气和精力再经营酒庄，想把酒庄出售给爱红酒、懂红酒的人。夏天元当时就向晓雯要了那个朋友的电话。几周之后，当夏天元从家乡回来，再见到晓雯时，夏天元对晓雯说，欢迎晓雯有时间到他在贺勒山东麓的翠亨村酒庄品酒做客。当时晓雯惊讶的程度简直难以形容，只能惊愕地回答："好的。"

夏天元这么快下决心买下了晓雯朋友的酒庄，其实也是对自己人生意义的一种回应。夏天元从事研究，赚取名誉，获得可观的薪酬；然后再从事更高端的研究，赚取更多的名利。这样的往复循环，不是夏天元的人生目标。在爱上红酒，买下酒庄之前，夏天元的人生规划是模糊的，他就像汪洋中的一条小船，随浪随风跌宕在未知的旅途中。现在夏天元知道自己的晚年，终将在自己的葡萄园中安然度过。

肖风行陪着夏天元一起回到了夏天元的故乡。当时是三月份的时节，夏天元的老同学郑起开车带着他们来到了贺勒山东麓的山脚下。天气相当冷，一下车，马上就会觉得手脚刺冷。看完了葡萄园的地块以后，高中光的老朋友晴雪酒庄的老庄主盛情地接待了夏天元一行人。容老庄主高度评价了夏天元看中酒庄的位置和土壤结构，认为那个地块可以种植出顶级的葡萄。

夏天元在得到专家的意见后，马上买下了这个酒庄。夏天元拿出了一部分股权给了郑起。郑起是和夏天元在一个院子里一起长大的朋友。小时候，郑起凭借家里有四兄弟，在当地的孩子里做大哥。但是郑起从来不欺负夏天元，反而会经常替夏天元出头，给夏天元撑腰。初中三年级的时候，有一次上课铃响起，夏天元和同学们都赶快往教室里跑。当时有一个比较渣的男生叫高力，他故意靠在门口，用手堵在楼道的门上，所有进门的同学都不得不从他胳膊下面钻过去。高力啃着一块饼，嘲弄着每一个钻过去的同学。夏天元过去的时候，想都没想就直接把高力的胳膊推开。这一举动彻底激怒了高力。等夏天元跑过去，高力反应过来后，高力追到了夏天元的班级里。当时老师已经站在讲台上，同学们正在起立说："老师好。"高力根本不在乎在场的老师，冲进教室，把吃剩下的饼用力摔向夏天元。然后指着夏天元说："你给我等着！"然后扬长而去。

下午放学后，夏天元有点担心，于是让班里的好朋友林华在校门口观察一下。林华和高力的父母都是当地一个化工企业的职工，因此林华和高力也算得上朋友。一会儿，林华急急忙忙地赶回教室对夏天元说："你还是翻墙从旁边的小路回家吧，高力带着几个人在学校门口等着收拾你呢。"

夏天元只好从学校西边翻墙出去。回到家写完作业后，夏天元和父母说要去一趟郑起家里。郑起的学习成绩不好，上初中以后，就在当地的一所普通中学读书。夏天元找到郑起，把当天在学校里招惹了高力的事情原原本本地诉说了一遍。郑起听完整个事情后怒不可遏，当晚就准备带几个兄弟去抄高力的家。夏天元一听吓坏了，连忙说不用，好不容易把郑起劝住。郑起对夏天元说："天元，你不用担心，我非得治一下高力这个混蛋。"大概是两三天后，下午放学的时候，学校操场上乱作一团。穿着军大衣的郑起拎着一把长刀，围着乒乓球桌砍杀高力。高力拼命奔跑，最终逃脱。当晚林华来到夏天元家里对夏天元说：高力认怂了。请夏天元让郑起饶了他。

直到现在，每一次想到这事，夏天元都觉得后怕。要是当时郑起砍了高力就麻烦大了，同时也觉得郑起的义气和对自己的情谊非同一般。现在夏天元自己发展得不错，郑起却境况一般。夏天元非常希望在酒庄兴办的事情上，对郑起的生活和发展有所帮助。

胡相文曾经见过一两次郑起，他好奇地问夏天元道："你们看起来差距挺大，为什么关系那么亲近？"夏天元跟胡相文说："我这辈子喝三种酒：第一种是有情有义的酒；第二种是学到东西的酒；第三种是改变命运的酒。"胡相文沉吟半晌后说："我知道第二种、第三种，第一种有情有义是怎么定义的？"

夏天元说："相文，有情是指你对人家有情；有义是指人家对你有情，你却不一定回人家以情，但是对人家的情，你应该有所领悟或歉疚。这种人与你有情而你无以为报的情节，我称之为义。我和郑起就是这种有情有义的贫贱之交，珍贵得很！"当时肖风行也在场，肖风行对夏天元有情有义的诠释非常认同。

这天，高中光神秘地对夏天元说："天元，喜欢晓雯的精英不少，但我怎么觉得晓雯对你有特别的意思呀？你是真的不知道，还是装糊涂？"

"高总，您就别拿我开涮了吧。"夏天元一头雾水地回答着。

"你这个家伙。安平都去世几年了，你心里还是放不下是吧？我跟你说：结束你这种思念之痛，最好的方式就是重新开始一段新的恋情。"高中光看到夏天元云里雾里的样子，只好明说。

"我觉得自己这样一个人待着挺好。这不公司里有您和风行，公司以外有相文，一点都不孤单。再说咱们阳山所正处在全力技术突破的关键时刻，我真没心思想这事儿。"夏天元看到高中光不依不饶，只好祭出部门正在科技攻关这把宝剑。

"你这个呆子。我问你，你看不出晓雯那间宝雅克房的风格，完全是为了迎合你的审美而设计的吗？你不知道宝雅克房只对你我开放吗？你是不是每次来都可以订到宝雅克房？店里的每个员工都知道，那间房是留给你的。这事儿我算是借你的光。"高中光看见夏天元傻傻的样子，只好一股脑儿地全部说出来。

"是呀！我也觉得奇怪，好像我们什么时候来都有房，而且一直是风景最好的宝雅克房。"夏天元像是自说自话地咕囔着。

"天元，我给你讲一个我亲历的故事，希望对你有所触动和启发。很多年之前了，那时我大学毕业有四五年了，但当时我还没有出国，那时我经常出差从南京到杭州。有一次我和一个朋友，在梅家坞逛竹林、喝新茶。我们上了旅游巴士后，遇到一家三口也是去喝茶，他们的女儿非常迷人。现在回想起来，那女孩子应该是还在读书的样子，也就 20 岁出头。上车不久后，我的朋友就小声地告诉我说：'哎，那个小女生一直在有意无意地看你，我觉得她是对你有意思。'顺着我朋友的话，我就悄悄地看那个女孩子。我不是情场上很有经验的人，但是我从她望我的眼神里，可以判断出她的确是在观察我，应该是对我有好感。我跟你说，天元，我当时内心紧张得很，什么也不敢和她说，甚至都不太敢直接望向她。我当时给自己发怵的借口是：人家父母在身边，我没机会表白。再就是万一我会错意了，那可就太尴尬和丢人了！"高中光说到这里停下来，看着夏天元。当他发现夏天元在很专注地听他讲的时候，他笑着问道："怎么样？故事挺吸引的吧？那我就接着给你讲。下了旅游巴士后，我们就各逛各的，竹林里那么大，我想就不会再遇到了，心里也就把这件事放下了。嘿！你说巧不巧，到了中午吃饭喝茶的时候，我和我的朋友随便坐了一家茶楼，就是旁边有师傅现炒茶叶的那种。我们正在吃着小吃、喝茶的时候，旁边的小桌子坐下了几个客人，正是那一家三口。当时我就一阵兴奋，我记得当时我鼓足勇气，勇敢地直勾勾地看了她几眼。我现在都能记得起她被我看得害羞地把头偏向一边，但是她的眼神始终带着羞涩和微笑。天元你不知道，她当时那样子有多迷人！"高中光露出非常神往的表情讲述道。

"您就痛快些，别老是这么吊人家的胃口了，赶快告诉我后来怎么样了！"夏天元听得来劲便催促着高中光快讲。

"哈，急着想听？来吧，先喝一个。润润嗓子，再涤荡下心灵。"高中光故意停下来吊着夏天元。

"好，我敬您和您的故事，我先干为敬。"说着夏天元把杯子里的红酒大口喝掉。

"对了，这样才是人生嘛！好，我就接着给你讲我的故事。不一会儿，那女孩子走到我跟前，请我帮他们全家拍几张照片，我那叫一个心花怒放。我一口气给他们照了好多张，你看我现在给你讲我还有点激动，你就可以想象出我当时的心情。当我拍完了把相机还给那女孩子的时候，我的手和她的手轻轻地碰在了一起，我顿时有一种触电的感觉。我这辈子就是那一次有这样的感觉。我应该是太紧张了，我望着她特别想说点什么，可是我又不知道说什么好，就憋出了一句：'谢谢你。'她一看我那样子可能明白我是紧张了，就扑哧一笑，接过相机回到她父母身边去了。天元你真的想象不出来，我当时比参加高考还紧张。现在想想那时的我多么纯真。"说到这里，高中光不无遗憾地感慨起来。

"高总，您现在也还是纯真之人，只不过岁月赋予了您更多的智慧和历练。"夏天元真诚地说道。

"谢谢你，天元，刚才我们讲到哪里了？哦，那女孩子回到她父母身边去了。这之后我吃的点心是什么味道的，我根本就一点也尝不出来了。我就想着刚才那种过电的感觉。过了一阵儿我的朋友提醒我说：'人家走了。'这时我才回过神来。天元，你知道我这人脸皮薄，我都不希望我的朋友看出来我喜欢人家女孩子。我就假装不在意，其实我心里着急！就那么硬生生地过了半天，我们才结账离开。你想，这会儿还去哪儿找人家呀！那时候我就在心里骂自己虚伪，尽瞎装！这后面的竹林我还哪有心思逛和欣赏呀，我就晕头晕脑地跟着我的朋友在林子里面走。过了很久，我们俩都有点累了，就决定回去。到了游客中心，我们直接就上了旅游巴士。后来上车的人越来越多，晚来的人都没有座位。都是逛了一天的人，车上很挤。这时你知道我看见了谁？哈，怎么就那么凑巧！那一家三口也上了我们这辆车。我连忙向刚上车的他们'嗨！嗨！'地打招呼。这时那个女孩子注意到我了，我招手让他们过来。于是我和我的朋友把座位让给她的父母，我就站在她的旁边。车开动起来，随着车的晃动，她多次身体和我撞在一起。我从来就没像当时那么表现得强壮过。我站得倍儿直，两手紧紧地抓着车顶上的扶手。任凭车子颠来晃去，我自岿然不动！天元，你知道吗？当时我觉得特别豪迈。哈哈，现在想来觉得好笑，但当时那可是全身心地做这件事儿。我和那女孩子谁都不好意思看谁，我们俩都望向窗外，其实我当时满眼空洞。我一直在拿余光看她，我觉得她也在悄悄地用余光看我。车到终点站的时候，在停下来的一瞬间，她和我不约而同地对望了一下。但是我们谁也没有说什么，我觉得她很想对我说点什么，但是最终没有。这时她的父亲叫她：'阿卿，我们下车了，谢谢你们呀，小伙子！'我的故事到这里就戛然而止了。后来我又专门去过几次梅家坞，每次我走的都是同样的路线，在同一家茶楼喝茶、吃点心，但是我再也没有遇到过那女孩子。我觉得我错过了一场欣喜的缘分。和恋爱、婚姻无关，只是没有跟随自己内心的呼唤，虽然我安慰自己，留下了美好的记忆，但是那种美好的内心感受，我之后再也没有遇到过。天元，你明白我的故事了吗？"高中光也像是从自己的故事里刚刚走出来的样子说道。

夏天元被高中光的故事带到了自己的以往经历中。他不由得想起了自己和安平的相识相恋。

"高总，夏主任，你们来了，今天想喝点什么？"晓雯不知道什么时候进到了房间。

"晓雯，你今天就改一下口，就叫天元吧。什么夏主任不夏主任的，好像挺大的官儿似的。"高中光调笑着对晓雯说道。

"好吧，那我就恭敬不如从命了。天元，高总，你们两位今天想吃点什么？对了，你们提前安排酒了吗？要不要先把酒定下来？"晓雯热切地招呼着高中光和夏天元。

"天元，我们今天喝'作品一号'怎么样？"高中光征询地望着夏天元，同时也用眼神扫了一眼晓雯。

"好的，高总，今天我请您和晓雯两位喝。"夏天元不自觉地说完后看了晓雯一眼，正好和晓雯望向他的眼神交织在一起，那一刹那，夏天元不禁有些恍然。

"晓雯，你觉得天元他请我们俩的诚意够不够？我怎么觉得他不诚心呢？"高中光总是喜欢在这种时候打诨一下。

"高总，天元，你们聊一下。我去安排开酒和配菜给你们。"晓雯像是害羞一样，说完便轻快地走开。

高中光模仿着晓雯走路的样子，在夏天元面前扭摆了几下腰肢。他那滑稽的样子让夏天元忍不住哈哈大笑了起来。

晓雯听到他们在笑，扭头回来看。高中光连忙拍着夏天元的肩膀说："天元呀，人家走得可比我好看多了。"然后对着晓雯说："晓雯，天元夸你走路好看呢。"

"谢谢天元。"晓雯愉快地感谢道。

"是高总夸的。"夏天元的声音小得只有自己听得到，又像是自言自语地回了这么一句。

这时，晓雯捧着一瓶 2007 年的"作品一号"走进房间。

"2007 年的，那一年加州的赤霞珠超级棒！"高中光满心欢喜地评说着。

"夏天元，吴晓雯。美丽的晓雯女士，今天借夏大主任的美酒，我宣布一件重要的事情。"高中光停顿在那里观察着夏天元和晓雯的反应，当他看到两张不知所以的面孔后，得意地继续说："明天起，夏天元先生接任本人任集团副总裁兼总工程师，高某升任集团总裁。"

　　"天元，祝贺你。"晓雯激动地说道。

　　"晓雯，你今天要再改一次口，夏大主任成了夏总了。"高中光受到晓雯情绪的感染，语气中也带着激动和骄傲。

　　"夏总，我们一起敬一下高老板吧。"晓雯举起酒杯热烈地示意夏天元。

　　"祝高总身体健康，心想事成！"夏天元跟随着晓雯同声祝福高中光。

　　"你们以为我平时舍得让天元请我们喝这么好的酒吗？今天是他夏天元有大喜事。"高中光说着就举起酒杯一饮而尽。

七、肖风行的愤怒

　　小凯之在 ICU 里待了 7 天后，终究还是因呼吸衰竭而去世了。小小的他，还没来得及好好看这个世界，就匆匆离开了。小凯之的去世，一瞬间击垮了胡相文夫妇。在一个阴郁的上午，亲友们参加了小凯之的告别仪式。在仪式中，小凯之的母亲黄医生一度晕厥。胡相文抱着晕倒的妻子，看着静静地躺在花丛中的儿子，忍不住放声痛哭起来，在场的人无不动容，整个小礼堂充满了悲痛和伤心。

　　肖风行除了内心痛苦之外，仇恨的怒火也在熊熊燃起，告别仪式结束后，肖风行没有勇气再和胡相文夫妇告别面对，仿佛在小凯之的事情上是自己的错一样。肖风行对自己在这个事件中无能为力的状态感到不安和痛苦。

　　还在小凯之住院期间，肖风行便通过 CHC 集团的常年法律顾问律师吴梦，了解到看守所探视犯罪嫌疑人的程序。吴梦的同事左俊律师是陈天明的法律援助律师，吴梦的主意是让肖风行扮作左俊的助手。只有这样，在刑事羁押期间，才能会见当事人。

　　周一的早晨，肖风行跟随左俊来到西坦看守所。在值班警察核对过律师证和身份证后，他们顺利地来到会见室。不一会儿陈天明从监区被带过来，肖风行看到一个身材瘦小的中年男人。和肖风行想象的一样，陈天明的脸上没有表情，焦黄色的面孔上有一双浑浊的眼睛，就是这样一个貌似普通的男人制造了惊天的血案。

"陈天明，我是司法部门指定给你做法律援助的律师，我叫左俊，他是我的助手肖风行。你有什么想法和主张，现在可以和我们提出来，我们会在开庭的时候为你举证和辩护。"左俊例行公事地向陈天明描述着程序。

"我不需要律师，我杀了那些孩子。我刺痛了你们这些高高在上的人的心，现在我就想你们快点把我枪毙了。"陈天明平静地说出这些冷漠无情的话，肖风行甚至在他的表情上看到了不屑和快意。

砰的一下，肖风行一拳打在了隔离的玻璃面板上。左俊、陈天明和在场的警察都被这突如其来的变化惊呆了。

"你干什么！"警察反应过来后，马上一个箭步冲上来抱住肖风行。

肖风行一边挣扎着，一边指着陈天明，却一个字也说不出来。此时的他，满脑子都是小凯之脆生脆气的童音，还有他俩在一起玩闹时的欢声笑语。这一切就是被眼前这个禽兽毁了。肖风行满脸的泪水，哑声嘶吼："我要杀了你！"

"警察同志，对不起！我的助手是受害人家属，请原谅他鲁莽的举动。"左俊这时只好实话实说，央求警察不要为难肖风行。

看见泪流满面的肖风行逐渐安静下来，警察对肖风行说："你能不能保持冷静？"

肖风行满眼空洞地看着警察，默默地点了一下头。

左俊一边向警察道歉，一边安慰肖风行，让他冷静，不要冲动。此时陈天明在里面也从震惊中缓过神来，他用似笑非笑的表情扫了一眼肖风行后，转身走回监仓。

陈天明的微笑像针一样扎在肖风行的心上。肖风行觉得陈天明内心享受整个伤害的过程，这种想法让肖风行怒火中烧。

从看守所出来，在回去的路上，左俊对肖风行说："小肖，如果没什么意外的话，陈天明应该会因为蓄意伤害致死而被判处死刑的。"肖风行在整个过程中沉默不语，直到把左俊送回律师事务所。在左俊下车时，肖风行走下车认真地握了一下左俊的手，对左俊说："谢谢您，左律师。"

望着肖风行开车远去，左俊摇摇头感慨地说："肖风行真是个有情有义的人。"

肖风行回到阳山所后，直接去了夏天元的办公室。

"夏总，我刚刚去了看守所，见了陈天明。"说到这时，肖风行一下哽咽起来。

"风行，情况怎么样？"看到肖风行那么激动，夏天元不禁一下子情绪被感染了。

肖风行一下放声痛哭起来。小凯之去世了。杀害他的凶手若无其事地享受着他带来的伤害，没有丝毫忏悔之意！这种情形和画面对肖风行来说太过冰冷和生涩。

"那个陈天明根本就是个十恶不赦的畜生！他就算死十次，也不能抵消他所犯下的罪行！"肖风行把所有的压抑和情感一股脑儿地在夏天元面前宣泄了出来。

夏天元完全可以想象出肖风行在看守所见到陈天明时，被陈天明的冷酷和麻木直击后的情形。

"风行，我有重要的事情要请你帮忙。"看到肖风行仍然沉浸在伤痛和愤怒中，夏天元马上转移了话题。

"好的，夏总，请您吩咐吧。"肖风行收住自己的悲痛回答道。

"我需要你在计算机系统上模拟铁原子聚合过程。我想模拟设定的参数是：核心温度达到20亿～30亿℃。在不影响电子释放，不导致硬射线辐射溢出的基本状况下，我想知道原子聚合叠加过程中，核心温度每变化1 000万℃的全部因变量的数据。对了，就是设计0.1千克的总质量的聚合量。"夏天元对肖风行阐述了自己的想法和要求。

肖风行马上就明白了夏天元所说的模拟实验的重要性。他连忙擦掉眼泪，仔细记下夏天元要求的每一项参数。肖风行本来就聪明过人，现在脑部植入芯片以后，更是记忆力超群，理解力、逻辑思辨力强大。肖风行领悟到夏天元的模拟实验是和引力场有关。

"风行，我让你做的模拟实验是想验证在理想状况下，聚变核心对周边空间的影响。我想知道这样的引力场，对空间运行方向和速度有多大程度的改变，铁原子作为标的物具有特殊意义，它在元素中处于微妙的位置，是裂变和聚变的界限。我还要了解，引力场边际在引力和应力的双重影响下，是否存在空间被划开，从而形成断层。"夏天元描述的同时，向肖风行解释了"应力"的概念。肖风行第一次听说"应力"这个词，在夏天元的带领和引导下，肖风行对暗物质及暗物质的作用有了新的认识和理解。

"好的，夏总，我都记下来了，我这就马上开始。"肖风行满怀喜悦地连声应道。他隐约觉得这件事情可能和凯之、安平有某种关联。

"喂，风行吗？我是吴梦，今天晚上有安排吗？方不方便我们一起吃个饭？"第二天中午的时候，肖风行接到了吴梦的电话。

"好的，我们稍微晚一点儿，晚上七点钟好吗？左律师在不在？要不咱们一起？"肖风行正准备感谢一下吴梦和左俊。

"左律师出差了，要两三天才能回来。怎么，左律师不在，你就不能和我单独吃个饭吗？"吴梦在电话里装出不高兴的样子。

"不会不会，我是觉得特别抱歉，昨天在看守所差点给左律师带来不必要的麻烦。"肖风行连忙解释。

"左大律师昨天就给我说了你在看守所的暴力行为。不过他说：他对你这人，为了朋友的事情那么尽心尽力，钦佩至极。"吴梦言语中流露出了自豪的语气。

"真的是没有控制住，我也不知道为什么当时自己一下子就血往上涌。"肖风行真诚地表达着自己的歉意。

"不用道歉了，多请我和老左吃几顿饭就好了，人家老左还要和你交朋友呢。"吴梦笑嘻嘻地说道。

"好的，那今晚我们就去光影止步红酒店吧。"

"那么高大上的地方，西坦我看就是你们阳山所的人有这种情调和实力。好吧，那我就恭敬不如从命了。"吴梦愉快地接受了邀请。

肖风行和自己 IT 部的同事们按照夏天元的部署，马上开展工作。之前他们做过氢原子、氦原子的聚变模拟实验，在这基础上展开铁原子的聚变模拟，对他们部门来讲驾轻就熟。

傍晚 6 点 50 分的时候，肖风行准时来到光影止步红酒店。店里的人都认识肖风行，热情地把肖风行往里面请。

"风行，你们今天坐宝雅克房吧，高总和夏总都没有说要过来。"晓雯走过来跟肖风行说道。

"好的，晓雯姐。酒和菜你帮我们安排吧，我们一共就两个人，另一位是女士。"肖风行说道。

"前台接到你的订餐电话后，我已经帮你们安排好了，等那位女士一到，就可以给你们起菜了。今天的酒是你上次买的，存在这里的那批 2009 年的'大手掌夜圣乔治'，已经醒了 40 分钟了。"晓雯的安排总是那么细致到位。

"谢谢晓雯姐，每次都安排得那么好。"肖风行由衷地称赞晓雯周到的安排。

"不客气，你是天元那么好的兄弟，又是我们尊贵的客人，应该的。"晓雯边说边转身离开了房间。

"当当当，我来了。"吴梦和正要出门的晓雯来了个正面相遇。

"对不起，没有撞到您吧？"晓雯关切地问匆匆走进来的吴梦。

"没事儿，我没撞到您吧？我怕迟到，光顾低头走路了。"吴梦满脸歉意地回答。

肖风行站在一边连忙走过来说："晓雯姐，给你介绍一下，这位是吴梦吴律师。这次我去看守所办事，多亏了吴律师和她的同事帮忙。"肖风行又把昨天在看守所的事情简单讲了一下。

"谢谢你，吴律师。"晓雯的眼中闪过一丝悲伤说道。

看到晓雯那么动情，肖风行和吴梦也不禁有些动容。

"举手之劳。风行那么上心的事情，我哪能无动于衷呢？"吴梦看到肖风行和晓雯对凯之的事情这么认真，自己也不由得认真起来。

"你们先聊，等下我过来敬酒。"晓雯打声招呼先出去了。

"风行，她是谁呀？好有风韵，个子还那么高。"看着晓雯离去的背影，吴梦怔怔地问道。

"我叫她晓雯姐,她是你的本家,也姓吴,是这里的老板。"肖风行一边请吴梦坐下,一边回答着她的问题。

"她好美!"吴梦赞道。

"你经常到这里吃饭喝酒,是不是冲着她来的?"吴梦看着肖风行敏感地问道。

"你想多了,追求晓雯姐的人多的是,哪轮得到我呀。"肖风行望着吴梦淡然地回答。

"那就好,谁都不能和我争你。"吴梦坏笑着说。

对于吴梦对自己这样表达好感的明示,肖风行内心纠结。不知怎的,他的思绪一转飘到了过去,几年前有一次下班后,同事在一起打牌。那一次肖风行的牌运当头,一家打三家。按例打完牌以后,由肖风行请客,包括顾总在内大家一起去吃消夜。消夜的时候,顾总说:"风行,上个星期我在上海出差,和你家小林在机场打了个照面。后来她给我打电话,我们一起吃了个中饭。"

当时肖风行根本没有在意这一句话的意义,没想到这一句善意的提示背后,最终却蕴含着肖风行自己的人生悲剧。

"想什么呢,没回应!"吴梦打断了肖风行的回忆。

"没什么,一些不堪回首的往事。"看着吴梦半开玩笑半认真的样子,肖风行只好无可奈何地附和着。

"唉,风行。这个房间的风格超级赞呀,你看这戈壁荒滩中傲然挺立的树木,这幅油画和窗外的芦苇丛多搭呀!风行,这是什么树呀?好像很有特色嘛。"吴梦看过房间的装修和布置的美式家具后,由衷地赞叹起来。

"是的,我们夏总第一次到这里的时候,他的评价和你是一样的。看来你们这些高雅的人都是心有戚戚的。这画中的树是沙枣树,是西北地区一种特有的树。我也是听夏总说的。"肖风行突然想起,夏天元过去也曾这样夸过酒店和这间房的布局和格调。

"真的?你们夏总也有同样的评价?"吴梦听说夏天元的观点和自己很相

近，觉得有点得意。

"嗯，听晓雯姐说当时夏总环顾四周后，说有一种怀念的感觉。"肖风行对夏天元的一言一行都非常重视和关注。

这时晓雯端着酒杯款款地走了进来。"风行，吴律师，我来敬你们一杯酒，感谢你们在小凯之的事情上那么帮忙。"肖风行知道现在晓雯和夏天元的关系比之前要亲近，所以胡相文的事情晓雯也非常在意。

"晓雯姐，你好美，我要先表达对你的仰慕和赞美。"吴梦发自内心地赞美道。

"谢谢你，吴律师，你是一个让人眼前一亮的可爱女生！"晓雯也由衷地夸奖了吴梦。

肖风行不禁想起一年半前，在阳山所的年会上，肖风行提前到达年会的现场。那是八峰山脚下的希尔顿酒店。整个 CHC 集团高管都从全球各地赶来参会。肖风行从过道往里走的瞬间，和迎面走来的一个女生擦肩而过。匆匆一瞬间，肖风行对那个女生清纯的气质留下了深刻而美好的印象。当晚在宴会厅举行盛大晚宴接待参会的各方，阳山所是 CHC 集团研发和创新的核心部门，集团各个领导纷纷过来，和所里的研究员们举杯畅饮。夏天元是阳山所的灵魂人物，频频被大家围住敬酒。肖风行主动上去替夏天元代酒解围，不一会儿就喝了很多酒。在他恍惚间，一个悦耳的声音说道："夏主任，很难得可以和您共饮，现在可以敬您一杯酒吗？"肖风行定了一下神，顺着那美好的声音望去，竟然是中午在酒店过道里匆匆而过的那个女生。

"好的，小吴，感谢你。感谢你们星辰律师事务所对我们的法务支持。"夏天元说着就举起酒杯准备喝下。

"等一下，你好！这位女士，我们夏主任喝了太多酒，这杯酒我来敬您。"肖风行连忙端起酒杯上前说道。

"风行，我给你介绍一下。这位吴梦律师是咱们阳山所的常年法务顾问，是阳山所的重要外援，是我们的法务靠山。"夏天元热情地把吴梦介绍给肖风行。

"你好，吴律师，我是肖风行，是夏主任的助手。今天在进会场的过道里我遇见过您。"肖风行一边说着，一边不由自主地伸出了手准备和吴梦握手。

"哦！是的。之前我在走出来打电话的路上碰见过您，就觉得对面走来的那人走路很快、很精神，想不到是夏主任的得力助手，幸会呀！"吴梦显然也对那甚至算不上一面之缘的迎面而过也有些印象，于是两人的手就握在了一起。

很快，在阳山所另外一次聚会上，肖风行和吴梦又一次相遇。第二次见面时，肖风行清楚地记得，那天他发现吴梦的裙子上有一个长长的线头，于是他走近吴梦轻轻地说："小吴，你的裙子上有个长线头。"吴梦微微点了一下头，然后离开去了洗手间。当吴梦整理完了以后，直接端着酒杯去找了肖风行。当时大家已经喝成一片，肖风行旁边位子上的人早就喝倒了，或是出去敬酒了，所以空着，于是吴梦直接坐在肖风行旁边。

"风行，谢谢你，要是被别人看见了显得我好邋遢。"吴梦柔声地说道。

"我觉得有点冒昧，但又不愿意你自己不知道，只好直接告诉你，你别介意呀。"肖风行眼神温和地看着吴梦小声地说道。

"酒会结束后，会议安排了夜游富江的活动，你参加吗？"吴梦可能是喝了不少酒，说话有些含糊。

"我陪你，你去我就一起去。"肖风行不知怎么说了这么一句，说完便觉得有些不妥。

"你说话算话，好，我们现在就去，大巴在酒店门口等着呢。"吴梦欣然接受了肖风行的邀请。

吴梦一站起来的样子，肖风行就知道她喝得有点多了，于是他搀着吴梦慢慢往酒店大堂走，在大堂里已经有不少宾客在等车去游艇码头。

"风行，你们阳山所可真是卧虎藏龙，高总、夏主任都是真正的精英，你和他们一起工作，真是又风光又压力巨大吧？"吴梦此时在门口吹了点儿风，有些发酒劲儿，便不自觉地靠在了肖风行的肩上，她在肖风行耳边低语。吴梦的举动让肖风行觉得非常亲切，他能够感觉到吴梦是有意和自己那么亲近。

随着吴梦断断续续的话语，肖风行明显地感觉吴梦已经喝醉了，于是说："嗯，我觉得和他们在一起工作非常荣幸，压力是有的，但还好。吴梦，咱们还是不去了吧，你看你喝了太多的酒。我看你要是一上车，在车上一晃肯定就会吐的。"

"你嫌弃我？我又不往你身上吐。刚才还说我去你就去，这么快就变卦了。"此时吴梦已经不太能站稳。看到吴梦的状态，肖风行有些担心，于是他马上找会务组的女同事，请她们帮忙把吴梦安排在房间里休息。在那之后，肖风行给吴梦发信息便没有回应了，肖风行估计她已经睡着了，就自己回去了。

时间过得真快。想到这些往事，看着坐在自己身边的吴梦，那一刻肖风行觉得自己的人生有些不真实。

"吴梦，我刚才突然想起了我们初次认识，和第二次见面的一些片段。"肖风行意识到自己的失态，连忙向吴梦解释。

"哦，就觉得你刚才心不在焉的样子好怪，原来是追忆咱俩的幸福历程呀。好吧，有没有温故而知新的发现？"吴梦本来对肖风行有点不在状态的样子有些不高兴，听肖风行这么一说，顿时释然了。

这时服务员把菜端了上来，肖风行和吴梦一边聊着，一边慢慢地品着红酒和美食。不知不觉中，两人喝完了一瓶。期间晓雯进来想给他们敬一下酒，但她一看吴梦略带微醺的样子，觉得他们的场景很温馨，便轻轻退了出去。

肖风行隔着桌子满怀深情地望着吴梦，吴梦不由得伸出了双手轻轻地拉住了肖风行的手。

"吴梦，你知道吗？上次你要夜游富江，喝醉了回到房间，我发信息给你，但很久都没有回应。我整晚都在担心，怕你难受没人照顾。"肖风行动情地诉说着。

"我知道，第二天我醒来之后看到好几条你的信息，你知道吗？当时我觉得自己特别幸福，你那么关心和在乎我。"吴梦回忆起当时的情境，现在仍然感觉到很温暖。

"咱们两个出去走走吧，去看看星空。"肖风行拉着吴梦的手，两人双双走出红酒店。他们来到富江边，一阵江风吹过。肖风行紧紧搂住吴梦，四周那么安静，只听见吴梦心跳的声音。

八、（往事）CHC集团和阳山所

几年前，高中光的弟弟高中影一手创办了 CHC 集团。和高中光不一样，高中影是个城府很深的人。多年前在资本市场赚下惊人的财富后，他转而投向科技研发领域。当时有人问高中影："为什么淡出资本市场，转而投资风险巨大的创新科技？"高中影笑笑说："资本市场基本上不创造价值，只是财富重新划分，没什么大意义。"

高中影的战略眼光和市场敏锐度，很快就让 CHC 集团在科技行业崭露头角，集团在新能源、新材料等领域表现得格外耀眼，他们的部分成果甚至引起了国家重要部门的关注。

当年高中影在资本市场气吞万里的时候，有一次从上海到深圳拜访上市公司。肖风行的老板顾也明是高中影的重要合作伙伴，所以顾也明安排肖风行负责接待、陪同高中影。起初高中影并没有特别关注肖风行，直到第二天高中影高调拜访上市公司特区建投。对方接待他们一行人的，是主管投资的副总裁徐总。

当时高中影在二级市场大举买入，已经是特区建投的第三大股东。心高气傲的高中影在交流中不是很注意言辞。在随后的交流、询问中，肖风行明显感觉到，建投的徐总已经面露不悦。但是高中影显然没有感觉到对方的反感情绪，仍然在几个在投项目的进展情况上不依不饶。现场气氛非常难堪，几次陷入寂寂无声的状态。

肖风行敏锐地意识到，这样不利于他们双方今后的进一步合作。于是，肖风行小声对高中影说："高总，我替您向徐总提几个问题好吗？"高中影当时也意识到双方僵在一起，场面尴尬，但他对肖风行的提议仍然感觉到很意外。

"肖风行是顾也明的部下，应该不会出什么大岔子。"想到这里高中影下意识地点了一下头。

"徐总，我是我们 CHC 投资部的肖风行，高总的意思是这样的。"说着肖风行打开了手提电脑，将屏幕呈现在徐总面前。

屏幕上只列了三四个问题，徐总本来想随意浏览一下的默然表情，马上变得丰富起来。

"好的，高总、小肖，你们看大家光顾着谈业务了，时间不早了，咱们中午一起吃饭，到时给你们详细介绍。小刘，你通知一下证券事务代表，中午叫她一起。"徐总陡然转变的态度，让高中影感觉非常好奇。本来已经陷入的僵局，被一个刚刚认识的年轻陪同人员瞬间化解了。

在中午一起吃饭的时候，徐总满面笑容地对高中影说："高总，不怕您笑话我们呀，小肖给我们看的几个建议都是至关重要的，没想到你这个大股东这么敏锐，那么专业！当时在办公室还有其他同事，我不好提前披露给不相干的人。这不中午就咱们四个人，对了，她是我们的证券事务代表陈倩仪，有她在，凡事都能把握好尺度。"徐总指向同桌的一位年轻女士。

"高总，小肖，我是证券部的陈倩仪，很荣幸和大股东共进午餐，请多指教。"陈倩仪一边自我介绍着，一边起身向高中影和肖风行递送名片。

此时的轻松友好的气氛和片刻前在办公室里的气氛截然不同，高中影的表情也舒展了起来。因此他不由得暗中打量起肖风行：看肖风行年纪应该在二十七八岁的样子，听说话口音带有北京味，清瘦的面孔，眉宇间有一种让人舒适的自信和真诚。

"中影老弟，来的路上我和倩仪商量了一下，对你们提的关联交易的问题，我们会马上上报董事会，争取尽快通过大股东减持和再融资计划解决大股东占款的问题。这样，你们所关注的在投项目资金不到位，项目进展缓慢的问题都可以迎刃而解了。还有就是肖老弟给我看的大股东归还占用款项，提高上市公司财务运作效率，可以释放 0.1 元的 EPS（每股盈余）。惭愧呀，我算过你们持有 2 亿多股建投的股票，按照咱们现在 40 倍的 PE（市盈率）来计算，对你们是 10 亿以上的市值增长，不是小数。"徐总以非常低的姿态，一一向高中影解释说明。在他说的同时，还经常报以征询的目光望向肖风行，肖风行始终保持着微笑和谦和的神情，并没有太多话。

直到这时，高中影才知道，原来肖风行是让大股东还钱给上市公司，来降低企业财务成本，增厚每股收益。同时，这也是根本上解决在投项目进展缓慢、投资项目不达产、回报低下的合理途径。想到这里，高中影对肖风行不禁另眼高看。

"徐总，小肖的提议是我们 CHC 利益的核心诉求，以那样的方式向你们提出来，也是保全大家的面子，免伤和气的无奈之举。还望徐总、陈经理海涵。"高中影说着端起酒杯向徐总和陈倩仪致意，肖风行连忙站起来走到徐总和陈倩仪面前一一敬酒，陈倩仪举着酒杯和肖风行聊了半天，高中影和徐总也频频举杯，这样大家的情绪才都放松了下来。

"中影老弟，再融资项目到时，还得仰仗你在股东大会上表态支持呀。"徐总一看气氛正好，适时地对高中影提出请求。

在后来的两天行程里，高中影又走访了几家拟上市公司。但此时高中影的主要关注点已经不是走访的企业，他越来越觉得肖风行像极了年轻时的自己。

"小肖，那天你怎么会准备了建投的相关材料和问题呢？"高中影终于还是没有忍住，于是在临行前去机场的路上他问了肖风行。

"高总，顾总大概和我说了一下您在建投的投资情况，我就自己搜索了一下建投的公开披露信息。经过我的初步分析，我发现了鹏控集团作为大股东，通过关联交易占用了大量上市公司资金。我想准备了不一定用得上，但出于稳妥还是做好准备工作，以备不时之需吧。"肖风行以非常平和的语气向高中影汇报着。

"真不错！小肖，那天你是给大家解围了。我投了那么多钱在建投，我们投资部有那么多研究员，没有谁看问题能像你那么简单透彻！你今年多大岁数了？在老顾这里多久了？"高中影问道。

"高总，我27岁。在顾总这里工作了3年，负责交易系统建设和维护。"肖风行认真地回答高中影的提问。

"你是哪里人？读什么专业？结婚了吗？哈哈，抱歉啊，风行。"高中影像查户口一样问了一连串的问题，问完后自己都有些不好意思了。

这时肖风行的电话响起来，肖风行对高中影说："对不起，高总，我要接一下我太太的电话。"

"好的，我知道了。我也在去机场的路上呢，你带的衣服够吗？现在北京已经挺冷的了。嗯，我去机场送顾总的朋友，我们在A号航站楼。高总11点的飞机，就这样了，再见。"肖风行简短地对话后结束了通话。

"太太的查岗电话？"高中影微笑着问道。

"不是，她要出差去北京，11点30分的飞机，也在A号航站楼。"肖风行答道。

"好的，你待会儿放下我们直接去找她吧。时间够的，你们可以在机场见下面。这几天你光陪我们了。"高中影语气中带着明显的歉意。

"没事的，她特别讲求效率和计划性，不喜欢啰啰唆唆的，我过去她会觉得没必要的。"肖风行认真地讲述着。

高中影没有再说什么，但是以他的直觉，让他感觉肖风行夫妻之间的关系是有问题的。

"风行，客气的话我就不说了。一句话，什么时候觉得上海和CHC是你愿意选择和接受的，给我打电话。"高中影下车后用力拍了一下肖风行的肩膀，挥挥手前往出发厅。

肖风行一直站在车边，直到高中影进入大厅之后才上车离开。他不知道高中影在进入大厅之后，就马上站在玻璃窗户后注视着他，直到肖风行转身离去，高中影才真正离开。

肖风行驾车之后，不知道应该去哪里。他很想把车停到停车场去，然后去送一下林凤，但是他又没有在刚才的通话中表示要去送一下她。同时，肖风行还担心在出发厅再遇到高中影，自己刚和高中影说过林凤不喜欢啰啰唆唆，肖风行时常陷入这种选择性困难之中。

　　高中影在回上海之后的一个月左右给顾也明打过电话，邀请他一起去南京谈项目，并且在电话里强调把肖风行也一起带上。

　　到了南京之后，高中影马上召集顾也明和肖风行参加内部讨论会。来到酒店的会议室后，肖风行一眼就看到陈倩仪坐在主讲人的位置上。

　　"各位，今天这个项目原来是特区建投准备投资的项目，但是项目方不愿意和外省的企业合作。这位是建投的陈经理，她一直负责建投对这个项目的尽调和谈判。她觉得项目整体质量好，如果放弃了太可惜，所以推荐给我们。现在请陈经理介绍项目情况。"高中影简短地开了个头后，便在陈倩仪旁边坐下。

　　"大家好，目标公司安领核能的主要情况是这样的。"随着一页一页PPT的介绍，现场的人对项目有了非常清晰的了解。

　　"总结一下，项目优势在于：第一，安领拥有核心专利技术，关键材料设计领先，生产工艺独特，成品率高于法国和德国同行；第二，公司的生产、销售成本低，成品价格相当于进口产品价格的60%；第三，安领公司是细分领域的小巨人，占有U型管、特种阀门和仪表的国内40%的市场份额；第四，盈利能力强，上一会计年度的税后利润为5 000万元，预计今年的利润增速为20%；第五，随着清洁能源的社会需求不断扩大，核能、核设施的不断兴建，包括中国国防建设的步伐加快，公司的技术和产品市场空间广阔。"看到在场的人都表现得比较兴奋，陈倩仪站了起来继续说："项目的主要风险在于：公司现有领先的技术被超越，这是科技公司普遍存在的风险……我的介绍就到这里，谢谢大家的聆听。"陈倩仪利落的讲述给在座的每一个人都留下了深刻的印象。

　　肖风行暗暗在心中为陈倩仪称赞！这时高中影站了起来说："这个项目是我们CHC领投，我们现在先不用急着下结论。最终是否投资？投多少？都在下一阶段的实地考察和调研后再做主张。按照行程，我们明天下午去安领核能的研究院，和他们的实际控制人及主要技术团队见面，今天的会议就这样吧！"高中影在走出会议室的时候，直接来到肖风行面前，"风行，15分钟后请你和顾总到我房间里来一下，我有事情和你们商量一下。"说完高中影转身离开。

肖风行和顾也明在酒店大堂里聊了几句，就直接去了高中影的房间。

"也明，风行，来喝点茶。"高中影在里面招呼着，出来给肖风行他们开门的是陈倩仪。

"你好，顾总，你好，小肖，你们请进吧。"陈倩仪像主人一样招呼着顾也明和肖风行。

"也明，你和风行到了南京，我要好好尽一下地主之谊。先喝点茶，晚上咱们上船听曲，吃个花酒，来个夜游秦淮。明天下午再和那个暴发户聊聊项目吧。倩仪你来泡茶，你泡得好。"高中影说着往旁边挪了一下，给陈倩仪腾出了一点地方。

陈倩仪往那一坐，娴熟地铲下一块茶饼，这是一饼上好的冰岛老树。一系列冲泡后，她用修长的手指将一杯杯冒着仙气的茶放置在每一个人面前。整个过程真的只能用行云流水来形容。顾也明和肖风行不是很懂喝茶，但也着实觉得赏心悦目。

"怎么样？也明，你这个会赚钱的秀才，今天见识到茶道了吧？"高中影有些得意地显摆道。

"嗯，今天开眼了，你看风行都看呆了。"顾也明发现肖风行已经被陈倩仪典雅的茶艺吸引住了。

"风行，你是欣赏茶艺，还是欣赏茶艺师呀？换成我给你们冲茶，你就没觉得那么吸引了吧？哈哈。"高中影说完顺手搂了一下陈倩仪。

"也明，上次到深圳考察，风行立了大功，我准备给他发80万元的奖金，我给你打个招呼。"高中影突然冒出这么一句，让顾也明和肖风行都吃了一惊，连陈倩仪也不禁面露诧异。要知道当时肖风行一年也就是二十几万元的收入。

"不用，我不能要您的钱。"不等顾也明表态，肖风行先叫唤了起来。

"风行，这儿没你的事了。我和顾总谈点事，你陪倩仪在酒店的花园里散散步。"高中影说着轻轻地推陈倩仪的胳膊，示意她带肖风行出去。

"风行，你等我一下，我换一双鞋。"说着陈倩仪走进套房的卧房，不一会儿，陈倩仪穿了一双平底鞋走出来，然后拉着肖风行一起下楼去花园。

来到花园里，走在静静的小路上，肖风行完全不知道该说些什么。当他刚才看到陈倩仪去房间换鞋，确认陈倩仪和高中影在酒店住在一起时，他不由得认真打量了一下陈倩仪。陈倩仪中等身材，非常匀称，相貌清秀。肖风行心里不自觉地把陈倩仪和林凤比较了一下。

"高总和我多次提起你，还有我们徐总对你更是欣赏有加。那天你们离开后，我们建投内部开会，徐总几次表达出对你这个年轻人的由衷赞赏。徐总说：他要是有女儿的话，一定让女儿嫁给你。"陈倩仪率先打开了沉默的局面说道。

"倩仪，你们都过奖了，我觉得我只是做了正常做的事情。对了，你是哪里人呀？怎么冲茶那么好看？"肖风行对刚才陈倩仪的蹁跹茶道记忆深刻。

"哈哈，我这也是现学现卖。我在汕头待过一段时间，当地的同事们培训过我。我是杭州人。"陈倩仪笑着答道。

"也明，我想和你商量件事。"房间里高中影对顾也明认真地说道。

"中影兄，你不用客气。"看到高中影这么认真，顾也明不禁有些疑惑。

"也明，我看上肖风行这小伙子了，你能让他到我们CHC跟着我干吗？"高中影盯着顾也明的眼睛说道。

"你，你这事和肖风行说过吗？"顾也明非常惊讶，他没料到高中影会提出这样的要求，但阅历丰富的顾也明没有显示出太多不自然。

"没呢，我不征得你的同意，怎么好直接和那小子谈呢？"高中影鬼鬼地笑着对顾也明说道。

"中影兄，我表个态，这事儿首先我尊重风行个人的意见。不过我觉得他离开深圳到上海的可能性不大。他刚结婚不到两年时间，夫妻俩才买了房子。"顾也明有些舍不得放走肖风行，但他不愿意直接拒绝高中影，所以说出肖风行的婚姻情况，回应高中影。

"哈哈，也明，不瞒你说，我和肖风行接触不多，更不认识他的太太。但是我只听过一次肖风行和他太太很短的通话，我就觉得他们俩的婚姻要亮红灯了。"高中影语气坚定地说。

"为什么？你怎么会这么想？"顾也明像是被高中影那么肯定的判断给搞糊涂了。

"像肖风行那个年纪的人经历过的事情，你我还有什么没有经历过的呀。"高中影就把上次肖风行送他去机场，路上肖风行和林凤通话的语气和内容大致上给顾也明描述了一下。

"你说到这个事，我倒真觉得他们夫妻俩的感情是有点状况，而且可能和我还有点关系。"顾也明见话说到这个点上，索性把自己的担心和想法也说了出来。

"什么？也明，我没听得太真切，怎么会和你扯上关系？"高中影急于想知道新的情况，迫不及待地问道。

于是顾也明就把前一段时间林凤和自己在上海一起吃饭，以及在饭桌上林凤的神情和言语不太正常的情况讲述了一下。

"这就对了，我觉得风行的太太对他比较冷漠，原来是她心里有你这个大秀才，你们没事吧？"高中影不怀好意地看着顾也明问道。

"中影兄，你觉得我可能或者有必要做那种事情吗？风行算是我的小兄弟，再说我好不容易刚把自己从家庭的泥塘里拎出来，我没事找事啊？我跟你说，中影兄，林凤最近还想约我，她怕我不理她，这两次都是想以风行的名义骗我出来。第一次我上当了，去了一看，风行根本不在场，我立马走人。第二次我一接电话，她说要见面，我干脆骂了她，要她懂得珍惜，然后就直接挂了电话。"顾也明急于在高中影面前表白自己，便把这些情况一股脑儿地全部讲了出来。

高中影沉默了一会儿说："也明，你把自己择得倒是很干净。好吧，算我信你，我知道你不会为了个薄情寡义的女人搭进去太多，本能嘛！你觉得陈倩仪怎么样？她和林凤有得比吗？"

"这两个女人各有千秋吧，我觉得有得一比。陈倩仪在相貌上略胜一筹；林凤在身形上有优势，综合起来两人都算是高素质漂亮女人。你和那个陈倩仪怎么回事？这回你认真了？"顾也明紧盯着高中影问道。

"你这话说的，我高中影哪回不认真了？陈倩仪对我很主动，她刚刚离了婚，当然不是为了我，那时我还不认识她呢。

"我没想太多、太久远。你知道我的，就会欣赏一个女人，我没想过爱上谁。不过你这么一说，我觉得陈倩仪和林凤真的很有相似之处，那就是她们都没把自己的爱情和老公当回事，敢于踩踏和挑战别人的情感世界，本质上都是所谓的为自己活一把，都不善呀！"高中影像是总结一样讲述着。

顾也明思索着高中影的话，此刻他也清晰地预感到肖风行的婚姻状况要出大问题。想到这里，顾也明恳切地对高中影说："中影兄，能不能请你帮我把林凤的事情用合适的时机和方式告诉风行。我不想他们有什么不好的事，更不想让风行觉得背后和我有关系，我很在意我和风行的情义。他跟了我三四年，我们的情义要比一个我看不上的女人重要。"顾也明现在已经顾不上高中影是不是要挖肖风行的事情了。

"这个好办，我就用陈倩仪这个和林凤有几分相似之处的女人，教育一下肖风行这个傻小子。这小子没经历过什么女人，就想吊死在林凤这棵歪脖树上。今晚在画舫上吃饭的时候，你配合我一下，咱们要既教育了风行，让他认清女人的疯狂，又要让他知道你和这事没有关系，你顾秀才也是受害者，是无辜的。"高中影思考着晚上怎么和顾也明演一出戏。

"好的，那就拜托你了，中影兄，我现在回房间也想一下怎么说这事。咱们事不宜迟，晚上把事挑明了，越快越好。"顾也明的言语中还是透露了浓浓的关切和担忧。

"倩仪，你们散步散得怎么样？跟年轻靓仔散步，散得我们都很久没茶喝了，你们回来吧。顾总这边和风行还有事，正好我也有事和你商量一下。"高中影给陈倩仪去了个电话，知道陈倩仪他们正要过来，就说好的，随即挂掉了电话。

"倩仪，今晚在游秦淮河的时候，你帮我个忙。到时可能会拿你说事儿，要委屈你一下，所以先给你说一下。你知道我想挖走肖风行，他现在为情所困，咱们要让他把人生、爱情，还有你们女人这些事，看得通透点儿。"陈倩仪回到房间后，高中影搂着她说道。

陈倩仪不是很了解肖风行的事情，但是既然高中影开口要请她帮忙，她也不好拒绝，便点了一下头说："好的。"高中影就喜欢陈倩仪对自己那种温顺随和的态度，于是高兴地吻了一下陈倩仪的面颊。

当晚华灯初上的时候，高中影一行登上了秦淮河上的一艘画舫。画舫徐徐开离码头，大家的情绪也被两岸迷离的灯影调动起来。高中影特地让人安排了几个学戏曲和音乐的女孩子，扮上了古装。随着琵琶声响起，她们咿咿呀呀地唱起了小曲儿。

"风行，今天我和你们顾总总算是借这船、这酒、这众多美女给你设宴！倩仪，你给风行把酒满上，我要多和这位小兄弟喝点。"高中影张罗着大家喝酒。

30 年陈酿的花雕酒，很快就让大家兴奋起来。肖风行先给顾也明敬酒，又给高中影敬酒，再给陈倩仪敬酒，几轮下来，只觉得自己有点轻飘飘的，这时那几个唱曲的女孩子也加入进来，一时间船舱内觥筹交错，笑语和灯影一起荡漾在河面上。

"也明，我问你，船上最美的女人是谁？你不许敷衍大家，你说谁最美，你就必须像投资标的选择一样，给大家说出个标准和理由来。大家说好不好？"高中影端着杯酒举起来向大家示意说道。肖风行在酒劲儿的催动下，也连声说好。几个女生也觉得有意思，便也一起催促顾也明起来评点。

"好，中影兄，那我就先抛块砖，引大家的玉了。"说着顾也明站起身来走到每一位女生前做细细打量状，他滑稽的样子引起大家一起哄笑。但是出于女人对自己美貌的维护和自信，每一位被打量的女生都摆出了各自诱人的姿势。到了陈倩仪的时候，陈倩仪干脆直接站起来用左脚踩着椅子，撩起裙子露出一截腿，然后用右手比画成抽烟的样子，她用迷离的眼神望向顾也明。

"哎呀，不分伯仲呐！我可不可以说大家都一样美。"看见顾也明想混过去，大家齐声说不行。

"好了，也明，我就问你，她们中间如果有一个人可以嫁给你，你愿意娶谁？这样简单了吧，你总不能全娶回家吧，我知道你家房子大，你的心没那么大吧？"高中影不依不饶地抓住顾也明不放。

"好吧，诸位女士们、先生们，我说几条我心中欣赏女人的标准，大家帮我评判一下。首先要样貌美丽端庄，然后要做事睿智，再就是做人要有爱心。补充说明一下，相貌美丽的标准，我借鉴了通用标准就是：三长一小，胳膊长、腿长、颈部长，脸盘小。"听到顾也明说得那么透彻，肖风行情不自禁地鼓起掌来。

"好呀，也明，你就套用你自己的，再加上普世的标准，给大家现场甄别一下。唉，你们别说，这个顾秀才他总结得蛮好的呀，来现场检验一下嘛。"高中影顺着酒意更来劲儿了。

"那我就按照高总的指示来真的了，我选这个女生。"顾也明走到肖风行旁边指着刚才弹琵琶的女孩子说道。

肖风行这时才注意到一直坐在自己身旁的这个姑娘，这是一个很年轻的女孩子，大概二十一二岁的样子。只见她身材娇小，面貌清秀，面容上始终带着微笑。见到顾也明走过来，她一下子变得特别羞涩，眼神根本就不敢和顾也明的眼神碰撞，两只小手也不自然地拢在一起。

"我们刚上船的时候，我看见她在逗船家的小女孩，她是蹲下来和她一起玩的，她对待小孩子的时候，动作和声音都很温和轻柔，她这么年轻肯定是没有成家生子的，但是对别人家的小孩子那么有爱心，想必她是个个性温和的女人。另外，她在弹奏《琵琶语》这首曲子的时候，中间有一段是变奏，像是吉他里的华彩。我之前从来没听过，但是她过渡和处理得那么好，我想应该是她在弹奏这个曲子时，加入了自己的感悟和体会后，自主创作演绎的。所以我觉得以她的年纪来讲，她在自己音乐的领域里，应该算是有自己的人生想法和感悟的睿智之人。"顾也明评讲的时候，大家都被他敏锐的洞察力所折服。

陈倩仪起初在顾也明选那个弹琵琶的女孩子时不以为然，在顾也明的引领下，她重新仔细观察了那个小女生。这一次，她认同了顾也明的观点和说法。陈倩仪心中不由得对顾也明细致入微的观察力充满了敬佩之情。

"也明，你这顾秀才，我今天算是见识你了。我服你！哎，那位可爱的小姑娘你叫什么名字？"高中影盛赞了顾也明之后，问起那个弹琵琶的女孩子。

"各位大哥、姐姐们好。同学们都叫我拉拉，你们就叫我拉拉好了。"那个弹琵琶的女生起身示意向大家说道。

"也明，你有眼光，我投你一票，跟！我和顾大秀才一样，我也选拉拉。"高中影趁着酒意走到拉拉的面前，拉起拉拉的小手说："来，拉拉，大哥我敬你一杯。"

此时在一旁的陈倩仪表情很不自然，她下意识地抿了一下嘴唇，这一幕正好被肖风行看到。肖风行连忙站起来说："如果让我选的话，我选倩仪姐。"

"哦，为什么？倩仪这个类型是你梦中情人的样子？"高中影装作非常诧异的样子问道。

"哎呀，中影你不知道，风行的太太林凤和倩仪很像，她们都属于才气高，人又长得漂亮的类型。"顾也明知道高中影开始切入正题了，就马上开始按计划铺垫。

"风行，你来评一评，你选倩仪的理由。我和你们顾总选拉拉，你选倩仪，咱们二比一，你要想赢，你得说服大家。"高中影见肖风行上套后马上跟进。

"我觉得倩仪姐特别聪慧睿智，虽然我们接触得不多，但是今天她在讲安领核能的时候，那种对项目的把握和评点，非常让我折服，套用顾总的说法，做事睿智用在倩仪姐身上一点也不为过。再就是倩仪姐样貌清秀，五官精致，身材也很棒，算是典型的江南美女！我说完了。"肖风行一口气评说完了陈倩仪。

此刻陈倩仪也已经反应过来，她知道高中影和顾也明是在引导肖风行按照他们的计划和设计走。想到这里，她不禁为自己觉得有些悲哀。但转念一想，能为高中影这样的大佬配合演一出戏，也没什么好委屈自己的。

"对了，为了公平，我们给拉拉一次机会。看看我们今晚的小花魁，如果给她选择我们中间的一个男人，她会选择谁？"高中影轻轻地摇晃了一下拉拉的手，用眼神示意她做出选择。

"这可不行，你们都是那么成功的人士，我一个学生可不敢做这样的选择，还是不要吧。"拉拉怯怯地环顾了一下大家，又马上低下头说道。

"拉拉你就选吧，真的，我们也特想知道你会选谁。"拉拉的几个同学催促着拉拉快点决定。

"你看，同学们都着急了。你就发挥一下娱乐精神，娱乐一下大家吧。这样吧，你喜欢谁，你就端起酒杯敬他一杯酒好了。"顾也明不失时宜地劝说拉拉。

当时的气氛一下安静起来，大家都好想知道拉拉的选择。沉静了一小会儿后，拉拉端起酒杯转向身旁的肖风行，细声说："这位哥哥，我敬您一杯酒。"这突如其来的变化让肖风行不知所措，肖风行不自觉地看了陈倩仪一眼，正好碰到陈倩仪对他眼神，示意让他赶快举杯回礼。肖风行这才反应过来，连忙站起身来，用双手举起酒杯，认真地和拉拉碰了一下酒杯，然后一饮而尽。拉拉随即也喝掉了杯中的酒，可能是酒的作用，此时拉拉已经没有刚才那么羞涩了。

"倩仪，你也选一下吧。"大家都没想到高中影会在此刻让陈倩仪去选择。

陈倩仪端起酒杯站到高中影的身后，用手拢了一下高中影的肩膀，柔声说："中影，我爱你。"不等高中影站起，自己已经一口喝掉一大杯。此时高中影慢慢地站起来，用双手扶着陈倩仪的双臂说："倩仪，我非常欣赏你，看好你，谢谢你选择了我。"

"好，诸位都已经做出了自己的选择。我来总结一下，我和顾总与这位青年才俊肖风行先生的观点不同。你们在座的年轻人也都认真思考一下，看看我们两个老男人历经风雨后的观点和你们有什么不同。"高中影并没有和陈倩仪碰杯喝酒，而是回到自己的座位上坐下，他一只手放在陈倩仪的椅背上说道。

所有的人都在准备聆听高中影的高见，没有人注意到此刻陈倩仪眼含泪水。

"婚姻就是一桩交易，交易双方共赢的概率很低，两败俱伤的概率很高。所以交易双方在交易前，就应该想清楚一件基本的事实，就是你想从交易对手那里获得什么？同时你能给交易对手什么？实际情况是，大部分交易者都会出于本能逐渐展露出人性的贪婪，就是想要索求得多，不舍的付出。如果有一方在交易后发现交易的内容和收益与预期不相符，就会很容易产生毁约的想法。当然，不同的年龄段、不同的人生阅历、不同的成长环境等因素都制约或者改变交易者的观点和判断。

"拉拉姑娘被我和顾总相中,我和顾总看中的是她年轻靓丽的青春年华,她的单纯可爱和可能有的善良,加上她的才艺。但是,在她现在的价值观里,交易观就是单纯的喜欢,不掺杂交易回报的概念。所以,以她的人生阅历,她不考虑我和顾总的专业能力、财富,也不考虑风行的性格是否和她相配。她只凭借着风行帅气的外貌就做出了自己的选择。

"再来看风行的选择。他看到我们两个老男人选择了拉拉,他可能是出于年轻人的逆反,也可能是出于不想让倩仪受冷落。但最主要的原因是,在他的交易观里,他和拉拉同学一样,也是单纯的,就是以为只要喜欢和心里有爱,就可以只做付出,不求回报。所以,他仍然按照他选择他的妻子林凤的标准又选择了倩仪。

"林凤和倩仪的存在,都满足了风行对于爱的所有遐想。她们美丽、知性、高素质,风行就幻想只要有爱,只要付出,对方终会懂得他的爱,珍惜他的情和付出,最终也回报以爱和真情。

"我甚至可以想象出这样的场景:想必在风行和林凤有争执,或者是风行在不被林凤理解的时候,风行你是不是想象过,假如你死了,林凤就会终于明白一件事:世界上最爱她的男人再也回不来了,以后的日子要靠她独自应对了。

"实际上,风行你从来也没指望林凤可以通过她所谓的事业成功,带给你或者你们的家庭什么实惠和利益。你不指望她赚钱,不需要她为你的父母做什么,不需要她为你生孩子,不需要她太辛苦,你只想好好爱她,和她在一起,对吗?"高中影说到这里的时候,一旁的肖风行已经泣不成声。其他在场的人也已经被高中影的说辞和现场气氛压抑到喘不上气来。

"风行,你不知道,林凤在你深爱她的时候,在你妄想着用爱和付出融化她的时候,她已经开始疯狂地追求你的老板顾也明先生了吧?你更不知道,顾先生躲你太太的追求有多辛苦!"当高中影说到这里时,肖风行、陈倩仪,以及在场所有的人都惊呆了。顾也明连忙端起酒杯来到肖风行面前,拍着肖风行的肩膀说："兄弟，这事儿我没法跟你明说，上次打牌的时候暗示过你一次。"

"对不起，顾总，我当时就有不好的感觉。可是我不愿意，也不敢相信这是林凤有意而为之的事情，从那时起我就开始失眠了。我见过她无意的时候在纸上写过你的名字，我只是没有勇气告诉自己：她可能已经不再爱我了。"此时，肖风行已经不像刚才那样痛苦，反而有一丝解脱的感觉。

"倩仪选择我和林凤想选择顾老板，都是现实的交易观，没有什么对或者错。她们已经不再像拉拉那么单纯和幼稚，她们综合测量一个男人的合理价值。当然这中间也会存在理想化的成分，有对现实的不满足，也有对未知的好奇。但总的来讲，是出于投资和回报的计算。"高中影没有理会身边的陈倩仪流露出的尴尬和沮丧，陈倩仪心中就算再不认同高中影的说法，她现在也不能去反驳他。

"哎呀，你们看，就是我一个人说了那么多，都是一家之言！你们可以借鉴，也可以当没听到。时间不早了，最后有请几位同学帮我们来一曲《枫桥夜泊》吧。"高中影看到气氛那么压抑，便请拉拉她们演唱一下苏州评弹的名曲。

吴侬软语和月光一起荡漾在河面上，只是大家的情绪再也无法恢复到先前那种欢声笑语、随风流淌的状态了。

第二天一早，高中影叫上顾也明、陈倩仪和肖风行一起去中山陵祭拜。从陈倩仪的表情来看，她仍然沉浸在昨晚的失落和低迷中。长长的台阶甬道一直上到山顶，高中影和顾也明在前面一边走路一边聊着事情，肖风行和陈倩仪慢慢地跟在后边。

"风行，你有没有想过到上海去高总的 CHC 集团？"还是陈倩仪率先打破沉闷问道。

"不知道，我现在好像什么都想不清楚，脑袋不是很清醒。"肖风行的状态也非常差，所以他不加掩饰地回答。

陈倩仪完全可以理解现在肖风行的心情。一年前她也经受了一场感情的变故，经过挣扎和煎熬，陈倩仪选择了离婚。但是，这件事对她的打击，以及她的委屈和内心的痛苦，直到现在仍然经常泛起。

"你现在正在经历的痛苦，以及你下一阶段将要承受的折磨，我都经历过，而且我也并没有真正走出来。我昨天对高中影的表白，都是我内心深处的渴求，我不知道那个人是不是一定就是高中影，但我觉得我需要一个强大的、懂得欣赏我的男人，我的内心充满了爱和被爱的冲动。"陈倩仪像是自我阐述一样对肖风行说出了这番话。

听到陈倩仪这样说，肖风行不禁内心有所触动，于是他问道："你觉得怎样了结一段记忆或者感情才能使内心所受的煎熬最小？"

"不知道，其实我现在仍然没有完全走出来，我不知道还会这样持续多久。你会和你太太离婚吗？"陈倩仪说完后问道。

"我想我会的，我是一个男人。出于我的自尊，我会离开她。即便是我的心里仍然爱着她，或者说其实我也没有什么选择的权利，我是被人家放弃的人。"肖风行声色黯然地回答道。

"你们两个年轻人怎么那么慢，还爬不过我们两个老家伙！"高中影在山顶催促道。

说话间，大家一起移步到了孙中山先生的墓碑前。当天的天气是阴郁的，山上的游人不多。来到墓室后，当肖风行看到"孙中山先生葬于此"这几个字的时候，他再也无法控制自己的情绪，肖风行的泪水喷涌而出。他不想在大家面前那么失态，便掩面走到旁边的槐树下。

陈倩仪想去安慰肖风行，却被高中影叫住。过了好一会儿，高中影慢慢走过去，当他看到肖风行的情绪基本已经稳定下来，就坐在花坛上望着肖风行说："心里有事儿的时候，宣泄一下挺好，你对辛亥这段历史挺了解的吧？"

"对不起，高总。刚才我看到碑文的时候，我记起了孙中山先生平生所倡导的博爱思想。想到这儿，我记起了过去，那是我第一次去我爷爷奶奶的坟前祭奠他们的时候。当时我望着他们的坟茔和墓碑，心里涌起过这样一句话：爱我的人，长眠于此。刚才这句话在我心中闪过的时候，我情绪一下就特别激动。

"在中国历代重大事件的主导者和亲历者中，我觉得孙中山先生做到了把人民的生命和尊严放置首位，不愧我们称他为国父。"

肖风行一口气说了这么多，高中影沉默地看着他良久。

　　高中影站起身来，拍了拍肖风行的肩膀说："风行，心里有爱就好好抒发一下，或者做点什么吧。不过看来你对孙中山先生倡导的博爱思想，理解得还稍欠火候。博爱是有条件和有范围的爱，并非真正无原则的广博之爱。孙中山先生和毛泽东同志都是伟大的爱国主义者和民族主义者，他们对我们这个民族有多爱，他们就对欺凌我们的外族和异类有多恨。"

　　说到这里时，高中影停顿下来，观察了一下肖风行的反应。当他看到肖风行完全被他的话语吸引住的时候，高中影内心非常高兴。之前他觉得肖风行无论是在为人处世，还是在做事严谨上都已经算得上很出众的年轻人了。此刻更为难得的是，肖风行的历史观颇具质朴的民族主义精神，高中影觉得自己没看错肖风行这个人。

　　肖风行完全被高中影的话语所击中，那一刻他也怀着敬意，重新在内心评判高中影。肖风行和高中影之前并没有太多的交集。近期的几次交往，尤其是刚才高中影关于博爱和民族主义的寥寥数语，肖风行已经彻底被高中影非凡的人生智慧和民族主义情怀所打动。

　　"高总，倩仪和我说过，您希望我能加盟 CHC 集团。承蒙您看得起，我处理好自己的家事之后，会尽快到上海向您报到。"肖风行整理了一下自己的心情，随即对高中影说道。

　　"好的，风行，你们俩冷处理一段时间也可能有转机。"高中影听到肖风行的表态后掩饰不住心中的欣喜。

　　中午饭之后，大家来到安领科技。安领科技的董事长雷凤舞带领着全体高管团队在研究院的大厅里恭敬地等候着高中影一行的到来。

　　"来来来，尊敬的高总，我来给您介绍一下我们安领的团队。这是我们的副总经理夏天元博士，他是我的大学同学，这是……"雷凤舞把大家一一介绍给高中影一行。

　　来到安领核能的展厅时，大家在讲解员的引领下，参观和见证了研究院的各种获奖证书、高科技，以及高新技术资质。

雷凤舞洋洋得意地说："高总，我们安领核能是盛名之下，难符其实呀。"高中影礼节性地微微点了点头。

大家一同来到会议室，夏天元开始介绍安领核能的核心技术和发展构想。夏天元的讲解非常专业到位，整个两个小时的讲解过程中，所有在场的人精神都高度集中。期间，每当他讲到安领的核心技术领先欧美国家的相关领域时，现场的人都明显地感受到夏天元流露出的骄傲和自信的情结。在夏天元的自尊、自强的豪情引领下，会场内数次响起掌声。

陈倩仪低声在高中影耳边说："夏天元是安领核能的灵魂人物。她第一次到安领核能来尽调时，一瞬间就被夏天元的阐述所吸引，吸引她的不仅仅是夏天元的技术和企业规划，她觉得自己是被夏天元展现出的民族自尊、自信所征服。"

当高中影听到陈倩仪这样介绍夏天元时，高中影不禁面带微笑地对望了陈倩仪一眼，并且轻轻地捏了一下陈倩仪的手。

在大家热烈的掌声中，夏天元结束了自己的演讲。高中影率先站起身来，一边继续鼓着掌，一边走向夏天元。当他走到夏天元的身边时，高中影停了下来。之后他恭恭敬敬地向着夏天元鞠了一躬。夏天元连忙鞠躬回礼。

一旁的雷凤舞面上闪过一丝不快，但他也马上走上前拉住高中影的手说："高总对我们安领太抬爱了。"

高中影没有太理会雷凤舞，他直接对着夏天元说："现在我才知道原来安领核能最吸引我高中影的是你夏天元夏博士，晚上我们好好喝几杯。雷老板，关于参股你们安领的事情，咱们几家可以尽快签约了。"

"好的，好的！高总真是痛快！"雷凤舞高兴地附和着高中影。

当晚的招待宴会上，高中影和夏天元举杯畅饮，相谈甚欢。

九、（往事）告别该告别的

"林凤，我们聊一下好吗？"从南京回来以后，肖风行鼓足勇气想和林凤好好把问题讲清楚。

"什么事情呀？能不能明天再说？你看我手头事儿多着呢。"林凤一边忙着看审计报告，一边有些不耐烦地说道。

"就现在吧，不会占用你太长时间，说完这事儿我想搬到宿舍去住一段时间。"肖风行心一横说出了这个沉重的话题，听到这里林凤不禁愕然。

"怎么了，风行？"林凤放下手中的文件，从桌边站起来走到肖风行身旁问道。

"顾总和我说了你对他表白的事情。"肖风行怔怔地说道，此时他已经完全平静下来了。

"对不起，风行，对不起。"林凤突然失声哭了起来。

正如肖风行预料的一样，林凤没有否认，也没有请求肖风行原谅或是想挽回什么。

"这半年以来，我很矛盾。我爱你，但是我越来越觉得我们俩之间的爱是同学之爱、兄妹之爱、亲人之爱，真的！看到你加班、受重用，我非常为你开心，可是你知道吗？我觉得我不快乐！很多时候我觉得你太年轻，太没有定性，和你在一起我没有安全感。还有就是这些年以来，从上中学以来我就一直迁就着你，现在我突然觉得我从来没有为自己好好活过，我想为自己活一次，只为自己，不管其他。我痛苦，我想和你提出来，但我又不确定我是否真的爱上了顾也明。我觉得他也应该是喜欢我的，但是他是你的老板，我想如果咱们两个人仍然是夫妻，他是不会接受我的，哪怕是对我表示好感都不会。风行，原谅我这么自私和狠心，既然咱们俩话已经挑明了，就请你答应和我离婚，给我自由身。我要以单身女人的身份去追求他，这样他也不会有什么顾忌了。"林凤虽然是哭泣地诉说，但是她的语气里充满着决绝。

"我不能说我理解你，但是我可以做到不去恨你。我只知道我们曾经彼此深爱，现在比一张卫生纸还要苍白。林凤，我还爱着你，但你放心，这不会成为我们分手的阻碍。我回公司的宿舍了，咱们分开一段时间，都平静一下吧。你草拟一下离婚的协议，我到时签字就好了。"肖风行噙着泪水，用尽量平和的语气陈述着。在他诉说的时候，始终没有抬头去看着林凤。

当肖风行拉着早已收拾好的行李走到门口的时候，林凤冲了过来，她紧紧地抱住肖风行。"风行，你不要走，你不要走。"林凤泣不成声地说道。

肖风行慢慢地推开林凤抱他的手，低头走出家门，留下身后哭泣的林凤。就让自己独自消失在黑夜中吧！肖风行知道这一次的夜，将特别长，特别黑。

坐到车上后，肖风行任凭眼泪肆意流淌。自己和世上所有的幸福再也没有关系了。内心所最为深爱的、珍视的女人正在为了得到别的男人离开自己，而自己正在成全她。此刻肖风行觉得自己那么孤单和无助，他一下子不知道自己该怎么办。

突然，肖风行觉得血往上涌，那一瞬间，濒临死亡的感觉非常真切地降临了。肖风行感觉手脚发麻，呼吸急促，这种突如其来的恐惧感让肖风行内心更加惊恐。这时肖风行的手机铃声响起，是林凤打来的电话。

"风行，你在哪里？"林凤焦急地问道。

"我在车上，我，喘不上气。"肖风行拼着一口气回答道。

"风行，你不要吓唬我。你别动，我马上过来。"林凤边说边往停车场跑。

当林凤驾车带着肖风行来到医院的时候，肖风行已经不能自己走路了。急诊室的医护人员架着肖风行来到急救室。经过简单的诊断后，医生对肖风行确诊为低血糖引发的惊恐发作。

注射了葡萄糖和抗焦虑的药之后，肖风行慢慢缓了过来。他有气无力地看了一眼林凤，林凤坐在病床前始终拉着他的手，肖风行试着要把手挣脱，但是他这样的举动让林凤把手握得更紧。

"你是肖风行的家属？"急诊科的医生在检查完肖风行的各项数据以后，走过来对林凤说。

"是的，大夫，我是他的太太。"林凤一句自然的回答，此时却像皮鞭一样抽打着肖风行的心灵。

"基本上没事儿了，如果病人血糖敏感的话，应该随身常备巧克力或者糖果，注意规律饮食。"

"谢谢您大夫，非常感谢。"林凤连声谢着医生。

"医院床位紧张，你们可以回家了，这两天多注意观察一下。避免劳作，多休息。"医生说完转身离去。

肖风行挣扎着推开了林凤的手，慢慢站起来，他的双腿没有什么力气，所以只能半步半步地拖行。林凤坚决地跟上来，她挽着肖风行往外走。这次肖风行没有反抗，也许是他根本就没有力气反抗，或者是他希望林凤能够一直这样和他走下去。

当晚在林凤的坚持下，肖风行回到了家里。在以后的几天里，林凤尽量克制住自己的情感，没有再提和肖风行离婚的事情。很快林凤发现肖风行变了，肖风行基本上不说话，反应也好像比以前慢了。

大约一周之后，林凤回到家后，发现肖风行拿走了个人物品，留了一封信在餐桌上。

亲爱的：

我再一次这样称呼你，我心里充满着对你的爱，但是我还是选择了离开，我这次去上海工作一段时间，我已经向顾总提出了辞职。

真的像你说的一样，我是一个没有带给你安全感的男人，我对自己的能力和职业没有太多信心。看到你这两年发展得越来越好，我除了为你高兴和自豪外，更多的是对我自己的失望和自责。作为你的丈夫，我没有能力为你提供更多的支持和帮助，看到你那么辛苦，我真的觉得自己太失败了。

你哥哥的工作我已经请朋友帮忙，他们公司会尽快安排他入职的。上次帮你哥哥抬家具的时候，我不小心砸到了自己的脚，左脚的大脚趾骨裂了，现在已经基本上好了，我没有去医院治疗，算是自愈了吧。

这几天我的状况非常不好，我没有心情做任何事情。两天前在办公室的时候我又差点晕倒，那是一种像是喝醉酒的感觉，心悸头晕，恶心想呕吐。后来邓主任带我到户外走了很久，我才透过气来。我现在的状况自顾不暇，再也没有能力和心力去照顾你了。以后的路再长，夜再黑，也要你自己走了，你自己多保重吧！

风行

林凤强忍着内心的痛苦和矛盾看完了肖风行的信，当她拨打肖风行电话的时候，发现电话已经关机。

前后也就是一个月的时间，当肖风行到上海再次出现在高中影面前的时候，高中影被面前这个身形憔悴的肖风行惊呆了。

"怎么了，风行？你怎么变成这个样子了？"高中影充满关切地问道。

"我还没有和林凤离婚，我舍不得，但是我们已经谈开了。高总，我先去公寓安顿一下，明天再正式报到。"肖风行把自己和林凤的经过和前一段生病的情况，一一向高中影做了汇报。

"好了，风行，你最近先住到我家，明天让办公室的人安排你去瑞金医院做全面检查。上班的事情等身体好了再说。"高中影一边说着一边安排着。

当晚，肖风行来到高中影家的时候，发现府中已经准备了盛大的宴会来迎接他。高中影的哥哥高中光带着妻子和女儿早早待在家里，就等着高中影和肖风行回来开席。肖风行一进家门，瞬间被那种温馨的场面感动。尤其是当高中光的女儿高敏儿，一个可爱的小姑娘，瞪着大大的眼睛望向他时。高敏儿走上来把一小把花交到肖风行的手上，然后用小手拉着肖风行的手把他带到座位上。

"哥、嫂，这就是我最近多次给你们提起的肖风行，他马上就正式加盟我们CHC集团了。我和风行虽然年纪差别不小，但是我们的意念相通，犹如俞伯牙和钟子期。"高中影热情地向家人介绍肖风行。

"高总过奖了，大哥、嫂子你们好，还有你这个美丽的小姑娘，有什么事情请吩咐，我会尽力做好的。"肖风行连忙站起身来向每一个人致意。

"风行老弟，最近中影老是在我们面前说起你。你别说，你还真像他年轻时候的样子，只不过你比他帅！哈哈。"高中光热情地回应肖风行的致意。

"哥，你怎么那么讨厌，我当然没有人家风行帅气，我是说我们为人做事的态度和风貌比较像，到你那儿就成了我高攀人家年轻帅哥的颜值了。你这个当哥的可真没个当哥的样子。"高中影假装生气的样子把大家都逗笑了。

"叔叔，你不许说我爸爸没样子。我爸爸最棒了，妈妈你说对不对？"没想到高敏儿听到高中影说她爸爸不好，她不干了。

"还是我乖女儿心疼我，你那个坏叔叔从小就仗着聪明欺负爸爸，现在总算有人主持正义了。"高中光故意装成很委屈的样子说道。

"肖叔叔，你也支持我爸爸好不好？咱们加起来四比一，叔叔他一个人，我们都不要对他好。"高敏儿要拉着肖风行孤立高中影的样子，让大家都偷着忍住不敢乐出来。

对于小女生的邀请，肖风行不知所措。以肖风行的年龄和阅历，他还不懂怎么样和四五岁的孩子相处。看到肖风行茫然不知所措的样子，高中光哈哈大笑起来。

"宝贝，爸爸和叔叔是逗你玩的。爸爸虽然是哥哥，但是从小到大都是你叔叔让着爸爸，支持爸爸的，我欺负过他，他可从来都没有欺负过我。"高中光说这话的时候，流露出无比的幸福感。

肖风行完全被高中影兄弟的情义和家庭气氛所感染，这种暖暖的家庭气氛不知怎么突然让肖风行想起自己小时候。有一次自己和邻居家的男孩儿一起踩单车疯跑，猛地单车失控，肖风行重重地摔在了水泥路面上。肖风行的爸爸闻讯赶来，看到血泊中哭泣的儿子，从地上拉起肖风行，重重地在他屁股上打了几巴掌后，才把他带到学校的医务室清洗和包扎伤口。肖风行的鼻子下面也从此留下了一个伤疤，当时肖风行对爸爸的行为非常不理解和仇视。直到有一次，妈妈悄悄告诉肖风行，那天晚上肖风行睡着以后，爸爸躺在床上哭了。爸爸是心疼儿子，但又怨儿子，那么不小心伤到了爸爸心中的至爱。

"风行，这次我哥从国外回来，就准备在国内长期发展了。他在国外多年，他现在和国内现实脱节，我准备设立一家研究所，从事新能源领域的研发。我哥在美国一直在这个领域折腾，我也看好这个行业，等你调整好了，你们一起把这事搞起来。"高中影注视着肖风行慢慢说道。

"好的，我一定会全力以赴的。"肖风行站起来郑重地向高中光、高中影表态。

高敏儿端着一杯饮料从爸爸妈妈身边来到肖风行身边，然后很自然地就坐在了肖风行的腿上。肖风行没有孩子，但那一刻，肖风行突然觉得有一个可爱的孩子是一件非常幸福的事情。肖风行想，如果两年前那次意外的怀孕他们把孩子生下来，他的家庭和爱情也许不一定会走到今天这一步。

第二天，办公室的赵主任一早接肖风行去医院，一个上午他们把能够检查的项目全都过了一遍。检查结果显示肖风行的器官非常正常健康，经过检查科主任的综合诊断，肖风行的症状为非器质性的，应该主要为功能性的。因此，在结合肖风行的症状和自述后，专家建议肖风行去心理科诊疗。

中午的时候，赵主任带着肖风行来到医院附近一家餐厅吃饭。这时肖风行才开始认真打量这个陪了他一上午，做事非常周到的中年男人。赵主任看上去应该在四十岁左右，相貌儒雅。

"谢谢您，赵主任，耽误您一上午的时间，真的非常感谢。"肖风行真诚地感谢着赵主任。

"小肖，您客气了，您是 CHC 的栋梁，很少见高总亲自安排这样的事情。所以，我想他一定是非常看重您的。不用客气，这些都是我的主要工作内容。"

赵主任礼貌地回应着。

　　肖风行本身不是非常善于言辞的人，席间赵主任保持着微笑，简要地给肖风行介绍了一些 CHC 的业务和各个部门人员的基本情况。在午饭结束时，肖风行对高中影和 CHC 的大概情况已经有了一定的了解。

　　"你好，肖先生，鼓足勇气走进心理科诊室，是你准备康复的第一步。你不用紧张，我是你的心理诊断医生，你叫我黄医生就好。我们从最简单的问卷开始，现在我们开始计时，你要在 15 分钟之内完成问卷。"黄医生引领着肖风行坐在沙发上开始填写问卷。

　　在非常轻柔的音乐背景下，肖风行很快填写完毕，在此期间，黄医生已经将上午的部分检查单看了一遍，当肖风行把问卷交给她的时候，黄医生接过问卷后仔细地逐条读过。

　　"你的症状介于抑郁和焦虑之间，我总体的感觉是偏焦虑的成分多一些。愿意和我聊一下你的经历吗？这可能对我们找到焦虑和恐惧的源头有帮助。"黄医生平和地望着肖风行说。

　　"我是做量化、程式化交易系统开发的，同时也做投资。主要是买卖股票和交易商品期货。我第一次觉得特别难受的记忆，是我一年前去海口交割咖啡的时候，当时我们公司在多头仓位上亏了钱，被迫实物交割，资金压力很大。在办理仓储和提货单的时候，突然觉得非常恶心，想吐，又什么都吐不出来。之后经常觉得嗓子不舒服，以为是咽喉炎，但是检查咽喉又没有什么问题。之后还去检查过胃部，也没有发现什么异常。"在肖风行的诉说过程中，黄医生始终在聆听，没有打断他。

　　"你结婚了吗？"黄医生问道。

　　"是的，结婚快三年了。"肖风行回答得很不自然。

　　"你们的家庭情况怎么样？有孩子了吗？"黄医生明显地察觉到了肖风行在提到家庭时不自在的变化。

　　"我们……"话到嘴边的时候，肖风行有些犹豫。

　　"我了解得越多，越有可能帮助你尽快恢复。所以请你尽可能地告知我真实情况。"黄医生看出肖风行的窘迫，便鼓励和引导他向前。

"我们正在商量离婚。"终于，肖风行打破犹豫，把自己当前的情况毫无保留地向黄医生一一诉说。

这下子轮到黄医生沉默和唏嘘了。在肖风行悲痛地倾诉完自己的现状和经历后，黄医生差不多有半分钟的时间没有说话。后来，黄医生说："肖先生，我这次给你开两周的药。我要特别给你说明一点，这个药在服用的前两周，可能会加重你在身体和思想意识上的不良反应，你和你的家人要明确这一点。这两周如果你有条件的话，最好身边时时有人照顾，并且观察和记录你的血压和情绪的变化。有30%的患者在首次服药期间的头两周，会产生强烈的厌世情绪和自杀倾向，我等一下也会和你们办公室的赵主任强调一下这个情况。这是我的办公室电话，还有我的手机号码，特别难受或者慌乱的时候可以给我打电话。"

肖风行深深地给黄医生鞠了一个躬后，离开了诊室。在他们回家的路上，赵主任接到了黄医生的嘱托电话，赵主任非常认真地感谢了黄医生，并且对黄医生说一切已经安排妥当，请她放心。

到家的时候，已经是傍晚时分。赵主任站在院门口把药交到肖风行手上，又嘱咐了一遍注意事项和剂量后，告辞离开。肖风行慢慢往大厅走的时候，隐隐听到琴声随风飘扬。

"您回来了，高先生在书房等您呢。"阿姨打开房门迎接肖风行回来。

"谢谢您。"肖风行直接到二楼高中影的书房。

"风行，你今天算是凯旋呀。老赵大体上和我说了一下你们今天检查的情况。说实在的，我觉得一下子松了一口气，我就担心你查不出什么毛病，或者查出什么不好治、治不了的问题。现在好了，你这个就最多算是个情绪感冒嘛！"高中影乐观的情绪感染着肖风行，一下让肖风行绷着的心也随着放松了起来。

"谢谢您，高总，我不知道怎样才能描述我的心情。还都没能为您和公司做过什么事情，就这么麻烦和打搅您的生活。"肖风行非常愧疚地低声说道。

"风行，今天你是双喜临门呀。这第一喜是你基本确诊了，你算是为情所困，情绪感冒惹了点小风寒；这第二喜嘛，可能你不一定当喜，可是我觉得以最近的情况对你来说，确实是一件重要而讨喜的事情。"高中影满面春风地吊着肖风行的好奇心。

看到肖风行摸不到头脑的样子，高中影忍不住哈哈地笑起来，然后拉着肖风行的手下楼来到偏厅。这时，缭绕的琴声真切地飘入肖风行的耳中，正是一个多月前在南京夜游秦淮时听的那首《琵琶语》。高敏儿乖乖地坐在一位琴师的身旁，而正在奏琴的琴师正是那位可爱的拉拉姑娘。

看到高中影和肖风行走过来，高敏儿一下跳起来。她走到肖风行面前，一只手拉着肖风行的手，另一只小手却放在嘴上做出嘘的样子，示意他们不要打搅拉拉弹琴。高中影假装着蹑手蹑脚地猫着腰走到沙发前。在他慢慢坐下后，他也伸出手放在嘴边学着高敏儿的样子嘘嘘。

这时拉拉才注意到高中影和肖风行走了进来，于是她慢慢收住琴声，站起来示意。

"风行，现在正值寒假期间，你的小粉丝拉拉百忙中被我请来教敏儿弹琴。她起初不肯来，后来我让赵主任告诉她，你是敏儿的大哥哥，最近情绪状态不是很好，敏儿从国外赶回来也是为了照顾你和陪伴你的。拉拉这才改主意答应我们，哈哈。"高中影得意地说着，拉拉在一旁羞得小脸通红。

看到可爱的、一脸羞怯的拉拉，肖风行内心百感交集。自己一两个月前的人生和现在的人生相比，只能说是急转直下，用琴声依旧、物是人非来形容一点也不为过。

"风行哥，你好。"拉拉克制住自己的羞怯，主动和肖风行问好。

"哦，拉拉，你好，你好。"肖风行倒是显得有些不从容和慌张了。

在一旁的高中影看到这一幕暗暗高兴，他知道在接下来的半个月、一个月，对于肖风行来讲，将是多么关键和重要。

晚饭的时候，高中光的太太康美卿坐在拉拉的旁边，仔细地交代了肖风行的基本情况，拉拉听得非常仔细，认真地不断点头，表示已经完全了解情况了。

当晚，在拉拉的关注和监督下，肖风行开始服用治疗抑郁和焦虑的药物。第二天中午的时候，大家刚刚吃完午饭，肖风行突然感觉烦躁不安。之后是手脚发麻，胸闷气短，那种醉酒的眩晕感占领了肖风行的身体和意识，肖风行觉得头上如同扣了一个紧箍咒一样，脑袋发蒙，意识模糊。坐在旁边的拉拉首先发现了肖风行的不寻常状态，她从肖风行急促的呼吸声中感觉到了不祥和危机。

"风行哥，你怎么了？哪里不舒服吗？"拉拉焦急地询问道。

"我头晕，想吐，对不起，我要去一下洗手间。"肖风行含含糊糊地回答着，同时挣扎着要站起来。

高中光见状急忙站起来搀着肖风行往洗手间走，拉拉也慌里慌张地站起来跟上他们一起。到了洗手间门口的时候，肖风行硬撑着对他们俩说谢谢，然后跌跌撞撞地扶着墙走了进去。之后，隔着门大家听到肖风行在里面呕吐的声音，以及那种肠胃翻动后喉咙发出的哦哦声音。

当一切暂时平静下来，肖风行冲洗完毕走出来的时候，大家发现他已经神色暗淡，两眼发直，目光空洞。这时，拉拉禁不住失声哭泣起来，高敏儿在一旁看到这种情形也跟着哭起来。

"肖叔叔，你不要这样，我害怕，我想和你玩捉迷藏。"高敏儿用哭声倾诉着自己纯真的情感。

肖风行无力地抚摸了一下高敏儿的小脑袋，嘴角抽搐了几下，但始终没有说什么。拉拉示意其他人不要管，自己半架着肖风行往卧房走。那一二十米的过道显得那么漫长，肖风行感觉自己随时可能会摔倒在路上。但是，有一个声音始终在他心中叫喊着，鼓励着他：坚持！坚持！

昏睡了三四个小时之后，肖风行觉得非常口渴。当他迷迷糊糊睁开眼时，一张清秀的脸庞呈现在他面前。恍惚间，他觉得那是学生时代的林凤，在他几乎要脱口而出叫出林凤名字的瞬间，他意识到自己不在家里，在上海。

"风行哥，你醒了！"拉拉高兴地小声叫了出来。不等肖风行回应，拉拉用毛巾轻轻地擦拭起肖风行的额头和面颊。

"这一觉你睡了快四个小时，你睡得真香，中间连翻身都没有。"拉拉的语气中透露着幸福和一丝丝的忧虑。

"你一直在这里吗？拉拉，真的对不起，太辛苦你了。"肖风行强打精神用喉咙含糊不清地吐出几句话。

"我在你旁边，一直在给你读《日瓦戈医生》。你看，我们差不多读了 60 页那么多。"拉拉的声音显得那么柔和。

晚饭的时候，肖风行勉强起来喝了点粥。拉拉把准备好的药递给肖风行，肖风行在接过药的瞬间是犹豫的，药物的适应期反应实在是太强烈了。肖风行的犹豫被拉拉看了出来，于是拉拉柔声说道："风行哥，短时的痛苦换来恒久的晴天，我们坚持一下好吗？"拉拉此时就像哄孩子一样哄着肖风行。

在拉拉和大家的关爱下，肖风行咬牙坚持了一周左右的时间。这时他的状况已经逐渐稳定下来，不良反应发作的时间越来越短，频率越来越低。

第八天的一早，赵主任来到家里接上肖风行去医院复查。拉拉执意要跟着一起去，高敏儿看到拉拉要去，也争着要一起去。最后，拉拉只好留下来和她练琴，她们两个都非常不情愿地留在了家里。这个温馨的画面永远镌刻在了肖风行的心中。

"黄医生，你好，谢谢你的治疗方案，我觉得我自己慢慢适应了。这两三天以来，失眠和早醒的问题缓解了好多。"肖风行满怀感激地说道。

"肖先生，你很有韧性，很坚强。套用我们经常说的一句话就是：'拯救自己的只能是你自己'，你正视了你自己目前的真实状况，积极接受和配合治疗，我也要谢谢你对我的信任。"黄医生说得也非常中肯和认真。

"我有时候会觉得后脑发蒙，好像注意力不能很好地集中。还有，比较突出的就是，只要我一旦意识到我自己饿了或者是口渴了，就必须马上要吃东西或者喝水，否则就会变得紧张、焦躁不安。"肖风行沮丧地诉说着新的状况。

"这是很正常的焦虑反应，焦虑像是洪水一样，一定会到处寻找可以冲垮你的地方，所以你记忆中所经历过的恐惧和不适，都会被你内心的恐惧和焦虑盯上。它们随时准备在你最薄弱的地方爆发出来。"黄医生注视着肖风行的变化慢慢说道。

"好的，我想我明白了一些。就好像我的低血糖经历的记忆，总会在我紧张的时候也突然浮现出来。这样我就会更加难受和紧张，我觉得我可能会难受这个念头，让我真的会马上感觉更难受，黄医生，是这样吗？"肖风行突然对恐惧和焦虑的本质有所感悟。

"肖先生，是这样的。我们同行们之间对这一现象的通常描述是：我觉得我会害怕，这一想法会让我更害怕，和你对描述基本是一致的。你的领悟和总结能力很强，这会有利于我们后期的治疗，但是你也要克服自己过于敏感的身体和思维特质，这些特质会成为你的薄弱环节和地带，恐惧会盯上这些节点的。"黄医生惊讶于肖风行对于自身心态和状况的总结和分析能力。

"有什么办法可以让我快些走出来吗？"肖风行按捺不住自己的沮丧和无奈问道。

"除了药物治疗以外，我们提倡多采用脱敏疗法，简单来说，就是你越害怕什么，你就越去尝试接近你的恐惧源。例如，你的血糖敏感，一旦你感觉到饥饿，你本能的反应是进食。但是如果你有条件马上进食，却采取有意推迟进食时间的方式，以此来对抗这种源于过于敏感的本能反射，每一次尝试只要比上一次推迟哪怕是短短的几分钟也好，累计多次以后，你最终有可能可以完全把这种对饥饿的耐受性阈值，提升到和普通人群一样。那时，在这个方面你就恢复为正常人了。"黄医生的论述让肖风行深深地感觉到了她优秀的专业能力和职业精神。

将近 3 个小时的交流后，肖风行深深地对着黄医生鞠了一个躬。肖风行慢慢走向诊室门口，黄医生也站起身来，把肖风行送到门口。

肖风行打开门的一瞬间，发现拉拉守候在门边，肖风行带着愈后重生一般的欣喜，一下子把拉拉拥在怀里。拉拉先是愣了一下，当她看到肖风行的气色比上午离开时好了很多的时候，她也高兴地紧紧搂住肖风行。这温暖的一幕正好被送肖风行出门的黄医生看到，黄医生索性走出来，轻轻地举起手来向肖风行和拉拉打招呼示意。

"谢谢您大夫，谢谢你救治了风行哥。"拉拉连忙松开手向黄医生鞠躬致意。

"黄医生，这是我妹妹拉拉，她和赵主任来接我的。"肖风行也掩饰不住喜悦，介绍着。

"好可爱的小姑娘呀，赵主任您也来了。"黄医生说话的时候，赵主任从走廊拐角处走来。

"黄医生，辛苦您了，风行的事情还要多打搅您，你看我们 CHC 和高总也算是全家出动了。"赵主任熟络地和黄医生打着招呼。

"为了这么出众的小伙子，大家值得这么做，对吗，妹妹？"黄医生微笑着望着拉拉和赵主任说道。

"嗯嗯，我们都希望风行哥能够早点康复，他人那么好，应该得到快乐和健康。"拉拉清甜、纯净的声音感动了在场的每一个人。

"黄医生，我们先回去了，可不敢再耽误您的宝贵时间了，等风行的情况好得差不多了，咱们一起好好聚一下。"赵主任不失时机地向大家发出了邀请。

"好的，那咱们就一言为定，风行，你要快点好起来呀，大家的聚会可就看你的了。"黄医生愉快地接受了邀请，然后挥手向大家致意告别。

离开医院后，赵主任说时间还早，建议肖风行和拉拉不用急着回家，可以先到小区附近的长湖公园散散步，在那里从公园的西出口回小区非常方便。

肖风行在和黄医生交流之后状态和心情好了很多，拉拉看出肖风行很想在外面走一走的意思，马上说："风行哥，我们听赵主任的话好吗？咱们俩去公园里走一下吧，你都一个星期没有出过门了，你要是走累了，我们随时可以休息一下，如果不舒服，也可以马上回去，好不好？"

肖风行差不多躺了一个星期，早就想出来透透气。只是前几天他的确对自己的身体状况没信心、没把握，今天和黄医生的沟通让他看到了曙光。"好的，赵主任请你把我们放在公园门口吧，我们等一下自己走回家就好了，又耽误您半天的时间。"肖风行说话的中气明显比上午出门的时候强很多。

"好的，风行，不用客气，你们两个不要走太久。天凉，这有两件披肩，拉拉你拿一下，等下你们下车就披上，不要着凉了。"赵主任的仔细和周全让肖风行和拉拉非常感动。

两人下车后，赵主任默默地注视着他们离去的身影，看到肖风行的步履逐渐坚实起来，他的脸上流露出一丝欣慰。

冬日的长湖公园里一片萧瑟，阳光隔着薄雾洒落在树梢上，湖面上闪动的波光透着浓浓的凉意。

拉拉将披肩展开裹在肖风行的身上，然后拉住两角打了一个结，看到肖风行乖乖地伸着脖子接受自己摆弄的样子，她内心一阵喜悦。那是一个很大很厚的苏格拉风格的格子披肩，当拉拉给自己也披上披肩以后，她秀气的小脸被红绿相间的格子布映衬得分外迷人。

读高中的时候，有一次肖风行送林凤回家，当时正值初夏，北方的雨有时候来得特别迅猛。当肖风行他们发现要下雨，便加快速度骑单车往家赶，到了离家很近的一个小湖边的时候，暴雨倾盆而下，附近根本就没有可以避雨的地方，索性他们停了下来，就站在湖边任凭雨水冲刷。肖风行脱下身上穿的格子衬衣披在林凤的身上，把林凤连头一起罩住。风雨中林凤静静地看着肖风行，仿佛整个世界都停顿下来，终于雨停了，林凤突然用力在肖风行的肩头上咬了一口。

"风行哥，你看湖里有小鸭子，好漂亮呀！"拉拉兴奋地小声叫起来。

肖风行的思绪一下回到了现实，这时他看见湖面上游过来一群鸭子，有七八只那么多，这些鸭子体型较小，很漂亮。

"嗯，真可爱，我觉得这是那种叫绿头鸭的小鸭子。"肖风行被拉拉的情绪带动，仔细地辨认起鸭子来。

"这只是爸爸，旁边那只是妈妈，其他的都是它们的孩子。叫你不听话，看爸爸来啄你了吧！"拉拉一边看着，一边生气地批评着一只不跟上队伍的小鸭子。

看着拉拉噘着小嘴好像生气又非常认真的样子，肖风行心里突然觉得暖暖的，真是个可爱的姑娘！肖风行突然想起了顾也明对拉拉有爱心的评价。

"拉拉，你读几年级呀？"肖风行问道。

"我大四了，今年6月份就要毕业了。"拉拉回答道。

"那你毕业了以后有什么打算？"肖风行接着问。

"我没想好呢，我爸妈想让我去文化馆工作，我自己不是太想留在南京，我喜欢深圳和上海，我们几个要好的同学商量过，毕业后先去培训机构当老师，稳定下来以后，我们自己开一家小工作室，教教小孩子乐器乐理。如果再有钱，我想在我的工作室旁边开一家咖啡店，这样等待的家长也好，我自己也好，就可以聊聊天，喝点咖啡。我每天都要喝几杯咖啡，否则就觉得没精神。嘻嘻！"拉拉认真地讲述着她的理想。

嘀铃铃，嘀铃铃，肖风行的手机突然响起来。肖风行已经一个星期没有开机了，今天上午去医院出门前，他习惯性地打开了手机。

"风行吗？我是妈妈。"电话里传出了妈妈焦急的声音。

"妈，对不起，最近一直没有和您联系，我这边没什么事儿，我现在在上海。"肖风行强作镇静地说道。

"还没什么事儿，林凤找不到你，天天打电话给我们，我和你爸也打不通你的电话，我的儿子，你怎么了？"妈妈说着就哭了起来。

"本来我想稍微晚一点再跟你和我爸说，我最近的状况也不是很好，我想把事情了结了再和你们说。"听到妈妈哭了，肖风行一时不知道该怎么办才好。

"风行，你和林凤到底是怎么回事呀？你们相爱那么多年，怎么说不行就不行了呢？妈妈把她当女儿一样，你可不能硬生生地说分手就分手了啊。"妈妈仍然沉浸在不解和伤心中继续念叨着。

"妈，是林凤不想和你儿子过了。她爱上了别人，一定要和我离婚，她让我成全她，儿子是个失败者。"肖风行说到伤心处也不禁哭泣起来。

拉拉在一旁看见肖风行痛苦的样子，又帮不上什么，只能默默跟着流泪。此时肖风行已经逐渐冷静下来，当他发现拉拉悄悄地掉眼泪时，他对妈妈说："妈，你放心吧，我会处理好的，我还有朋友在边上，晚点我再和你慢慢说。我先挂电话了，再见。"挂了妈妈的电话后，肖风行拉起拉拉的手说："对不起，拉拉，让你跟着为难了。"拉拉看到肖风行的情绪已经稳定下来，也止住了哭泣。

"风行哥，我们往回走吧，我不想你太累。"拉拉转过身来正对着肖风行说道。

这时肖风行才反应过来，自己刚才一直拉着拉拉的手，一下子窘得他赶紧想放开，没料到拉拉紧紧地握住他的手不放。这样两人一路无语，默默地往前走，直到进了小区，拉拉才不情愿地放开肖风行的手。

吃完午饭后，拉拉悄悄地告诉肖风行，今天吃午饭的时候已经 12 点 40 分了，但是肖风行没有出现任何低血糖焦虑。这时肖风行才知道拉拉那么细致认真地关注他。

"谢谢你，拉拉，让你担心了。"肖风行发自内心地感谢拉拉对他的照顾和关心。

"不客气，我喜欢帮你做点什么，只是我的能力和本事有限，对了，风行哥，你最近会回深圳吗？我们班有个同学家在深圳，她叫我假期去深圳找她玩呢。"拉拉一边整理着药，一边像是不经意地问道。

"我不确定，要看我恢复的状况和高总的安排。"肖风行内心对回深圳有一丝恐惧。这时电话铃声响起来，林凤的名字显示在电话屏幕上；拉拉走过去把电话从书桌上拿给肖风行，她假装没有看到林凤的名字，递完电话后，她转身直接去衣柜收拾起肖风行的衣服，那些是阿姨刚洗完晾干摆在沙发上的。

电话铃声一直响着，肖风行拿着电话但始终没有接通。拉拉在一旁悄悄侧过身，看到肖风行局促不安的样子。铃声终于停了下来，肖风行木然地坐在那里。

"风行哥，你怎么不接林凤的电话？"拉拉终于没忍住，还是直接说了出来。

"我不知道该和她说些什么，我也不想听到她的声音，我突然觉得有点胸闷。"肖风行语气中明显的有些焦虑。

"要是她再来电话，我帮你接。"拉拉正说着电话又响起来了。

"喂，风行，我出差到上海了，你在哪里？"林凤听到电话接通马上问道。

"对不起，我是肖经理的秘书，肖经理正在休息，请问你是哪位？有什么可以帮到你的吗？"拉拉装作老练地接起了林凤的电话。

"秘书？对不起，我要和肖风行直接通话，请你把电话交给他。"林凤强硬的口气一下子把拉拉镇住了，看到拉拉不知所措的样子僵在那里，肖风行只好从拉拉手里拿过电话。

"林凤，你有什么事儿？"肖风行克制着内心的焦躁低声问道。

"肖风行，你在搞什么呀？这都十天半个月联系不上你了，身体不好就去看病，你躲起来装神弄鬼有趣吗？还找个什么野秘书接电话，你成熟一点好吗？一点儿意思都没有！"林凤对肖风行的忍耐正随着他们分开的时间一点一点流逝。也许她心里还存有爱，但是她此时更明确和清晰的是想要一个了结。

"她不是什么野秘书，请你放尊重一点，林凤，你准备离婚协议就好了，我说过，我不会阻碍你去追求属于你自己的人生和幸福的。"肖风行顶住内心的震颤，用冷静异常的语气告诉林凤。

"好了，对不起，风行，一直联系不到你，我的情绪也不好。我已经到上海了，你的情况好些了吗？你在哪里？我去找你？"林凤也逐渐冷静下来说道。

"不必了，林凤，你不是现在就要带着协议来找我签字吧，一两周以后我回深圳，到时一起去民政局办理吧，你可以先把流程和资料准备好。"肖风行的胸口像压了一块大石头一样，他感觉自己的身体和灵魂正被林凤的疯狂吞噬着。

"风行，你误会了，我到上海出差，有个合作企业要出审计报告，我过来把资料再过一遍。我把你的血压计和大衣带来了，你告诉我地址，下午我给你送过去。"林凤下意识地摸了一下她的手提包，包里正装有一份离婚协议书。

"真的不用了，我已经都买了新的，你把那些东西直接扔掉吧！我还有事，就不和你说了，再见！"不等林凤回复，肖风行挂断了电话，之后他长长地吸了一口气。

"风行，肖风行。"听到嘟嘟的挂线音后，林凤茫然地伫立在街头，她知道此刻肖风行离去的弓已经真正张开了，她也开始在心里认真衡量此次分离的代价和未来。

下午，拉拉和高敏儿练完琴之后，高敏儿蹦蹦跳跳地说要去公园里玩，高中光和康美卿正忙着准备接待来访的客人，于是高中光请肖风行和拉拉带高敏儿去公园里转一圈。高敏儿一听是肖风行叔叔和拉拉带她出去玩，表现得特别兴奋，马上拉着拉拉的手就往外走。临出门的时候，高中光对肖风行说不要回来太晚，有重要的客人过来，要他一起吃晚饭。

夕阳里，整个天地都被罩上一层暗红色的光晕，树木在斜阳的照射下拉出长长的灰色影子，湖面上寒风掠过，岸边景物在水中的倒影被荡起的波纹震得支离破碎。

林凤的电话让肖风行的情绪低落下来，他觉得自己的人生太过灰色。自己所珍爱的一切，就像那水中的倒影一样非常不真实，最终也必将毁灭于虚幻和现实的激荡中。

拉拉和高敏儿早已畅快地在湖边追逐嬉闹起来，她们的笑声将肖风行从沉浸的思绪中拉起。

"肖叔叔，你快来，我和拉拉姐姐想和你一起玩捉迷藏。"高敏儿跑过来用她的小手拉着肖风行的手说。

这时拉拉正满怀深情地看着肖风行，她没有说什么，只是望着眼前这个神情憔悴的男人，不知道为什么这个男人一下子走进了她的心中。一个月前在秦淮河画舫上的相聚的情形，一直吹荡不去，拉拉那时知道了一些肖风行的状况，可肖风行对于她来讲，仍然就是一个陌生人，至于高中影这样的大人物和她当然也不会再有什么交集。她出于单纯的喜欢敬了肖风行一杯酒，两人的缘分也应该就此为止。但是肖风行忧郁的眼神、诚挚的语言和帅气的样子成了她挥之不去的心影。

过后的那段时间里，拉拉的心中偶尔会泛起对肖风行和当晚场景的思念，直到赵主任来到南京找到她，请她教高敏儿弹琴那一刻，这些正在渐行渐远的片段，一下子又猛地被拉到眼前。当时拉拉明确地拒绝了赵主任，拒绝的理由是她要和同学出去游玩，但是她的心中闪过了一下有关于肖风行的念头。

在赵主任被她拒绝离开后，拉拉心中突然有些懊悔，她心里想：说不定能在高中影家里碰到肖风行呢。

第二天，在赵主任的电话打进来的时候，拉拉掩饰不住自己的欣喜，当她知道肖风行要在高中影家里待一段时间的时候，就毫不犹豫地答应了赵主任去教高敏儿的事情，现在想到赵主任当时惊讶的语调，拉拉不禁觉得有些不好意思。

肖风行在拉拉和大家的陪护之下，慢慢地好了起来，这让拉拉特别有成就感，只是今天林凤的电话让拉拉觉得有些沮丧。

"拉拉姐姐，你快来呀，肖叔叔不太会玩捉迷藏，已经被我抓住两次了，你快来，我们来教他玩。"高敏儿的叫声把拉拉从思忆中唤回。

很快，三人的捉迷藏游戏就演变成了疯跑的节奏，高敏儿带着清脆的笑声跑在湖边的小路上，肖风行和拉拉时紧时松地追在后面，每一次肖风行都会在将要抓住高敏儿的时候，就故意慢下来让高敏儿逃掉，即便是这样都会把高敏儿吓得又紧张又兴奋地尖叫起来。

天色逐渐暗下来，公园的小湖边回荡着他们快乐的身影和笑声，高敏儿终于跑不动了，她的小脸红扑扑的，拉拉看见高敏儿可爱的样子，情不自禁地亲了一下她的小脸蛋，然后拉着高敏儿的手往回家走。肖风行默默地也拉住拉拉的手，谁知高敏儿看到后走过来分开他俩的手，自己在中间一手拉一个人，然后扭头对拉拉说她也喜欢拉着肖叔叔的手。拉拉被高敏儿天真可爱的样子逗了起来，便小声在肖风行耳边说："高敏儿吃我的醋啦！"

这下子肖风行终于忍不住哈哈大笑了出来，高敏儿不解地问他们笑什么，拉拉笑着说："肖叔叔也喜欢拉着你的小手。"听到拉拉这样说，高敏儿高兴地抓着拉拉和肖风行的手，悬空荡了起来。

三人回到家以后，高中光满面荣光地对肖风行说："风行呀，你看看是哪位贵客来了！"

肖风行顺着高中光示意的方向看去，只见一位身材高挑的女士正在和康美卿亲切地聊天，肖风行不解地看着高中光，高中光笑着拉着肖风行走到客厅中间，只见高中影陪着一位客人正坐在沙发上品酒，那个身影好像有点熟悉，走近后肖风行马上认出和高中影品酒的人是夏天元。

"风行，尊贵的夏博士和夏太太安平女士来我们这里做客了，快过来喝一杯。"高中影高兴地招呼着肖风行。

这时夏天元站起身来，他也认出了面前的这个年轻人，只是肖风行憔悴的样子和他之前的形象有点对不上。高中影看出了夏天元的迟疑，走上来说："年轻人为情所困，衣带渐宽终要悔的呀！每个人都以为自己的感情世界有多么特别，其实只不过是前辈的翻版而已，来来来，两位CHC的才俊，共饮一杯吧！"

此时夏天元基本上猜到了肖风行的状况，于是他拿起另一只酒杯递给肖风行。

"天元，他叫肖风行，是非常厉害的一个年轻人，上次在南京我们一起去的你们安领核能，你就叫他风行好了，风行，你跟夏博士喝一点儿。"高中影热切地招待着肖风行和夏天元。

"安平，你来一下好吗？"夏天元低声叫了一下，谁想安平和康美卿聊得正开心，根本没听见夏天元的声音。夏天元只好走过去对康美卿说："高太太，抱歉打断你们一下。安平，我们过去和风行打个招呼好吗？"

"哦，对不起，我和您太太聊得太投入了，抱歉！"康美卿说着拉着安平和夏天元一起来到高中影和肖风行那边。

这是肖风行第二次见到夏天元，第一次见到安平，但是肖风行觉得和他们夫妇有种天然就亲近的感觉。"夏博士，夏夫人，你们好。"肖风行主动上来问候。

"安平，这就是高总给我隆重介绍过的情商、智商、能力出众的肖风行，小肖。"夏天元非常正式地向安平介绍着肖风行，他那么隆重的样子让肖风行感觉到非常不好意思，这时安平主动伸出手来和肖风行认真地握了一下。

"幸会，小肖，我是安平，有机会还要多向你请教。"安平说。

"不敢当，以后要多向你们两位请教学习。"肖风行说。

"好了，我们人都到齐了。请大家入席吧，咱们喝着、聊着，岂不美哉！"高中影兴致勃勃地招呼大家往餐厅走。

餐厅里，高中光正和几个戴着高帽的厨师忙乎着摆盘。看见高中光笨手笨脚的样子，康美卿连忙快步走上前帮忙。

"天元，夏太太，今天我把马库洛尼餐厅的主厨慕骑先生和助手请到家里，给你们诸位献上一顿正宗的意大利家宴。咱们不求奢华，只求地道美味，我想用这顿饭留住各位的胃，讨得大家的喜欢。风行，你今天特殊一下，也多喝几杯。"高中影看到大家颇有些震撼的表情，不禁有些得意地说道。

的确，高中影家宴的这阵势，让人觉得非常隆重和出奇。大家就座之后，高中影请大家向右前方看，那里正架着一只火腿，一位厨师正用刀切下一片一片薄薄的火腿，鲜红发亮的火腿飘散出淡淡的香味。

"这是60个月的西班牙伊比利亚黑毛猪的火腿，大家可以体验一下肉在嘴里油滑继而融化的感觉。"高中光终于忙完了，看到大家对火腿流露出神往的样子，连忙介绍。

"哥，你给大家介绍一下今天的菜单和酒单。意大利这些享受我可搞不懂。"高中影满怀期待地请高中光开场介绍。

这时餐厅来的助手已经把冒着冷气的酒杯摆在每一个人的面前，同时在每一个人的盘子里摆入两只生蚝。

"诸位，这是一款意大利起泡酒。现在我们用它的清爽和超低的温度开一下胃。"说着高中光轻轻地晃动酒杯，这时一种若隐若现的清甜味儿弥漫在空气中。

随后在高中光的引领下，大家又兴致勃勃地品尝了奥纳雅、嘉雅、索拉雅这几款意大利红酒。宴会中有一道主菜让在场的每一位都留下了深刻的印象。鸡汤炖羊肉丸子，就是这道亚得里亚海边的风貌菜，征服了在座的每一位。安平一连好几次请别人帮她加汤，以至于在一旁的夏天元都觉得有点不好意思了。

肖风行当天的状况不错。在大家热烈气氛的带动下，他主动给高中光夫妇、夏天元夫妇敬酒。高中影暗示肖风行不要冷落了拉拉。

肖风行回到座位上，恭恭敬敬地俯下身来对拉拉说："谢谢你，拉拉。我敬你一杯。"

拉拉的心情特别好，她正和高敏儿两个人在小声说笑。看到肖风行那么郑重地回来敬酒，她连忙拉着高敏儿一起走过去说："敏儿，我们和肖叔叔碰一下杯吧。我们两个就祝肖叔叔身体健康，好不好？"敏儿高兴地端起自己的饮料和拉拉、肖风行一一碰杯。

"祝拉拉、敏儿学业有成、健康快乐！"肖风行满怀爱意地祝福着拉拉和高敏儿。

"谢谢肖叔叔。我跟你说，拉拉姐姐和我今天特意给你和大家准备了一个秘密的节目，爸爸，我们现在可以开始了吗？"高敏儿说着跑过去找高中光。

"哎呀，还有特殊的节目呢，今天是什么日子，我女儿要表演呀？"高中光假装什么都不知道地问道。

"今天是肖叔叔的生日，妈妈让我和拉拉姐姐表演一个古筝曲《越吴地》。姐姐弹琴，我来词朗诵。"

随着拉拉奏起的琴声，敏儿缓缓唱念道：

> 穿越吴地
>
> 意在归途
>
> 非有执念
>
> 至则，迟则
>
> 十年，千载
>
> 浦阳江水缓
>
> 时光郯郯聚
>
> 浦阳江水急
>
> 时光郯郯散
>
> 烈日骄阳，空间昏睡
>
> 穿越吴地
>
> 于归

随着高敏儿吟诵声止，拉拉的琴声也收住了。一时间，整个餐厅安静得出奇。在场的每一个人都沉浸在那如画如诗的景象里。突然，掌声响了起来。慕骑先生用近乎颤抖的声音赞叹："太美了，这就是我心目中的中国的样子。我说不出来，但是你们刚才用声音画给了我们，太美了！"此时在场的其他人才从沉迷中幡然醒悟过来。正如慕骑先生形容得一样，童声和琴声流淌、弥漫在耳边，把大家带入了一个空冥的境界，如画如雾，如情似梦。

肖风行的内心充满了幸福和感激。他完全领悟了高氏兄弟的情义和用心，于是他走上前对慕骑说："慕骑先生，您听到的是唯美的声音，想到的是山水的图景。但是我还多了一重体会，就是在座的每一位，尤其是高总家人对我的抬爱和深情厚谊！"说到这时，肖风行不由得有些哽咽。

夏天元和安平在一旁小声地说着话。此情此景之下，安平对高中影想请夏天元离开安领核能，参与筹建的阳山所的事情，表示完全支持。夏天元和安平被高中影、高中光两兄弟待人的真诚所打动。

差不多又过了两周后，肖风行的状态基本稳定下来。肖风行再次来到医院复诊，通过对话和了解，黄医生对肖风行的恢复情况非常有信心。在交流完病情后，黄医生愉快地接受了赵主任的邀请，他们一起来到附近的一家饭店。吃饭的时候，肖风行知道了原来黄医生和赵主任是校友，在学校的时候就彼此认识。这么多年以来，一直保持着联系。赵主任和黄医生的先生胡相文也相熟。

知道肖风行近期要回深圳处理自己的家事，黄医生特别叮嘱："小肖，在重大应激事件中，正常人也会感觉到难以承受的非常大的压力。所以，在这期间如果你预感到会面临巨大的压力，可以提前吃一粒抗焦虑的药。这种药不会成瘾，而且起效非常快，一般50分钟到一个小时左右，就可以达到峰值。"肖风行一一记下了黄医生的嘱咐后，起身向黄医生和赵主任鞠躬致谢。

高敏儿知道肖风行要离开上海回深圳办事后，心里很难受，于是她就拉着拉拉，噘着小嘴撒娇，她说不要叔叔走。当她听拉拉说也要陪着叔叔去深圳的时候，高敏儿再也控制不住自己的情感了，她眼泪汪汪地看着肖风行和拉拉。高中光夫妇见状连忙说："肖叔叔和拉拉姐姐只是临时去深圳，很快就会回来的。"第二天一早，趁高敏儿还没有起床，肖风行和拉拉来到机场，出发去深圳。

"风行哥，你从来没有问过我的名字，你是不想知道，还是……"飞机上拉拉终于忍不住问肖风行。

"哦，'拉拉'不就是你的名字吗？"肖风行呆呆地回答道。

"'拉拉'是同学们看到我喜欢读《日瓦戈医生》，便问我这本小说是写什么的，我说是在大时代的社会动荡下，一个叫'拉拉'的女生和医生的爱情故事。后来她们就传开了，都叫我'拉拉'。"拉拉有一点委屈地解释着。

"对不起，我还以为你的名字里带着'拉拉'呢，那么请问拉拉小姐，您的真正的芳名是什么？"肖风行略带歉意地问道。

"我姓黄，我叫黄文娜，是不是没有拉拉好听？"拉拉故意凑得比较近看着肖风行说。

"我喜欢文娜这个名字，以后我们俩在一起的时候，我就叫你文娜好吗？"肖风行认真地说道。

"好的，现在只有爸爸妈妈才叫我文娜了，同学和朋友们基本上都只叫我拉拉的名字。你是我的风行哥，嗯，当然要像家里人一样喊我文娜的。"拉拉这样说完之后，突然害羞地将身子往后缩。

两个人这样一路说着话，他俩聊起了各自童年的种种有趣的事情。聊到了父母的工作，自己未来的想法。两个多小时的飞行时间仿佛一瞬间就到了，直到机上广播通知飞机很快就要降落。

下了飞机后，来到出口，拉拉的同学唐秀在出口处等着接拉拉。唐秀远远地看到他们一起走出来，兴奋地挥动双手。拉拉也兴奋地拉着肖风行小跑着一样奔过去，肖风行拖着行李狼狈地跟在后面，直到两个女生拥抱在一起又笑又跳。

"唉，拉拉，这个男生好帅呀，是你的男朋友吧？"唐秀小声地问拉拉。

"不是啦，谁像你似的，见到帅哥就想是自己的男朋友，他是我家哥哥。他家在深圳，不过以后他要去上海发展了，他这人非常厉害，北京科技大学学计算机的。"拉拉自豪地介绍着。

她俩一边聊着还不时侧回头看看肖风行，肖风行不知道怎么应对，只好不远不近地跟在后面。他看见前面两人一会儿突然爆出笑声，一会儿又在窃窃私语。

终于到了停车场，唐秀打开了一辆红色甲壳虫车的后箱，对肖风行说："来吧，大叔，请把行李放进去，另外再把我们两位名媛送到半岛的南海花园，谢谢啦。"不等肖风行答应，唐秀就拉着拉拉搬起前排座椅直接坐到后排去了。

肖风行慢慢调好座椅和后视镜后，缓缓地把车开起来，这时车内的音乐响起来，一听居然是前些日子在高中影家里奏唱的《越吴地》的现场版。

"拉拉，你看前面那位大叔听得都醉了。"唐秀坏笑着从侧面看着肖风行的表情，肖风行给她这么一说，反而不像刚才那么窘迫了。

"是的，这是拉拉和一位可爱的小朋友在我生日的时候特地为我表演的，我非常喜欢，非常感动。直到那一刻我才知道原来我在别人的心中那么重要，我要为他们好好活着。"肖风行淡定地回应了唐秀。

这下轮到唐秀惊得说不出话了。她反应过来后，转身对拉拉说："你个坏人，为什么不告诉我这首曲是献给你家男人的，害得我在人家面前没面子。"

在后排两个女生的一路喧闹中，肖风行强憋着不笑，终于把大家带到了南海花园，停好车后，肖风行把钥匙交还给唐秀。"我走回去就好了，我就住在隔壁的海天花园，再见文娜，再见秀秀同学。"肖风行说着提上行李准备离开。

"等一下，哎，你为什么不把你的妞儿带走，我觉得拉拉不想和我睡，她想和你在一起，你负不负责任呀？"唐秀突然发难地问道。

"秀秀，你讨厌，别闹了，好多情况你不了解，我日后慢慢讲给你听，让风行哥先去办事。风行哥，你有空就过来找我们吧。"拉拉说着就拉着唐秀走。

看着拉拉和唐秀走远，肖风行转身离去。

"林凤，我回到深圳了，我们一起做个了结吧？好的，越快越好，我在深圳不想待太久。嗯，那就后天上午拿齐东西，咱们各自去，在街道办办理吧。"肖风行在电话里和林凤确定着见面的时间。

到了约定的时间，肖风行和林凤都准时地来到了街道办。在工作人员一一询问过双方意见后，正准备受理时，他们在资料中发现结婚证少了一本。

"你们二位，按照规定你们应该交回两本结婚证才能办理离婚手续，要不你们回去找找，顺便再仔细考虑一下，婚姻可是人生大事。"工作人员非常流程化地挽留道。

"不用再考虑了，估计我们也找不到另一本结婚证了，还有什么其他方法吗？"肖风行有些不耐烦地问道。

"这位女士的意见呢？"工作人员征询地问林凤。

此时，林凤不停地擦拭着流淌的眼泪，当她看到肖风行坚决的态度时，突然觉得自己的内心也有些茫然，自己的人生就这样翻转在此处吗？

"林凤，人家在问你的意见呢，你在想什么呢？"肖风行看见林凤有些走神，不由得催促起来。

"嗯，对，我们不需要再考虑什么了，那本证件能不能现在就补办一下。"林凤终于明确了自己的意见。

看到他们两人的态度都很坚决，工作人员和旁边的同事商量起来，过了一会儿他转回头对着肖风行和林凤说："这样吧，你们现在马上补办一本结婚证，然后交给我们存档，我们封档之后就给你们办理离婚手续吧。"

"好，表情自然一点，两人再靠得近一点，再近一点，好，看我的手。OK！"在工作人员的摆弄下，肖风行和林凤又补照了一张结婚照。相片中两人的表情都是沉着脸，距离也离得比较远，视觉效果很滑稽。

终于办好了所有的手续，肖风行拿着自己的那本离婚证翻看了一下，之后认真地装到包里，转身就要离开。

"风行，等一下，我们中午一起吃个饭吧。我怕你饿着，我还有些话想和你说。好吗？"林凤想要叫住准备离去的肖风行。

"林凤，我不饿，饭不用吃了，我送你几句话吧，出了这个门，咱们就从此陌路了。我们两人的事情让我想起渔夫和魔鬼的故事，当我第一次发现你可能不爱我的时候，我拼命检讨自己的言行，希望自己可以做得更好来赢得你的爱。当时我许下一个诺言，如果我能够挽回你，我会更加珍惜和爱护你。结果，我等来的是，顾总告诉我，你在上海刻意要和他在一起；等来的是，你在家和我在一起的时候，无意中写出他的名字。我沮丧，但不绝望，于是我更加努力想要挽回。我拼命工作，不去想这些，我想尽量多和你在一起，陪着你。我想弥补对你陪伴不够的遗憾。我许下第二个诺言，如果我能够挽回你，我可以理解你的冷酷和心灵出轨，我只要好好爱你。结果我等来的是，我的老板到处躲你，你为了追求他，逼我离婚。

"我在绝望中顿悟了，原来你是那么不在乎我。我在你冷酷、冰冷的心中，什么都不算了！过去爱我的那个女人，现在已经成了吞噬我灵魂的魔鬼。这样，我心中的魔鬼就告诫我说：如果有一天，林凤在得不到她自己疯狂要得到的所谓的爱，回头再想又一次因爱之名伤害你时，你肖风行必须好好地享受她在孤独挣扎中的痛苦！"肖风行说完后，头也不回地径直离开了。

在之后的几天里，肖风行带着拉拉，拉拉又带上唐秀，他们三人尽情地享受阳光和海风。通常的镜头就是肖风行慢慢地跟在她们后面，两个疯丫头在前面，永远有无穷的精力和欢声笑语。这些画面在那时都是肖风行生命中最需要的。

有一天，他们在大鹏湾玩得实在太累了，又喝了不少酒，实在懒得动，也没办法开车回市区。在唐秀的提议之下，他们就近找了一家酒店准备住下。到了酒店后，才知道居然就剩下一间套房。踌躇之间，唐秀说："我睡客厅沙发，大叔你和拉拉睡床上，别再犹豫了！等下连这间房都没了，那就惨了。"

那一夜，任窗外的风声、海浪声轰鸣雷动，肖风行紧紧地把拉拉揽在怀里，两个人的心灵和身体撞击在一起，整个世界变得平和安静。直到第二天清晨，拉拉都一直蜷在肖风行的臂弯里。

肖风行在深圳的假期就要结束了，这让拉拉心里很难受。临行前，他们两人一起吃了午饭。"风行，你不能多陪我几天吗？我舍不得你走。"拉拉苦着小脸委屈地问道。

"我一定要在过年之前赶回上海报到。你看到了高总他们为了我的事情付出了那么多，我现在手无寸功，感觉好愧疚。"肖风行满面惭愧地说。

"我知道，我也理解。但是我就是舍不得你走，我该怎么办？以后我们还会见面吗？"拉拉说着突然流起泪来。

肖风行轻轻地握起拉拉的小手，拉到嘴边吻了几下。"我爱你，文娜，我在上海等你。"

听肖风行这样说，拉拉一下子又高兴了起来。"你说的，你说话要算数！我很快就去上海找你，我就是要黏着你。"拉拉一边说着，一边幸福地憧憬着。

飞机起飞离开深圳的时候，肖风行向窗外望去，颇有壮士一去兮不复还的苍凉。此时，他正在远离的，不只是一个城市那么简单。这里承载了过去几年里，他所有的爱恨、挣扎和理想，这里是他曾经的家。他正在告别这片深爱的热土，还有曾经的自己。

除夕的时候，高中影把肖风行早早叫到家里。高敏儿欢喜得很，又蹦又跳地围着肖风行转。

　　在接近新年钟声的时候，肖风行拨通了拉拉的电话。拉拉正和她的爸妈在一起，接到肖风行的电话，拉拉非常兴奋。这时，在漫天的烟花爆竹声中，天各一方的两个恋人，他们的心被照亮了、点燃了。

　　是到了告别该告别的人和事的时刻了，美好的未来就在眼前。

十、回到现实

夏天元安排肖风行他们做的模拟实验进展得非常顺利。几个月的不断演算后，对于夏天元最初所提出的数据要求，肖风行小组基本上都已经演算整理完毕。随着数据的不断丰富和完整，夏天元的信心在逐步加强。验算的结果，基本上符合他们的预期。铁原子的聚变核心在温度达到 30 亿℃时，停止了聚合。此时，铁核心部分的中子和质子的状态已经处于聚变和裂变的临界状态，参与聚变的铁原子在重力的挤压下直径收缩到了初始状态的千万分之一。

这时实验系统显示：奔腾的粒子在铁原心核心的周围形成了一个直径为 0.3 米的电子屏障层球面。屏障层球面内部在重力和应力的共同作用下，核心发散出的能量和溢出的射线和粒子无法逃逸出去，但是也不会进一步被吸收掉入核心，而是在球面的穹界处和核心之间往复穿梭，形成能量云和电子风暴。屏障球面穹界以外的空间，按照原有的运动方向和速度正常运行。此时，相对于屏障球面穹界以外的空间来讲，屏障球面内部的空间运动脱离了原有的轨迹。球体整体处于相对静止的状态，球体以外的空间，正以光速像流水一样滑过。

夏天元看到这样的模拟实验数据和预测时，长长地吐了一口气。实验数据基本印证了他最初的想法，铁原子的稳定性使得聚变反应过程具备了可操控的空间，30亿℃的超高温聚变核心需要强大的磁场来控制和隔离。在安平应力概念的提出和支撑下，他的研究进程取得了里程碑式的飞跃，顾不上和肖风行及团队有更多的交流，夏天元想马上回去和安平分享这一喜悦。

"安平，我回来了。"夏天元到家后，马上在系统上呼唤安平。

"让我来猜猜你想告诉我什么，是不是你们的模拟实验，验证了在引力和应力的双重作用下，有限度地创造出了相对静止的独立空间呀？"安平带着微笑轻轻地问道。

"哦，什么都瞒不过家里的小飞侠。"夏天元假装懊恼的声音里，掩藏不住自己的兴奋。

"天元，我刚刚进入了你们研究所的系统，我已经拿到了你们所有的实验核心数据。我在你们的网络防御系统发现之前，盗取了你们的数据。我想这一点我能够做到，别人应该也可以做到。所以，我故意留下了数据下载的明显痕迹，提示肖风行团队要提升数据安全防御系统。"安平的系统安全提示，让夏天元大为吃惊。看来，他们的确要在系统安全上提高安保等级了。

"夏总，我是风行。刚刚发生了一件严重的事情！我们的系统10分钟前遭到入侵，重要数据失窃，但是系统没有遭到破坏，我和小组正在修补安防系统，同时也在查找数据流失去向。"肖风行在电话里紧张而急切地向夏天元汇报着。

听到这么重大的消息，夏天元没有显示出太多的惊慌，只是在电话里强调，一定要马上处理，防止今后出现同样的事故。"你们马上召集核心小组召开紧急会议，我要听取你们详细的整改报告。"此时的夏天元对着屏幕里的安平做出各种狰狞的表情。安平猜出了电话的内容，强忍着没有笑出来。

挂掉了肖风行的电话之后，安平在电脑上按照试验的流程和逻辑继续演示给夏天元。在聚变核心温度上升到30亿℃的时候，球体内的粒子和能量的运行发生了新的变化。此时，以聚变核心为球心原点，出现了众多组一一对应的云状漩涡。观测显示，漩涡内部奔腾的粒子，在到达穹界和球心端时的运动状态无限趋于静止，速度无限趋于零。而这些粒子在其他观测点上的运动速度超越光速，趋于无限大。这样的演变结果，和夏天元最初的猜想高度吻合。

实验创造出了一个小宇宙。它没有继续跟随母体运动，在局部引力和应力的作用下脱离了原有的运动状态，在小范围的穹界内，复制了整体宇宙的运动和全生命周期的演变过程。

看到夏天元完全沉浸在实验的数据变化中，长时间的沉默，安平知道，此时夏天元已经有了更清晰的思路和规划。

"亲爱的，我觉得我们在突破的边缘上。"夏天元在长时间的沉默后，慢慢地对安平说。

"是的，天元。我觉得在球面穹界端介入是我们最好的选择。我们可以在黑体内部粒子团到达球面时将外部粒子注入参与粒子风暴的回流，介入时空收敛的过程，当然也可以在核心点介入，参与粒子爆发时空发散的过程。"安平的描述正是夏天元心里所想到的。

"我觉得我们在现有的条件和技术下，用粒子加速器和强电磁场，把要投放的粒子穿透球面投射到球面穹界以内相对简单。一旦粒子或是粒子束脱离常态空间进入球体内部，就会参与到球体中粒子的往复运动之中。我们需要做的是进入球体，然后标记我们的粒子束在发散和收敛之间运行的刻度，也就是粒子束在从未来到过去的精确的时间刻度。"夏天元的观点和思路让安平感到不可思议和豁然开朗。

两人兴奋地讨论和观察实验的数据和变化，就这样不知不觉地进行了六七个小时。看到夏天元张大嘴巴打哈欠时，安平才反应过来已经很晚了，夏天元应该要休息了。

"天元，你累了吧？早点睡觉。我继续按照你的思路往前推进。你等一下洗完澡把卧房的显示器镜头对着你，我想看着你睡。爱你。"安平轻声地对夏天元说道。

这时，夏天元突然感觉莫名伤感，想抱一下近在咫尺的爱人却是那么的难。

洗完澡之后，夏天元躺在床上辗转反侧。看到夏天元无法入眠，安平有些担心地问道："天元，怎么了？有什么心事？还是哪里不舒服？"

"我妈她现在基本上不能自理了。从床上起身都需要人帮忙，吞咽非常困难。只能以流食为主。现在只有我爸能大体上明白她含糊不清的发音。她的情绪非常不稳定。易怒，爱发脾气。"夏天元一股脑儿地把妈妈的情况说给安平。

"天元，你说的这些情况我都知道。我昨天晚上进入了你妈妈住院的那家医院的档案系统，查看了医生会诊的报告，情况非常不乐观。她的病情发展符合渐冻人患者通常的历程。我们一起回一趟吧，工作的事情先放一下。"安平关切地说道。

"好的，我想咱们尽快回去一下吧。妈妈见到你会开心的，说不定可以减缓一下她的衰退。"说到这时，夏天元哽咽了，无法再说下去。直到接近天亮，他才沉沉地睡去。

第二天，夏天元一到办公室走廊，就见肖风行已经在门口的沙发上坐着了。见到夏天元来了，肖风行赶快走过来，脸上流露出着急的神色。

"夏总，昨天我们通过电话后，我们团队正在给安全系统打补丁的时候，我们的系统又一次遭到了攻击。一天之内，系统两次遭到入侵，我觉得情况非常严重。好在昨天第一次攻击我们系统的黑客好像没有敌意，而且给我们故意留下了线索。这样我们小组才在最短的时间内发现系统安全漏洞，部分成功地阻挡了第二次入侵。"肖风行的语气里明显地表现出了对这两次系统遭到攻击的担心和忧虑。

当夏天元听到系统第二次遭到攻击时，也觉得事态严重。无论是夏天元还是肖风行都本能地感觉到，这不是一件偶然事件。夏天元清楚地知道第二次袭击和安平没有关系。

"风行，我觉得我们必须要非常认真地对待这件事情了。你昨天电话里向我报备的首次攻击，我提前已经知道了，到时我会告诉你。但是，你刚才讲的系统第二次遇袭，应该可以判断为真正的恶意入侵。"夏天元没有直接将事情说明，但是他的说法，已经足够让肖风行大吃一惊，更觉得在云里雾里了。

"好的，夏总，我们正在追查两次攻击的路径和地址。那么第一次攻击的黑客，我们还需要追查吗？"肖风行从夏天元的话里听出一些意思，于是这样试探地问道。

"追查第二次攻击的所有情况，必要的时候可以请求警方的帮助。第一次攻击的事件调查就此了结。"夏天元非常明确地对肖风行布置道。

肖风行领命后匆匆回去布置。这时，夏天元望着肖风行离去的背影，联想到自己的团队现在在研究的领域和阳山所在科技界的重要意义，不由得对这次系统安全事件的背景担心起来。

"天元，这么早就来了。"高中光路过夏天元的办公室，看到夏天元在门口发呆就问道。

"哦，高总，我正有重要的事情要向您汇报呢。"夏天元把昨天两次黑客入侵系统的事情简短地向高中光做了汇报。

"你的意思是，第一次攻击是我们有意安排的系统安全性测试。但是第二次攻击应该是真正的恶意入侵？"高中光听完之后，也觉得事态严重，只是一时间没有什么头绪。

"是的，高总。事情来得突然，我们正在安排系统的安全修补和追查工作。"夏天元严肃地望着高中光说道。

看到夏天元认真讲述，却又有欲言又止的样子，高中光迟疑了一下，问道："天元，你觉得这里面还有什么玄机和特别的地方吗？"

夏天元拉着高中光走进自己的办公室，请高中光坐下，说："高总，咱们研究所现在做的电能无线传输和我们小组正在做的空间切割模拟实验，都是这个领域里备受关注的焦点。我担心黑客入侵是冲着这些来的。这样的话，事情就没有那么简单了！"夏天元的话语里流露出了浓浓的担心。

听到夏天元这样描述，高中光神情严肃地重新审视起这件事来。

"是的，天元，你的担心和分析很有道理。我们的研究是处在一个高度敏感的领域。无论是出于科技本身，还是未来这些技术在军事或者其他领域的运用。"高中光的语气中明显地流露出不安。

"我最担心的就是这次系统入侵不是简单的偶然事件，我们要马上进行全系统的安全检查，提高安保等级。"夏天元一边说着，一边送高中光走出门口。

"天元，我想起一件事情。你妈妈的情况怎么样了？老人家的状况有没有转机？"高中光关切地问道。

"我妈妈的情况现在非常不好。"夏天元把妈妈的情况向高中光做了简短的说明。

"天元，你把系统安全的事情布置一下。整改期间，我们正好把手上的研究暂时停一下。你抽时间回一趟老家，把父母接过来，你也好尽一下孝道。这几年为了阳山所的事情，委屈你和你的家人了。"高中光深表歉意地说道。

"没什么，高总！我父母和我哥在一起，他们在杭州。我这几天就抽空去一趟杭州。把我儿子也带上，让他和奶奶多见几面。"说到这儿时，夏天元觉得非常伤感。

高中光走了后，夏天元马上给肖风行打电话，全面清查网络和每一台接入内网的终端设备，核心实验室的终端实施物理隔离和网络控制双重管控。

周末的时候，夏天元带着儿子坐上了前往杭州的航班。夏川到现在为止，并不了解妈妈的情况，夏天元和安平仍然没有下定决心让儿子在视频上和妈妈相见。毕竟孩子太小，很容易对外吐露妈妈和他有联系的情况。他们母子的联系只是安平多次在镜头里偷偷地看儿子，体会他的每一点成长和变化。

夏天元的哥哥夏天成在机场接到了夏天元父子俩。在回家的路上，夏天成又把妈妈近期的状态描述了一下。说到妈妈每况愈下的时候，夏天元禁不住痛哭流涕。旁边的夏川不是很懂，就问爸爸："奶奶怎么样了？爸爸你不要哭。"

当夏川知道奶奶的生命可能没有太多时间的时候，夏川也开始难过哭泣。父子两人一起默默流泪，气氛非常的悲痛压抑。

"儿子，等下见到奶奶不要哭，要让奶奶高兴一点。"夏天元叮嘱着儿子。

下午3点多的时候，他们一行人来到医院。他们到住院部的护士站登记探视，当夏天元报上自己的姓名时，就见里面当班的护士在小声议论：这就是那个老太太的小儿子，是个科学家。老太太这几天的状态比前一段好，每个人都知道她博士儿子要带着孙子来看她。

来到病房后，夏天元看见妈妈躺在床上微闭着眼睛。

"妈，我带着小川来看你了。"夏天元努力让自己的语调保持平稳说道。

这时，妈妈慢慢睁开双眼。在看到夏天元和夏川的一瞬间，可以感受到，她眼神中展露出的惊喜和幸福。

夏天成在一旁连忙把病床摇起来。夏天元拉着夏川坐到病床前，这时夏天元的爸爸从外面走进来，夏川一见到爷爷，马上跑过去，抱住爷爷。

"爷爷，奶奶怎么了？她不和我们说话。"夏川委屈地向爷爷抱怨着。

"小川呀，奶奶不是不说话，奶奶最想你和你爸爸了。可是她现在说话很困难，只有爷爷能听懂奶奶讲的部分话。你可以和奶奶说，她听得到，也听得懂。实在不行，你看旁边还有支铅笔，奶奶可以简单地写几个字，告诉我们她想说什么。"爷爷拉着夏川的手在一边解释着。

此时，躺在病床上的奶奶吃力地慢慢抬起手，对着夏川轻轻地挥动。

"小川，奶奶叫你过去呢，快去拉着奶奶的手。"夏天元马上反应过来妈妈的意图。

当夏川回到床前，奶奶吃力地用手搂住他。这时，可以看到她的目光里是满满的幸福和快乐！只是夏川没法和奶奶互动，又不好走开，只能僵僵地靠在床边。

"爸，你和我哥带着小川出去走走。我想一个人陪我妈待一会儿，我慢慢和我妈说会儿话。"夏天元示意他们给自己留点和妈妈独处的时间。

"走吧，爸。咱们领你孙子去外面透透气。"夏天成说着便领着爷孙俩到住院部的小花园里去了。

"妈妈，我想和您说一件重要的事情。您能听清我说的话吗？您要是听得清楚、听得明白，您就点点头，告诉我好不？"夏天元要确认妈妈是否有足够的理解力。

妈妈努力地想把身子躺直些。夏天元看到后马上轻轻扶起她，然后把耳朵凑近妈妈。

"好，好。"夏天元听到妈妈含糊不清地说好。

"妈，我要告诉你一件大事儿。其实你家媳妇安平在去世后，我用新技术使她以另一种形式活着。她现在相当于一个有自我认知能力和学习能力的超级程序。"看到妈妈满眼的茫然，夏天元从包里拿出电脑。

"妈，我打开电脑，你和安平说说话吧。"夏天元看着妈妈说道。

"好，好。"妈妈困难地表达着自己的语言和情感。

夏天元坐在床边，打开电脑。这时屏幕上安平做出拥抱的动作，对着妈妈微笑。

一瞬间，夏天元发现妈妈满眼泪水，那是思念和喜悦混合的泪水。

妈妈用手在屏幕上轻轻地抚摸着安平的面庞，此时安平也是眼含热泪。"妈妈，你好，天元舍不得我走，又把我带回来了。"安平控制了一下自己的情绪，把整件事慢慢讲给妈妈听。

过了很久，妈妈基本上明白了安平的现状。这时她用手指着屏幕上的安平，然后对着夏天元露出了欣慰的笑容。妈妈笑的那一刹那，夏天元却流下了辛酸的眼泪。

当天下午，一家人到西湖边的酒店一起吃饭。吃饭前，夏天元和爸爸推着轮椅带着妈妈和夏川来到西湖边。

春天的西湖生机盎然，夕阳下春风拂面。湖面上泛起细细的波纹，岸边的树和花的倒影随着波光像彩带一样荡起。妈妈带着夏天元新买的粉色棒球帽，惬意地沐浴在春光里。夏川乖乖地站在一旁，扶着轮椅，奶奶不断地、吃力地把夏川往身边搂。夏天元在一旁用电脑把这一场景全部录了下来，也正好让安平一起感受一下亲情和美景。

十一、告别母亲

夏天元从杭州回来差不多半个月之后，他爸爸打来电话。"天元，我感觉你妈妈不太行了。你走后，她基本上很少吃东西了，而且很容易呛着。她很焦虑，晚上睡眠也很差。她今天写给我，说想回老家去，她不想走在异地他乡。"说到这里，爸爸哽咽了。

挂掉爸爸的电话后，夏天元心乱如麻。"天元，你尽快安排你父母回老家吧，几年前我在病床上的时候，最后的想法就是在我死前可以回到故乡，死后的事情我管不了，但是我想走在我成长的家乡。"安平用自己的经历说服着夏天元。

"好的，我知道了。我明天就去杭州安排这些事情。"夏天元心事重重地回答道。

第二天，夏天元在机场候机的时候，肖风行打电话进来，他说："夏总，经过近期的彻查，我们基本上可以确定是部分内部信息泄露，导致黑客通过我们的应用程序入侵、渗透，并且自行创立了超级用户权限的虚假账号，幸好在黑客安装远程控制工具时，被我们及时发现并阻止了。"

"好的，风行，你们辛苦了。看能不能追踪和锁定到入侵者的地址？"夏天元流露出深深的担忧。

"我们会密切追踪的，只要黑客再有入侵活动，我们会追踪和锁定到的，现在我们正在全力恢复当时被删除的网络和服务器日志。"肖风行知道事关重大，语气非常严肃。

"夏总，还有就是您在杭州或者是老家的事情，如果需要我的话，我随时可以出发。高总已经和我交代过了，近期所有的事情都往后排。"不等夏天元说话，肖风行又抢着说道。

"好的，风行，谢谢你，也谢谢高总，我先登机了。"夏天元百感交集，但此时他不愿意更多地流露。

短短十几天之后，夏天元又回到杭州，但是妈妈和上次见面时又有了很大的变化。现在她很少坐起来，基本上就是躺着，吃东西特别少，又没有运动，整个人非常瘦弱。夏天元在给妈妈按摩的时候，能感受到妈妈松弛的皮肤，皮肤下面基本上没有肌肉。这样的感觉，让夏天元的心中充满了心痛和哀伤。自己一直在试图改变世界，可是在妈妈的疾病面前，自己唯一能做的居然只是等待她离去。

"天元，咱们尽快回老家吧，我担心你妈妈她随时可能会不行的。"夏天元的爸爸急切地说道。

"好的，我现在就去订票。我哥这次就先不要回了，我先带着你们俩回。这些日子我哥他太煎熬了，让我和他换一下班。"夏天元说着就开始在网上查询第二天一早的机票。

在飞机上，夏天元始终拉着妈妈的手。那双哺育、抚养他成人的手，现在是那么的无力和苍老。整个飞行过程，妈妈非常安详。夏天元第一次陪同父母一起飞行，此时他想这可能也是最后一次了。

飞机降落的一刻，夏天元匆匆地从自己杂乱的思绪中抽逃出来。舱门打开的一瞬间，夏天元看到了郑起已经推着轮椅等候在通道上。夏天元抱起妈妈走出舱门，在郑起的协助下，他顺利地把妈妈轻轻地放在轮椅上，爸爸默默地跟在后面。一行人谁也没有说话，直到来到出口，夏天元的三叔和婶子在那里等候。

夏天元和叔叔婶子一一握了手，三婶俯下身子和夏天元妈妈轻轻地说："嫂子，你回来了，这次好好在家把身体养好。咱们哪里都不去了，没有什么地方比家乡好。"

　　妈妈听到三婶的话后，努力想把手抬起来拉拉婶子的手，只是她实在没有力气做到。婶子看到后，举起妈妈的手放在自己的脸庞上。此时妈妈的脸上透出的是无比的幸福和满足。

　　第二天上午，妈妈的呼吸突然变得困难。救护车到省医院后，在急症室妈妈被诊断为肺部感染。夏天元摸了摸妈妈的额头，感觉并没有发烧，他觉得稍稍有些庆幸。

　　"大夫，我妈妈她好像不发烧，情况不会太严重吧？"夏天元看到急症医生走过来赶快凑上去询问。

　　"情况不乐观，肺部有炎症，肺功能很弱，血含氧量很低，随时有危险。建议马上转入 ICU。"医生专业而简短的回答，让夏天元的心情落入谷底。

　　"可是我妈妈她好像并没有发烧，我觉得她的体温是正常的。"夏天元像是自言自语一样咕囔着。

　　"天元，这是我同事程医生。程医生，他是我堂弟夏天元。"这时夏天元的堂姐夫林宝民从中医科赶过来。

　　看到家里人过来，夏天元心里稍稍定了一点。"姐夫，我妈她怎么样呀？"夏天元急切地想知道确实的状况。

　　"天元，婶子她不发烧，是因为她的免疫系统已经停止运作了。这样解释你听得明白吗？这种情况必须马上进 ICU 上呼吸机，配合消炎，看看有没有转机。"姐夫林宝民的话语让夏天元整个人一下子发懵了。之后林宝民和程医生的对话，夏天元都几乎听不真切，只觉得耳边在嗡嗡嗡地响。

　　一片空白和忙乱之后，妈妈的病床被护士推往 ICU 病区。夏天元也迷迷糊糊地跟着过来。这时，爸爸和郑起从收费处一起交完费，回来正好碰到神情恍惚的夏天元，"天元，你怎么了？"郑起不解地问道。

　　"我妈她现在就要转到重症监护室去，医生和我姐夫都说情况非常严重。"夏天元无力地回答道。

　　"爸，你在这里陪着我妈。我现在和郑起去办住院和重症室的手续。"看着在病床上躺着的妈妈，夏天元的内心和精神世界在崩溃。

接下来的事情，其实都是郑起一个人在办理。夏天元只是稀里糊涂地跟着郑起在医院里来回走。

当晚，夏天元和郑起在医院后勤部租了两个折叠床，安放在重症室门口的等候厅里。已经午夜时分了，夏天元一点睡意都没有。"给我拿几根烟，你在这儿休息一下，我到楼道口抽烟去。"夏天元向郑起索要着香烟，并在郑起惊愕的注视下，拿着烟和打火机离开了。

夜深了，昏黄的灯影下，夏天元坐在门口的台阶上一支接一支地吸着烟。在烟碱的麻醉下，夏天元的情绪稍稍好了一些。这两天，从杭州到现在，就像在半梦半醒中一样。夏天元觉得一切发生得好不真实，突然之间，他不知道自己身在何处。

妈妈生病以来的这段时间，夏天元经常在早上跑步走路的时候，在心中诵读《药师佛经》。从事科学研究的他，一遍一遍地默念佛经，祈求不可知的奇迹降临。他这样是为妈妈祈福，也是为自己内心得到宁静。

"少抽几根烟，来喝点啤酒。别担心，这里现在这么安静，医生有事的话，喊一下，咱们在这儿一样听得见。"郑起不知道什么时候走了过来。

"谢谢你。哎，我觉得我要通知我哥了，让他明天就来吧，我怕我妈随时可能会不行的。"说到这时，夏天元忍不住痛哭起来。

"明天再打吧，这一年以来，你哥为你妈的事情可是太操心了，让他再睡个安稳觉吧。"郑起大口地灌了一口啤酒说道。

夏天元第一次知道原来夜可以这么长。他就是那样坐在门口抽掉了一包烟，郑起早就在他旁边打起呼噜来。

凌晨 5 点多的时候，夏天元和郑起回到等候厅，他迷迷糊糊地躺下，直到上午 8 点左右，医生、护士陆陆续续过来上班，才把夏天元吵醒。整整熬了一夜后，夏天元疲惫地直起身来，好好地伸了一个懒腰。

"天元，你醒了。"一个熟悉而亲切的声音在夏天元的耳边响起。

顺着声音，夏天元猛地发现安平在床边站着。"安平，你……"夏天元叫出安平的名字后，马上反应过来，眼前的女人是吴晓雯。"晓雯，你怎么来了？"夏天元的语气中透着惊讶和一丝欣喜。

"我是昨天晚上乘晚班机到的。太晚了，我就直接在机场酒店住了一晚，天一亮我就过来了。"晓雯用尽量平静的语气对夏天元讲述着。

"怎么好意思让你过来？你看，我这里根本就没有条件接待你，我也没有时间陪你。"夏天元一时间真的有些不知所措，于是他真切地说道。

"天元，我是来陪你的，不用你陪我。你朋友郑起的这张床就给我用吧，这种时候我希望能在你身边。"晓雯的真诚让夏天元的内心充满了温暖和感动。

这时，郑起从外面买好早餐回来了，看到夏天元正在和晓雯聊天，他就站在等候厅的门口说："你们俩到我车上去吃吧。天元，我知道你在这里吃不下去。哎呀，天元，你这美女朋友今早可把我吓住了。我今早一睁眼，看到安平站在跟前，咱这可是 ICU 的门口呀，这儿每天都有挺不住去世的，阴气重得很啊！她们俩长得可真像！"

"郑起，这是我西坦的朋友吴晓雯。"夏天元赶紧向郑起介绍了一下。

"我们已经认识了，早上看到她把我吓呆的时候，她已经自我介绍了。好了，你们赶紧去吃点东西。"郑起说着把夏天元和晓雯往外赶。

郑起买的早点是夏天元最爱吃的葱油饼和豆浆。夏天元拿了郑起的车钥匙，打开车门后，发现前排座椅上放了一个特大的旅行箱。

"这是你的箱子吗？"夏天元看着那个大箱子便回头问走在身后的晓雯。

"哦，是的。不好意思，早上郑起看我拿着这么大一个箱子在等候厅，他就先帮我放到车上了。"晓雯连忙解释道。

看到晓雯的硕大的行李箱，夏天元百感交集。"晓雯，你那么忙，怎么好意思让你来这里。"夏天元一时之间除了非常感动外，也不知道该说些什么好。

"天元，你什么都不用讲了。我就是觉得在这种时候，我希望能够陪伴在你的身边，我知道我也帮不了太多忙，夜里你值守的时候，我可以陪你说说话。"晓雯动情地向夏天元说道。

两人坐在车里，默默地把早餐吃完。晓雯利索地把吃剩下的东西收拾了一下，准备下车扔到垃圾桶去。这时夏天元猛地搂住了晓雯。他再也控制不住自己的情感，任凭热泪肆意流淌。

"谢谢你，谢谢你，晓雯。"夏天元内心的压抑和伤痛一下子爆发出来，他只是重复地说着这几句话。晓雯放下手中的杂物，用双手拢住夏天元的头，轻轻地在夏天元耳边说："我来了，天元。有我在这里陪着你呢，好好地哭一场吧。"

过了好久，夏天元长长地缓了一口气。这时，他逐渐从极端压抑的心境中舒缓出来。看到满面泪光的夏天元，晓雯的内心也被夏天元的伤痛感染着，此时她不禁也留下了泪水。

擦了擦自己的眼泪，又用纸巾帮着晓雯擦拭了一下她的泪水。夏天元拉着晓雯的手说："晓雯，我先让郑起给你安排一个酒店。你先安顿好，我哥今天就会过来。放心，有人和我换班，等我妈妈情况一稳定下来，你就先回去好吗？"

"好的，天元，你不用为我担心，更不要你为我分心。等你妈妈好起来，我就先回去。"晓雯此时也慢慢平静下来。

"天元，刚才老爸给我打了电话，我今天下午就过来。你也不要太紧张，爸说你状态很差，不用接我。我自己打一个车最方便省事儿。"哥哥夏天成的电话让夏天元像是一下子有了内心的支撑和依靠。

"刚才是我哥的电话，他下午从杭州赶过来。之前我爸妈一直在杭州和我哥嫂生活在一起。"夏天元向身边的晓雯解释着。

"嗯，太好了。有兄弟姐妹就是好，尤其是家里有什么难事和大事的时候，就更明显了。不像我，家里就我一个，要是遇到这样的事情，真心不知道一个人应该怎样应对。天元，咱们过去一下吧，别让郑起一个人在那里等着。"晓雯的诉说中流露出对有兄弟姊妹家庭的浓浓的羡慕之情。

夏天元和晓雯回到等候厅的时候，夏天元的爸爸、三叔和婶子都已经在那里了。郑起正在陪着他们说话，等大家看见夏天元和晓雯走过来的时候，夏天元的爸爸、三叔和婶子都惊呆了。郑起见状连忙解释道："夏叔，三叔，你们仔细看，她是天元在西坦的好朋友吴晓雯，不是安平，今天早上，也把我给惊呆了。"

晓雯见状，马上上前和夏天元的家人一一握手打招呼，夏天元的爸爸非常激动，直接拉着晓雯的手老泪纵横。晓雯非常自然地用双手握住夏天元爸爸的手说："夏叔，您好，我会陪着您和天元的，阿姨的病情一定会有转机。"

一家人对晓雯的样貌和安平如此之像啧啧称奇。实际上大家觉得晓雯的声音、举止也和安平神似，这时连夏天元也不禁有些迷惑了。的确，眼前的晓雯活脱脱就是另一个安平。尤其是近半年以来，夏天元觉得晓雯越来越像安平了。应该是自己太思念已故的妻子了吧，夏天元心里这样想到。

"天元，你个臭小子回来了。"郑起的哥哥郑航在大家没注意的时候，已经来到夏天元身边。夏天元一见连忙靠过去和郑航说："二哥好。"

晓雯一看郑航的长相，再听夏天元叫他二哥，估计他就是郑起的哥哥，于是也马上对着郑航说："二哥好"。

"好着呢，幸亏我这是和大家这么多人白天在一起，不然你二哥胆子再大也被你吓一跳。夏叔，三叔。"郑航和在场的家人一一打了招呼。

"哥，你来干吗？"郑起看不惯他二哥那么随意的样子，言语之中有些责怪郑航。

"你个小兔崽子，天元难道不是我的兄弟？我过来看阿姨，你给我一边待着去。天元，你现在就带着你这位迷人的女士去休息一下，今天的白班二哥替你们值了。"郑航说着就把夏天元和晓雯往外带。

"大伯，三叔，我刚才和主治大夫交流了一下。昨天打了一天的营养针和消炎药，暂时来看效果还是不错，现在血项情况有所改善。"随着堂姐夫林宝民的介绍，大家悬着的心稍稍有些放松了。

"好了，天元，你听见了吧，赶快回去休息一下。郑起，你去开车送他们，让他们先去酒店，中午吃完饭后，带他们到山上去看看酒庄。"郑航支派着郑起带夏天元离开。

夏天元和晓雯与大家打过招呼后，和郑起一起离开。他们来到夏天元父亲退休以前任教的大学附近的一家酒店，那是一个很普通的小型商务酒店。到了酒店门口后，夏天元有些不好意思。"晓雯，我住在这里，是和我爸家里近点，这里的环境比较差，你还是住到好一些的酒店去吧！"夏天元觉得酒店那么普通，有些愧疚地说道。

"没事的，天元，我这次来又不是度假的。我看到对面西夏大学的牌子了，这是不是你爸妈以前教书的学校啊？是你小时候成长的地方吗？"晓雯发现旁边学校的招牌后向夏天元询问道。

不等夏天元作答，郑起激动地说："聪明呀，对头！这就是我和天元一起成长，一起钓鱼、抓青蛙、扣蜻蜓的地方。"

"嗯，套用天元的话，怪不得有一种怀念的感觉呢，我喜欢这里！我决定了，我就要住在这里。"晓雯一边说着，一边就要拉着她那个大箱子往里走。夏天元见状只好帮她把箱子拉过来，这一拉夏天元才知道晓雯的箱子有多重。

"晓雯，你把家搬来了吗？你的箱子也太重了吧，你一个女生怎么拿得动呀。"夏天元语气里透露出怜惜。

"你们俩慢慢搬家，我去登记一下房间。哦，对了，你们俩是要一间房还是两间房啊？"郑起笑着故意问道。

"当然是两间房了，郑起你这个家伙乱开玩笑。晓雯你不要生他气，他从小就坏。"夏天元带着歉意对晓雯说道。

"我没觉得郑起坏。我倒是听你多次说过，就是他小时候老是帮你摆平坏人，而且你看他现在也对你那么好，你妈妈生病了他也来照顾，帮你开车，帮你开房，哈哈。"晓雯越说越来劲儿，搞得夏天元不知道说什么好了，只好站在边上听着。

"到底开几间呀？"郑起一看夏天元不说话了，就又来劲儿了。

"郑起，你别闹了，好了，开两间吧，最好是两间房间挨在一起的，好吗，晓雯？"夏天元狠狠地瞪着郑起说道。

"好吧，既然你那么大的夏总都发话了，我一个外来户能说什么。不过酒店钱你要替我出，本来按郑起的方法我可以省下住宿费的。"晓雯假装生气地说道。

这时夏天元听到郑起小声嘀咕：什么笨蛋，赔了夫人又折兵之类的风凉话。夏天元没好气地催着郑起。

"天元，你能帮我把箱子放倒，打开吗？箱子太重了！我怕我一个人控制不住，怕把里面的酒碰倒了。"到了房间门口的时候，晓雯央求着夏天元。

"好的，你带酒了？带酒干吗呀？我这里有个酒庄，还是你介绍给我买下的。"夏天元疑惑地询问着。

"高总知道我要来，让我带了几支金钟。我自己又装了几支南法隆河谷的拉慕林，我们都知道你爱喝法国酒，这段时间咱们可以换着喝，这样就不会太单调了。"晓雯的说法让夏天元非常感动，无论是高中光的举动，还是晓雯千里迢迢地赶过来的温情，都让他感到实实在在的幸福。

晓雯一边说着，一边打开了箱子。硕大的箱子里，大半空间被四五个红酒的保温袋占据着。"天元，咱们把酒放在小冰箱里吧，可能有几支要放到你的房间去，我这边应该放不下。"

等两人把东西安放好，夏天元回到房间冲了个凉，一看表已经将近中午时分。夏天元懒懒的躺在床上，感觉自己就像在梦里一样，一切都是模糊而不真实的样子。这一切发生得太快，根本没有心理适应的过程。从昨天杭州出发到今天上午，自己默默地躺在这里，就像做梦一样，一瞬间太多片段划过。

"天元，天元。"这时夏天元听到晓雯在门口轻声地叫着他的名字。

夏天元急忙起身开门，只见晓雯已经换了一身运动打扮，手里还拿着一双运动鞋。就在他诧异之间，晓雯说："我估计你走得急，肯定没有带运动鞋。我出发之前在西坦给你买了一双，也不知道你喜不喜欢，你就凑合着穿吧。"

夏天元平日里喜欢徒步、慢跑，这次因为妈妈的事情，走得匆忙，的确没有带运动鞋。看到晓雯对自己体贴入微的关心，夏天元的内心感受变得极为复杂。

"哎，你就这么让我站在门口吗？"晓雯假装有些不高兴地说道。

"对不起，快进来坐一下吧。"夏天元连忙请晓雯进来。

"你要不要试一下我给你带来的鞋呀？要是不合适、不喜欢，我现在就去再给你买一双，不过不知道这儿附近有没有大一点的商场或者运动城？"晓雯走进来，坐到沙发上就那么关切地看着夏天元问道。

"好的，我马上试一下。"夏天元马上意识到自己应该表现得情商高一些，此刻自己必须对晓雯的关切有所回应和表示。

"嗯，这还差不多。怎么样，大小合不合适？怕你不喜欢别的颜色，就只好买黑色的比较保险，也好搭配。"晓雯在一边关注地问这问那。

"非常棒，比我自己买的都合适。颜色也是我喜欢的黑色，真的不知道怎样感谢你才好。"夏天元一边把两只鞋都穿上，一边认真地夸奖着晓雯，他可以感觉到晓雯非常得意。

"谢谢就不用了，你请我吃饭吧。听你说过，这有一家做羊肉的店，你特别喜欢。带我去见识一下你们地道的家乡美食吧。"晓雯说着就拉着夏天元要往外走。

"等一下，我打电话叫一下郑起，让他开车带咱们去。"夏天元拿出电话准备打电话给郑起。

"天元，我们离那里有多远呀？如果不是特别远，我们俩走路去好不好？别总是麻烦人家。"晓雯问道。

"走路十分钟吧，不算太远，我怕你累。"夏天元有些犹豫地说道。

"你看我都换好走路的装备了，我们就走着去吧。我想在你成长的地方和你一起走走。"晓雯说明了自己的意图。

当他们两人来到酒店大堂的时候，发现郑起在那里等着。郑起看到他们走来，就把手中的烟头熄灭，起身过来。

"我已经吃过了，我送你们去吃饭，中午想吃什么？"郑起问道。

"嗯，谢谢你，郑起。我和天元商量过了，我们俩走路去随便吃点东西。你赶快休息一下吧，昨天晚上你基本都没怎么睡觉。"不等夏天元回答，晓雯直接说道。

"哦，天元，那我就先回家睡会儿，下午咱们上山到酒庄和地里看一眼？"郑起看着夏天元，等待他的回答。

"好的，那你就好好休息一下，咱们下午见。"夏天元回答道。

郑起大大地打了一个哈欠，转身离开了。

"晓雯，你等一下，我去给你拿把伞，外面很晒。"夏天元说着要往房间走。

晓雯一下搂住夏天元的手臂，柔声地说道："我不怕太阳晒，有你给我挡着就足够了。"

于是夏天元就和晓雯慢慢走出酒店，正午的骄阳辣辣地照耀在两人的身上。空气是干燥的，所以并没有特别闷热的感觉，只是一种灼热。这种感觉让夏天元感到内心安慰，烈日骄阳真切地让夏天元体会到了回家的感觉。多年前，自己在这里生活成长，妈妈的爱，温暖如阳光。

夏天元一边走着，一边给身边的晓雯介绍着沿途的景观和建筑。晓雯始终搀着夏天元的手臂，认真地聆听着夏天元的讲述。夏天元的诉说充满着他对少年时代的真情回忆，这种情绪深深地感染着晓雯。

"我们到了。很抱歉，你看这里是很简陋的，要不咱们还是换一个地方吧？"夏天元在一个悬挂着"聚方圆"招牌的地方停了下来。

"夏老师的儿子吧？"随着说话的声音，夏天元看到坐在门口摇着蒲扇的女老板。

"哦，你好。谢谢你还能记得我。"夏天元礼貌地回应着人家的问候。

"哎，那当然。你和你爸爸都是我们这里的骄傲。你爸跟我说过，你就是喜欢吃我们家的烩羊肉，我们很得意这个事儿。你媳妇真好看，赶快坐下。两个烩肉，吃米饭还是饼子？"老板热情地招呼道。

"好的，听你的安排。我吃饼吧，我朋友她是南方人，还是给她吃米饭好了。"夏天元拉着晓雯边坐下，边回答着。

"噢，好的。马上就来。"老板对自己错判晓雯的身份有些尴尬，便转身进去厨房安排了。

随着香喷喷的烩肉端上来，夏天元忍不住喉结蠕动了几下。晓雯看到夏天元的样子觉得好好笑：一个大男人竟然馋成那样。看到晓雯观察自己的神情，夏天元不由得有些不好意思。"晓雯，你见笑了，我是条件反射。我爸说我从小就这样，看到好吃的东西，就一副没出息的样子。"夏天元面子上有些挂不住，于是尴尬地解释道。

当第一口羊肉吃到晓雯嘴里的时候，晓雯的表情变得丰富起来。那完全是一种从不以为然到尽享其中的陡然转变。

"天元，这羊肉太好吃了！"晓雯一边说着，一边不停地把羊肉往嘴里送，一副停不下来的样子。夏天元看到晓雯那么享受的样子，觉得非常欣慰。

很多年前，安平第一次来到夏天元的家乡时，当她第一次吃羊肉时，也差不多是这个样子。从一开始的不以为然，瞬间就变成了一发不可收拾的"羊肉杀手"。还是这家羊肉店，这些简单的桌椅，只是时空交错，物是人非。

"天元，你在想什么呢？我吃得都有点撑着了！哎，你怎么不喝汤呀？你好浪费，来来，把你的碗给我，我再喝点儿。"晓雯把碗里的肉汤喝掉之后，终于有空搭理夏天元了。

看到晓雯真的要过来拿自己吃剩的碗，夏天元连忙把碗拿开。"很咸，很油的，汤就不要再喝了。你没吃够的话，咱们下次再来。"

"天元，你们俩吃好了吧？走，咱们出发，去山上看一下葡萄园。"这时郑起叼着一支烟走到旁边。

"郑起，你知道吗？天元他居然吃完烩肉不喝汤，他好浪费。"晓雯见到郑起就马上抱怨起夏天元。

"嗯，你不知道他从小就这样。吃面、吃烩肉的时候，我们都要把汤喝了，他从来就不喝。年纪不大，毛病不少！"郑起随声附和着晓雯，数落着夏天元。

三人上了车以后，一路上说着夏天元少年时代的种种往事。一路的放松畅聊，让夏天元从对妈妈的担心中稍稍有所放松。

晴朗的天空下，一条长长的道路直通向远方的青山。遥遥望去，只见道路的尽头仿佛一直连到天际。"这条路叫什么路，郑起？"夏天元见到如此壮丽的景色不禁问起来。

"我也不知道，这条路修好没几年，等下查一下地图吧。"郑起一边开车，一边回答道。

"哦，我看不用查什么地图了，我们就叫它通天大道吧。"夏天元望着前方直插云霄的道路说道。

"嗯，我喜欢，我们就把这条路叫通天大道吧。"晓雯深深地被车窗外的景色感染着、震撼着，于是她兴奋地说道。

"晓雯，这就是贺勒山，是我魂牵梦萦的神山，她像母亲一样把兴庆城揽在怀里。"夏天元动情地说。

轮廓逐渐清晰的贺勒山，挺拔地屹立在眼前。青灰色的山体在阳光的照耀下，像是镶嵌了金色的边，山脚下的荒滩上各色杂草竞相生长，大大小小的石头散落在草丛中，仿佛是对着神山朝拜的徒众。

晓雯深深地被眼前这样粗犷、壮丽的景色吸引。震惊之余，索性放下车窗对着青山呼唤起来："贺勒山，我爱你！"

夏天元的情绪一下子被晓雯带动起来，他叫郑起把车停在路边，然后拉着晓雯的手走下路基，走向旷野。两人越走越快，最后双双张开手臂，欢呼着奔向群山。郑起默默地开着车远远地跟在后面，看见夏天元放松快乐的样子，郑起由衷地感到欣慰。

夏天元带着晓雯一路奔跑了几百米之后，终于跑不动了。于是他们直接在一个周边有树的大石头上躺下。阳光透过树叶，斑斑驳驳地洒落在身上。暖暖的、湛蓝的天空中，几朵白云缓缓飘过。夏天元随手扯下身边的茅草叼在嘴里。晓雯见状也拔起一棵茅草，用那毛茸茸的草穗拨弄夏天元的鼻子。夏天元痒得实在忍不住，使劲儿地打起喷嚏来。等夏天元反应过来，准备报复晓雯的时候，晓雯早已用双手紧紧地遮住自己整个脸部，气得夏天元用手使劲想掰开晓雯的手。这时，晓雯突然松开脸上的双手，一下把夏天元拥在怀里，猛地吻在夏天元的双唇上。这一切来得那么突然，但又是那么自然。夏天元微微愣了一瞬间后，马上捧起晓雯的脸庞热烈地亲吻起来，无边旷野上吹过的山风和天际流淌的云朵，目睹了这令人心醉的一幕。

再回到车上的时候，晓雯在郑起面前多了一分羞涩，夏天元也表现得有点不自然。反倒是郑起在给两人递水的时候，轻轻地对着他们说了一句道："这就对了。"

"天元，你看这块地上的赤霞珠今年长得多好，还有咱们的小园子里的黑皮诺去年不行，今年也好起来了。"到了酒庄的种植基地后，郑起兴致勃勃地向夏天元和晓雯介绍起情况来。

"天元，我跟你说，你要好好表扬一下郑起，他把这葡萄园打理得相当不错。你看这园区的规划非常好，我朋友原来管理这个园子的时候请我看过。当时他们搞得不行，这两年这园子在你们的手上，真的是大变样了。当然也有不足的地方，我发现有些品种不纯，你这块园中，赤霞珠的行里混杂有少量的梅洛。郑起，你可能要把它们标记出来，在冬天埋土之前把它们拔掉，明年开春时再补种上赤霞珠。"晓雯的点评和建议让郑起听得心服口服，连连说好。眼前的这一幕，让在一旁的夏天元觉得有一种说不出的幸福感。那一刹那，他也许暂时放下了对妈妈的担忧和对安平的思念。

北方的夏季白天特别长。差不多晚上 9 点的时候，披着最后一抹晚霞，夏天元一行三人驾车从山脚下的葡萄园返回市区。路上大家吃着刚才在园子里摘下的梅杏，金黄醇香的杏儿，一入口就马上散发出迷人的香甜的味道，那感觉直沁心脾。

到达医院的时候，天色已经完全暗下来，夏天元的心情也随之暗淡下来。来到等候厅看见哥哥夏天成和郑航正在小声聊天，厅里面还有几个其他病人的家属，他们发呆的发呆，看手机的看手机。

"二哥，哥，我们回来了。"夏天元和郑航、夏天成打着招呼。

"郑起呢，他那家伙跑哪里去了？"郑航没见到郑起便问道。

"哦，我让他带着我那个朋友在附近随便再吃点东西。我们刚从山上下来，就是在路上吃了点水果，我怕他们肚子饿。我中午吃的羊肉多，到现在一点儿都不饿。"夏天元回答道。

"天元，你们待一会儿就先回去吧，今天我在这里值夜，你带着你的朋友多转一转，人家那么远过来真的很不容易。我看今天妈的状况还不错，应该会好起来的。"夏天成显然已经知道了晓雯的情况。

"天元，我刚才跟你哥说了一下你那个女朋友的事情，我们大家都觉得这是件好事。你别老是一个人单着，你儿子也需要有个妈妈照顾。这都几年过去了，你对自己、对安平也都算是有交代了。你们俩的感情好，大家都有目共睹，但你也要为自己的将来、为你儿子的幸福做点打算。"郑航开导着夏天元。

"哦，我知道了。"夏天元支支吾吾地也不知道该说些什么好，便这样含糊地回答。

说话间，郑起和晓雯从外边走进来，夏天元连忙给夏天成介绍晓雯。晓雯走上前和夏天成打招呼的瞬间，还是让夏天成非常吃惊。尽管他已经有心理准备的了，但仍然被晓雯的身形和容貌震住了。

"哥，你好，我是天元的朋友吴晓雯。"当晓雯介绍自己时，夏天成才从自己的感慨中回过神来。

"你好，真的是不知道怎样感谢你才好。我弟弟有你这么个关心他的朋友真幸运！只是辛苦你啦，你们早点回酒店休息吧，今天我在这儿守着我妈。"夏天成真诚地感谢道。

又向夏天成了解了一下妈妈的情况之后，夏天元和晓雯决定先回到酒店去，他们让郑起开车赶快回家，他俩慢慢地走回酒店。

北方的天气就是这样，即便是在盛夏，太阳落山之后也非常凉爽。这样慢慢地走着的情形，让夏天元回忆起自己的少年时代。一次他和妈妈、哥哥一起沿着马路走着去医院看住院的爷爷。当时，在路边有很多漂亮的鹅卵石，哥俩一边走着一边不停地发现好看的石头。后来妈妈也加入了他们的"美石"发现之旅，三人很快就把口袋装满。石头重重的，鼓鼓囊囊的，带在身上，搞得哥俩都有点走不动路了，可是谁也舍不得扔掉。到了医院之后，哥俩赶紧向爷爷显摆，爷爷看了一眼之后说："这都是些很普通的石头，没什么特别稀罕的。"爷爷的表态遭到了哥俩的白眼，他们说爷爷不懂，这些都是最漂亮的石头。爷爷在妈妈眼神的暗示下才反应过来，连声夸奖他们的石头好、不一般，这样才把两人哄住。几十年过去了，爷爷早已去世。在一次给爷爷扫墓的时候，夏天元在爷爷的坟茔边，看到一块黑黄相间的小石头，于是就把那块小石头装进口袋带了回来。现在那块小石头摆放在家中的书柜里，寄托着夏天元对爷爷的思念。

"天元，我们到了。"晓雯在酒店门口发现夏天元有点走神。

"哦，很久没有这样走在这条路上了。我想起了一些少年时代的事情，对不起，冷落你了，晓雯。"夏天元简单地给晓雯讲述了一下刚才自己触景生情的事情，夏天元讲述的时候发现晓雯的眼中泪光闪烁。

在房间门口时，晓雯对夏天元说："天元，等一下你到我房间来吧，我们喝一点儿酒，好吗？"

"好的，你累不累？昨天和今天你都没好好休息过。"夏天元关心地询问到。

"喝点儿酒，会放松下来的，那样休息的效果更好。"晓雯开门进房间的时候回头对夏天元柔声说道。

夏天元回到房间里简单洗了个澡，他半躺在沙发上，想起已经两天没和安平联系了，于是他打开电脑，系统启动的同时，安平马上弹了出来："天元，这两天情况怎么样了？妈妈的状态稳定吗？"两天多没有联系安平，此时她一大堆的问题脱口而出。夏天元一件一件地把这两天在医院的情况、妈妈的情况介绍了一遍。最后夏天元把晓雯从西坦来到这里看望、陪同他的事情也告诉了安平。安平听到晓雯来了的事情，略微迟疑了一下，马上就又和夏天元聊起了妈妈和家里亲戚的事情。

夏天元说："这两天家里亲戚来了不少，每天都有人来医院探望妈妈，在短短的探视时间里亲戚们要排着队，每人约定好几分钟这样轮流看望妈妈。"

夏天元说："如果妈妈仍然能够正常感知的话，她感受的一定全部都是亲情和关爱，也不枉她一生为老夏家做出的奉献。"说到这里的时候，夏天元的声音不由得哽咽起来。安平凝视着夏天元，此时她多么想能够待在他的身边，搂着他，任由他在自己怀中纵情哭泣。

等夏天元的情绪基本稳定下来后，安平问道："天元，晓雯这次来，之前你知道吗？"

"我完全不知道她会过来，真的觉得很突然。"夏天元见安平问晓雯的事情，感觉到有些羞愧，声音和表情都不由得有些不自然。

"天元，没什么。我觉得这种时候，在你身边有个人能够替代我陪着你挺好的，只是我觉得你对晓雯没有那么了解，我也不知道该说什么好！我不想阻止你和她交往，你喜欢她吗？"安平的表白和疑问让夏天元一时之间不知道如何作答。

"我也不知道，我觉得看见她就像看见你一样。这两天我们家的人都有这样的感觉，我爸、我哥、三叔，还有郑起哥俩起初都把晓雯当成了你，把他们惊得够呛！"夏天元把这两天家里人和朋友们起初看到晓雯各种惊愕的情形一一描述给安平。

安平倾听得非常认真仔细，她关注地看着、留意着夏天元的表情和语气。夏天元没有注意到安平的表情在发生着变化，虽然夏天元自始至终也没有说喜欢晓雯，但是安平可以从夏天元的诉说中感觉到那不一般的情感。安平的心中真心地希望夏天元在现实生活中能得到其他女人的关心和照顾，她的内心深处也渴望夏川能够得到"新妈妈"的关爱。但是当晓雯真实地出现在夏天元身边的时候，她一时之间有点适应不了。

"我知道了，天元，你这两天太累了，你就早点休息吧。我现在到医院的系统里看一下妈妈的情况。晚安！"说着安平跳出了系统。夏天元望着空荡荡的屏幕，内心激荡、矛盾。

"天元，你没有睡着吧？我这边的酒醒得差不多了。"晓雯打通了夏天元的电话跟他说道。

"哦，好的，我这就过来。"夏天元嘴上答应着，心里却不知如何是好。安平曾经几次和他提过，让他给自己找一个爱他的，能够照顾他和夏川的女人。高中光、高中影，包括胡相文都曾经试图给自己介绍这样一个人，但都被自己拒绝了。那次在光影止步红酒店聚会时，高中光提醒夏天元，晓雯喜欢他的时候，他的感觉是这件事情没有可能。但是，现在晓雯就在隔壁等着他，夏天元觉得自己对不起安平。虽然安平已经离开他几年了，但是安平一直在他的心里，以另一种形式存在着。

"天元，你还没休息吧，小川想和你说说话。"这时胡相文从家里打来电话。夏天元连忙振作精神，整理心情，准备接儿子的电话。

"爸爸，奶奶好些了没有？小肖叔叔刚走，我这两天在胡叔叔家玩得可好了。胡叔叔、黄阿姨给我吃了好多好吃的东西，我们一起玩乐高，胡叔叔还和我玩警察和强盗的游戏，每次都是我赢。爸爸，我跟你说，黄阿姨和我玩的时候不知道为什么流眼泪了。"夏川一股脑儿地把这两天的事情和夏天元说了一遍，夏天元知道夏川一切都好，就对夏川说还要和胡叔叔说点事儿，让他先睡觉，夏川高高兴兴地洗脸刷牙去了。

"相文，我儿子在你家给你添麻烦了，我妈妈的情况总体不好。我哥今天也回来了，昨天在进 ICU 之前，情况危殆，今天有所稳定，但是仍然不乐观。"夏天元心事重重地讲述着。

"天元，你就安心陪着你妈妈吧，小川在我家不是添麻烦，而是带来无比欢乐。你嫂子这两天干脆休假在家陪小川玩，我们家又有了欢声笑语，再也不是那个死气沉沉的地方了。"说到这里，胡相文的声音中喜悦里掺杂着抽泣。

"相文，我有件事要和你商量。"于是夏天元就把晓雯的到来和刚才在系统上和安平的交流情况大致讲了一下。

在沉默了一会儿之后，胡相文说："天元，安平的选择和建议是对的，她的存在不是传统意义上的存在，这也是当时我没有选择让凯之像安平那样存在下来的主要缘由。接受我儿子的离开，是一个非常痛苦的过程。但是如果让凯之生存在数字世界里，他还是个小孩子，想象着他将要永远面临孤独和恐惧，这是我更无法接受的。

"天元，你接受这个事实吧，晓雯是个不错的女人。大家都看得出来她喜欢你，我的一个朋友从小就认识晓雯，晓雯在英国读的大学，非常好的大学。只不过晓雯比较清高，较少和过去的同学、朋友联系。大学毕业后，听说她全家都移民走了，再后来，不知怎么的，她竟然回来开了那家红酒店。"胡相文把自己了解到的关于晓雯的事情，一一向夏天元说明。

夏天元的内心充满感激，他知道胡相文肯定是私下里帮助他了解了一部分晓雯的情况，挂断了胡相文的电话后，夏天元鼓起勇气来到晓雯房间的门前。

按下门铃后，晓雯在房间里一边答应着，一边过来开门。

房间里弥漫着清馨的香味，是那种淡淡的、若有若无的幽香。晓雯拉着夏天元的手，把他带到了沙发前。小小的茶几上铺上了白色的桌布，一小把下午在山脚下摘来的野花，经过修剪后，插放在玻璃杯里，粉色的小花努力绽放着，吐露着幽然的芬芳。

当晓雯把酒杯递到夏天元手里的时候，夏天元发现那竟是一支非常精致的水晶杯。在他诧异间，晓雯自己举起了另一个酒杯。

"天元，酒杯是我从家里带来的，我不想用茶杯来和你喝红酒。"晓雯的话让夏天元不由得又想起了她带来的大箱子。眼前这个女人千里迢迢来到自己身边，用她独有的方式表达着对自己的关心和爱护，像安平生前一样细致和用心。

夏天元大大地喝了一口杯中的酒，那种完美平衡的口感，明确地传递着金钟绝妙的气息。夏天元突然觉得自己肚子好饿。中午吃了饭之后，就只是在回来的路上吃了点水果，晓雯像是读懂了夏天元的心思一样，打开了一罐吞拿鱼罐头，那是夏天元平日里爱吃的。

"天元，你先吃点鱼罐头，这里还有苏打饼干和芝士。"晓雯一边说着一边拿出来各种各样吃的东西。

灯光下，晓雯清秀的面庞，长长的秀发，温柔的声音，构成了一个完美的场景。那正是夏天元和安平在过去时常拥有的场景和画面，一时间夏天元不禁有些恍惚的感觉。

此情此景，让夏天元感觉内心无比安逸放松。他不停地和晓雯碰着杯，美酒浸润着夏天元疲惫的心灵，他的身心需要这样的安抚。

恍惚间，夏天元记起自己有一次生病躺在床上。安平照顾他躺下之后，夏天元说嘴干，想吃苹果。于是，安平就坐在床头用小刀给他削苹果，在灯光下，安平一边埋怨着夏天元不好好照顾自己，一边仔细地削着果皮。那种怜爱、关切的真情吐露，让夏天元时隔多年仍然记得那么真切。此时，晓雯在身旁陪伴照顾着自己，此情此景，让夏天元内心的感触如梦如幻，恍如隔世。

看见夏天元有些发呆，晓雯端着酒杯从旁边的沙发挪坐到夏天元的身边。晓雯只是温柔地看着夏天元，什么也没有说。夏天元连忙从自己的思忆中回过神来。

"晓雯，你也吃点儿什么吧。"夏天元突然变得不知道说什么好了。

晓雯先是放下自己的酒杯，然后从夏天元手里把杯子也拿过来后放在茶几上。

晓雯拉起夏天元的手臂，把自己的头埋在夏天元的怀里。此时，在如此温馨缠绵的情境之下，夏天元情不自禁地伸手去拢起晓雯的秀发。

"天元，我想听你小时候的故事。我总是能想象你们一帮男孩子冬天在旷野上奔跑，在冰面上滑冰、踢芦苇的样子。有一次你和相文喝酒的时候提起过，我觉得好向往。"晓雯躺在夏天元的怀里撒娇似地说。

晓雯的诉说，把夏天元带回到了年少时代的冬天。那时候，伙伴们经常会在滑完冰之后，在冰面上用冰钎凿出一个洞来。不一会儿就会有很多鱼从冰洞里冒出来，这时的鱼都是冻得僵僵的，根本不用抓，直接用小网一兜就上来了。只是天太冷，要不断地搅动洞口，要不然洞口很快就会重新被冰冻上。夏天元一边回想着，一边对晓雯倾诉着那些渐行渐远却又历历在目的往昔。

在夏天元从过去思绪万千的回忆和诉说中回过神的时候，才发现晓雯在自己的怀中已经睡着了。

夏天元轻轻地抱起晓雯，慢慢地走到床边。在把晓雯放下的一瞬间，她微微睁开眼睛，晓雯满眼迷离地看着夏天元，不等夏天元直起身来就直接搂住他。"天元，我爱你，不要离开我。"晓雯说完这些话后，又沉沉睡去。

夏天元帮晓雯盖好被子，自己拉来一把椅子坐在床边。虽然夏天元也非常累，非常困，可是他此时却一点儿睡意都没有。

两个月前的一次晨练中，夏天元不小心一脚踩到了路边准备植树的土坑中。坑中浇过水，有不少泥，夏天元一下子失去平衡，在他摔倒的一刻，他本能地用手去撑了一下地面。之后夏天元的脑子里一片空白，隐约听到"砰"的一声。当他挣扎着从泥坑里站起来后，发现自己的右手不听使唤了，手肘的外侧撑起了一个很大的鼓包。夏天元本能地感觉自己的手臂脱臼了，夏天元紧咬牙关用力把脱臼的部位推了回去。

现在回想起当时的情境，夏天元觉得那个时候自己的脑袋是发木的，肢体的疼痛真切地证明自己身上曾受到的伤害。定过神后，夏天元强忍着剧痛给肖风行打了个电话，请肖风行尽快到家里来接他去一下医院。当肖风行回应说马上出发赶过来的时候，夏天元的心稍微定了下来，他困难地走回家，然后简单地在水池边冲洗了一下身上和脚上的泥水。

肖风行在赶过来的路上，已经通过胡相文联系好了医院骨伤科的急诊医生。当X光片的结果显示脱臼部位已经完全复位时，胡相文和肖风行对夏天元的勇敢和手法都啧啧称奇。

现在想起来，妈妈的身体状况和自己手臂上受的伤，两件事联系在一起，真的是一种不好的兆头。夏天元觉得自己前一段的脱臼，是一种面临骨肉分离的不幸预兆。

当第一缕晨光照进房间的时候，夏天元迷迷糊糊地睁开双眼，自己不知道什么时候就这样坐在椅子上睡着了。当他大大地伸了一个懒腰后，才听见洗手间里有洗脸刷牙的声音，再一看，自己身上盖着晓雯的运动外套，夏天元完全不知道晓雯什么时候已经起来了，自己睡得太沉了。

"晓雯，你怎么不睡了？天刚亮。"夏天元打着哈欠说道。

"嗯，我睡好了，昨天晚上我睡得真香。一觉睡到刚才，我们早一点儿吃点儿东西，我想和你到学校的湖边走路、跑步，咱们争取9点之前能到医院和你哥换班。"晓雯一边刷牙一边含含糊糊地说。

夏天元站起身来，来到洗手间门口，准备给晓雯打个招呼，然后回自己房间洗漱一下。"晓雯，我先回房间。"夏天元说。

这时，洗手间的门被晓雯打开，晓雯张开双臂一下子搂住了夏天元。晓雯这几天的行为，让他清楚地感受到晓雯对他的喜爱。在幸福和感动之下，夏天元随即紧紧地搂住了晓雯。

"天元，你就那么不喜欢我吗？你宁可自己在沙发上睡，也不愿意和我一起。"晓雯抱怨着夏天元。

"不是的，晓雯，我觉得你太辛苦了，太累了，我想让你好好休息一下。你看我不是整晚上都坐在你身边陪着你的嘛。"夏天元连忙向晓雯解释着。

"天元，你觉得我好不好看？我比安平怎么样？"这时晓雯突然松开夏天元，同时自己稍稍往后退了一下，好像是为了让夏天元能够打量得更仔细一些。

"你真美，我不愿意拿你和安平去比，但是不得不说你们俩真像！"说到这里时，夏天元没有再说下去。

"对不起，天元，你不用说了，我知道了。能不能像昨天下午在山脚下那样亲我一下？我喜欢。"晓雯说着闭上了眼睛。

夏天元捧起晓雯的脸庞，轻轻地用胡子刮了刮晓雯的面颊，然后吻了一下晓雯的眼睛。"抱歉，我还没有洗脸刷牙，脏兮兮的，不好意思。"说着，夏天元带着羞怯之情慌忙离开晓雯的房间，身后传来晓雯嘻嘻的笑声。

两人吃了早餐后，夏天元带着晓雯来到酒店对面的大学校园里面，那是夏天元过去生活成长的地方。学校的小马路两边的树是夏天元读小学的时候，学校统一组织教职工和学生一起种下的，现在早已长成参天大树。树冠上的枝丫交叉在一起，把整条路的上空遮盖了起来。路两边的草坪上，已经早早开启了自动喷水装置，不停地旋转着、喷洒着水雾。

晓雯紧紧拉着夏天元的手，她切实地感受到了宁静校园对她的诱惑。很快他们来到了湖边，夏天元告诉晓雯，这个湖只剩下他小时候的几分之一大小，其他的湖面早在十多年前就因为学校不停扩建而填湖造房了。以前的湖是野湖，是分流、储备贺勒山洪水的泄洪湖。湖的东南面有长长的防洪坝，坝后是长满了青草和野花的大斜坡。坡后是一片荒滩，再远就到了一个小小的民用机场。

跟随着夏天元的讲述，晓雯的心中展开了一场时空之旅。她想象着当年夏天元正值青春年华，像风一样在这片土地上欢笑、奔腾。

"晓雯，你知道吗？我少年时代几乎所有的幸福记忆，基本上都和这湖有关系。我时常回想起这里的一切，甚至在梦里我也总是梦见自己慢慢地飞起来，越过湖面在风中像风筝一样飘荡。下面是湖水和芦苇荡，远方是巍巍的贺勒山。"夏天元每每说起这些的时候，都会情不自禁地流露出无比的怀念和向往。

"天元，我这次是第二次来兴庆城。但是几年前的那次来访，对我来说没有留下太多的记忆和体会。我只是帮助朋友看了一下他的葡萄园，吃了顿饭就匆匆回去了。但是这次不一样，我一下子爱上了这里。我觉得在这个空间里，到处都可以感觉到你曾经留下的痕迹。"晓雯停下来闭上眼睛，深深地呼吸着、沉醉着。

其实这样的体验夏天元也是有过的。那是夏天元第一次去安平家见安平的父母，安平的父母亲也是老师，在他们校园的家属区里，有个小小的假山和亭子。当时夏天元对安平说，他可以感受到这里充满了安平过去留下的气息。

身边的晓雯和已经逝去的安平在这里，在夏天元的内心，在故乡这片土地上交错在一起。

"天元，我有点走不动了。刚才吃面的时候不觉得，现在觉得吃咸了。"晓雯有些娇气地说道。晓雯刚才觉得汤好喝，忍不住在吃完面时把碗里的汤全喝掉了。

"好的，我们往回走吧，我觉得上午天气比较凉快，所以就没带水，看来明天上午要给你准备一瓶水。"夏天元语气中带着歉疚地说道。

"你真狡猾，从小就狡猾，不像我们傻傻地喝面汤，现在口渴得要命。"晓雯说着就想过来捏夏天元的鼻子。

这时，夏天元的电话突然响起，"天元，你快来医院吧，妈妈的状态不好，医生要我们马上商量方案。"夏天成的语气中流露出焦躁和不安。当听到夏天元说"好，我们马上赶过来"的时候，晓雯就猜到夏天元的妈妈已是危在旦夕。

走出学校门口，郑起已经停车在门口等着了。"晓雯，你回酒店休息一下，我和郑起去就可以了。"夏天元在这种时候不想让晓雯跟着他一起难受，便对晓雯这样说道。

晓雯理解夏天元的心情，于是她伸手轻轻地摸了一下夏天元的脸颊，转身离开了。

这时，夏天元的爸爸也从院子里走出来，三人马上上车直奔医院。

来到重症监护室的值班医生办公室时，哥哥夏天成、姐夫林宝民正围站在医生的办公桌前，看到父亲进来，夏天成拉来一把椅子让他坐下。

"爸，是这样的，今天凌晨4点多钟的时候，值班医生发现妈妈的生命体征不稳定，肺部的感染再度加重。现在医生的建议是：一，切开喉咙直接插管，这样可以争取几天时间；二，维持现状；三，让妈妈安然地离开，放弃抢救。"说到这里，夏天成已经泣不成声了。

　　"天元，天成，你们决定吧。爸爸老了，懂得没你们多。"爸爸默默地流着泪说道。

　　"医生，您好，我想请问您，如果切开喉咙插管，有逆转的机会和可能吗？"夏天元强忍着悲痛询问道。

　　"如果是年纪轻一点儿的病人，或者是别的疾病，直接插管虽然痛苦，但是可以为进一步医治争取时间。但是，我觉得你们的妈妈体质太弱，年纪也比较大了。她现在的阶段属于自耗状态，就看她能够挺多久了。她现在已经没有自主呼吸的能力了，如果呼吸机停下来，估计也就一两个小时她就会停止呼吸。"医生描述着这个冰冷的事实。

　　"天元，你跟我来一下。"堂姐夫林宝民拉着夏天元来到一边。

　　"天元，我估计大体上的情况你也了解了，刚才我和你哥也商量了一下，以现在的情形来看，任何救治都只能加重婶子的痛苦。即使是直接插管也最多再能坚持两三天。"林宝民的意思夏天元已经完全清楚和明白了。

　　这时夏天元的手机发出了特殊的呼叫音，夏天元看见屏幕上显示着无法识别的乱码，迟疑了一下，夏天元还是接通了电话。

　　"天元，是我。"夏天元马上听出了是安平的声音。

　　"我是通过虚拟用户打过来的，你现在讲话方便吗？"听到安平这样问，夏天元对身边的堂姐夫示意自己有重要电话，便自己走到一旁去了。

　　"安平，我现在一个人。妈妈可能不行了，就在这一两天。"夏天元说到这里，刹那间，悲上心头，无法再继续说下去。

　　"天元，我昨天在医院的系统里，又重新地过了一遍妈妈的情况。我觉得，现在所有的医治措施都应该出于理性而停止下来。我们让妈妈安静地离开吧！"安平在电话里哭泣起来，尽管她身处世界的尽头，但是她传达出的情感依然是那么真切和强烈。

"我知道了。我现在脑子里好乱，我现在……我该怎么办？"夏天元此时真的有些乱了阵脚。

等夏天成从医生办公室走出来，找到夏天元的时候，夏天元已经慢慢地冷静了下来。他整理了一下自己的心情，然后对安平说："好的，我先和我哥有点儿事情，晚点儿再和你联系。"说着挂断了电话。

"哥，我想我已经做出了决定，我想让妈妈平静地离开，我不想再让她遭受任何痛苦了。"夏天元说完后，哥俩抱头痛哭在一起。

兄弟俩向爸爸和医生明确了想法，爸爸在一旁不住地哭泣和叹息："听你们的，一切都听你们的！"

夏天元决定：马上和爸爸一起去墓园给妈妈买一块墓地，他让哥哥留在医院安排下午亲友和妈妈的探视和道别，然后就关闭呼吸机。

在去墓园的路上，夏天元感觉爸爸一下子又苍老了些。夏天元本来不想带他一起来看墓地，但是爸爸坚持一定要来，他说只有他才清楚妈妈喜欢哪里，其实夏天元心里清楚，爸爸也是在给自己百年之后选一块归宿之地。

那是一块安静的墓地，石头砌起的围栏和墓碑组成了一个几平方米的小小院落，爸爸看着这块选定的墓地满眼欣慰。

下午四点多钟的时候，家里的亲人们都已经静静地等候在重症室的门口了。夏天元哥俩决定在家里人离开后，再去和妈妈道别。探视时间结束以后，家里的亲戚逐渐离开。夏天成在堂姐夫的安排下先行看望了妈妈，夏天元在外面默默等待，终于哥哥走了出来。夏天成一边脱下隔离服，一边不停地擦拭着涌出的泪水。

世界一下子变得好安静。夏天元默默地换好了衣服，静静地来到妈妈的病床前。妈妈安详地躺在床上，夏天元拉起妈妈的手，放在自己的面颊上。

"妈妈，我是天元，儿子来跟你道别来了。我现在才懂得了什么叫作生离死别。我想咱们母子现在就是在这样的境况下。儿子一辈子试图去改变世界，但是我现在才发现自己是那么的无能。我尝试过，我祈祷过，但是现在我和爸爸、哥哥却只能选择让你静静地离开我们。

"我从来都不相信有来世，但我现在非常希望关于来世的说法都是真实存在的。我的朋友胡相文的孩子不幸早殇了，他没有像我一样选择让他儿子和安平一样存在着，他的理由我非常理解，安平的痛苦和孤寂也不是一般人愿意接受和可以承受的。

"妈妈，我永远爱你，相信儿子一定可以做得更好。"说到这里的时候，夏天元已经无法再说下去。妈妈也没有办法对他有任何回应，他的泪水簌簌地落下来。

离开病房之后，医生按照夏天元一家的要求关闭了呼吸机。一家人默默坐在外面等候母亲的离世，这是世上最黑暗、最残酷的等待，此刻的时间是按分按秒计算的，如同等待婴儿降生。

"5床的病人在两分钟之前心跳停止了，家属签署医学死亡确认书。"值班医生在呼吸机停止工作后大约50分钟，宣告了妈妈的去世。夏天元的心和妈妈的心一起定格在那无比悲伤的一刻。

几天之后，在殡仪馆给妈妈举行了告别仪式。夏天元感觉自己的双腿无力，几十分钟的仪式都有些坚持不下来。在给吊唁来宾还礼的时候，晓雯缓缓走来和家里的人一一拥抱，当她抱住夏天元的时候，她发现夏天元几乎是半虚脱的状态。

之后的几天里，在晓雯精心的照顾之下，夏天元逐渐恢复了心智和体力。

安顿好所有的后事之后，夏天成带着老爸回杭州了。在晓雯的坚持下，她又陪着夏天元多待了几天，随后两人一起返回西坦。

十二、突然的变化

时间过得飞快，转眼间已经到了秋天。肖风行小组的模拟实验进展得非常顺利。一天下午，在天色将晚的时候，吴梦打电话给肖风行。

"风行，有件事情我想跟你说一声，就是陈天明案子的事情，这个案子有了新的变数。陈天明的女儿突然回来，并且出示了陈天明有精神分裂的病历和长期服用药物控制的处方等相关证明。这些证据对判决会产生根本性的影响。"吴梦一口气把近期陈天明相关案件的变化讲给肖风行。

"吴梦，你告诉我，结果可能会怎样变化？"肖风行急切地想知道这个突然冒出的陈天明的女儿和新的证据对案情和判决的影响。

"如果证据确凿，法院会采信陈天明及其代理人新的证据、证词。这样的话，他有可能被判定为：在实施犯罪行为的时候，不具有完全刑事责任能力，或者是限制刑事责任能力，从而得到轻判，甚至会免除刑事处罚。"吴梦的语气里也流露出失望和无奈。

这时的肖风行已经基本上搞清楚了状况，他完全被这突如其来的变化给镇住了。他和其他受害者的家属一样在等陈天明的判决，他们要用陈天明的死来祭奠失去的亲人，以告慰自己的内心，但是现在他们等来的却是这样一场变化。

电话那一端的吴梦，半天没有收到肖风行的回应。她知道这种变故对肖风行及其他受害者家属的打击有多大，这种变化实实在在地挑战了普通人心中千百年以来质朴的杀人偿命的天理。

"谢谢你，吴梦，让我好好想一下。你说的情况太突然了，怎么会是这样？！法律太不公平了！"肖风行像是自言自语一样回答着吴梦。

"风行，今天晚上我们一起吃个饭好吗？正好我们老左也在，你们俩都忙，今天能碰到一起吗？"吴梦还记得当初肖风行想和左律师一起吃个饭道谢的事情。

"好的，那我们还是去光影止步红酒店吧，就咱们三个人吗？"肖风行询问着吴梦。

得到吴梦的确认之后，肖风行给晓雯打电话，请她当晚给他们留一间房。晓雯告诉肖风行：晚上夏天元和胡相文正好也来这里用餐，问肖风行他们几个人，要不要和夏天元他们一起？

感觉到肖风行这边含含糊糊的回答不置可否，晓雯便说：知道了，先给他们分开各自订，晚上看情况再说。

初秋的西坦慢慢有些凉意，早晚的时候尤为明显。天气已经不像盛夏那样潮湿闷热，多了一些清爽的感觉。肖风行最近以来的实验任务繁重，所以和吴梦见面的时间不多。吴梦对肖风行的热情不减，但是肖风行却始终没有更多的表示，他心中无法忘却和割舍的是对拉拉的爱和思念。

两年前，肖风行从上海到西坦之后摔伤恢复的那段时间，拉拉就像人间蒸发了一样，突然从肖风行的世界中消失了。肖风行在治疗恢复之后，去过南京拉拉的家里找过她，但是拉拉的家里人告诉肖风行，拉拉已经出国读书去了。在他离开拉拉家的时候，拉拉的爸爸交给了肖风行一个纸袋子，同时让肖风行以后不要再打扰他们了。

当时肖风行失魂落魄地回到西坦家里。在他打开纸袋时，一本厚厚的《日瓦戈医生》呈现在眼前。翻开书的一刻，一张夹在书中的相片映入眼帘，那是一张他们在深圳的合影。相片被拉拉裁剪成心形的轮廓，相片的背面是拉拉用娟秀的字体书写的一段文字：

　　每一天的日子过得都支离破碎的，见不到你的时候，想你、怨你！见了面，又贪恋你的气息，分分秒秒都过得格外快，下雨的夜，总是会让人莫名其妙地觉得那么寂寞！这一切如歌非歌，唯有思念和等待！

　　擦干泪水后，肖风行小心翼翼地把相片放好，纸袋子里除了书和相片外，还有几张乐谱和一些两人之前在深圳、上海买的一些小东西。

　　时至今日，肖风行再也没有拉拉的消息。他怎么也想不通为什么拉拉会这样不辞而别，她怎么忍心丢下他一个人。虽然时间已经过去了那么久，现在想起和拉拉在一起的每一个时刻，都令肖风行有一种无法忘怀的思念和痛。

　　晚上，当肖风行来到光影止步红酒店的时候，正好碰上夏天元和胡相文款款走来，夏天元看见肖风行就叫住他。

　　"风行，你们今天几位？都是谁呀？我认不认识？如果你不介意，我想咱们就一起吃吧。我好长时间没有和你好好喝点儿酒，聊一聊天儿了。"夏天元热情地招呼着肖风行。

　　"夏总，我们还是不打搅您和相文大哥了吧。"肖风行非常自觉地婉拒着夏天元的邀请。

　　"你别和我客气，你们都有谁？人不多的话，咱们就凑在一起吧。"夏天元坚持要叫上肖风行一起。

　　"我们三个人，吴梦，还有她的一个同事，就是上次去看守所帮忙的那个左律师。"看见夏天元那么认真，肖风行就不再拒绝了。

　　"相文，你也愿意和风行及他的朋友一起聚一聚吧？"夏天元笑着问身边的胡相文。

　　"我当然愿意了。风行，你说的那两位律师朋友，就是在我家凯之的事情上请人家帮过忙的吗？"胡相文对这件事情有些印象便问道。

　　"嗯，是的，就是他们两位，早就说要请他们当面感谢一下，可是大家都忙，一直凑不到时间在一起，没想到今天这么凑巧！"肖风行答道。

　　"太好了，天元，风行，加上你的几位朋友，咱们今天必须在一起聚一下。

等下我要给他们敬酒感谢。"胡相文真诚地表述道。

正在他们说话间，吴梦和左律师也走入大堂，吴梦一看夏天元在，就拉着左俊赶快跑了过来。

"夏总，您今天也在这里，怎么这么凑巧呀？老左，我来给你介绍一下：这位就是夏天元夏总，咱们的大科学家。"吴梦见到夏天元非常兴奋，连忙介绍、招呼起来。

在大家相互打着招呼介绍着时，晓雯走过来说："各位，我看相约不如偶遇，咱们大家今天就在一起聚吧。"

在晓雯的带领下，大家来到宝雅克房。此时天色已经完全暗下来，房间内泛黄的灯光柔和地洒落着，墙壁上巨幅沙枣树的油画在灯光下越发生动起来。

左律师第一次来这里，一瞬间就被这里的环境和营造的气氛所深深地吸引住。窗外灯光照射下的一丛芦苇，正被秋风吹得瑟瑟起舞。屋内油画中戈壁上兀立的沙枣树，这一外一内、一动一静呼应得正好。

肖风行的心情有点沉重，他不知道该怎样向胡相文和夏天元说起陈天明案件的变化。

"风行，你主动一点儿。怎么感觉你今天有点儿心不在焉呀？赶快给吴律师、左律师敬一杯酒。"等菜上来了之后，夏天元端起酒杯示意肖风行。

这时胡相文主动站起来，走到吴梦和左俊的身边。"两位才俊，我必须要好好敬你们二位一杯酒，我儿不幸夭折的事情我不用再说了，感谢你们帮助风行了解相关情况，我先干为敬。"说着胡相文举起酒杯，将杯中的酒一饮而尽。

吴梦和左俊连忙起身示意，此时夏天元也走过来，大家共同举杯，一切尽在不言中。

"天元，你今天给我们喝的是什么酒？怎么这么好喝？来，我要多和你喝几杯。"胡相文压抑已久的内心在酒精的作用下得到了稍稍地释放，于是他频频举杯和在座的每一位畅饮。

夏天元刚刚丧母不久，难得和好友相聚释放一下，所以也放得很开。不知不觉，他们已经喝了六七瓶下去。这时不胜酒力的左俊摇摇晃晃地站起来，走到胡相文的身边，"胡大哥，胡副院长，老弟今天高攀您做大哥了。兄弟我难啊！陈天明这个畜生的案子，司法局指派我做辩护律师，我和你们一样想让这个混蛋死！"左俊酒后吐真言。

"兄弟，大哥我理解你的工作。咱们就等着这个混蛋死，让他给我儿子偿命！"胡相文咬牙切齿地说道。

"大哥，事情可能要有变化呀。陈天明这个混蛋的女儿，前一段时间突然冒了出来，找了一堆证据给我，现在陈天明可能死不了了！"左俊说着又自斟自饮地喝了一杯。

"什么？死不了了？"胡相文一把抓住左俊的胳膊，眼睛瞪得像是要喷火。

看到胡相文那么激动，左俊的酒劲有点儿被惊醒了。肖风行见状连忙过来劝慰道："相文大哥，左律师说的是一种可能性，今天下午吴梦和我说起这个事情的时候，我真是觉得怒不可遏，我觉得我们也必须做点儿什么，不能由得那个杀人魔鬼作乱。"

"做！风行，老子要做了陈天明这个畜生！"胡相文咬牙切齿地狠狠说道。

听见胡相文这样的表述，大家的酒意也都有些醒了。这时吴梦赶紧过来示意肖风行，让肖风行劝慰胡相文不要太激动。

晓雯见到大家都喝得差不多了，她赶紧走过来。此时她尤其担心夏天元和胡相文，担心他们因为本身情绪欠佳不胜酒力。"天元，我觉得大家今天这个聚会恰到好处，你看咱们是不是移步到小院子里喝点儿茶，醒醒酒？"

胡相文在桌子上抓起一支没有喝完的酒瓶，踉踉跄跄地跟着大家离开房间来到院子里。在晚风的吹拂下，窗边小水池里的芦苇摇曳晃动着，略带凉意的风，让胡相文冷静了下来。他自己坐在院子角落的石凳上，用力揪着自己的头发，然后猛地举起酒瓶大大地灌了一口酒。

看到胡相文的样子，其他人一时间不知道该如何是好。

"风行，你还是先和吴律师、左律师回去吧。晓雯，你们安排个司机送他们一下，我留下来陪一下相文。"夏天元边说着也坐到了胡相文的身边，坐下之后，他从胡相文的手中拿过酒瓶，自己也咕咚咕咚地喝了几大口。看到这架势，肖风行赶紧带着其他人离开。

"天元，你说我这个人的命运怎么就那么坎坷呢？我先是失去了晓云和未曾谋面的孩子，又在上海出了医疗事故，这是人生和事业双失败！回到西坦，再一次中年丧子，又遇人生失败，我真的不知道我这样的人活着还有什么意义，我觉得活着真没有意思！"胡相文在陈天明案件的打击下，在酒精的促动下，情绪异常低落地说道。

"相文，有件事我现在给你说一下，我只是说可能性。现在我们进行的模拟实验非常顺利，但是我不确定在实际操作时成功的概率有多大。我们所现在正在模拟局部时空的扭转，将来我们有可能利用这个被扭转了的子时空，实现跨越时间和空间的伟大构想。直说吧，就是我们有可能可以回到陈天明行凶前的时空去，阻止由他引发的系列事件的发生，从而改写历史，让凯之重新回到你的身边。"夏天元看见晓雯转身送客人出去，便在胡相文耳边轻轻地说道。

"我没听错吧，天元？真的可以这样吗？天元，我相信你一定做得到的！求求你把我儿子带回来。我只是个医生，我没有回天之术，但是我相信你，天元，你一定行的！你有再造、回天的本事。"胡相文一下子匍匐在地上，央求着夏天元说道。

"起来，相文，我们一起想办法来挽回这件事情，你快起来。"夏天元搀扶着胡相文说道。

这时，晓雯送完肖风行等人回到了院子里，正好看到这一幕。晓雯连忙走上前来，帮着夏天元扶起胡相文。"晓雯，天元和我说他有可能可以救……"胡相文含糊不清地向晓雯咕囔着，却被夏天元使劲儿地捏着他的胳膊制止了。

"晓雯，能麻烦你开车把相文送回家吗？我等一下自己走回去就好了。"夏天元说着就扶着胡相文往外走。

"天元，你别管我，我还想再喝点儿。要不然你就用科技手段把我送到过去好吧，我想我儿子了。"胡相文含糊不清地说着，抽泣着。

送胡相文上车离开后，夏天元沿着江边的小路慢慢往家走。自从妈妈去世以后，自己很久没有出来吃饭喝酒了。想起来，觉得自己有些可怜加好笑，那就是经常会突然认识到自己成了没妈的"孩子"了。虽然自己年纪也不小了，也很多年没有和父母在一起生活了，可是真正失去了妈妈却是另外一回事儿，那是一种突如其来的内心孤单的感觉。人成长的过程也是一个个不断失去身边亲人的过程。安平去世了，妈妈去世了，夏川还那么小。一阵江风吹过，夏天元不由得把外套紧紧地裹在身上。

"天元，你到哪里了？回到家了没？"晓雯送完胡相文后打电话给夏天元。

"我已经进小区了，马上就到家门口了，放心吧。"夏天元知道晓雯担心自己便连忙答道。

"我现在过去你那里，方便吗？我估计小川已经睡着了吧，我想你了，想和你在一起。"晓雯幽幽地诉说着。

"好的，那我在门口等你吧，你慢点开车。"夏天元站在自己的花园门口回答道。

大概几分钟后，晓雯把车停好后走了过来，看到夏天元闭着眼睛依靠在栅栏门上，她赶快上前搀住他。

"这么凉，你又喝了酒，小心感冒。一点儿都不知道照顾好自己。"晓雯一边轻声地抱怨着夏天元，一边拉着他的手往里走。

"先生，你回来了。"按下门铃后李梅打开房门问候道。

"嗯，抱歉，这么晚回来，辛苦你了，小川睡着了吧？"夏天元问道。

"是的，小川不到9点钟就乖乖地上床睡觉了。我刚才去看过，睡得可香了。这两天天气转凉了，人家小被子盖得好好的。"李梅由衷地夸奖着夏川。

"好的，阿梅你赶快去休息吧。我们这儿没什么事儿了，我和晓雯小姐要是需要什么的话，我们自己来。"夏天元说道。

李梅和晓雯打过招呼之后转身离开了。来到客厅之后，夏天元突然觉得嘴巴特别干，"晓雯，你想喝点什么吗？我好渴。"夏天元靠在沙发上，微微闭着眼睛说道。

"我去拿吧。"晓雯不等夏天元表态，就直接走到餐厅，她打开冰箱拿了两罐苏打水。当她看见夏天元咕咚咕咚大口喝的样子，不由得笑了出来。夏天元纳闷地问："有什么好笑的？"晓雯说："想起了第一次见你在吃羊肉时喉头蠕动的馋样。"听到晓雯这么说，夏天元的心里感到暖暖的。是啊，自从兴庆回来后，晓雯来过家里几次。两个人共同经历的事情越来越多，共同的场景也越来越多。晓雯在自己身边的时候，就像当年安平在世的时候一样，总是让他能体会到心里踏实的感觉。晓雯第一次来家里的时候，夏川还没有睡觉，夏川看到晓雯后，呆呆地发愣。他心中已经记不住妈妈具体的样子，但是他可能仍然觉得晓雯和别的阿姨不一样，好像照片中妈妈的样子。

"天元，我送相文回去的路上，他吐了，你今天真的不应该让他喝那么多酒，我觉得他被陈天明案件的变化打击得够呛。怎么办？难道真的就让陈天明这个魔鬼逃脱法律的制裁吗？"晓雯坐在夏天元的身旁关切地问道。

"相文没事的，今天这种情况下，你只能让他敞开喝个痛快，要不然他内心的压抑怎么释放呀？我都不敢想象，他所经历过的那些惨痛的往事，我是说他们家小凯之不幸遇难的事。今天你不在场的时候，吴梦说陈天明的女儿准备得很充分，提交的证据翔实完整，被法院采信是大概率事件。现在要举证陈天明在实施犯罪行为时，有刑事责任能力很困难。"夏天元无奈地回复着晓雯。

"这种什么也帮不了、什么也做不到的感觉真糟糕，就像被人吊起来打一样，只能挨着，却无法还手。"晓雯不知道怎么冒出这么一句。

"难道晓雯小姐准备以暴制暴，为民除害吗？"夏天元听出晓雯的语气中流露出的不满，就逗了她一句。

"我要是在侠客时代就好了。我觉得大碗喝酒，仗义行侠的日子更适合我，总好过我现在开个红酒店，每天浑浑噩噩地待在西坦。"晓雯说话间露出了沮丧的表情。

"我怎么觉得你和肖风行越来越像了？我看都是你们年轻人的浮躁！风行就讲什么快意恩仇，红酒店有什么不好？我就特别喜欢光影止步红酒店，你要是不想开下去了，你就把店盘给我，我在你店里待着的时候，一点儿都不觉得浑浑噩噩。"夏天元一股脑儿地数落了半天，直到看到晓雯有些不高兴了，才停下来。

"我说的是真的。看见相文和风行的样子，我真的觉得要是能够做些什么就好了。你讨厌，人家那么认真，你却在一边冷言冷语，不理你了。"显然晓雯真得有些不高兴了，她抱怨道。

　　"我知道，我也很想能做些什么。我刚才在你店里和相文透露了一下我们所的研究，我说……"说到这时夏天元猛地意识到，不应该在晓雯面前讲这些阳山所的机密情况，便停了下来。

　　"你们所的研究和相文的事情有什么关系？难不成还能起死回生呀？无论你说什么对于相文家里来说，都是于事无补的。"晓雯听出夏天元的话没有说完，便带些嘲讽地回应夏天元。

　　"是呀，相文说他在医学方面束手无策。他眼睁睁地看着凯之离开了这个世界，我们这些在实验室的人还不如他呢。我看着妈妈的生命在一点一点地流逝，我任凭妈妈的手在我手里一点一点变凉，能做的只有哭泣和伤悲。"夏天元的语气一下变得低沉和伤痛起来。

　　"对不起，天元，我不是这个意思。又让你想到你妈妈了，对不起！"晓雯看到夏天元一下子变得那么难受，知道自己的话题让他想到了刚刚去世的妈妈，便马上安慰和表示歉意。

　　"没事，晓雯，我觉得你和风行的心情我都能理解，我何尝不是和你们一样，希望能做点什么。相信我，晓雯，我一定会在恰当的时候做些什么的。"夏天元说着轻轻地搂住了晓雯。

　　晓雯听到夏天元这么说，脸上展露出一丝微笑。于是她躺在夏天元的怀里，用自己的头发拨弄着夏天元的脸颊，柔声地说："天元，我累了，你抱我去房间吧，我走不动了。"

　　第二天一早，当夏天元一觉醒来的时候，一看表已经是早上 8 点钟。他还没到餐厅就闻到一股香喷喷的味道，儿子小川正在吃着煎蛋和培根。

　　夏天元的内心非常有感触。晓雯知道夏天元没有告诉夏川妈妈已经去世了，所以她一直没有以夏天元的女朋友身份出现在家里，她也有意不要那么突然地介入他们的生活。

肖风行一早就给夏天元打电话，说他今天要先去一下星辰律师事务所。夏天元知道肖风行关心陈天明的案情，便嘱咐肖风行要多了解情况，克制情绪，不要冲动。

　　肖风行是第一次来吴梦的律师事务所，他先是给吴梦发了个信息，说自己已经到楼下了。等了半天，没见吴梦回复，于是肖风行便自己上楼来到前台。

　　"你好，我是吴梦律师的朋友。我们约好了今天上午见面的，但是我刚才给她发信息，她没有回我，她现在在办公室吗？"肖风行询问着前台的小姑娘。

　　"哦，您是肖先生吧？吴律师临时有一个当事人会见。她和我说过了，先请您到她的办公室等一下，她处理完就过来，我现在带您过去吧。"小姑娘热情地招呼着肖风行。

　　小小的办公室被主人精心地布置过。窗边有一对小沙发，沙发中间是一个很小的圆茶几，上面摆放着一套漂亮的茶具。在房间居中安放的办公台上，整齐地堆着书籍和资料。桌角上摆放着一个细小的花瓶，里面插着一枝玫瑰花。只是这枝玫瑰花的花瓣非常别致，那种较为细小的花瓣细细密密的一层一层、一圈一圈。房间里透着的那股香甜的味道，正是来自这枝美丽的花朵。

　　肖风行在办公室等了很久，无聊之余，他站起身来在房间里踱步。猛地一个熟悉的封面映入他的眼帘，办公台侧面的曲尺上放着一本《日瓦戈医生》。正当肖风行有些迟疑地准备拿起那本书时，门口传来吴梦和其他人对话的声音。"好的，你补充的材料非常重要，我们核实后会提交给法庭。"

　　"风行，抱歉让你等那么久。你知道刚才我接待的人是谁吗？"吴梦一边表达着歉意，一边向肖风行走来。

　　吴梦正想和肖风行解释刚才的事情时，突然听到有人在敲门。随着吴梦说进来的同时，门打开了，一个很年轻的女孩子怯生生地走了进来。

　　"吴律师，等左律师出差回来了，你一定要替我请求他，不要不给我们做辩护律师。我信任他，我相信只有他能帮我救回我爸爸，拜托你了。"那女孩子一边诚恳地表达着谢意，一边给吴梦鞠着躬。

　　那是一个身形单薄的女孩子，穿着非常普通，但是很整洁得体。当她鞠完躬抬起头时，她看见了正在注视她的肖风行。

"对不起，吴律师。不知道你这里有客人，打搅你了。我现在回去上班了。"说着那个女孩子便退出房间准备离开。

"左律师真的是去出差了，等他一回来我会转告左律师你的态度和意见，再见。"吴梦转过去送那个女孩子出去。

"一上午都在听这丫头的哭诉，你猜出来她是谁了吧？"吴梦拉着肖风行坐回到窗边的沙发上问道。

"难道她是陈天明的女儿？"肖风行听吴梦这样问，便觉得这种可能性比较大。

"是的。风行，我们该怎么办？老左已经愁死了，他想撂挑子，他也已经给律协提出自己不适合担任陈天明律师的理由。但是陈天明的女儿就认准老左了，这不今天老左出差，她要来补充材料，临时委托我代为会谈和受理一下。这孩子的妈妈去年去世了，每次她过来要不就道歉，要不就哭着求我们救救她爸爸。"吴梦一边说着，一边观察着肖风行的表情。

听到吴梦介绍的情况，一瞬间，肖风行心里也动了一些恻隐之情。但是当他想到凯之和其他受害的孩子和家庭所遭受的痛苦后，肖风行马上告诫自己不要受陈天明家庭和女儿的影响。想到这时肖风行的眼神中闪过一丝仇恨的光，之前眼中的隐忍和善良就此不见了。

其实肖风行的内心和眼神的变化，吴梦都能很直观地感受到。肖风行在她的面前没有掩饰和闪躲，但是刚才发现肖风行目露凶光的一瞬间，还是让她心中一颤，好在肖风行没有留意她的变化。

"吴梦，我今天来找你了解的情况，我想我现在已经都知道了，谢谢你将真情相告。你很难理解我和相文及他家人的情感，尤其是在我两次人生磨难的关键时刻，都是胡大哥他们家人出手相助，我无以回报。我本想在凯之身上报答他们，结果……"肖风行说到这时禁不住哽咽起来。

"风行，别难过了。你说的这些我都知道，我完全理解你的心情。胡副院长、黄医生对你都是有恩的。他们家人那么好，却遭受如此伤害，真是太不公平了！"吴梦用双手紧紧地握住肖风行的手动情地说道。

过了许久，肖风行慢慢将情绪稳定下来。于是他站起身来说："吴梦，我就不打搅你了。我回去了。对了，你在看《日瓦戈医生》，这本书讲什么的？好看吗？"肖风行停下来像是不经意地问道。

"苏联的爱情故事，离我们的时代和世界已经好远了。但爱情是跨越时代的，我喜欢拉拉，拉拉是里面的女主角。"吴梦随口向肖风行介绍道。

"是吗？那我也喜欢拉拉，尽管我不知道她是怎样的。"肖风行像是回答吴梦，又像是自言自语的小声念道。

"那你就把我当拉拉吧，我就在你的身边。"吴梦看见肖风行要走就撒娇地说道。

听到吴梦这样讲，肖风行的心里一震。是啊！自己心中珍爱的拉拉已经像谜一样随风而去，好久没有她的音讯了。吴梦对自己的关心和爱意实实在在地呈现在这里，想到这儿，肖风行不由得觉得自己一直以来对吴梦太过疏远和冷淡。

"谢谢你，梦梦。感谢你一直以来的关心和支持，等我们的实验有了实质性的突破，我们没这么忙了，我过来和你庆祝。"说着，肖风行走回来搂住吴梦，在她的额头上轻轻吻了一下。

肖风行第一次这样称呼吴梦，这突如其来的亲昵称呼让她非常开心，她于是紧紧搂住肖风行不让他离开。

肖风行安慰好吴梦后离开了律师事务所。一路上，他的思绪非常混乱，他不知道自己将如何面对陈天明案件的变化。他想阻止陈天明女儿的拯救行为，但他不确定这样是否奏效。如果法庭已经采信了新提交的证据，这一切是否太晚？还有什么办法能够扭转乾坤呢？还有就是在面对吴梦示爱的时候，自己也是矛盾的，该怎么样和吴梦相处呢？拉拉，你到底在哪里？到底发生了什么事情让你悄无声息地离我而去？

肖风行漫无目的地走在路上，转过街角，迎面飘来一股浓郁的咖啡香味。他突然想起这是两年多前，他刚刚来到西坦时拉拉从南京过来看他，他们经常一起来的咖啡店。拉拉说这家咖啡店的焦糖摩卡让她有一种幸福的感觉。肖风行自己不喝咖啡，但是他非常乐意陪着拉拉在咖啡店里静静地待着。他自己总是要一杯热朱古力，然后只是那么坐着看着拉拉慢慢地享受，当咖啡或浓或淡的香气飘转过来的时候，他可以感受到拉拉的快乐和幸福。

两年多了，此时此刻此地，这熟悉的味道勾起了肖风行的思念和伤感。于是他推开门走进咖啡店。正值正午时分，小小的咖啡店坐满了前来喝咖啡和用餐的年轻人，肖风行习惯性地要了一杯热朱古力，等他端起杯子却发现没有地方可以坐下。环顾一周后，肖风行在角落里找到一个空位，小圆桌有两把椅子。"请问我可以坐在这里吗？"肖风行礼貌地问着一个在低头看书的女孩子。当女孩子抬头望向他的时候，肖风行认出这正是刚才在吴梦办公室遇到的女孩子——陈天明的女儿。

"哦，这里没人，你请坐吧。"女孩子回答的时候，似乎也认出了肖风行。此时肖风行坐也不是，走也不是。

"谢谢。"肖风行见状便硬着头皮坐下。一阵沉默之后，女孩子率先打破了默默无语的状况。

"你是吴律师的朋友吧？"她小心地问道。

"嗯，是的。"肖风行不想多说，便简短地回答着。

又是一阵沉默后，女孩子说："做律师真好，可以通过法律拯救别人。"

听她说到这里，肖风行的怒火被点燃了。他猛地放下杯子，"砰"的一声响，引得周边的人和对面的女孩子都把目光投向他。

肖风行用手指着女孩子说："你现在做的事情不是在用法律拯救人，你是在为魔鬼开罪，你爸爸死一百次都不够。"肖风行的声音不是很大，但足以让周围的人听清楚。在众人的注视下，女孩子掩面哭泣着落荒逃走。当肖风行站起身来也准备离开的时候，他发现女孩子的背包忘在了桌脚下。犹豫了一下后，肖风行拿起那个背包跟着走出了咖啡店。

肖风行快步追出不久后，看见那女孩子在前面慢慢地走着。"哎，你停一下，你的包落下了。"肖风行没好气地对女孩子嚷嚷道。

只见那个女孩子像一只受惊的小鹿一样迟疑了一下，然后停了下来。当她看到肖风行手里提着的背包时，才反应过来刚才自己夺路逃跑的时候竟把背包落在了咖啡店里。看到那女孩子惊恐的样子，肖风行感觉自己刚才的言行太过残忍和粗暴。想到这儿，他走上前对女孩子说："刚才我太激动了，对不起。"

"先生，你是？"女孩子怯怯地问道。

"我是其中一个孩子的叔叔。他当时没有死，他在案发后一周死在了重症监护室。"肖风行用尽量平稳的语气回答道。

女孩子的反应像是瞬间被雷电击中。她在片刻的手足无措后，走上前，跪倒在肖风行的面前。她低声地哀号着，嘴里面不断地说着对不起。

"你没有什么对不起我的。是你的爸爸对不起所有的受害人，你起来吧。"肖风行说着把她从地上搀扶起来。女孩子站起来后，依然不敢直视肖风行的眼睛。肖风行把背包递给她，她接过背包后，话也不敢说，只是那样站在肖风行的面前。

当肖风行转身离开时，那个女孩子追过来。"我叫陈庆馨，我把我的电话留给您，不敢求您原谅。我希望我能替我爸，哦，不！替陈天明赎罪。"陈庆馨的道白非常诚挚，说话间她从背包里拿出一个小卡片，在上面飞快地写下自己的名字和电话号码，在递给肖风行的一瞬间，她流露出难得的微笑。之后她一转身跑开了。望着她逐渐远去的单薄背影，肖风行内心也有一丝震动。

K国的国防工业公司史密斯团队，经过不懈地努力，近期在物体瞬间移动上有了新的突破。他们的突破方向和夏天元小组的思路不谋而合。史密斯在实验室完成了中子叠加的超重力测试，经过不断地验算，实验结论支持最初的猜想：被独立出来的子空间系统，在收缩的过程中和处于发散过程中的母空间系统之间形成逆向速差。子空间在重力不断加强的作用下，收缩速度趋于无限大，此时相对于母空间的运动方向，子空间正处于返回母空间的过去的状态和方向，反之，相对于子空间的运动方向，母空间正处于前往子空间的未来的状态和方向。

史密斯团队进一步描绘的图景是：子空间相对于母空间的运行可以理解为，子空间能够出现在母空间的边缘或内部的任意时点上。速度趋于无限的相对运动状态，使子空间可以自由滑动在母空间上，直至子空间的重力场收缩至重新爆发，然后能量释放，力场湮灭，此时子空间重新融于母空间。

史密斯在实验室向沃顿展示测试过程和结果时，沃顿长时间的沉默。当史密斯有些不知所措时，沃顿抬起头直勾勾地盯着史密斯，史密斯看到沃顿的脸上毫不掩饰地挂着眼泪。

"到我的办公室来一下，威尔，我们喝一杯。"沃顿一改平时的严肃，他亲切地招呼着史密斯。

在从实验室到沃顿办公室的途中，正巧阿尔蒙德急匆匆地走过来，"老板，我在到处找您呢，我有要紧的事情汇报。"阿尔蒙德一边说着一边过来拉沃顿。

"抱歉，现在没什么比我和威尔一起喝一杯重要。你要不要也一起来一杯，平时我可舍不得给你喝什么好酒，今天你运气好碰上了。"沃顿无法掩饰自己的兴奋，兴高采烈地说道。

看到这情形，阿尔蒙德有些无可奈何，只好跟在沃顿后面一起来到他的办公室。

"我的小伙子威尔，你真是我的骄傲！说说吧，我们喝点儿什么？"沃顿拉着史密斯来到酒柜前。

不等史密斯说话，阿尔蒙德抢着过来从柜子的上层拿出一瓶麦卡伦。

"哦，你是真正的强盗，好吧，今天我们就喝它吧。"沃顿装作心痛无比的样子说道。

史密斯不解地看着他们。沃顿看到史密斯一脸好奇的样子。说道："我的孩子，这是一瓶麦卡伦 30 年雪莉桶珍藏，阿尔蒙德这个狐狸对它窥视已久，不过今天我们就是要喝它，来吧。"沃顿一边说着一边从阿尔蒙德手中抢回酒瓶。

沃顿亲吻着酒瓶，带领着两人来到沙发前坐下，"阿尔蒙德，你真是个幸运的家伙，威尔团队的实验取得了重要的突破，他们的技术一旦走出实验室，我们的科技将颠覆所有的常规。好吧！今天就是我们的大好日子，不光是我们，应该说是人类历史上的大好日子！举杯吧！"沃顿兴奋地把史密斯团队的进展情况讲给阿尔蒙德。

在沃顿高涨情绪的带动下，三人快乐地大口呷着美酒。史密斯平时很少喝酒，尤其是在离开黑山研究所之后，更是滴酒不沾。不一会儿，在酒精的促动下，史密斯觉得眼前的沃顿和阿尔蒙德变得有些晃动和恍惚起来。

几年前，史密斯一个人来到意大利北部，父亲的突然去世让他的状态非常低迷。在办公室的时候，他把地球仪随意转动了一下，然后用手指一点随机地停下了地球仪。手指那一点正好是皮埃蒙特，于是他直接买张机票展开了自己的旅行。

史密斯不是很懂红酒，但是他被拉莫拉村的自然风貌迷住了。整整一周的时间，每天他就是那么坐在山坡的一家餐厅里，把当地的美食、美酒一一品尝完。餐厅的不远处就是一片在半山坡上种植的葡萄园，葡萄园的中间有一个废弃的古堡，史密斯喜欢坐在古堡的边上看着天上的流云，体会和感受自己的人生。

有一天中午时分，史密斯又来到了那家他喜欢的餐厅，坐在了最靠窗边的位置上。窗外是一段较矮的缓坡，在正午阳光的照耀下，坡上的葡萄叶闪着光芒。正当史密斯沉醉在美景和自己的内心世界的时候，一阵悦耳的说话声音传入他的耳朵，两位女士坐在了他侧面的位置上正轻声地交谈着。当她们发现史密斯在看着她们的时候，其中一位女士对他挥挥手说，她们太兴奋了，对不起，打搅到他了。史密斯回以善意理解的微笑，并对她们摊手表示欢迎。

到了点餐的时候，史密斯为自己精挑细选了几道菜和一杯酒，这时他听到邻桌在用英语和服务生沟通，可是显然服务生完全听不懂英文，他们之间叽里咕噜地说了半天都没办法搞清对方的意图。

这时其中一位女士站起来走到史密斯面前，请他帮忙点一下当地值得推荐的特色菜和本地酒。史密斯用最近刚刚学来的意大利语，连比画带蒙，总算是替她们安排好了要点的东西。最终三人坐在了一起共进午餐，交流中，史密斯被其中一位亚裔女士深深地吸引，而这位迷人的女士正准备离开英国到 K 国去工作。

那是一个令人难忘的快乐午餐，不善言辞的史密斯努力地用自己贫乏的语言，尽力地表达着自己的喜悦和关注。显然，他的努力取得了成绩，在分别的时候，他们互相留了电话号码和电邮。

"史密斯博士，你没问题吧？"阿尔蒙德看见他半天都在走神的样子，以为他喝醉了，便嘲笑似的问了一句。

"抱歉，我的酒量可真不行，我没事！不过我估计我得去洗把脸，你们请继续。"说着史密斯摇摇晃晃地站起来。

"威尔，你快点回来，我们可不会那么快就结束。"沃顿依然兴致很高地说道。

在洗手池用力地搓了搓脸，史密斯感觉自己稍微清醒了一些。在国防工业公司的这几年实在是比较辛苦。虽然沃顿非常支持自己，团队也在科技突破的边缘，但是史密斯的内心始终有一种挥之不去的失落感，很多时候他自己也不知道这一切是为了什么。

当史密斯回到沃顿办公室的时候，房间已经被浓郁的雪茄烟雾覆盖和弥漫了。"威尔，你快来一起享受一下吧。"沃顿说着递给史密斯一支切好的雪茄，烟雾缭绕中史密斯有一句没一句地和他们聊着。

"老板，我先回去了，祝你和我们的威尔大男孩儿喝得愉快！"阿尔蒙德在和大家喝掉了半瓶酒之后，心满意足地站起来准备离开。

"好吧，你这个强盗。不过还是要谢谢你带来的那么刺激的消息，保持高度关注，别让我们的中国同行走得太远！"沃顿努着嘴示意正要离开的阿尔蒙德要认真对待。

"威尔，我们要抓紧时间了，中国人来势汹汹，他们的节奏和速度你是知道的，他们好像不需要睡觉，不知道疲倦。说实在的，我有点怕他们会走在我们的前面。"阿尔蒙德离开之后，沃顿凝视着史密斯说道。

"是的，我明白，我们的这个领域没有第二名，第二名会被第一名直接送回石器时代。"史密斯完全理解沃顿的担心。

十三、暗　影

陈天明的案件一审开庭，判决的结果是胡相文、肖风行和其他受害者家属最不愿见到和无法接受的。由于陈天明的女儿提供的证据翔实、完整，经法医认定：陈天明在实施伤害行为时，不具有完全行为能力。法院一审宣判陈天明无罪，受害人的代理人随即向法庭提起二审的诉讼请求。

在痛哭和咒骂声中，陈天明和他的女儿离开了法庭，法官和在场的书记员无可奈何地面对着受害者家属的激动和不满。陈天明在走出法庭门口的时候，回头对众人轻蔑而视，似笑非笑。

在这次庭审的前后过程中，肖风行显得出奇的冷静，离开法庭后，他默默地陪同着胡相文夫妇，他们驾车一同来到市郊的公墓。没有眼泪，没有哭泣，没有太多的话语，三个人只是就那样站立在凯之的墓碑前。

"丽婷姐、相文哥，我不想就这么算了，我要给凯之和其他孩子报仇！"肖风行打破沉默咬牙切齿地说道。

肖风行的表态让胡相文夫妇非常惊讶，"风行，你不可以冲动，不可以乱来呀！"胡相文使劲儿用眼神示意肖风行。临离开墓地前，肖风行紧紧地抱了一下带有凯之遗像的石碑，他努力控制住自己的情绪，没有再说什么。

回到胡相文家的小区里后,胡相文让他太太先回去,说自己要和肖风行再散散步,黄医生向肖风行道谢后离开。

"风行,你可千万别冲动,干傻事。我和你说,凯之的这件事情,前几天咱们一起喝酒的时候,天元不忍见我那么难过,给我透漏了一点你们的研究方向。我没有听得很明白,他说会尝试回到过去阻止陈天明,我相信天元,我也相信你,我不懂你们的研究,但是我觉得你们一定会成功的。"胡相文深信夏天元和肖风行能为自己和家庭带来奇迹和改变。

肖风行听见胡相文这样讲,内心无比兴奋。以他对夏天元的了解,夏天元是不会轻易对人承诺的,既然夏天元对胡相文有过类似的说法,一定是夏天元已经在很大程度上有把握了。

"相文哥,其实我对夏总的研究也不是特别深入,我们 IT 组的主要任务是配合实验和做系统,做好数据准备和系统模拟。我和你一样相信夏总一定会成功的,但是我知道从实验室到真实运用的道路还有一定的距离和困难。"肖风行想到这时,不免流露出一丝黯然。

"是的,我们在医药研发上从发现一种新的化合物,到做完临床可以用于医疗的过程也是非常的漫长,最终失败的可能性也非常大。"胡相文说到这里也不免流露出一丝失落。

"风行,有一个问题我不知当问不当问?"胡相文停下来看着肖风行说道。

"您请问,没有什么不当问的。"肖风行认真地回应着。

"有好长时间我们没有听你讲,也没有见过你那个可爱的小女朋友拉拉了。你们分手是因为那天和我们一起吃饭的吴律师吗?"胡相文关心地问道。

"我们没有分手。这件事情说起来挺复杂,对我来说都像个谜!差不多是两年半前了,就是我受伤恢复后的一两个月左右,拉拉突然离开,不再联系我了。我联系不到她,于是我就去她的家里,她爸爸对我说她出国读书去了,并且叫我以后不要再打扰他们。你知道吗?在这之前拉拉还来西坦看过我,可是那时候她一点儿征兆都没有。到现在这么长时间了,仍然没有她的一点儿消息。"肖风行伤感地回答道。

"真是奇怪了，那么可爱的小姑娘，办起事来怎么就这么绝情呢！好了，风行，我只是很久没见你们在一起，也没见你提起她，以为你们分手了呢。我想这背后她一定是有什么事情吧！我看那个小吴律师对你很主动，你也不要太纠结在拉拉的事情上，生活还要继续。"胡相文拍拍肖风行的肩膀，安慰着说道。

离开胡相文家之后，肖风行一个人驾车漫无目的地行驶在路上。此时的他不想回家，也不想回研究所。自己好没有用的这种心绪，充满了他的内心。在不知不觉间，肖风行的车开到了美景街。他犹豫了一下之后，把车停在了街角的停车场。然后顺着街上飘荡的咖啡香味，他慢慢走到了那间名叫"百分百"的咖啡店门口。那是一扇厚厚的铸铁和木头做成的门，店里播放的音乐声和咖啡的香味从门缝里挤出来肆意飘荡、流淌着。

推开门，肖风行走到柜台前准备为自己点上一杯热朱古力。"先生，你还是来一杯热朱古力吗？"咖啡机后面站着的一个女店员热情地和他打着招呼。

"哦，是的，谢谢你。"肖风行惊讶之余，礼貌地回应着。

看见肖风行满脸惊讶的样子，招呼他的女店员连忙说，每次见他来这里，都是点一杯朱古力，这在他们店里的客人中是很少见的，所以她就记住他了。肖风行微笑着点点头，表示着谢意。

"先生，我可以坐在这里吗？"肖风行被一个女声拉回到现实。

肖风行抬头望去，居然是陈庆馨。诧异间，肖风行下意识地点了一下头。陈庆馨连忙道谢坐了下来。

"不知道为什么，我觉得你有可能在这里，谢谢你那天追出来把背包拿给我。我还是想对你说声对不起，我不能请求你的谅解，但是我必须对你说：我爸爸、我们家对不起你们。"陈庆馨用颤抖的声音小声诉说着。

这时肖风行仔细地打量起陈庆馨来。她身形单薄，但是人很挺拔，眼神里透露着清纯，一点儿也不像陈天明。陈天明的眼神里充满着浑浊和阴暗。

看到肖风行在注视自己，陈庆馨不由得有些害羞，她变得局促起来，她的双手不自觉地拢到了咖啡杯上。

"陈天明的行为和你没有关系，你作为她的女儿在法律允许的范围内为他争取权益，是本能和人性人伦的反应。"肖风行言语由衷地说道。

肖风行的表态让陈庆馨放松下来。她也悄悄地打量起肖风行，之后，她确认肖风行的说法是认真的。陈庆馨满怀感激地望着肖风行，她的目光让肖风行有些不自然。

"我可以请教你尊姓大名吗？我特别希望能为你和其他人做些什么，来弥补我爸的罪行。"陈庆馨用不断降低的语调说道。

"我叫肖风行，我不需要你做什么。你没有这个义务去偿还。"肖风行平静地回复道。

这时陈庆馨的电话铃声响起，"你在哪儿呢？怎么还没过来？你不管你那死鬼爸爸了吗？"一个刺耳的男声在电话的另一端咆哮着。

在陈庆馨回答着"我这就去"的时候，陈庆馨的神色已经变得非常暗淡，她慌张地站了起来说："对不起，肖先生，我有事要先走了。"接完电话的陈庆馨仿佛一下子变得苍老，她的声音立显嘶哑和惶恐。不等肖风行回应，陈庆馨掩面离开。

肖风行刚才听到了电话另一端那个咆哮者的话语，他诧异地看着陈庆馨仓皇离去。

回到家里后，肖风行的心情非常复杂。烦闷中，他无意中看到书架上拉拉留下的几张乐谱，肖风行拿起乐谱仔细看了一下，才发现这是几张手绘的乐谱，只不过画得特别工整，几乎看不出是手工绘制的。肖风行的好奇心一下被激发起来，他把乐谱放在茶几上，随手拎起摆在旁边的吉他，当他调好琴弦准备按照乐谱弹奏的时候，发现根本弹不出什么旋律，肖风行有些发蒙，拉拉是一个精通音律的专业人士，怎么会绘制出这种不成调的乐谱。于是肖风行又把剩下的两张乐谱也试探地弹奏了一遍，结果仍然还是些无规则的乱音，失望之余，肖风行隐隐地觉得有些不对头的地方。

"风行，敏儿从美国回来了。她想你这个叔叔了，你和天元这个周末有时间就到上海来吧，正好咱们也好长时间没有聚一聚了。"高中影的电话把肖风行从对乐谱的不解和疑惑中打断。

肖风行和夏天元联系之后，确定两人明天一早出发去上海。在收拾行李的时候，肖风行随手把那几张乐谱也装在了箱子里。

上次见高敏儿也是几个月之前的事情了。已经上了小学的她，现在只有假期才有时间回到中国。肖风行想起高敏儿的同时，不由得又想起了拉拉，好在高敏儿没有再问起过拉拉的事情，否则肖风行真的不知道该怎么样去回答她。孩子毕竟是孩子，忘却一件事情还是比较快的，肖风行暗自里这样想道。

在几个小时的火车行程中，夏天元和肖风行没有太多的交流，他们不便在公众场合谈与工作相关的内容。夏天元知道肖风行因为陈天明案子的事情心情不好，但是也没有办法在车厢里做太多的安慰，于是两人只好各自想着心事。

走出车站的一瞬间，出口处等候的高敏儿高兴地跑过来一下抱住肖风行。肖风行连忙放下手中的行李，一下把高敏儿抱起。这时赵主任快步走过来亲切地和夏天元、肖风行握手打招呼。

"叔叔，我在学校里学了很多新的歌曲，我要唱给你听，拉拉……"高敏儿兴奋地诉说着。当她提到拉拉两字的时候，被赵主任马上哼着的"啦啦啦，我是卖报的小行家"接了过去。

"是不是这首歌呀？"赵主任一边说一边捏一下了高敏儿的小鼻子。高敏儿正准备反驳的时候，突然间好像想起了什么，她的小脸一副鬼鬼的表情看着赵主任说："才不是这首歌呢，我不唱了，以后我在叔叔一个人的时候才唱给他听。"

大家都被高敏儿可爱的样子给逗乐了，夏天元看见高敏儿那么乖，对着她伸出双臂做出要抱的样子。谁知高敏儿看见后更是紧紧地抱住了肖风行，好像害怕夏天元要过来抢她似的，这下子所有的人又都笑了起来。

快回到高中影家的时候，车子经过长湖公园。肖风行透过车窗注视着，窗外又是冬日瑟瑟、湖光掠影的图景，只是少了拉拉的身影。

肖风行触景生情的样子被赵主任察觉到了。"风行，别太纠结了，大家也都喜欢拉拉，一切都会好起来的，对不对敏儿？"于是赵主任意味深长地说道。

高敏儿欢天喜地地把大家领进家门。高中影和高中光已经在客厅等候大家了，不等大家坐下，高敏儿就要拉着肖风行离开，肖风行征询地看着高中影和夏天元，在两人赞许的微笑下，肖风行跟着高敏儿离开了大厅。

来到高敏儿的房间后，高敏儿打开自己的小箱子，把里面各种各样的小玩意儿一一拿出来介绍给肖风行，高敏儿靠在肖风行的身上。小姑娘亲热而自然的举动让肖风行不由得想起了小凯之。在过去的岁月里，小凯之曾经给他留下了诸多永远抹不掉的快乐记忆。高敏儿发现肖风行眼中有泪光的时候，便小声地问道："叔叔，你是不是想拉拉姐姐了？"肖风行点点头，又摇摇头，说："嗯，叔叔不光是想拉拉姐姐，还想一个和你年纪差不多的小哥哥，他已经不在这个世界上了，叔叔想把他找回来。"

高敏儿吃惊地看着肖风行说："叔叔，你不要太伤心了，你一定能把小哥哥找回来，爸爸他不让我和你提拉拉姐姐的事情，我和你一样也喜欢拉拉姐姐。"

"是的，叔叔就是为了你们这些叔叔爱的，也爱叔叔的人活着。你和妈妈在国外，一定要照顾好自己和妈妈，好吗？"肖风行轻轻地抚摸高敏儿的小脑袋动情地说道。

此时在客厅里，夏天元正向高中影汇报着研究所近期的进展情况，高中影在夏天元讲述的时候，基本上没有打断他。以高中影的敏锐度，他知道当前他们所从事的领域具有非同一般的重要性。

在夏天元的介绍结束后，高中影站起身来，在房间里慢慢地来回走动。他尽力地掩饰着自己内心的激动和喜悦。每当重大事件的时候他就会这样默默地来回走动，他要让自己平静下来。他比一般人更加深刻地了解，如果这项实验成功，一旦可以走向实践，那将对科技和人类进步产生巨大的意义。

"天元，中光，感谢你们对集团、对民族做出的努力和非凡的付出，我向你们鞠躬了。"高中影说着深深地向两人鞠躬行礼。看见高中影如此郑重，夏天元和高中光也不由得肃穆起来，他俩连忙还礼。

这时，肖风行安顿好了高敏儿后来到大厅。见到三人神情庄重地站立在那里，一时间肖风行有些不知所措。高中影见肖风行过来，微笑着走上前来握住他的手说："还有你，敏儿的好叔叔，阳山所的重要人物，你是我们的骄傲和栋梁。"

"是的，高总，风行领导的小组成绩斐然，没有他们的付出和努力，是不可能有现在的局面的。"夏天元真诚地称赞着肖风行和他的技术小组。

"哥，天元，风行，我建议你们把所有的研究力量全部集中在时空项目的突破上，把能量传输和储能项目的相关资源全部调入时空项目组。集团启动增发计划，加快粒子加速器项目的建设。"高中影已经敏锐地意识到现阶段研究所同时进行的其他项目，相对于时空项目的重要程度变得微不足道。

"打扰一下，晚饭已经准备好了，请大家移步到餐厅去。"这时，赵主任走过来招呼大家用餐，大家这才意识到聊得太投入，不知不觉间天色渐晚，到了晚饭的时间。

"今天有划时代的意义，无论是对我们这个团队，还是对我们民族而言。你们的研究可能会改变历史进程，我们这些人正站在历史的边缘，只是我们还不能预测我们会引发什么样的变化。"高中影端起酒杯向大家致意的时候说道。

在南宋灭亡过程中，有一个插曲非常值得我们了解和敬仰，那就是在蒙古对南宋战争期间，重庆边上的一个小小山城，名曰钓鱼城，这个兵寨小城就像迷一样屹立在蒙古人的面前，前前后后将近三十年，直到南宋灭亡了十多年后，最终由钓鱼城的守将王坚和忽必烈谈好条件：开城受降，守城将领自戕谢国，部卒、百姓全部赦免。

"你们知道吗？钓鱼城的存在和抗争甚至改变了人类文明进程。蒙古大汗蒙哥，也就是忽必烈的兄长战死在了钓鱼城下。这个突发事件导致 20 万远征欧洲的蒙古大军紧急撤回，小小的钓鱼城成了历史的重要节点和转折点。所以，你们各位今后去重庆可以重点到钓鱼城参观和缅怀一下，非常有意义。

"在明朝的二百多年里，我们的中华文明得以喘息，我们的宗族文化得以恢复。但是，我们在自然科学方面被欧洲远远地甩在了后面。欧洲在那个时期结束了黑暗的中世纪，迎来了文艺复兴的伟大时代。风行，你了解文艺复兴时代吗？"看到大家全神贯注地在聆听自己的论述时，高中影突然停下来询问肖风行。

"哦，我知道一些。文艺复兴始于 14 世纪中叶，持续到 16 世纪末期。起初是意大利的几个城市兴起，最著名的就是佛罗伦萨。随后，蔓延到整个欧洲。文艺复兴解放了人民的思想，释放了生产力，对人类文明的发展和推动巨大。尤其是在建筑、艺术、文学、天文、物理等领域的影响深远。"肖风行认真地回复道。

"风行，你的历史学得不错呀，不愧是历史学教授的儿子。不错！不错！"高中影对肖风行的回答颇为满意，于是他夸奖道。

"厉害呀，风行！"夏天元和高中光也纷纷向肖风行表示赞许。肖风行连忙说自己记忆力好，尤其是脑部植入芯片之后，看东西特别快，而且过后什么都记得住。

"哥，你跟人家风行学一学，你看人家多谦虚，哪像你，根本没那么厉害，还老是觉得自己什么都行，哈哈！"高中影随口打趣儿着高中光。

高中影这么一说，让夏天元觉得特别好笑，便不自觉地笑出声来。高中光满不在乎地说："你们不知道'一瓶子不满，半瓶子咣当'的这个事吗？那半瓶子就是我高中光呀，你们看我把你们陪衬得多么好！"听他这样一说，大家不由得哄笑起来。

"中影总，我还想听您接着讲元明清的历史呢，觉得很受教，您就再讲讲吧。"夏天元对高中影刚才的讲述非常认同，于是他恳请高中影继续讲刚才被哄笑打断了的话题。

"好的，咱们别光聊天，先吃点东西。雅廷兄，麻烦你去把敏儿领过来，我们怎么把大小姐忘在一边了。"高中影连忙请赵主任过去把高敏儿带来一起吃饭。

高敏儿一蹦一跳地来到餐厅，一进来便直接坐在了肖风行的旁边。"我的乖女儿一有小肖叔叔就不理爸爸了！"高中光假装伤心地说道。

"爸爸，你老是这么说，你不也喜欢小肖叔叔吗？再说妈妈这回专门跟我说，见到小肖叔叔要好好和他说说话，不要让他因为太想拉拉姐姐而伤心难过。"高敏儿用小手拢着嘴巴对高中光嚷嚷。

"好的，我家敏儿说的还能不对吗？你赶快照顾你肖叔叔吧。"高中光看到高敏儿那么认真、开心，赶紧安慰道。

"敏儿，你先来吃点东西吧，想吃什么叔叔给你拿。"肖风行赶紧把话题接了过来。

看到女儿和肖风行那么亲近，高中光内心感觉非常幸福。这几年的共处使得自己和肖风行、夏天元如同家人一般，他们的合作关系绝非仅仅是同事之间的工作关系，而是一种心灵之交。

赵主任给大家倒上了红酒，一时间大家被那红宝石般的迷人色泽倾倒。高中影拿起酒杯轻轻地晃动了一下，顿时荡起一种玫瑰花的香气。高中影十分不解地问道："雅廷，你今天给我们喝的是什么酒？香气这么特别，好像从来没有喝过"。赵主任神秘地说："请夏总来揭谜底。"

在高中影困惑的眼神下，夏天元举起酒杯站起身来说："今天给各位品鉴的是一款大家较少接触的红酒，中光兄，请你给大家介绍、引领。"

高中光微微晃动之后，大大地喝了一口，他的味觉一瞬间被奶油的香味和烘焙的香味所占领。看到高中光吸溜嘴巴的样子，高敏儿觉得好滑稽，便问："爸爸，你在干什么呀？你的样子好有意思。"

"爸爸被这酒给迷住了，原来这世界上除了我女儿，还有这么美好可爱的东西。过来宝贝，你也闻一下这个香香的味道。"高中光一边招呼着高敏儿，一边陶醉地说道。

看到高中光沉醉的样子，高中影不免有些惊奇。他知道哥哥在红酒方面颇有见地，于是他也学着高中光的样子，大大地喝了一口，然后在嘴巴里咕嘟咕嘟地搅动起来。

"天元，你就别卖关子了，我觉得这酒非比寻常，你就给我们普及一下吧。"高中影喝下之后马上被那厚重、醇和的酒香征服。

"风行，麻烦你把酒瓶拿给中影总。"夏天元转过身来请肖风行帮忙。

肖风行从边上的碗碟柜上拿过酒瓶，走过去交给高中影。高中影接过后仔细端详着说："兄弟，还是你来给我们讲一下吧，我看了半天就看出来是中国宁夏产的，别的都看不懂。不过真想不到，中国产的红酒可以达到这样一个水平，不得了！"

"哈哈，我不用看瓶子也能猜得大概，玫瑰花和奶油的香味交织在一起的宁夏酒，应该是单一赤霞珠酿造的。天元，这是你那个酒庄的顶级酒吗？"高中光言语之中带着自豪地询问着。

"中光总果然不同凡响。是的，这是赤霞珠单一品种酿造的，赤霞珠在中国贺勒山东麓被驯化后，带有青椒口味的风貌有所淡化，随之而来的是玫瑰花的味道。非常讨好，令人喜悦！这款酒是酒庄的龙头酿，名曰：何尊。"夏天元颇有些自豪地介绍道。

"哦，何尊怎么听上去那么熟悉，如果我没记错的话，好像是一件青铜器的名字。"高中影对何尊的名字表现出了极大的兴趣。

"是的，何尊是西周的一件青铜器。上面有 122 个铭文，在这些铭文里，中国这两个字第一次作为词组出现，尊本身就是用来盛酒的器具，又是我们中国所独有的青铜文化。所以这里我又要感谢风行了，我向他征求意见的时候，他向我推荐和介绍了何尊这件瑰宝的事情，我一听马上就决定用这个名字了。"夏天元说着向边上坐着的肖风行拱了一下手。

"风行，天元，你们两人对这款酒的命名让我非常感动，现在没有多少人还能如同你们一样，对国家和民族满怀崇敬和深情。大家基本上都是麻木的听众或看客，很少有人真正因爱国、爱我中华民族而做点什么，好像民族主义是一张拿不出手的名片。

"顺着你们这款酒的名字，咱们正好再把吃饭前的话题继续一下。高敏儿，叔叔给你讲一个怪伯伯的故事好不好？"高中影生怕高敏儿觉得被冷落了，就停下来问她一下。

"嗯，我想听叔叔讲故事，等一下再让肖叔叔也讲一个。"高敏儿愉快地答应道。

"在民国的时候，北大有一位著名的教授叫辜鸿铭，他的人生就是一出传奇大戏。辜老先生一生号称四洋，生在南洋，学在西洋，仕在北洋，娶在东洋。这说的是他出生在马来西亚，他的父亲是中国人，母亲是西班牙人，他本人是金色头发，基本上是西方人的长相；少年时代他跟随英国义父到伦敦读书，一共攻读了六七个博士学位；回到中国后，他在北洋政府任过高官；娶了一位日本太太。

"在北大任教的时候，学校里的老师和同学都因为辛亥革命的成功而剪掉了辫子。只有他，长得一副外国人的样子，却在脑袋后面挂了一条猪尾巴辫子。终于有一次在课堂上，学生们哄笑他因循守旧，都民国了还挂着前朝的破辫子，分明是割舍不掉旧风尚和封建主义。辜老先生只回了同学们一句话，他说："老师的辫子在身上，你们的辫子却在心里。"当时辜老先生这一句话就把在座的同学全部镇住了，大家都被他戳中了内心，从此再也没有同学敢去拿辫子的事情和辜老先生说事儿了。"高中影讲到这里的时候，停下来环顾了一下众人的表情，他发现大家都被辜老先生的那句话震撼住了。

"风行，你觉得辜老先生说的那条辫子是什么？"看到大家沉默不语，高中影端着酒杯来到肖风行的旁边问道。

"我觉得是当时国人的自卑、胆怯、迂腐，可能还有逆来顺受的奴性吧。"肖风行认真地思索着回答道。

"天元，你觉得呢？"高中影随即又问夏天元。

"我想应该是指我们国人的麻木、冷漠和藏在内心深处的小群体意识。"夏天元此时还沉浸在对那句话的反复体会和感悟中，他被那句距今差不多有一百年的话击中了。

"叔叔，为什么同样的辫子，一会儿说在人的身上，一会儿又说在人的心里，辫子怎么可能在心里呢？"高敏儿非常不解地问道。

"哈哈，敏儿宝贝，那心里的辫子不是真的辫子，是一种比喻。"高中影认真地向高敏儿解释着。

"嗯，我知道了，我可不能在心里面有个辫子。"高敏儿似懂非懂地回答道。

"你们知道吗，我多年前基本上淡出资本市场的重要原因之一，就和辜老先生说的这句话有关。他的话戳中了我的要害，突然间，我发觉我只是一个心里拖着辫子的有钱的中国男人。

"我们太害怕贫穷了，因为我们的骨子里刻着穷的烙印。所以，我一心只想赚钱，仿佛有钱就有了尊严和一切。

"你们说得都对，对于我来讲，那一条辫子就是贫穷、自卑、贪婪、麻木、冷漠和盲目自大的混合体，我是一个挣扎在极端自卑和自尊自大之间的可怜虫！那时我一下子顿悟了：仅仅拥有财富是不能让一个人和民族得到尊重的，那样只是一个或者一群粗鄙的暴发户。如果我们不能是现代文明标准的制订者，不能是前沿科技的引领者，那我们就只能是形象猥琐、衣着邋遢、言行粗鲁的矮人。

"是的，高总，中国古代在历经劫难之后，北方及中原的农耕文化基本上没落了，没有了引领人民抗争和改变的能力和欲望。"说到这里的时候，肖风行停了下来，当他看到包括高中影在内的所有人都在热烈地注视着他的时候，肖风行内心不由得有些澎湃。于是他接着说："所谓各领风骚数百年，从历史的长河来看，在这个地球上，我们中华民族是极具生命力的民族，特别是我们的春秋战国的文化灿烂是绝对的文化领先和文明优势；民国的文化灿烂是被迫打开国门之后，民族的精英痛定思痛爆发的结果，是落后文化对先进文化的拥抱和整合。和春秋战国时代的璀璨文化相比，在民国时代，我们的文化得到了凤凰涅槃般的重生，是剔除了部分传统糟粕，吸收了先进的西方文化元素的重大重组，是中华文明再一次敞开胸怀接受进步的伟大复兴！"当肖风行说到这里的时候，高中影率先鼓起了掌，随即在座的每一位都被带动起来，那一瞬间大家的心灵升华了。

"风行，天元，我和我哥再加上你们两位兄弟，本质上都是一种人。我们不愿意被动地做一个命运的承受者，我们要从改变自己开始，尝试着改变世界，抛弃心中的冷漠，心里有对民族的爱就做点什么，而不是只顾自己和身边的人。之前你讲得非常对，就是在历史的长河里我们中华民族的文明，一直引领和照耀着人类文明，但是无可回避的是，最近的这一两百年，我们暗淡了，沦落了，作为现实中的人，我们无法切身感受哪怕是 50 年前的繁荣，何况我们没落了几个 50 年。

"不能要求普罗大众都有那么不切实际的历史观，不能再无病呻吟地反复谈四大发明、几大文明古国，而是要用现实的力量和铁拳唤醒大家的民族自尊心和自豪感！孙中山先生的辛亥革命剪掉了中国人有形的辫子，我们要尽自己的绵薄之力，争取通过科技领先让我们的民族自尊树立起来，永远根除那条留在心中的辫子。"高中影动情地说道。

离开上海之前，肖风行领着高敏儿来到长湖公园，小路上的落叶随风舞起，不时地有些叶子跌落在水面上，当叶子入水的那一瞬间，它们会猛地停顿下来，随后又马上和荡起的水波一同跳动。

"敏儿，叔叔下午要回西坦去了。对了，这里有几张拉拉姐姐留下的乐谱，叔叔复印了一份留给你，我在家试着弹过，但是弹不出什么曲调。这乐谱应该是拉拉姐姐手绘的，想她的时候你可以看看。"肖风行颇为伤感地对高敏儿说道。

高敏儿接过乐谱，对照乐谱上的音符哼唱了一下，说道："肖叔叔，这不是什么乐谱吧？好像不构成旋律。好吧，我回家再在琴上试一下。我舍不得你走。"高敏儿突然话锋一转哭兮兮地说道。

看到高敏儿的情绪不高，肖风行的心情也很低落。还是在这条小路上，一样的冬日，却少了往昔的欢声笑语。

"我们来玩僵尸抓小朋友的游戏吧。"肖风行想让高敏儿高兴起来。于是他提议，他们俩玩一下过去他和小凯之一起玩过的自编小游戏。随着肖风行假扮成僵尸一拐一拐地逼近高敏儿，想抓住她，但又被高敏儿一次次地成功跑掉，几个来回下来，高敏儿的情绪被调动起来。她开始冲着不断靠近的肖风行挥舞着小拳头，然后厉声大喊着诸如坏僵尸、臭僵尸等词。等肖风行近得不能再近了，她就猛地疯跑逃开。这时，那久违的欢笑声又重新回荡起来。

送高敏儿回到家的时候，肖风行俯下身来悄悄地和高敏儿约定好：刚才那个僵尸的动作和"臭僵尸"这个名字就是他们两个人的暗号。谁也不要告诉，只有他们两个才知道。高敏儿郑重地点了点头，确认了这一重大秘密。当肖风行和夏天元上车离开高府的时候，肖风行放下车窗和高敏儿挥手道别。只见高敏儿又委屈又伤心地抱着爸爸，也挥着小手，依依不舍地和他们说再见。

从上海回西坦的火车上，夏天元和肖风行依然是没有太多的交流。虽然他们的内心各自都是不平静的。

肖风行仍然沉浸在刚才和高敏儿在一起的场景中，继而又不由地想到了拉拉和凯之。这些他深深关爱的人，像宇宙中的星云一样，正在离自己渐行渐远，直到无法触及。火车驶入西坦站的时候，肖风行的内心重新被仇恨占领，如同心里有爱，就要做点什么一样，心里有恨，也是要做些事情的。

看到肖风行沉默不语的样子，夏天元知道他在西坦触景伤情，于是就让司机先送肖风行回家，然后自己到光影止步红酒店找晓雯。刚才他们在火车上的时候，早已经和晓雯提前约好了。

回到家里后，肖风行打开电脑，这是一台不久前他在电脑城买完主要部件后，自己秘密装配的电脑。电脑的配置很高，这是肖风行第一次打开这台电脑。他插入了一张改写过的无线网卡。肖风行很快就侵入了西坦看守所的管理系统。他调出陈天明的档案，值班民警、武警排班表，还有其他在押的重刑犯的档案，他仔细地阅读着所有关于陈天明的卷宗，这些再一次把他带回到那个黑色的时刻。

在浏览中略过的那些档案里，他看到了看守所里同时羁押的那些拐卖儿童的、暴力伤害的、抢劫的、诈骗的等各色嫌犯，他们的罪行勾起了肖风行心中的仇恨和愤怒。

夏天元尽量克制着自己内心的激动，他被高中影关于民族和国家的观点深深地打动了，他迫不及待地想和晓雯分享他内心的激动和震撼。在他整个的讲述过程中，晓雯始终都没有打断他，晓雯就是那样默默地注视着眼前的这个男人。

"晓雯，我觉得我之前一直是个有民族自尊心，爱我中华的人。可是相比高总，我突然觉得自己好肤浅，甚至连一个朴素的爱国者都算不上。你知道吗？晓雯，这一两天以来，包括之前在回来的火车上，我的情绪都是很激动的，我现在就是想怎么加快研究进度，为中华民族争口气！"夏天元一口气讲了那么多，才终于让自己平静下来，他是那么的兴奋，以至于他没有发现晓雯的眼神闪动。

"天元，我真的很敬佩你和风行，还有你们的高总。我是一个女人，没有你们那样的本事和理想。但是，我想我是懂你们的，我和你一样，之前没有认真地思考过民族主义这回事。现在想想，应该就是你们所论述过的麻木和无知吧，今天我受教了。天元，你今天很累了，早点回去吧。在家等我，我晚一点过去。"晓雯明显可以感受到，其实夏天元是很疲惫的，只是精神处于一种亢奋状态，于是她站起来，收起酒杯说道。

　　真情倾诉过之后，夏天元也觉得有些疲倦，但他依稀感觉晓雯今天的状态也不是那么好，于是他站起来，搂住晓雯说："怎么了？觉得你的状况不佳，好像比我还累。是不是有什么事情？可以跟我说吗？"

　　"嗯，你先回去吧。我晚点过去再和你说。"晓雯轻轻地吻了一下夏天元，淡淡地说道。

　　"好的，别太晚了，那我先回去了。"夏天元紧紧地抱了一下晓雯，然后走出大门。接送他的司机看见夏天元走了出来，连忙把车开过来。夏天元转过身来，对晓雯摆摆手，上车离去。

　　目送夏天元的车子离去后，晓雯突然觉得内心慌乱，这样的感觉是她之前从未有过的。自己父亲的身体状况恶化是悬在头上的一把利剑，让她无法放松下来。今天，夏天元和她谈论的民族主义也让她的内心非常震撼。夏天元的话语和真情打动着她，却也让她陷入内心的争斗中。

　　几个月前，晓雯不顾一切地去到兴庆，在夏天元妈妈生命的最后时刻，她陪伴在夏天元的身边。驱使她这样做的动因是她心中对夏天元的爱。每次想到这些的时候，她的心情都是复杂的：夏天元是一个值得爱的男人，她喜欢上了他。但当自己意识到真的深爱上了夏天元的时候，矛盾和慌乱占据了她的心灵。

　　夏天元回到家里的时候，夏川正准备睡觉。见到爸爸回来，高兴地冲过来说："爸爸，今天上午胡叔叔和黄阿姨接上我，我们一起去了儿童乐园。那个大恐龙张开嘴的样子真吓人，不过我只害怕了一下，你说我勇不勇敢？还有爸爸，我跟你说，上个星期老师在班里让同学们介绍自己的爸爸妈妈，大家都讲了很多妈妈的事情，可是我讲不出来。妈妈什么时候才能回来呀？她怎么也不给我们打个电话呢？"儿子的讲述让夏天元内心翻腾起来。

"儿子，妈妈在离我们差不多两万公里那么远，她那里和我们有几个小时的时差，我们的白天正好就是妈妈那边的晚上，你看现在咱们这里是晚上9点，她那里才是凌晨6点钟，你要睡觉了，妈妈还没起床呢，你说妈妈懒不懒，等她起床以后你早就睡着了。所以每次都是你睡着了之后妈妈和爸爸才通电话。不过妈妈说了，再过一段时间等你长大了，就可以不那么早睡觉了，她就可以和你一起打电话了。好不好？"夏天元只能用这种不合情理的假话哄骗儿子。

在夏川噘着小嘴不满意爸爸的回答，又毫无办法地上床睡觉之后，夏天元询问了一下李梅这两天儿子的状况。李梅说："其他都很好，就是周四从幼儿园回来之后，孩子说想妈妈了，找出了他自己那本小相册，一直看相片上的妈妈。"李梅的诉说让夏天元心里格外难受。自己这么大年纪了，失去母亲尚且如此痛苦，夏川那么年幼，都不是很懂事儿，就没了妈妈，这种感觉真是令人心碎。关于要不要儿子知道妈妈现实情况的事情，夏天元和安平商量过很多次。安平对儿子的思念与日俱增，但是她清楚自己的存在既是一个巨大的秘密，又是一个无法对儿子说明的复杂状况。

"天元，我今天的状况不是很好，我想我还是不过去了吧！小川睡着了吗？阿梅跟我说他们班上小朋友都在讲妈妈，他真可怜，你要是不介意，下次学校开放日我和你一起去吧，说我是孩子的姨妈就好了。"晓雯的话语中透露出对夏天元和夏川的关心，夏天元可以听出晓雯的状况不好，她的声音显得非常疲惫。

"嗯，好的，你别光操心我们的事情了。刚才在店里的时候，我就觉得你看起来好累，是不是你爸爸的病情有变化？"夏天元关心地问道，之前晓雯曾经告诉过他，她父亲的肝胆问题非常严重。

"是的，以前以为只是胆管渗漏的问题，现在发现主要问题是肝脏。最近他的黄疸非常明显，人整个变了一个样子，非常消瘦，而且伴随着全身的瘙痒，我看着他的样子特别担心。我可能最近要去一趟K国了。实际上，我现在也是心慌意乱，不知怎么才好！"晓雯的声音中带着一丝哽咽说道。

"别哭了，你要是觉得合适的话，到时我和你一起去看望你爸爸吧。现在什么都不要说了，赶快上床休息吧。"夏天元心中充满怜爱地说道。

挂掉晓雯的电话后，夏天元睡意全无，于是他拨通了胡相文的电话。

"相文，没打搅你休息吧？"夏天元抱歉地问道。

"没有，我正看我们今天去游乐场玩时拍的照片呢。看到小川我就想起我家凯之小时候的样子。你放心，我现在没有那么难过了，你儿子和我儿子一样懂事、乖巧！哈，小川他没有凯之那么皮。"胡相文说道。

"相文，嫂子在旁边吗？我有点事情想和你说下。"夏天元小声地问道。

"没事，她在别的房间，你说吧。"胡相文张望了一下后，回答道。

于是，夏天元就把夏川想妈妈的事情说给胡相文，他想征求一下胡相文的意见。

"这么长时间了，我觉得这种状况对孩子，对安平都是很痛苦的事情，尤其是对安平来讲。现在唯一比较担心的事情，就是如何让小川做到保密的问题。他那么小，这事他几乎是做不到的，但是他再大一点，我们就没有办法再用妈妈在别处工作的理由来骗他了。能不能跟孩子讲妈妈从事的是极端保密的工作，不可以跟别人讲和妈妈有联系这件事？"胡相文在这个事情上也拿捏不准，只好这样含糊地表述。

"嗯，是这样的，等一下我和安平再商量一下吧。还有，就是晓雯的爸爸情况不是很好。"于是夏天元就把晓雯父亲的情况大致描述给了胡相文。

"听你这么说，我直观地感觉是肝癌中晚期的症状。K 国的医疗条件好，但是当前也没有太好的办法。"胡相文答道。

"哦，要是这样会比较严重吧。刚才我和晓雯说了一下，如果她需要的话，我陪她去看她爸爸一趟。"夏天元的语气变得沉重起来。

和胡相文通完电话之后，夏天元虽然很累，但仍然没有睡意，于是他来到地下室。安平见到他过来，马上过来问候道："天元，你是今天回来的吗？在上海的事情办得怎么样？"

"嗯，晚上才到的。高总对项目组的进展非常满意，时空项目本来是准备另辟蹊径解决储能和传输的问题，但是现在已经明确了储能和传输项目为时空项目让路。集团所有资源集中到时空项目上来，强子加速器工程全面提速，尽快为我们从模拟到实际操作提供必要条件。"夏天元一讲到这些，又兴奋了起来。

"太好了，这样的话你们很快就可以进入到实际操作阶段了。天元，有件事情我想征得你的同意，你看我能否和风行建立联系。我的意思是你能不能把我的真实状况告诉他，我想请他帮我入侵一些保密系统，其中包括 K 国国防工业公司的。对你们上次系统被入侵的事情我做了全面的分析和追踪，国防工业公司的嫌疑非常大。我想搞清楚他们的动机，我也想知道威尔·史密斯在时空领域的最新进展。风行的计算机操作水平比我高，我想借助他的专长，不留痕迹地拿到一些有用的线索。"安平语气认真地说道。

"你想清楚了吗？不过风行是绝对可靠的，我觉得可以。"夏天元的表态让安平松了一口气。她没想到夏天元那么信任和看中肖风行，同时夏天元对肖风行的信任也让她感到十分欣慰。

"天元，其实和你说之前我还是挺犹豫的，我担心你不同意。毕竟我的这个事情只有你、我和胡相文知道，你知道吗？我觉得我的存在显得有些诡异，哈哈！"安平高兴地表达着自己从来没有吐露过的，一直压在心底的话语。

"我就是希望你的存在更真实些，相文和风行都是我最信得过的人。你和他们联系，没有风险，还会让你获得内心的平静，对吧？"夏天元尝试着去理解安平，于是他真诚地望着安平说道。

"嗯，谢谢你想得那么周全。对了，我什么时候可以和儿子联系？我不想错过他的成长。"安平央求着说道。

"我刚才和相文还商量过这件事情，实际上我们也没有商量出什么结果。最主要的就是怕儿子和不相干的人讲。不过我倒是有个主意，就是一旦小川说走嘴了，我们可以说是晓雯和他通的电话，是我们为了安慰孩子请晓雯帮的忙。再不行就说是孩子和我们研究所的模拟系统视频了一下。我想这样就有了合理的解释，别人也不会再有怀疑了，你觉得行得通吗？"夏天元说完后望着安平。

"老夏，你太聪明了，你是怎么想出来的？我觉得这个比建立数学模型还要难。我觉得太行得通了！要是能捏一下你的胖胖脸蛋就好了。"安平激动地说道。

"晓雯的存在总要有些积极的意义吧，我明天就和风行说一下你的事情，你放心吧。"夏天元提到晓雯的时候，还是有些不自在。安平听出了夏天元不太自然的语气，就故意逗他说："天元，你们俩已经好了挺久的了吧？怎么还显得那么生分，每次你说到她都显得好不自然，是不是当着我的面不好意思呀？"在安平的戏弄下，夏天元节节败退，看到他那无奈的样子，安平心中反而放下了。

第二天一早，夏天元叫肖风行来到自己的办公室。看到夏天元神色严肃，肖风行估计有重要的事情。

"风行，占用你一点时间，有件事情相对有点复杂，也很重要。这件事，在这个世界上你是第三个知道的人。事情是这样的，我太太安平其实一直以某种形式存在着。"夏天元慢慢地把安平的事情仔细说给肖风行。他可以从肖风行的眼神变化中看出肖风行有多么震惊。

肖风行完全被夏天元的讲述惊呆了。在这件事情上，他觉得自己的知识储备和想象力已经完全无法理解。夏天元理解肖风行的诧异和困惑，于是他决定用最简单的话，从量子技术的角度给肖风行加以说明。

"风行，你是学计算机的，你知道计算机的运行建立在硅晶体上，运算的速度由芯片上每个硅片上的电子数量决定。从微观的角度上看，构成芯片的粒子和构成人脑的粒子不存在本质的差别，都是原子、电子、质子、中子，以及夸克等基本粒子的合体。亚原子组合成原子，原子构成分子，分子聚合成细胞，最终由多种细胞构成宏观物体，也就是我们人体。人脑的运算和计算机是一样的，背后的原理都是电子的跳跃组合。你肖风行之所以是肖风行，是因为你的记忆点和你固有的思维方式，改变了记忆点和逻辑思维方式后，你就不再是原来的你。这和我们在计算机上运用的数据库和程式的原理是相同的。

"所以，在几年前我和相文在安平的最后时刻，尽可能多地提取了她脑部的记忆元素，并且构建了她的逻辑思维模式。可以说，直接是克隆了她的意识框架和数据库，也可以说复制和重建了她脑部电子的运行排列组合。现在安平就活在数字世界中，她和我们一样认知、感受、进化，甚至是永生。"当夏天元这样解释安平的状况时，肖风行已经基本上理解和搞清楚了，当然他仍然没有从自己强烈的震惊中完全恢复。

"夏总，我觉得我大概明白了，不过，我还是觉得太玄妙了！不可思议！你看我一个学计算机的人都被惊呆了，不过我觉得好兴奋，天呐！这真的是太振奋了！"肖风行激动得有些语无伦次。

"风行，安平昨天和我商量，她想和你建立联系，并取得你的一些专业帮助。一方面是她想查找上次恶意侵入我们系统的黑客；另外，她想借助你的网络技术，反击入侵我们的人。你现在应该知道上次第一次进入我们系统，故意留下痕迹的是谁了吧？"说到这里，夏天元停下来望着肖风行。

"是的，现在回想起来就觉得都是合情合理的了。我们小组在您提示后，就没有再追踪第一次入侵系统的线索了，原来是安平姐。"肖风行这才反应过来上次夏天元对待系统第一次被入侵时奇怪的态度。

"对不起，隐瞒了你们那么久。本来想一直把这件事情作为机密保留下来，直到昨天安平和我商量，我们才改变了想法。今天我和你聊过之后，安平就随时可能以各种形式和你联系，电话、网络，甚至是直接通过植入你脑中的芯片和你交互，她现在是半个人造智能，你别怕就好。"看到肖风行的样子，夏天元不觉得有些好笑的感觉。

"今天我受教了，随时恭候安平姐的来访。"肖风行又给夏天元汇报了阳山所里和项目组其他的事情后离开了。

夜幕降临的时候，一架经过改装的无人机，悄无声息地在西坦看守所上空一遍又一遍地盘旋。

当晚，黑客进入了市建设局存放看守所建筑设计图的系统。入侵者下载了建筑、水电、通风管道及一切重要环节的图纸，随即像暗影一样消失。

十四、杀　　机

　　肖风行做了一个梦：梦里他和拉拉回到了自己的故乡。在家的附近，他们一路沿着一条小河往下游走，河水缓缓地流淌在铺满鹅卵石的河道里。在阳光的照射下，河水被各色石头映出五彩的光波。越往下游走，河道逐渐开阔起来。远处是一个水泥厂，厂子里有很多高耸的大型金属罐。拉拉走累了，说要坐下来休息一下，于是两人就坐在河边。低下头，他们发现浅浅的河里有很多脊背发青的鱼游来游去。那些鱼体形较大，每条足有三四十厘米。看到鱼群在河水中欢快地游动，拉拉的情绪被调动起来。她拉着肖风行的手，沿着来路往回走，两人不时地踩着河中的石头，在小河的两岸之间跳来跳去。岸边垂下的柳树枝条随着微风摆动，肖风行抓起较粗的枝条，像人猿泰山一样背起拉拉一路荡去。终于两人玩累了，回到家里的时候，肖风行的爸爸已经做好了午饭。拉拉拿碗筷的时候，从里屋跑出一个小女孩，大概不到两岁的样子，小丫头穿着一件粉色的小 T 恤，她熟络地直接坐到肖风行旁边，肖风行非常自然地把她抱起来，在她粉扑扑的小脸上亲了一下。肖风行第一次见这个小女孩，但不知为什么他觉得她就是自己的女儿。这时，早上的铃声把肖风行从梦中唤醒。

　　这是一个多么温馨和甜蜜的梦啊。梦醒之后，肖风行久久地沉浸在梦中的情境中，梦中每一个片段都让他觉得那么令人沉醉。应该是太想念拉拉了吧，肖风行这样安慰着自己。

下午下班的时候，吴梦开车来到阳山所，她准备接了肖风行一起去吃饭。在她等肖风行下楼的时候，正好碰见夏天元领着一群前来参观访问的著名学者和科学家从报告厅走出来，准备去宴会厅用餐。夏天元看到在等人的吴梦，便对她会心一笑。吴梦连忙对着他们挥挥手。

这时，刚刚下楼的肖风行看见大队人马，赶忙走过去，想帮着夏天元招呼一下。夏天元见状，笑着对他说，吴梦那里更需要他，便把他赶走了。

上了吴梦的车之后，肖风行疲惫地伸了一个懒腰。他那东倒西歪的样子马上就遭到吴梦的嘲笑。意识到自己的失态后，肖风行有些不好意思，便连忙解释说自己晚上没睡好，今天的测试又比较紧张。

"风行，我觉得你好辛苦。今天我带你去一个风雅的地方吃饭，就我们两个人，这个地方保管你会喜欢。"吴梦神秘兮兮地说道。

吴梦开着车七拐八拐地来到富江边一处安静的所在，这时天色将晚。当吴梦停好车时，款款走来两位古装女子，她们每人手提一个红色灯笼，灯笼上写着"广庐"二字。在两位女子的引领之下，肖风行和吴梦走进了庭院的大门。之后就是经过回廊、庭院、假山、池塘，最后他们来到一座两层小楼的跟前。到了这里之后，带领他们前来的两位女子微微鞠躬后，退下，换由小楼前等候的服务员接待。肖风行一路被沿途的庭院建筑吸引着，待他走进一间叫作"临流"的房间内，顿时被一幅画卷吸引住。看到肖风行一脸痴痴迷迷的样子，吴梦对那引路的服务员说，请把他们的经理请来介绍一番。

"吴小姐，您来了。"这时，一个熟悉的声音在耳边响起。肖风行诧异地回头一看，居然是陈庆馨。这时陈庆馨也认出了肖风行，她连忙说："肖先生，晚上好。"一段时间没有见过陈庆馨，这次见面觉得她整个人比较憔悴，眼神也不似以前那样清澈。

肖风行礼貌地回应之后，仍然被墙上的那幅山水画吸引着。他用手指着那幅画问道："这是？"

"肖先生，这是宋代范宽的《临流独坐图》，隔壁房间还有一幅他的《溪山行旅图》。您要是想欣赏，我现在带你们过去。"陈庆馨见到肖风行那么喜欢范宽的作品便介绍道。

肖风行情不自禁地说："好！"便跟着陈庆馨来到隔壁的房间。"您看这间房叫作溪山。之所以命名为溪山，就是因为房间里面挂了这幅《溪山行旅图》。我们这里的老板是个痴迷宋代艺术的收藏家和画家，这些画都是他本人临摹的。"陈庆馨认真地介绍道。

"真是太难得了。我想起来了，之前我在台北的故宫博物院见过这些画的真迹，现在我看这些临摹品真是有八九分神似呀！梦梦，你真厉害！这么雅致的地方你也能发现。"肖风行连连称赞道。

"我没那么厉害。这不是陈庆馨正好在这里工作嘛，她介绍给我说她们这里是一个雅致的所在，让我有空过来。上次我们所的 10 周年庆祝会就是在这里搞的，大家都觉得特别好！这不，你那么有文化的一个科学家，我还不赶紧请你过来鉴定一下。我们这些俗人说好有什么用呀？还不得你们这些文人雅士才有发言权。"看到肖风行那么喜欢，吴梦不禁有些得意地显摆到。

"那你说这画好在哪里呢？怎么看好不好呢？"吴梦问道。"我也是外行，不过从小受父亲的熏陶，见识了不少真迹。简单说，观国画要'远观其势、近观其质'。利用不固定的视距，观其物象。远看大势气韵，近看点线质量……""好了，太深奥了。"吴梦打断了他。

一旁的陈庆馨也连连夸赞是吴梦和肖风行有品位，才会懂得欣赏这里不一般的大雅。寒暄间，陈庆馨的电话铃声突然响起。在她对着肖风行和吴梦致歉，去一边通话的时候，肖风行隔着一定的距离都听到一个粗鲁的男声在训斥着陈庆馨。那个嗓音独特、语气不逊的通话方式，让肖风行有一种似曾相识的感觉。只是那一瞬间，他记不起是何时何地经历过。

肖风行一般不怎么关注吃的东西，但是当晚有一道菜给他留下了深刻的印象。那是一道非常普通的菜，就是平常家里也会做的上汤豆腐白菜。看到肖风行吃起豆腐白菜一副停不下来的样子，吴梦得意地说："风行，你可别小看人家这道菜。这豆腐是上好的大豆，店里用山泉水细细研磨，再用自制的卤水点的；这白菜是人家后院地里种的，做的时候只取菜心，用高汤慢慢煨出来的；这炖汤的鸡，也是用他们自己养了一年以上的土鸡来做的。你不会以为我回家也能给你做出这么好吃的白菜豆腐吧？我可是巧妇难为无地道食材之料理呀！哎！风行，你什么时候去我那儿？我给你露一手。”吴梦调皮地逗着肖风行。

看见肖风行的表情逐渐舒展起来，吴梦心里别提有多高兴了。她知道阳山所现在正处在科技突破的关键时期，她更加懂得陈天明案件对肖风行的内心煎熬。对着眼前的这个男人，吴梦的心中充满了关爱，她从来都不掩饰自己对肖风行的喜欢，但是她经常在内心提醒自己要好好把握。

吃完饭从房间走出的时候，仍然是两名女子提着灯笼在前面带路。只是这次陈庆馨也陪同着一路走了出来。肖风行没有太多的话语，只听见吴梦和陈庆馨轻声地聊了几句。

上车之后，吴梦很快就把肖风行送回到了小区的楼下。就在肖风行下车准备离开的时候，吴梦降下车窗，假装生气地说：“现在还这么早，你就没打算请我去你家坐坐吗？”

“哦，我一个人住，家里挺乱的。你要是不介意，那就请上来吧。”肖风行听到吴梦这样说，只好发出邀请。谁知吴梦听了他的语气，又说他不诚心邀请。噘着嘴说：“你知不知道？没有爽快地答应，就是拒绝。”她觉得生气了，没面子，不去了！肖风行只好折回来帮吴梦把车门拉开，弯腰恭请她下车，这样吴梦才高高兴兴地下了车，然后随手把包交给肖风行说：“帮本小姐拎着，嘻嘻！”

一进门，吴梦就被肖风行的大书架给镇住了。那是沿着墙放着的一排书架，书架上面堆满了各种书籍。看见吴梦惊讶的样子，肖风行连忙解释说自己没什么主题，这些书都是随手翻着看看的。

“怪不得我老是觉得你特别文艺呢，原来你是真的超文艺呀。我就是喜欢你这样儒雅又不死呆的男人，怎么办？”吴梦走过整排书架后，坐到沙发上说道。

"我只是爱读几本书，谈不上有多文艺，所以更谈不上儒雅。工作之外我基本上算死呆，你还考虑吗？"肖风行接着吴梦的话茬拧着回了一遍。

"讨厌，有你这么说话的吗？你会不会好好说话？我不高兴了！"吴梦被肖风行顶得有点气不顺，随手抱起个靠垫抱怨着说道。肖风行也意识到自己有些过分，于是他马上道歉，然后又恭维吴梦这好那好，好说歹说半天才把吴梦哄过来。

吴梦看见沙发侧边放着两把吉他。她对肖风行说："你给我弹几个曲子，唱几首歌，我才真正原谅你。"

肖风行拿起吉他坐到吴梦身旁，他调了调音之后便弹了起来。琴声响起之后，吴梦被那曲子的旋律迷住了，她呆呆地看着肖风行，仿佛自己刚刚认识这个男人。

"风行，你刚才弹的曲子叫什么呀？你弹得真好。这曲子的旋律好忧郁，有一种怀念的感觉！"琴声止住后，吴梦忙不迭地问道。

"这是一首吉他名曲，叫《阿尔罕布拉宫的回忆》。我弹得一般，但是这首曲我坚持弹了二十多年了。"肖风行望着吴梦轻轻说道。

"我还想听别的，要不你先给我唱首歌吧，我觉得你的声音唱歌应该好听。求求你了，我热爱音乐的胃口被你吊起来了。"吴梦边撒娇边央求着肖风行。

肖风行想了一下说："那我就唱一首改编过的西部民歌给你听吧。我有段时间没唱过了，要是演砸了请包涵。"

琴声再度响起。一段前奏后，肖风行开始用他那相对低沉的声音唱起："提起个家来家有名，家住在绥德三十里铺村……"

一曲唱罢，房间里猛地安静下来。吴梦二话不说，从肖风行手里拿过琴放到一边，然后突然搂住肖风行，并在他的怀里哭了起来。这一突如其来的变化，让肖风行有些不知所措，他只好呆呆地僵在那里。好一会儿，吴梦停止了哭泣，她抬起泪眼望着肖风行，她的心绪被搅动起来无法平静。

几天之后的一个上午，肖风行刚进办公室，他的手机铃声就急促地响了起来。一看是夏天元的电话，他接起电话，直接说道："夏总，您好。"谁知对方一阵沉默之后，传来女声说："风行，抱歉打搅你了，我是安平。"肖风行听清之后，马上说："好的，我现在走出来，夏总，您慢慢讲。"

"安平姐，我现在走出来了，抱歉，刚才在办公室里，您……"肖风行一时之间不知道该和安平说些什么才好。

"非常抱歉，天元应该和你沟通过我的事情了吧，所以我就不用解释我的状态了。是这样的……"于是，安平把希望肖风行帮助她在网络系统方面的想法说了出来。即便是肖风行早有心理准备，但他仍然是觉得这次联系非常震撼。他对安平神一般的存在，既好奇又觉得匪夷所思。在这样的震撼中，肖风行一路对安平说的，似乎只有最简单的回答：好的，知道了，明白！

"风行，天元跟我说你的脑部装了一个芯片，所以我想在大部分情况下，我可能会直接通过你脑部的芯片和你对话。也许那不叫对话，但是你可以明确地知道是我在和你联系，你也会明确我的意图。听上去有些诡异，所以我必须事前和你沟通好。让你清楚，以后我可能在大多数情况下，会采取这样特殊的方式和你联系与沟通。"安平挂电话之前，又特别叮嘱了肖风行一下。

肖风行收线之后，发现根本就没有留下通话记录。仿佛刚才的通话从没发生过一样，他定了定神之后拨通了夏天元的电话，简明扼要地把之前和安平的通话经过做了汇报。

夏天元明显地感觉到肖风行有些不比平常的样子，于是安慰道："风行，有劳你了，多担待一下，到时候当面和你聊聊这事儿。"

回办公室的路上，肖风行不知怎么地猛然想起，前几天在广庐吃饭前欣赏画作时，陈庆馨电话里的那个声音和之前在咖啡店里，那个让她当场仓皇失色、离开的刺耳声音是同一个声音。想到这里，肖风行不由得觉得其中一定有不寻常的地方：陈庆馨的妈妈去世了，父亲目前还在看守所里，什么人会对一个无依无靠的可怜女孩这样呼来喝去呢？

当时肖风行的头脑中闪过一个念头，要是可以联系到安平，也许安平有办法马上通过查找通话记录，或者干脆直接窃听通话，来揭开这个神秘人物的谜底。

肖风行当时只是这样在脑海中闪了一下如果能找到安平的这样一个念头。万万没想到，这时他突然听到安平的声音，也许那根本算不上是声音。但是肖风行可以真切地感受到那是安平在和他"对话"。

"风行，是我安平。我已经关注和追踪了你脑部的芯片，所以在你想和我联系的时候我可以感知到，你不用对我说话。在现在的联系状态下，只要是你愿意让我了解的事情我都能感应到。当你想让我离开的时候我也会意识到，这样我就会离开。"安平的意图就这样悄无声息地传递给了肖风行。

肖风行内心非常震惊，但是他很快就平静下来。于是他把对陈庆馨和那个神秘的通话的事情，以及之后一些回忆起来的细节在脑中过了一下。安平即刻就回应了他，安平告诉肖风行，她知道陈天明案件的事情，她会用她的方式搞清楚这件事情的真相。之后安平道了别，就离开了。肖风行觉得，这种体验就如同脑海中的一个念头，一下子无影无踪。

在随后很短的时间里，安平很轻易就进入了陈庆馨的手机系统。按照肖风行记忆中的两次大概的时间点，安平锁定了一个手机号码并立即进入了这个号码的手机系统。在通话记录中，安平惊异地发现，这部手机只和陈庆馨的手机有联系，于是安平立即把这些情况告诉了肖风行。

肖风行得到了安平的信息后，更加觉得这件事情没有那么简单，于是他要了一个安平的邮箱，给她的邮箱发了一个木马软件，请安平放置到神秘电话的手机里。很快，安平回复了，说已经完成了把木马程序自身的执行文件和神秘手机的图片文件绑定在一起的动作。

当天下午，肖风行和小组的同事们开完短会后，就匆忙赶回家里。他迅速开启了那部拼装的超能电脑，然后用远程系统启动了那部被控制的神秘手机。

二审开庭前，陈庆馨内心非常煎熬。妈妈去世之后，爸爸成了这世界上她唯一的亲人。她每次托人去公安局开探视证明的时候，心中都充满焦虑。那个所谓的一直在帮她的人，已经成了她心中的魔鬼，她的任何不顺从，都马上会招致严重的后果。

陈庆馨在爸爸出事的几年前，一直和妈妈默默地生活在这个小城的另一个角落。妈妈实在无法忍受陈天明酒后的肆意虐待和凌辱，被迫带着女儿逃离了那个叫家的地方。陈天明在那一段时间到处找她们母女，并扬言要宰了陈庆馨她妈妈，那是一段东躲西藏、无比煎熬的痛苦岁月。

从小记忆中，那个浑浑噩噩的父亲，在不久前成了小城惊天惨案的凶手。陈庆馨对爸爸的记忆中，温情的片段很少。最美好的记忆就是爸爸没有酗酒之前，非常意外地给她过过一次生日。爸爸唯一一次送了她生日礼物。那是一个小小的八音盒，打开盒子就会奏起《White Christmas》的音乐。时隔多年，她一直珍藏着那个八音盒。每当快到圣诞节的时候，商店或咖啡店里放起同样的音乐，都能让她的心中充满快乐和幸福的回忆。

也就是这样一丝怀念和牵挂，促动着她不顾一切地去营救爸爸。然而这一切又真的对吗？就像肖风行第一次见到她时说的：她是在为魔鬼开罪！她爸爸死一百次，都不足以抵过他的罪行。尤其是这几次去探视他的时候，她越来越明确地认识到，爸爸对他自己所犯下的滔天罪行没有一丝一毫忏悔的意思。现在，这些内心的感受已经开始煎熬、折磨着她那善良单纯的心灵。

"老板，我想今天去看守所探望一下我爸爸，请帮我给市公安局的李处打个招呼，我想等一下去找他开个探视证明。"陈庆馨小心翼翼地在电话里对那个被称之为老板的人说道。

"你真是好麻烦呀，你不懂得看守所的犯人是不可以探视的吗？一遍又一遍的，下不为例！这种事情以后不要再跟我提了！"电话那端的人非常不耐烦地挂断了电话。

挂掉电话后陈庆馨松了一口气，她已经习惯了被这样呵斥。二审之后爸爸应该可以离开看守所，转移到康宁医院去。那样自己也就彻底解脱了！想到这里，她觉得与让爸爸活下来这件事相比，自己所受过的屈辱还是值得的。在完成这件事情之后，自己就可以安静地离开这个她已经没有任何眷恋的小城了。

看见陈天明从铁门后面走进来，陈庆馨不知为什么有些紧张。她到现在也不愿意相信，就是这个人，她的父亲，竟然丧心病狂地对那么多无辜的孩子痛下杀手。

"你怎么又来了？你和你那个死鬼妈妈一样，就是想看我倒霉的样子！你是来当我的救世主的吗？"陈天明异常冷漠地眯着眼睛慢慢说道。

"下个星期要二审开庭了，我没有什么特别的事，就是想来告诉你这件事。"陈庆馨没有叫他爸爸，她已经很多年不这样称呼陈天明了。她想尽量显得自然一些，但是不知怎么，她的声音还是有些颤抖。

"以后，你就不用违心地来看我了，我其实早就不想活了。本来就准备一死，谁想被你横插了一杠子。"陈天明仍然是用他那种毫无生气的、冰冷的语气说道。

在陈天明说话的同时，旁边探视的家属可能是情绪太激动，突然晕倒了，躺在地上不停地抽搐。这一下，本来在边上值班监视的警察连忙冲过来，先是用严厉的语气警告陈庆馨，告诫她不可以讨论和案情相关的内容，然后迅速背起晕倒的人往外跑去急救。

看到这样的情境，陈天明突然大笑起来。他本来眯着的眼睛也睁大了许多，他慢慢地凑到隔离窗前，盯着陈庆馨说道："我的乖女儿，你听好了，我已经想好了，这回我要是出去了，我还要再干一票更大、更狠的！我要让全世界都记住我！"当值班警察返回来的时候，陈天明已经缩回到原来的位置上，又把眼睛微闭起来，仿佛刚才什么也没有发生过。

眼前发生的一切，刚才陈天明恶毒的神色和想法，彻底把陈庆馨惊醒了。这才是陈天明真实本性的显露！她突然明白，自己真的是在助纣为虐。她不单单是肖风行说的，只是在为魔鬼开罪那么简单，她正在成为魔鬼的帮凶。一下子，她的内心开始崩溃了。这段时间一直支撑着她自己走下去的那股勇气瞬间消失了，她感到自己的生命似乎被抽空了。

时间似乎停止了，陈庆馨的脑子里一片空白。她失魂落魄地离开了探视室，甚至没有留意到陈天明望着她离去时诧异的眼神。

很快，肖风行成功地进入了神秘手机的系统。他飞快地下载了所有能拿走的东西。当肖风行打开盗取的图片后，他被图片的内容惊呆了。那全部是一些高限制级别的色情图片，里边充斥着变态和虐待。肖风行耐着性子一一看过那些图片。突然他发现了一个熟悉的面孔，那是陈庆馨的脸，尽管当事人的表情痛苦、扭曲，肖风行还是认出了她。随后，肖风行在视频里也找到了和陈庆馨相关的内容。肖风行怎么也无法想象是什么力量能把陈庆馨单纯的样子和这些画面、图像联系在一起，难道陈庆馨会是为了钱去做这样的事情吗？经过几次的接触，肖风行心里对陈庆馨产生了一定的同情。

经过多次比对，肖风行发现有关陈庆馨的图像和画面，虽然文件的时间序号不同，但是却来自同一个场景，拍摄角度也是同样的。这个神秘的电话主人是何方神圣？他是谁？为什么陈庆馨的表情那么痛苦，却一次又一次地出现在镜头里？肖风行陷入了深思。

离开看守所后，陈庆馨思绪麻木地返回市区。当她乘车回到市区后，她习惯性地在美景街下了车。此刻的她内心慌乱，脑中仍是一片空白，她的人生突然之间没了方向，好像也失去了意义。之前的她，为了拯救父亲，就好像上了发条一样，被强烈的意志支撑着。因此，对于一切都不在乎。现在，那把拧发条的钥匙不见了，她才发现自己伤得那么深！她开始质疑自己的行为，也不由自主地正视后果。在咖啡店的角落里，陈庆馨慢慢坐下，手里那杯和平日里一样的摩卡，失去了原有的味道。

"安平姐，我想请你帮我定位陈庆馨的手机位置。你要是方便的话，请随时通告我她新的位置。"肖风行把对陈庆馨种种可疑的情况在脑中和安平沟通了一下。随即他马上接收到安平的通知，陈庆馨现在正在美景街的百分百咖啡店附近。得到消息后，肖风行马上驾车前往美景街。当他刚把车停在街角准备下车的时候，安平通知他，陈庆馨刚离店出门，正往北走。

肖风行驾车跟上陈庆馨后，他放下车窗对她说："小陈，小陈。"

陈庆馨还是那么慢慢地走着，一点反应都没有。看到这情形，肖风行只好轻轻地按了下喇叭。这下，陈庆馨被吓了一跳。当她侧过头望过来时，才发现肖风行在一直对她挥着手打招呼。

"肖先生，您这是？"陈庆馨诧异地问道。

"我正好路过看到你，你去哪里？上车吧，我带你一段。"肖风行认真地邀请着。

陈庆馨犹豫了一下，便拉开车门坐了上来。"今天不用上班吗？"肖风行随口问道。

"哦，我们上午的时间比较自由。刚才我去看守所探视了他，现在我要赶回广庐去。"陈庆馨不假思索地回答道。

"好的，那我正好再去广庐吃顿饭，上次去过你们饭店，你们的书画和菜品都非常棒！"肖风行由衷地称赞道。陈庆馨依稀能够感觉到肖风行是特意为了送自己，她心里一瞬间有些感动。她偷偷地用余光看了一下肖风行，当她看到肖风行那帅气的面孔和舒展的面部表情的一刹，她不由得心中有些涌动。但只是那么一瞬间，马上她又重新陷入自己的挣扎和黑暗之中。

冬日的暖阳透过车窗，洒落在陈庆馨的身上，她惬意地伸直了双腿。此时的她，已经不像刚上车时那么拘谨，她懒懒地靠在椅背上。窗外富江缓缓地流淌着，江水在阳光的照耀下泛起粼粼波光。她那在黑暗中久久徘徊的心，好想在这一刻能够成为永恒。

"风行，陈庆馨刚才去了看守所。我找出了今天探视室的监控录像，看守所今天发生过突发事件，此前、此后，陈庆馨的表情发生了很大变化，可能和陈天明趁乱和陈庆馨的沟通内容有关。监控没有声音，我现在正在比对陈天明的口型。"安平知道肖风行特别关注和这件事相关的所有线索，在程序的世界里，她的运算速度已经达到了极致。通过各种算法，进行调查、取证、比对、分析，并随时在意识中和肖风行沟通着。

肖风行内心非常感动。夏天元和安平都是他极其尊敬的人，安平的去世，对夏天元的打击之大，他是非常清楚和了解的。这时肖风行猛然想到晓雯，他突然觉得安平的存在是那么孤独和寥落。

在安平的大数据分析下，以及综合信息的印证下，肖风行觉得陈庆馨无疑是个单纯直率而又心地善良之人。这一点和她的生父简直是天壤之别。她明明知道肖风行恨陈天明，可是刚才她没有撒谎。她坦诚地向肖风行说明了自己去了看守所。再想到神秘手机里陈庆馨那些痛苦煎熬的表情和残酷的画面，肖风行忍不住也悄悄地看了一眼她。那是一张憔悴的脸。但是此刻，可以感觉到她很安详。当看到这些时，肖风行的内心不由得对陈庆馨又多了一些恻隐之情。

来到广庐时，已经是午饭时间。陈庆馨道谢之后，匆匆离开赶去工作。肖风行停好车后，自己慢慢凭着记忆往里走。经过庭院来到中庭的时候，只见阳光下有一位较为年长的先生正在挥毫泼墨。肖风行静静地走上前，全神贯注的作画者并未留意到有人过来，仍然是全身心地聚焦于他的画作之上。这时，肖风行已经认出画者正在临摹的是范宽的《雪山萧寺图》。但见画中气韵生动，画风古雅，山势起伏，草木从容，很见功力。肖风行忍不住说了声："妙！"

听到有人在喝彩，画者才发觉有人在身旁，于是转身过来对肖风行微微点头示意，肖风行连忙还礼。这时，画师放下手中的笔，微笑着说："让这位年轻的先生见笑了，不敢称妙啊！只是爱好而已！"

"您太过谦虚了，我在台北故宫博物院见过真迹。我觉得您的画作已经非比寻常了！后人称范宽先生的画作为：得山之骨！我真心地认为，您临摹之作，其境界可谓得宽之髓。"肖风行寥寥数语将画师、画作评价得十分到位。

"哦？你这个小伙子不得了呀，年纪轻轻的，居然对范宽的画作有如此见地。对我的评价，我愧不敢当。但你对范宽的'得山之骨'，那是说得太准确了！敢问您是？"画师对肖风行的点评显然大为赞赏。面对能读懂范宽的人，不免惺惺相惜，甚至肃然起敬。

"见地不敢当，我是外行。我叫肖风行，中午过来吃饭，看到您在这里挥毫丹青，不由得被吸引过来，不好意思，打搅您了。"此时，肖风行已经猜到这位画师一定就是陈庆馨说的那位痴迷于范宽的收藏家，也就是这广庐的主人了。

"肖先生真是青年才俊啊。得到肖先生的抬爱真是有幸啊！看来，我这广庐还是开得对的，能够吸引您这样的大才，是我的荣幸！快里面请！"画师热情地招呼着肖风行到里面入座。

这时，陈庆馨从房间里走出来。她看到肖风行和老板在一起，就赶紧过来打招呼道："肖先生，这位就是我们广庐的老板秦朔，秦老先生。看来你们已经认识了，现在请您入座吧。今天您坐在溪山房好吗？"陈庆馨的声音中有些沙哑。

"小陈，你们认识呀？这么好。这么高雅的客人，以后记得要主动向我引荐，记住喔！"秦朔十分高兴地说道。

三个人说着，走进了溪山房。进入房间后，肖风行没有直接坐下，而是静静地看着墙壁上悬挂着的《溪山行旅图》。这幅画他上次匆匆看过，留下深刻而美好的印象。此番再次细观，他一下就折服在那雄伟挺拔的山势之中：迎面而来的山体陡然在前，观看者可以立即领略到高山仰止的气势。虽是临摹之作，但画中的"平远、深远、高远"之中国传世名画韵味表现得淋漓尽致。

看到肖风行那么专注，秦朔暗自欢喜。"肖老弟，中国山水画重视'气势、意境、气象'。你看，这涧水我怎么也画不活；还有这山体逼近的浑厚气势，我始终难以得其风骨呀！"秦朔不自觉地改变了对肖风行的称呼，已经视他为同道中人。语气中吐露出浓浓的遗憾之情。

"秦先生，您过谦了。您这是临摹，所以怎么样都觉得不比原作。我觉得您要是有空，不妨亲临关中，到铜川去现场采风。抛开范宽这幅画的束缚，按您的功力，必有所得。您创作出几幅旷世佳作也未可知。"肖风行非常认真地说道。

"啊呀，肖老弟！你一席话语让愚兄耳目一新，我怎么从来就没想过亲赴溪山行旅一次呢！哈哈，老弟你是高人呐！令愚兄醍醐灌顶，这真是一语点醒梦中人啊！"秦朔兴奋地回应道。

于是两人就字画赏析、历史源流越聊越来劲儿。"兄弟，我和你是一见如故。你要是不嫌弃，中午我请你吃个饭。小陈，你快点去安排一下。把咱们广庐最拿手的几个菜做两个，你等一下也过来一起吃吧。"秦朔遇到知音兴致很高，大有相见恨晚的感觉。

肖风行看到秦朔那么真诚热情，便没有推脱。大大方方地道谢，然后欣然入座。

"刚才这孩子叫陈庆馨，我看你们是认识的。这小姑娘人非常好，可是她的身世特别可怜。以前，她妈妈在世的时候，在我这里的厨房帮忙。谁能想到，她的爸爸是那么一个不堪的禽兽呢！可怜啊，就是毁了这孩子了。"秦朔趁着陈庆馨不在场，满怀同情地说道。

"风行，我查了陈庆馨的电话，她今天上午和那个神秘电话通过话。我之前已经对陈庆馨的电话和那个神秘电话都实施了自动录音监听的技术处理。现在确定，在那一段时间内，有市公安局李处。对了，市局一共有两个李姓处长，其中一名是交通管理部门的李铁峰，另一位是法制处的李保宁。我在这几个人的通话清单中，锁定了一个可疑电话，这个电话是陈庆馨和神秘电话通话结束后8分钟左右呼入的，是打给李保宁的。这个电话的当次通话时间为69秒，呼入电话的机主我已经查到了，是人民医院的医生秦方。现在我确定，之前那部神秘电话和秦方的电话，当前的物理位置在一起。"安平沟通后，立刻无影无踪。

看到肖风行有些发呆的样子，秦朔以为是自己说陈庆馨的事情触动了他，便说："不用担心，我弟弟秦方是咱们市人民医院的大专家。他向我保证，可以给出专业的鉴定结果，证明陈天明行凶的时候是发病状态，这样他就可以逃过一死了。陈庆馨也算是保住了她爹的命！"秦朔说到这里，觉得自己有些骄傲。他善良地认为这样的结果对陈庆馨这个可怜的女孩子来讲，多少算是个安慰吧。

综合了安平刚刚汇集过来的信息，再加上秦朔的诉说，肖风行现在已经基本上清晰地知晓了整个事件的始末。他一直揪着的心，一下子放松了许多。与此同时，他对陈庆馨的同情也在迅速增加。

那是一个愉快的午餐，肖风行和秦朔聊得非常投机。秦朔对肖风行这个有内涵的年轻人非常赞赏。他连连称赞说没想到肖风行居然对历史如此熟悉，对民族文化那么热爱！陈庆馨心事重重，她强打精神陪坐在一旁。此时的肖风行已经大概猜测出了她的事情，他不禁对陈庆馨的状态产生了一丝忧虑。

用完餐后，秦朔执意要做东。肖风行见他盛情难却便不再推让。"肖老弟，你要是有空就经常来，下次我把我弟秦方也叫过来，要是有兴趣你们也认识一下。不过那家伙脾气怪，不是那么容易合得来！"秦朔在送肖风行走出广庐的路上，边走边说道。肖风行观察到在秦朔提到秦方时陈庆馨的眼神一下子变得焦躁不安。

肖风行道谢后，就在准备上车的时候，秦朔突然叫住他。秦朔让陈庆馨把刚才画好的那幅《雪山萧寺图》拿来，他一定要将此画赠送给肖风行。肖风行见状，连忙说受不起。怎奈秦朔态度异常坚决，并且强调过后会再专门画一幅《溪山行旅图》送给肖风行。肖风行内心非常感动，他知道这画的创作绝非朝夕之间，不知道要耗费多少心神，对于秦朔来说意义非凡，都是他的心血之作，是他的无价之宝。

踌躇间，陈庆馨已经把画卷取来。在秦朔诚挚的眼神下，肖风行恭恭敬敬地用双手把画卷接过，对着秦朔深深鞠了一躬。告别秦朔和陈庆馨后，肖风行的心中交织着对秦朔的友情和对陈庆馨的同情。他觉得自己的内心好复杂，自己想要策划和实施的方案正是要"毁了"这两个人的世界，他该怎么办才好呢？

"风行，下午两点和我一起到研究所的强子加速中心操控室，我们要验收刚刚安装、调试好的强子加速器。"夏天元简短地通知道。

听到这一消息，肖风行马上打起精神，他明白这个项目对他们整个研究项目的重要性。通过几重门禁，当他提前赶到操控室的时候，发现现场全部是安保人员，而且很多是陌生面孔。

肖风行知道 CHC 集团在对强子加速器项目上投入了巨资，900 米长的环型超真空管的防震、架高、隔离工程耗资 20 亿元，耗时 18 个月。安保人员最后一次认真地核对过肖风行的通行证后，请肖风行通过瞳孔扫描，确认无误后，安保人员对他这个持有集团最高通行级别的人敬礼放行。

进入到操控室后，肖风行看见高中光、夏天元及研究所相关的高级研究员基本上已经到场。"风行，你们组要全面对照操作标准，检验系统数据，包括真空值、低温超导稳定值、电磁加速值、粒子射速值以及微型虫洞的辐射值。"夏天元异常认真地说道，同时把手上的检测表递给肖风行。肖风行庄重地接过检测表后，马上进入预备状态。随着夏天元宣布道："开始。"之后一项一项的测试随即展开。按照测试的流程，当系统处于低温超导状态时，顺利地把真空管道中的质子加速到光速的 99.99%。一切运转正常，最终测试结果显示，系统完全符合设计要求！

没有鲜花，没有掌声，但是现场的参与者三三两两地紧紧拥抱在一起。肖风行看到夏天元的眼中满是泪水。

晚上的小型庆祝会上，高中光代表研究所，通过加密视频向上海的高中影做了汇报。高中影对着镜头举起酒杯，逐一向各位核心研究人员致敬。他嘴角微微抽搐，长于辞令的他，竟然一反常态。激动之余，竟一句话也讲不出来。看见大家热情地期待他的样子，高中影终于哽咽着说："谢谢大家！"这时，两边同时响起了长时间的、热烈的掌声。这掌声是对大家历经千辛万苦后，终于见到曙光的回应。

庆祝会结束后，高中光一定要拉上夏天元和肖风行再去喝酒。司机把他们三人送到光影止步红酒店。一进门，高中光就嚷嚷着说："今天是个大日子，兄弟们一定要好好地喝，一醉方休。"

来到房间后，高中光掩饰不住兴奋。他走到窗前，双手叉着腰，几次想说点什么，但又忍住没说。看到他那样子，夏天元也走过去说："中光总，由安领核能建造的微型核聚变反应堆也已经完成验收，随时可以启用了。按照我们现有的能力和技术，我们已经大体上具备了运用强子加速器和核聚变设施这两套系统，联机制造出独立子空间并且介入其中的可能。"

"天元，以前大家总是说某某人创造了历史，书写了历史。其实对于你、我，包括风行这样的人来讲，那些都是属于沽名钓誉、毫无意义的事情！今天我们在这个领域终于可以迈出实质性的一步了。我们不是要书写历史，我们是要改写历史和创造未来。你们刚才都看见了，我弟弟中影他那激动的样子。他在自然科学上没有我们的本领，但是他那种对中华民族炙热的情感和深邃的体会远在我们之上！这么多年，我从没见过他那样，即便是在我们的父母去世的时候，他也没有到说不出话的地步。"高中光没有像平日那样言语调侃，而是特别认真地说道。

谈话间，晓雯已经为大家周到地安排好了酒菜。看见晓雯走了过来，高中光把她拉住说："我们什么时候喝你和天元的酒呀？你们两个不是想就这样偷偷地省下酒钱吧？"

晓雯求助般地望着夏天元。夏天元见状，只好笑着对高中光说："我们想等研究所的重点项目突破，还有她爸爸的身体好些再考虑这件事情，请老板容我们慢慢安排。"说完夏天元偷偷地看了一眼晓雯。现在他可以确认晓雯对他的回答特别满意，此时她的脸上洋溢着幸福和羞怯。

"你们两个家伙眉目传情的，早就沟通好了来忽悠我们的吧？天元，你的事情不再只是你自己的事情了，那都是要上升到一定高度上来看待的。你的安全和幸福可是天大的事情，对不对风行？"高中光不依不饶地继续说道。

听到高中光叫到自己，肖风行连忙打哈哈地说："高总说得太到位了，晓雯姐和夏总的事情，那可是一等大事，必须通盘考虑！"

大家你一句我一句地聊得很开心。夏天元和肖风行都知道高中光喜欢在这样的场合开玩笑活跃气氛，便都由着他闹。那一晚，晓雯的脸上始终带着幸福的笑容。

"风行，你没有休息吧？"意识深处，安平和他打了个招呼。

肖风行惊了一下，迅速收拾起自己的思绪，马上回应安平，请她继续。

"你要关注一下陈庆馨，我发现她的位置移动有些不对劲。晚上9点到现在。一直在富江边上。她所在的那一段江面，不是游人经常去的地方，是一段非常偏僻，水流湍急的区域。"肖风行马上就明白了安平的意思，那是陈庆馨有了自杀的迹象。

"你好，庆馨吗？我是肖风行，抱歉，这么晚打电话给你。"肖风行在接通电话后小心翼翼地说道。

"啊？是肖先生啊，怎么是你？"听到陈庆馨的回应之后，肖风行终于松了一口气。

"不好意思，这么晚打给你。我今天晚上一个人喝酒，喝得伤心了。现在一个人在江边，不知怎么了，心里好难受，特别想和你说说话。"肖风行装作酒后吐真言的样子，含含糊糊地咕哝着。

"肖先生，您没有事吧？你现在在富江的什么地方？我过去找你好吗？"陈庆馨言语关切地追问道。

"你在哪里？我过去找你吧，我们再一起喝点酒好不好？"肖风行粗声大气地问道。

"我也在江边呢，还是我过去找你吧。你喝了酒自己走不安全，把你的位置发给我，你待着，我现在就过去。"听得出，陈庆馨很担心肖风行的状况。

"那我们去美景街的咖啡店吧。我离得近，我自己慢慢走过去。"肖风行从地图上看，美景街和安平告诉他陈庆馨的位置相对比较靠近，于是他这样说道。

得到陈庆馨的回复确认后，肖风行马上穿起外套。出门前，又从柜子里找出一瓶白酒，喝了一大口，再随手洒在身上一些，就匆匆出门赶去美景街了。

肖风行故意跌跌撞撞地推开咖啡店的门。现在已经临近圣诞节了，一走进店里，就听到那些童声演唱的各种圣诞歌。这时，肖风行才猛地意识到，一年又要过去了。他来到第一次和陈庆馨相遇的那个角落的位置上。这时已经比较晚了，店里面没什么客人。肖风行面对着窗坐下。不一会儿，一个奔跑的身影由远而近快速向这里靠近。当肖风行确定那个身影是陈庆馨时，他的心中一阵感动。这是一个为了他的安危在奔跑的女孩子。而就在此时此刻，她本人的境况又是那么悲惨落寞。刚刚和她通电话之前，她自己可能正徘徊在生死之间。可是，现在她正在赶来，关心他这个仅有几面之交的外人，这真是个善良的好姑娘！

陈庆馨推门进来后，快步来到肖风行面前。她一坐下马上闻到了他身上浓浓的酒味。"肖先生，你好些了吗？你刚才是怎么回事，要不要紧？"陈庆馨关切地询问道。

"好多了，来的路上我已经吐过了，现在没那么难受了。谢谢你能够过来，耽误你的时间了。"肖风行装作醉醺醺地说道。

"你怎么喝成这样！不要喝那么多酒，对身体一点都不好。你没有开车吧，那样很不安全。"陈庆馨关心地埋怨道。

两人你一句我一句地聊着。这时店里响起 White Christmas（《白色圣诞》）的乐曲声，陈庆馨闻声而泣，悲从心来，不能自已。起初，她只是默默流泪，随着音乐的起伏，终于她放声痛哭起来，身体也在剧烈地颤抖着。店里的几个服务员听到她的哭声，都向这边望过来。肖风行将椅子拉近，拉起她的双手放到自己的手心里，紧紧握住。陈庆馨抬起头，看了肖风行一眼，然后便将自己的头埋在肖风行的怀里。她呜呜的哭泣声猛烈地敲打着肖风行的心灵。

"怎么了，庆馨？有什么伤心的事情和我说说好吗？说出来心里就会好受一些的。"肖风行轻声地安慰道。

"白色圣诞节的音乐是我从小最爱听的。"陈庆馨哭泣着把自己小时候关于八音盒的事情讲给了肖风行。陈庆馨哽咽地诉说深深地感染了肖风行，此刻他完全放下了对陈天明的仇恨。他告诫自己不要再把对陈天明的仇恨迁怒于这个可怜的、无辜的女孩子身上了。

喝下了一杯咖啡后，陈庆馨的情绪慢慢平稳下来。她害羞地把身体往后靠了靠，然后手足无措地坐在一边摆弄着咖啡杯。此时，肖风行已经决意要拯救这个可怜的姑娘，于是他慢慢地讲起了他和拉拉的故事。肖风行讲到动情处时，不由得自己也潸然泪下。他的故事完全将陈庆馨带入到了那长湖公园和深圳海边的场景。

看见肖风行那般动情伤感，陈庆馨默默地把头轻轻地靠在肖风行的肩膀上。此刻她暂时忘却了心中的痛苦和焦灼，她从肖风行的故事里体会到了世间的真爱和牵挂。肖风行故事里提到的，为了爱与被爱的人活着的说法，又让她觉得自己如同一片浮萍，是多么的孤独无助。

"上次和你提到过的被陈天明杀害的孩子中，有一个叫宋凯之的小男孩儿非常可爱，他是家里唯一的孩子。他的父母亲是我的恩人，也是我的亲人。他们和拉拉一样，都是我生命中最重要的人，我为他们而活着。现在我失去了他们，我迷惘和彷徨，仿佛是我做错了什么而导致失去了他们。我这样说，是想告诉你，陈天明最终的命运是怎么样的，是他自己的行为注定的。你作为女儿已经尽力了，不用像我一样这么责怪自己。你是世上最棒的女儿，你为你父亲所做的，远比我为那些爱我的人做得更好。"肖风行要通过自己的体会，开导和劝解陈庆馨。

"陈天明是个魔鬼，我恨他！我恨他给我和妈妈带来的痛苦，我恨他给你们这些受害者家庭带来的巨大不幸！"陈庆馨的眼神中，充满着对自己的责难。她把上午在看守所经历的如同噩梦一样的情形描述给肖风行，肖风行被陈天明的邪恶计划惊呆了。他简直不敢相信他听到的事情是真的。他木然地看着陈庆馨，然后问她："为什么要告诉我这些？"陈庆馨再次哭泣起来。她抽泣着说："我不想再有更多无辜的人受到伤害。"

一瞬间，肖风行和安平沟通了陈庆馨所说的重要情况。安平在比对口型的过程中，受到图像角度问题的困扰，无法得出明确的结论。现在听到肖风行这样说，两人顿时觉得事态严重，必须要马上有应对的措施才能制止陈天明进一步的犯罪计划。

看到肖风行有些发怔，陈庆馨不由得有些后怕起来。她试探着问肖风行："我应该怎么办？"她哪里知道，此刻肖风行正在和安平商讨对策。这时，肖风行回过神来，他直接问道："秦方的司法鉴定结论是不是和你有直接的关系？那天在广庐吃饭时斥责你的电话，还有再早些时候也是在这里让你落荒逃走的电话，是不是也是秦方的电话？为什么你那么害怕他？难道只是因为秦方是老板的弟弟。"说到这里的时候，陈庆馨的心理防线彻底崩溃，她完全被自己的挫败感和懊悔所笼罩。她的语气变得充满怨恨，她说："秦方和陈天明一样都是魔鬼，我恨他们。"

肖风行不忍心继续这个沉重和屈辱的话题，他此时明确地感受到，他已经成功地打开了陈庆馨的心结。这样的话，她暂时应该不会再有极端的行为来伤害她自己。肖风行觉得陈庆馨和那些受害的孩子与家属一样，也是真正的被伤害者，他想要拯救这个可怜的姑娘，但是，他应该怎么做才是最有效的呢？

夜深了，两个人慢慢站起来准备离开咖啡店。陈庆馨始终不放心肖风行，她一直搀扶着他，直到他们打到计程车。肖风行执意要打车送陈庆馨先回她租住的地方。路上陈庆馨一直扶着肖风行，生怕他支持不住。肖风行的内心又一次被她的善良和体贴所打动。

终于到了陈庆馨住的地方，他们一同下了车，然后请司机稍等。肖风行摇摇晃晃地把陈庆馨送到单元楼下，这时，他用力拥抱了一下陈庆馨。肖风行告诉她说："谢谢你赶来照顾、安慰我，请你在遇到困难和想不开时不要客气，随时可以找我倾诉和帮忙。"肖风行真诚地说道："包括秦朔、吴梦和我，大家都很关心你，期望你可以得到自己的幸福。"回到车上后，肖风行一直注视着她，直到看着陈庆馨转身上楼，这时她的步履似乎已经没有那么沉重了。

回到家后，肖风行的心情也很不平静。现在看来，如果能在看守所中杀掉陈天明，应该是对大家都好的结果。这个念头像熊熊烈火一样，在他的胸中燃起。此时，肖风行已经下定了决心，在他的复仇计划中，不但要在看守所内干掉陈天明，还准备把看守所中其他的重罪犯一起除掉。他还要好好地惩罚一下秦方这个披着人皮的恶狼。

十五、杀戮和救赎

周六的凌晨 4 点钟，在天空还是一片漆黑的时候，肖风行就匆匆赶往市郊，那里有一个二手机动车交易市场。肖风行用带钩的钢尺顺着车窗拉开了一辆皮卡的车门，之后他在仪表盘下找出点火马达的电线，啪啪两声，车子启动了。他没有开车灯，在黑暗中肖风行慢慢地把车驶出停车场。离开停车场后，肖风行把车开到他之前过来，停放了摩托车的地方。那是一台昨天下午他在交警队扣罚车辆停放中心，私下向工作人员购买的、无人认领的扣罚摩托车。摩托车的侧面携带了一套简易支架的滑轮。肖风行在皮卡的车厢上架好支架后，他吃力地把摩托车吊上皮卡车厢，简单地固定一下后，肖风行摘下假发、眼镜，再撕下脸上贴的胡子和伤疤。他把这些道具，加上昨天买摩托车时用的帽子和贴的伤疤，都统统扔进一个小土坑后，浇上一瓶汽油，然后点燃。他的脸映衬在熊熊的火光中，带着一丝笑意。

烧尽了坑中的物品后，肖风行认真地用多用铲把灰烬和在一起，然后仔细地盖上土。他在周边仔细地检查了一番，确认没有任何疏漏之后，他驾车离开了。肖风行绕着环城路，来到了西坦北郊的惠利电镀厂。他停好车，然后一纵身翻上了工厂的高墙。和他前几天用无人机观测的一样，院子里有两条大狗。肖风行从口袋里掏出两根掺有大剂量异烟肼的香肠，他用力把香肠抛向两条狗。20分钟左右的时间，两条狗分别抽搐着倒下。肖风行跳下墙，沿着墙边，摸到原料仓库的门口，门上挂着一把普通的锁头。肖风行用工具慢慢地一点一点试探着插入转动。此前他已经用无人机拍下了锁头的品牌和型号，而且在家也已经演练过多次，所以没几分钟，锁被打开了。肖风行轻轻地拉门进入到仓库里面。沿着货架，他飞快地检查着，很快他找到了氰化钠。在仓库的另一边，他又找到了硫酸。他小心翼翼地将氰化钠和硫酸分别装到两个背包里。在恢复了货架的摆放后，肖风行慢慢走出仓库，他把锁头重新锁好。然后沿路返回。在路过两条狗的尸体时，肖风行拎起两条狗，走到墙边，依次把狗扔出墙外。

肖风行将两个背包分别系好绳子，将绳子的另一头甩过墙头。他爬上墙头，慢慢将两个背包分别缓缓拉上，又轻轻在墙外放下，他悄无声息地、一步一步地进行着，这一切他已经多次在心中演练。

"安平姐，能麻烦你用我家的电话给吴梦打一个电话吗？如果30秒钟她不接，你就先挂断，过5分钟后再打；如果她接了，你就模仿我的声音跟她讲：我喝醉了，很想她，剩下的你随便发挥一下。"肖风行的想法马上得到了安平的回应。安平没有问他为什么，直接就去做了。很快安平回复肖风行说：吴梦迷迷糊糊地安慰了他几句，说今天上午去看他。

跳下墙后，肖风行回到车上，给自己的脚缠上厚厚一层布料，然后换了一双大两号的皮靴，再给双腿上系好沙袋。装扮完毕后，肖风行下车分两次把狗扔上车厢。肖风行在离开前，从口袋里拿出两包不同牌子的香烟，一口气点燃了四五支，他给其中几支烟套上烟嘴用力吸起来，不一会儿他将长短不同的烟蒂摘掉烟嘴，随手撒落在墙边两三处明显的地方，之后驾车离去。

从小路驶上公路的时候，肖风行猛地踩下刹车，然后一个急转弯，他故意把一条放在车厢里的狗甩在路旁，在几米之外，他计算着车速和惯性，又将一根自己用木棍和旧绳子做的套狗杆扔出车外。

肖风行驾车一路行驶，三四十分钟后他将车开到江边，此时东方即将破晓。他迅速地脱下沙袋和皮靴，然后他从车厢里拎起剩下的那只狗，用双手悠了几下，便把狗抛入滚滚江水中。几分钟后，他接着又把靴子和手套扔入水中。

当他再度驾车抵达他住地附近的农贸市场停车场的时候，市场上已经是人来人往，热闹非凡了。肖风行把车停在角落里，之前他勘察过这个角落，这是一处监控盲区。下车前，肖风行仔细检查了车厢内的每一个角落，生怕遗落什么。在遮阳板上，他居然找到了一把车钥匙。试了一下，正是这辆车的钥匙，他随手将钥匙揣入口袋。这时，他看了下手表，已经差不多是早上 6 点钟了。于是，他戴上口罩和滑雪帽下车回家。掐准 6 点 15 分的时候，肖风行进入小区，他迅速走进楼道按下电梯按钮，回到自己房间的时候一共用了 7 分钟。这时家里的电脑提示他，小区内部监控已经恢复正常，这是他事前设置的前后两次的 7 分钟监控瘫痪重启的时间。

肖风行把所有的衣物脱下收拾起来，然后好好地洗了一个澡。这时肖风行才发现自己的身体有些发抖。过去的几个小时里，自己就像一个陌生人一样，打破了他所有的行为准则。他被内心的黑暗驱使着，仿佛他从来就不是肖风行。

"风行，我到你楼下了，帮我开一下你的单元门。"吴梦不太放心肖风行，所以她一早就过来找他。

肖风行从床上爬起来，披上一件衣服去给吴梦开了单元门，很快吴梦按响了门铃，她一进门就发现了肖风行面色有些憔悴。"怎么那么早就给我打电话？我睡得迷迷糊糊的。一看号码，是不认识的固话，本来不想接。谁知道鬼使神差地接了电话后，一听居然是你的声音，我一听就知道你喝酒了。嗓子喝得不舒服了吧？说话声音那么嘶哑，不过还算你有良心，挂电话前还知道给我灌点"想我了、爱我"这样的迷魂汤，要不我才不会一大早过来照顾你呢！"吴梦边说着，边搂着肖风行往里走。

肖风行内心觉得好笑，他能想象出安平故意模拟哑嗓子和吴梦聊天，还对她说了不少肉麻的话的样子，也真是难为安平了。

看到肖风行脸上有一丝笑意，吴梦得意起来了。她把肖风行推到卧房去。"风行，你再休息一会儿，我去给咱们俩做点早餐，你家里有什么吃的？早上你想吃点什么呢？"不等肖风行回答，吴梦就转身去厨房了。

在不算很大的厨房里，靠窗的位置摆放了一个硕大的冰箱。吴梦拉开冰箱的门，在打开的一瞬间她被镇住了，冷藏室里整齐地摆满了牛奶、酸奶、果汁、芝士、黄油、坚果。

"哎，风行，你这里是不是有女主人呀？怎么生活气息、家庭气息那么浓？这哪里像单身男人的家呀！太可疑了。"吴梦看着满满的冰箱，冲着肖风行卧房的方向嚷嚷道。

实际上，肖风行现在的厨房和冰箱的模式，是之前拉拉过来帮他规划指导的结果。当时拉拉从南京过来，一看肖风行的冰箱那么小，里面除了几片干巴巴的面包外，其他什么都没有，马上就要求肖风行整改。她拉着肖风行跑到当地的电器商店，马上购置了一台大冰箱。然后，又带着他到超市去按照她对健康的理解，买回了一大堆吃的、喝的。这样还不够，她帮肖风行在超市办了一张送货卡，告诉他要随时往里面补充货源。那两天，肖风行被她拉着到处跑，他的内心充满了幸福。时隔这么久，想起拉拉噘着小嘴抱怨的样子，仍然能让他不由得嘴角微微弯起上翘，沉浸在快乐中。

听到吴梦嚷嚷，肖风行从床上爬起来走到厨房。看见吴梦正在手忙脚乱地烹制早餐，肖风行没有说话，他只是站在门口默默地看着吴梦。此时拢起头发系着围裙的吴梦，那么专注地在忙碌着。恍惚间，肖风行几乎将吴梦当成拉拉。之前拉拉也曾经这样给他们俩手忙脚乱地做过饭。专注的吴梦丝毫没有发现肖风行在身后，肖风行的心中涌起一阵暖意。他走上前去，从背后抱住吴梦。吴梦被这突如其来的拥抱搞得不知所措，等她反应过来之后，她转过身来紧紧抱住肖风行。两个人就这样抱在一起，什么话都没有说，直到煮燕麦的锅发出"噗噗"的声音，吴梦吓得赶紧放开肖风行，冲过去打开锅盖，把火关掉。

"来吧！开吃，尝尝本姑娘的超凡手艺。你可以不嫁给我，反正吃亏的是你自己。你错过的将是爱心和厨艺均上乘的律政名媛。"吴梦坐下来之后开始逗肖风行。

肖风行被吴梦的话调侃得差点把粥喷出来。清了好几下嗓子后，总算没有呛住。看到肖风行的狼狈样，吴梦得意地说："看把你激动得眼泪都出来了。来，让我亲一个。"肖风行说又说不过吴梦，被她调侃得无可奈何，只好傻笑着，坐在一旁埋头苦吃。

"风行，这个相片上的女孩子是谁呀？长得真可爱。"吴梦从口袋里拿出一张相片，那是一张在冰箱门上用冰箱贴挂着的拉拉的照片。肖风行看了一眼相片说："她是我之前的女朋友文娜。"

"她人呢？你们为什么分手？"吴梦连忙追问道。

"我也不知道。差不多两年了，我联系不到她，她家里人让我不要再打搅他们的生活了。"肖风行说到这里时，不由得神色也变得黯淡起来。

"哦，对不起。不知道你还有这么离奇、伤心的往事。你看你昨天晚上喝醉了，你就知道给我打电话，我现在算不算你的女朋友？我希望你不只是喝多了才想我，今天我们一起去看电影、吃饭、逛街好不好？要不以后我不照顾你了。"吴梦侧着脸趴在桌子上，眼巴巴地看着肖风行说道。

"我不会逛街，吃饭、看电影没问题，我们还是去广庐吧。我喜欢那里的环境，他们的菜做得也好，而且我喜欢和广庐的老板秦朔聊天。"肖风行说道。

"风行，你是不是喜欢上陈庆馨那个丫头了？我觉得你对她的态度转变得好大。上次听你说你在街上和她偶遇，又去了广庐吃饭，你们是真的偶遇，还是你安排好的偶遇？"吴梦听到肖风行想去广庐吃饭，便用话来刺他。

"梦梦，我觉得你真是超级具有想象力。之前你因为我恨陈天明，你就怕我迁怒于陈庆馨。现在我同情陈庆馨，你又说什么我喜欢人家的怪话。你明明知道我不可能和陈庆馨有什么交集，你还这么说，你到底要我怎么样你才满意？"肖风行被吴梦顶到墙角了才开始反击。

"哈哈，你现在知道我的厉害了吧。我就是不喜欢别人和我分享你，哪怕是感觉有可能也不行。陈庆馨这个臭丫头，要是被我发现喜欢你，她给我小心点儿。"吴梦一边收拾着餐具一边得意地说道。

肖风行想帮着收拾，被吴梦拦下，她径直把肖风行拉到客厅的沙发上坐下，然后去到卧房拿了一个枕头和毛毯强令肖风行躺下休息。肖风行此时可以非常明确地感受到吴梦对他的关心。此时，他也的确心力交瘁。所以，他未做争辩便倒在沙发上，不一会儿，他居然睡着了。

那是一个雨夜，肖风行一个人走在街道上。路灯发射的光在风雨中变得朦朦胧胧，他手中的雨伞基本上没有什么用，在风的带动下，暴雨仿佛是从四面八方同时飘过来。很快肖风行的衣服就全部湿透了。他停下来，站在路边，奢盼着能够打到出租车。但当时已经比较晚了，路上的车很少，半天都不见有车过来。他无奈地一边走，一边希望可以打到车。正在他焦急等待的时候，一辆黑色小车悄无声息地停在他旁边。透过雨雾，肖风行知道那不是一辆出租车，应该是一辆私自拉客的私家车，肖风行心里猜想着。犹豫间，肖风行还是拉开了车门。当他坐下来关好车门后，他连忙向司机道谢，并说明自己要回家，然后告诉了司机自己家的位置和方向。奇怪的是，司机仿佛听不到他在说什么。这时有一个女人穿着一身黑色的衣服，拉开了前排副驾驶的车门坐到了车上。肖风行真切地听到后来上车的人说了一声："开始吧！"司机回应道："好的。"之后，车子飞快地开动起来，高速转动的轮胎激溅起阵阵水浪，轮胎和底盘不时发出咣咣的声响。肖风行看见车开得那么快，不由得紧张起来。他大声要求司机停车，但是无论他怎样嘶喊，前排的两人根本就不理会他。这时，车子突然冲上人行道，将一个路边站着的人撞飞了起来。被撞的人的身体直接被铲起来，之后又重重地砸在挡风玻璃上，最后滚落在车旁。肖风行真切地感受到强大的冲击力，他看到挡风玻璃被一下撞裂，那砰的一声巨响，压过了车外的风雨声。司机走下车来，到被撞者的身边，用手试探了一下伤者的鼻息和脉搏，然后对着前排坐着的黑衣女人打出了OK的手势。这时，在一个闪电下映出司机的脸，肖风行隔着满是裂纹的玻璃看到，那应该是一张女人的脸，似曾相识。

"风行，风行，醒一醒，快中午了，大懒虫！咱们该出去了。"吴梦唤醒了沉睡的肖风行。

肖风行从梦中醒来，刚才的梦着实让他有些紧张。他摸摸自己的脸，才发现自己居然满头都是汗。

"我刚才做了一个梦，梦里面我好像目击了一起故意杀人案，案犯在雨夜开车行凶撞人。"肖风行定了定神，把梦说给吴梦听。

"你呀，就是工作压力大，又不好好休息，还尽爱打暴力游戏。人们常说日有所思，夜有所梦，你看你白天都开始做梦了，还是乖乖地多陪陪我才是正道。"吴梦有些心疼地抱怨道。

路上肖风行给秦朔打了个电话，说是要带一个好朋友去他那里吃午饭。吴梦可以听出来电话另一端的秦朔非常高兴，吴梦对这两人迅速成为朋友的事情暗自称奇。

陈庆馨早早地在广庐的大门口迎候着他们。看到肖风行下车的一瞬间，陈庆馨的眼神里不禁闪过一阵羞涩。倒是吴梦大大方方地过去拉住陈庆馨说："庆馨，你在这里，是等我还是等他呀？"

"吴梦姐，秦先生让我等肖先生和一个朋友，我猜到可能是你。所以我是在等你们两位。"陈庆馨非常真诚地说。

"肖老弟，这几天不见，愚兄对你甚是思念呀！这位女士是你老弟的女朋友，还是太太？这位女士可真是风姿绰约呀！"秦朔在中心庭院里热情地对着他们招呼道。

肖风行看见秦朔，连忙上前握住他的手说："您太客气了，亲自在这里等我们，折杀我们这些晚辈了。"

"唉，哪里的话。你老弟举手投足间，就处处彰显出你绝非等闲之辈。愚兄虚长你几十岁，可是论见识、论风范，我都只能是在老弟之下呀！"秦朔边说着，边把他们引进房间。

"秦老，马上过新年了。这是两瓶中国产的红酒，您请笑纳。"肖风行进屋之后递上一个装酒的袋子给秦朔。

"兄弟你太客气了。好！那我就恭敬不如从命了。中国产的红酒，你老弟送来的东西一定不是泛泛之物，这中间有什么说道吗？"秦朔接过袋子好奇地问道。

"这是我们研究所夏总在宁夏的酒庄出产的顶级酒。此酒名曰'何尊'，我想，您一听何尊，就知道这酒是厚重之物了。"肖风行非常正式地介绍道。

"好个何尊！敢问这酒的名字可是你老弟帮着起的？"秦朔听闻何尊之名

后，肃然起敬。

"是的。幸好在这事情上没有被您错爱。"肖风行简单地把当时夏天元要给这款酒起名字的事情说了一下。

"哈哈，你看我们两人相识时间不是太久，但是我可没有看错你，第一次见面，我就欣赏和推崇老弟呀。现在的年轻人，大都是眼里只有利益和世俗，你老弟的眼里和心里清澈得很。我在你这个年纪的时候，内心还是非常混沌的状态，远不及你这般博学、透彻。"秦朔夸奖肖风行的言语真切诚挚。

"秦老您过奖了！哦，你看我都忘了给您介绍一下我的好朋友吴梦律师。她也是陈庆馨案子的辩护律师。别看她年纪轻轻，她可是我们阳山研究所的法律顾问呢！"肖风行怕冷落了吴梦，赶紧向秦朔介绍道。

"幸会！小吴律师，我听庆馨给我讲过。前一段时间，你们律师事务所在我们这里举办过一次较大规模的聚会呢。肖老弟的朋友，那绝对是不落俗套的风雅人士。今日得见，小吴律师果然出众。"秦朔说着招呼大家就座闲聊。

看见秦朔和肖风行惺惺相惜的样子，吴梦不由得有些得意。她笑着说："秦老先生，您说这肖风行年纪轻轻的，你们怎么就那么谈得来呢？您是不是有些太抬爱他了。"

"肖老弟，你的这个小朋友是变着法地在夸你呢。她想从我嘴里说出来，她自己不好意思夸你。"秦朔说着哈哈大笑起来。

吴梦一看自己的心思被秦朔说破，脸腾就红了起来。她悄悄地掐了一下肖风行的胳膊，然后溜开了。说是去找一下陈庆馨，在肖风行和秦朔的笑声中吴梦逃离现场。

"秦老，您这幅《雪景寒林图》，看起来像是新作呀！"肖风行在吴梦出去后，站起身来走到悬挂画卷的正前方。

"好眼力，这正是我新近完成的。我前一段又去了一趟天津博物馆，花了一周时间，仔细观摩这幅画的原作，颇有心得。原来我画的那幅不够写实，没有展现出萧寺、枯枝和雪景之间的和谐。我只顾那种意境之美，却忽略了山川树木在山野之中层次跳跃的透视感，所以我马上重新画了此画，算是对原作大大的尊重吧！"秦朔谈到画作时，异常认真地说道。

肖风行在秦朔的提示下，仔细再看画卷。但见山林之中细细密密，层峦叠嶂，远近高低明暗交错，积墨画法层次分明。立于画卷之前，可以真切感受到作品中穿透出来的逼人寒气和远山的呼唤，所谓的"力透纸背"也不过如此吧，肖风行心里想。

看到肖风行沉醉在山野之间的样子，秦朔颇有成就感。难得一个年轻人如此懂得欣赏传统的文化艺术，更能读懂自己的作品，真是后生可畏。这时，吴梦和陈庆馨两人从外面走回来，吴梦看到肖风行、秦朔二人痴立于画前沉醉的样子，觉得好笑，于是她也学着肖风行的样子，认真地看着画卷，扮成肃然起敬的沉醉状。她那调皮的样子一下就把肖风行和秦朔逗乐了。肖风行牵着吴梦的手，对秦朔说："秦老，咱们冷落了人家，你看人家在无声抗议呢。"

午餐的过程中，大家谈起许多往事。秦朔说起了自己的父亲秦时轮在朝鲜战争中，随 38 军 113 师远赴半岛的情形。那群人在冰天雪地、茫茫雪原中，超强行军 70 千米，赶赴三所里堵截联合国军。他们靠两条腿跑过了联合国军的机械化部队，把美军第 2 师、第 25 师、骑 1 师和韩 1 师、土耳其旅死死地固定在撤退的路上。最终，他们配合 38 军主力，逼迫联合国军西向逃往安州。此战毙俘敌军 8 000 余众。秦朔的讲述把肖风行的思绪带到了那个寒冷的冬天，他想象着自己成了那些英雄中的一员，他们一起像潮水一样无情地卷过敌人。

"我父亲在朝作战时，我还没有出生。我父亲在我少年的时代，经常给我和秦方讲起他们吃着炒面，心怀祖国和家人从而冲锋陷阵的往事。那些都是他亲历的人和事，他每次讲我都听不够。在我父亲去世前的几年，他脑中风，说话不是很利索，我还是拉着他的手让他讲。我跟父亲说：'你的故事我永远也听不够。'"说到这里的时候，秦朔不禁老泪纵横。

肖风行和吴梦完全被秦朔感染了。肖风行熟知朝鲜战争那段历史，几十万英雄永远定格在了那个壮烈的时代，他们用血和火赢得了民族的尊严！

"秦老，我来敬您，也敬您的父亲和他英勇的战友们一杯！没有他们，就没有我们现在挺起胸膛做人的尊严。还有一件事情我向您汇报一下，就是我们研究所的主控系统的名字叫光子。光子是朝鲜战场上孤胆英雄刘光子的名字。他一个人困守阵地，最终以惊人的勇气和智慧，单人用手榴弹俘虏了 70 多名英军。"肖风行说到这里，不禁有些哽咽。

这时大家一起举杯，肖风行和秦朔都是一饮而尽。吴梦说回去她开车，让肖风行尽兴。她和陈庆馨碰了一下杯，稍稍抿了一下。在美酒的带动下，秦朔和肖风行一通儿神聊，气氛非常热烈。谈笑间，一道主菜的风貌让肖风行惊叹不已。那是一个铜盆和下面架着的炭火盘一起端上来的。铜盆的中间有一条鲫鱼，乳白色的汤在文火煲煨下翻滚着。肖风行不解其意，请教秦朔这菜有什么说法和讲究。秦朔笑笑拿起汤勺，却在汤中捞出几块羊排。秦朔将羊排放在肖风行和吴梦的碗中，示意他们尝试一下。这一试可把肖风行镇住了——羊肉细滑多汁，没有一丝膻味。之前听人家讲过鱼羊之鲜，今天算是真正见识了。吴梦尝了一下那汤，也是一瞬间，就被那顺滑鲜美的口感征服。看见他们两人那神往的样子，秦朔得意地介绍道："这羊肉是宁夏盐池的滩羊肉，这滩羊是吃当地的苦豆草、喝当地的碱水生长的，所以根本没有膻味。又经过我们广庐大厨的精心炮制，才终于和鱼汤有了这样完美的相互烘托融合，这汤和菜与肖老弟你带来的宁夏红酒就是绝配。"

就这样边吃边聊差不多到下午两点半，肖风行和秦朔都有了一些酒意。秦朔对着吴梦说："你这丫头，刚才不是问我为什么和肖老弟那么聊得来吗？我这人舞风弄月，无拘无束惯了。我懒得看别人脸色，揣测别人心思过活。我连我那个所谓的专家弟弟秦方都有些看不惯，觉得他和世人一样太过俗气。但是我和肖老弟没有利益往来，无分长幼，只谈风月，不理尘俗，经常有心意相通的感觉，妙哉！快哉！"

秦朔这样夸赞肖风行超凡脱俗的话语，让吴梦听了后心花怒放。她又一次暗暗地用手捏了捏肖风行的腿，然后用迷离的眼神望向肖风行。肖风行被她看得发窘，一时不知所措。气得吴梦在桌下使劲用脚踩了他两下，这时肖风行才反应过来。他满怀温情地回望了一下吴梦，然后轻轻地拉了拉她的手。那一刻吴梦的内心充满了幸福和欢喜。

告别了秦朔，陈庆馨送肖风行和吴梦走出广庐。整个午饭的过程中，吴梦就觉得陈庆馨神色表情有些异常。但是，吴梦想到陈天明的案子马上要二审开庭，她也很能理解陈庆馨焦灼紧张的状态，于是在上车前她又特意叮嘱了陈庆馨几句。

离开广庐后，吴梦开车带着肖风行直接来到了江南 Mall，那是西坦最大的购物娱乐中心。停好车之后，吴梦发现肖风行茫然不知所以，她惊异地问道："哎，你不会是第一次来这里吧？你怎么看起来一脸茫然的样子。"当她得知，这真的是肖风行首次到来，她还是相当惊讶。同时她也能体会到肖风行他们工作的辛苦和压力，于是她拉着肖风行的手按照她平时习惯走的线路一路逛过去。

吴梦先是拉着肖风行来到一家巧克力店，她要了两杯热巧克力。然后，又跑到雪糕的冷柜旁，她一一试过六七个品种，然后兴致勃勃地点了两个雪糕球。等他们两个在柜台拿了吃的喝的在店里坐下来，准备慢慢享用的时候，突然发现角落的沙发上坐着一个三四岁的小男孩儿。小男孩儿一个人坐在那里，旁边是一堆购物袋。吴梦用手指着小男孩儿，对肖风行说："你看孩子的妈妈买起东西来多疯，肯定是之前逛街忙得连洗手间都来不及上。这不儿子一放，急急忙忙方便去了。哈哈！"肖风行看到孩子在一堆购物袋中间，也觉得好笑。心想这妈妈购物还真猛，于是他对着孩子做了个鬼脸。大概过了十几分钟，两人的雪糕都吃完了，发现那孩子仍然一个人坐在那里。这下吴梦觉得有些不对劲了，她问肖风行道："咱们进来有一二十分钟了吧？这么小的孩子，怎么会一个人待在那里这么久没人管，会不会有什么情况呀？"肖风行此时也觉得不太正常，于是吴梦就走到收银台问店员，并且告诉店员那个小孩子已经一个人在那里太久了，这很不正常。店员说大概半小时前，那母子两人进来，妈妈买了一个巧克力蛋糕，之后店里的客人来来去去，他们就没关注到那母子了。

吴梦和店员聊完后，径直来到小男孩儿的身边，问他妈妈的情况。可是孩子太小，只会说妈妈出去了，然后就开始哭起来。吴梦见状拿出手机找出里面的动画视频放给孩子看，孩子这才止住哭泣。吴梦一边等在旁边，一边责骂着那个不负责任的妈妈。大概又过了半个小时，一个女人从外面走进来。当她看到吴梦和肖风行正在和孩子一起玩，她大概明白是怎么回事了。小男孩儿这时也看到了妈妈，他就妈妈、妈妈地叫了起来。吴梦强忍着心中的火，告诉那妈妈，她让这么小的孩子一个人独自待了一个小时，这中间有点什么闪失怎么得了！被训斥的妈妈自觉惭愧，一个劲儿地感谢吴梦。即便是这样，还是把吴梦气得够呛，等母子两人再次谢过离开后，吴梦噘着嘴说不开心，怎么有这么混蛋的妈妈。

哄了好久，肖风行终于把吴梦哄好。"好了，咱们不和那种浑人一般见识了，本宫要正式开始逛街了，肖侍卫护驾！"吴梦拉起肖风行展开逛街之旅，肖风行跟在后面，但见吴梦开始一家店一家店地逛起，吴梦不知疲倦的劲头真把肖风行给吓着了。不知怎么的，他突然想到了拉拉的同学唐秀，唐秀玩起来、逛起来也是这样浑身是劲儿。

终于，吴梦看着手上提了一堆购物袋，跟在她身旁的肖风行，看着他一脸生无可恋的样子，她笑了出来。"好吧，今天肖侍卫的表现特别棒，我是不是买的东西多了点，谁让你老是抢着埋单，搞得人家幸福感爆表，买起来收不住。咱们回家吧，我也累了，再说，我心疼你了。"吴梦说着走过来，轻轻地在肖风行脸上吻了一下。离开商场前，吴梦又去超市买了些熟食，说是晚上一起简单吃点，省得回家再做了。

回到肖风行住处的时候，已经是晚上8点多钟了。吴梦迅速地把买来的熟食摆放在桌子上，然后猛不丁地问肖风行道："你饿的时候，还会不会有低血糖的感觉？"她的询问让肖风行十分意外，他不记得曾经跟吴梦说过自己过去这样的经历和状况。问完肖风行后，吴梦好像也突然想起什么。看到肖风行迟疑的样子，她连忙说自己和大多数人一样，都是一旦饿起来就会觉得心慌意乱，手脚发麻。听到她这么说，肖风行便说自己曾经也有这方面的敏感，现在没问题了。

"我心疼你呗，你提那么多东西跟着我跑上跑下的，担心你肚子饿，快来补充点能量吧！对了，我们晚上喝点酒吧。中午我看你和秦朔喝酒的时候我好馋呢，可是要开车没办法喝酒，现在我想你陪我喝，好不好？"吴梦央求着说道。

"好的，那咱们还是喝夏总的酒吧。不过我要用气泡的振荡器来加速醒一下酒。你稍等，要不你先吃吧，我马上过来。"说着肖风行去酒柜取酒。

吴梦静静地看着肖风行，她喜欢他总是那么专注认真的样子。肖风行拿好酒回来看到吴梦坐在那里有些走神。"梦梦，怎么了，是不是今天太累了？"肖风行关心地问道。

　　"我不累，我觉得现在自己好幸福，仿佛这一切都不是真实的一样。你会一直对我这么好吗？我爱你。"吴梦说到这里突然说不下去了。她的内心有些激荡，别人永远也不能理解她此时的感受。

　　在两瓶酒喝下去之后，吴梦明显地醉了。肖风行看着吴梦大口大口地喝酒，他的内心也充满着矛盾。吴梦的态度是很明确的，自己周边的朋友也都知道吴梦喜欢他。

　　吴梦不断地说着"风行，我爱你"，之后她的声音逐渐减弱。肖风行确认此时吴梦已经睡着了，于是他抱起吴梦把她轻轻放在床上，帮她脱去袜子和衣服，给她盖好被子后，肖风行走出房间回到客厅。他坐在沙发上检查了手机，定好了闹钟后，自己也睡下。

　　凌晨4点的时候，闹钟震动，肖风行过去看了一眼吴梦，给迷迷糊糊的她喝了一点温水后，肖风行悄悄离开家门。在黑暗中，他迅速走出小区，来到农贸市场的停车场。拉开车门后，他将一个大袋子放入车内，然后驾车驶出，很快车子消失在黑夜之中。

　　车子飞快地行驶在环城路上，在离西坦看守所1千米左右的地方，肖风行把车停在路边的小树林里。他支起吊架将摩托车慢慢放下，然后提起车内的大包，固定在摩托车上，夜色中他悄无声息地驾着摩托车继续前往看守所。

　　在逼近看守所二三百米的地方，肖风行停了下来，那是相对一个隐蔽的角落。经过改装的两架无人机在夜空中升起，无人机加装了带有夜视镜的摄像头。在黑暗中，按照提前设定好的飞行线路，无人机绕过武警岗哨，快速到达了预定位置。第一架无人机用下挂的气动手枪击碎了西面二楼的17号监仓的钢化玻璃窗。随着碎玻璃落地的同时，第二架无人机在综合测算了风力和速度后，准确地将两个玻璃容器以抛物线角度投入监仓内。

　　肖风行迅速回收两架无人机，然后骑上摩托车离开。从他到达预定地点到达成目的离开，前后一共 9 分钟。这次，他直接把摩托车开到富江的一座公路桥上，他先是扔下装着无人机和其他工具的大包，然后猛地拧转油门，在摩托车猛地冲入河中的同时，肖风行跳下车来。他提起地上的包，从中取出一大包胡椒粉和薄荷粉的混合物，然后边退边洒向刚才站立和停留过的地方。做完这些后，他从包里取出榔头砸碎了包内的无人机和控制器，再用一罐汽油浇上，火光中，他仿佛看到了陈天明和那些该死的各色人渣在剧毒气体中中毒挣扎的图景。

把所有的残渣统统扫入江中后，肖风行奔跑起来。十几分钟后，他回到皮卡上，稍事喘息，驾车离开。他继续沿着环城路远去的方向兜了一个大圈，在路过一个建筑工地的时候，他停下车卸下了吊装用的支架，把它们扔进一堆建筑材料和脚手架之中。在建筑工地的烂泥地上，肖风行反复开进倒出了几个回合后，车身上满是泥水。看了一下表，现在是凌晨 4 点 57 分。5 点 15 分的时候，肖风行把车开回到了农贸市场的那个停车位。

肖风行回到家里的时候，吴梦仍然在睡梦中。于是他索性将刚才外出穿着的衣服和昨晚外出穿着的衣服统统塞进洗衣机里，加上大剂量的消毒水和洗衣液后机器转动起来。在舒舒服服地冲了一个澡之后，他不再像昨晚那样精神紧张，仿佛他的内心开始接受自己的另一面。

"风行，大懒虫，该起床了。"吴梦穿着一件肖风行的衬衣，坐在沙发边上摇晃着肖风行说道。

"我早就醒了，都洗完衣服了。主要是我一看你还在睡，我就又困了。"肖风行打着哈欠回答道。

"你不是把我的衣服也洗了吧？我昨天喝了太多酒，我梦见我口渴得要死，到处找水喝，可怎么也找不到，四周都是荒漠一片，然后你就出现了。你用水壶给我喂水，是那种军用水壶的样子，那小小的水壶流出的水好清甜，里面的水好像永远也倒不完，我倒在你的怀里想，就这样永远在你身边，在你怀里该多好！"吴梦诉说的时候，仍然沉醉在自己的梦境中，脸上满是幸福和憧憬。

"你的衣服我没给你洗，我把它们放在卧房的沙发上了，可能是被一个小毯子盖住了，我现在去找给你。"肖风行说着起身要去找吴梦的衣服。

吴梦一下搂住肖风行，她紧紧地压在肖风行的身上，她的身体扭动着开始热烈地亲吻起肖风行。在肖风行用双手捧住她的脸庞回吻她的时候，吴梦脱去了身上的衬衣。

　　"风行，我只想告诉你我有多爱你，无论将来怎样，此刻的我是最真实的我，是深爱你的我。现在就像是一场梦境一样，我突然理解了'但愿长醉不愿醒'这句话的意思。"吴梦诉说的时候眼泪簌簌地流下来。

　　此时，肖风行的心中交织着各种复杂的感受，有幸福，有感动，有内疚，这种内疚既对拉拉，也对吴梦。

　　"亲爱的，今天我们所里有个年轻律师的徒步活动，距离是20千米。我想把你当家属带去一起参加好不好？"吴梦擦了擦眼泪说道。

　　"我去不是很方便吧，我和大家都不认识，会不会不太好？"肖风行有些犹豫地回答道。

　　"我想和你一起去，你认识老左呀，他也要参加的。"吴梦看到肖风行没有积极回应，便有些失望地说道。

　　"我还是不去了。不过我等一下想陪你去买一些运动装备，你平时好像没什么运动习惯，我估计你缺少必要的保护措施。20千米可不是轻易能完成的。"肖风行想了一下还是拒绝了吴梦的邀请。

　　"我就猜你不爱去参加这样的活动，你们阳山所的人都是大精英，远离我们俗世中的庶民。好了，不强求你了，满意了吧？"吴梦不想为难肖风行，便噘着嘴略带委屈地说道。

　　肖风行用牛奶煮了一小锅燕麦粥，当他端着热气腾腾的粥来到餐厅时，吴梦已经换好衣服端坐在餐桌旁。她只是那么看着肖风行，这个男人如此真实地在她身边，这个场景让她内心平静。

　　买好了运动背包、护膝和其他一些装备后，肖风行又往背包里放了巧克力和电解质饮料。之后他们离开运动城，开车前往凤凰山户外运动基地。到了山脚下集合点的时候，吴梦远远地看见所里的同事大部分已经到达，等肖风行停好车准备下车送吴梦走过去的时候，吴梦亲了一下他说："风行，你就别过去了，你又不参加我们的活动，那就彻底别露面了，省得大家觉得我没本事，拉不动你。"说完后吴梦背上包对肖风行摆摆手下车离开了。

刚刚回到家没几分钟，安平联系到了肖风行。"风行，今天凌晨西坦看守所发生了重大事件，现在市里正在暂时封锁消息。看守所内部通报，部分监仓遭到剧毒气体袭击，直接受到袭击的 17 号监仓内关押的 36 名羁押人员全部死亡。相邻的监仓部分人员正在抢救，伤亡情况尚不明确。"安平的语气中甚至流露出有些紧张。

"啊，是吗？这可算是重大事件了，你能找到死亡者的名单吗？我真希望陈天明在名单里。"肖风行听到安平告知的消息后，用尽量平静的语气问道，不过他的声音中还是流露出了兴奋。

"好的，我会随时跟进相关的消息的。"安平答应后马上离开。

此时的肖风行开始紧张起来。他在作案的时候，认真想过所有的细节和后果。但是当这些事情成为消息或者新闻呈现在他面前的时候，他还是被自己的行为和导致的结果震撼到了。他反复地咀嚼着"全部死亡"这四个字里透露出的分量。很快，之前短暂的紧张感就被刺激和兴奋取代。他发现自己非常享受这种暴力行为带来的后果，不知怎么的，他想到了陈庆馨告诉他，陈天明想出来后做一次更大的案子，想到这儿时肖风行情不自禁地露出轻蔑的笑。

正当肖风行沉浸在复杂的情绪中无法平静的时候，手机铃声响起，是胡相文打来的电话。"风行，说话方便吗？"胡相文语气激动地问道。在得到肖风行肯定的回答后，胡相文掩饰不住兴奋地说："兄弟，老天有眼，今天凌晨看守所遭到袭击了。一个屋子几十个坏蛋全都被毒气杀死了，好像正是关押陈天明的那一间，我老胡好久没有这么开心过了。"

"哈哈，这真的是令人兴奋的惊天喜讯，恭喜相文兄，恭喜每一位受害者的亲人。"肖风行兴高采烈地回应着。

"我先不和你聊了，我给天元打个电话让他也高兴一下，哈哈。"胡相文完全沉浸在狂喜之中，他毫不掩饰内心的欢愉。

肖风行压抑着内心的自豪和欢畅，此刻他多么希望能够告诉胡相文，是他为了凯之、其他孩子和家人痛宰了一帮该死之人。但是他只能深深地收藏起这个永远不应该道出的秘密。

中午时分，夏天元来电话，言语之中透露着高兴。夏天元说，胡相文和他联系过了，晚上想请几个朋友小聚一下，让他尽量早一点到，大家好好庆祝一下，并且一再嘱咐肖风行一定把吴梦也一起请来。肖风行答应后挂掉电话，他深深地呼吸了几下，让自己平静下来。

下午不到 5 点的时候，肖风行打车来到光影止步红酒店，路上他打电话给吴梦，电话中得知她们刚刚完成了徒步活动，吴梦骄傲地告诉他：自己不但完成了 20 千米的徒步，还是整个活动参与者 30 多人里面的第一名，连所里的小伙子都跑不过她！肖风行连忙夸她的大长腿最适合的就是走路和跑步，然后问她还有没有精神头参加晚上的聚会。吴梦说，只要有肖风行的地方和活动，她都愿意去参加，不管有没有精神头。

当肖风行来到光影止步红酒店的时候，胡相文和夏天元已经早早到了。他们正在兴高采烈地交谈着。看到肖风行走进房间，胡相文一下子站起来，走过来拥抱住他说："风行，我已经很久没有幸福的感觉了。今天上午，当另一个孩子的爸爸告诉我，看守所遇到袭击，袭击者一击即中。17 号监仓里面的畜生全部完蛋，我到现在整个人都是兴奋的！我觉得好幸福！我替我儿子高兴，替所有受害者高兴，他们终于可以安心地长眠了！"胡相文激动地诉说着。

"相文哥，这一切真是太好了！真是苍天有眼，今天我们好好地庆祝一下，我们要告慰一下受害的孩子们和我们自己的灵魂。陈天明和他的陪葬品们的死，只能算是一种补偿和救赎。"肖风行紧紧地握着胡相文的手，语气坚定地说道。

"风行，夏总，胡副院长，我来了。"这时吴梦突然在一旁发声。

"哎呀，小吴律师，谢谢你过来。陈天明这事让你和左律师为难了。现在好了，这个案子就此了结了。"夏天元热情地欢迎道。

"小吴律师，欢迎你，什么时候到的？我都没发现你，应该出去接你的，哈哈。"胡相文高兴地和吴梦打着招呼。

"我刚到，一进来就看见你们两人紧紧地拉在一起。哈哈，我没有打搅到你们吧？还有，风行，我给你纠正一下噢，看守所的其他犯人可不一定是陪葬品。说不定陈天明是别的坏蛋的陪葬品呢，对吧？"吴梦笑着对肖风行说道。

"什么他陪他，这个陪那个的，反正都一样的结果，就是陈天明下地狱了，来吧，我们就祝贺他下地狱！"胡相文端过来两个酒杯，递给吴梦和肖风行。

"我赞成胡大哥的说法，他们都是该死之人，谁陪谁都一样！天元，我们敬一下胡大哥，祝他走出阴影，快乐健康。"晓雯款款走来，她一边说着一边和大家打着招呼。

"晓雯，还是你说得最贴切。我老胡根本不在乎他是怎么死的，我就想他死，我只在意这个结果。按法律讲，这个袭击和刺杀他们的人也是罪犯，但是他在我这儿永远是我的恩人和英雄！"胡相文难以掩饰自己的兴奋，激动地说道。

大家的说法大都相近，唯有吴梦刚才那种笑嘻嘻的、看似不经意的说辞，让肖风行心里咯噔一下。是的，他的陪葬的这个说法，好像他知道陈天明是刺杀和袭击的真正目标。

"晓雯，还真的被你说中了。我记得你前一段时间跟我说，审判结果给人的感觉就像是被人吊起来打，你就想以暴制暴、大碗喝酒。那么来吧，你的侠客梦别人帮你实现了！我们为这个结果干杯吧！"夏天元见到大家都那么兴奋，便也加入进来。

大伙儿一边喝着一边聊着，看到胡相文那么幸福的样子，肖风行由衷地感觉到内心的一种放松。在酒精的作用下，他刚才因为说辞上的瑕疵的紧张情绪慢慢被化解了。他一直想报答胡相文夫妇，他深深地爱着凯之。现在，他觉得自己终于对他们一家有了个交代。

"抱歉了各位，我刚从上海回来，一下火车就赶来了。我高中光在这种大场面上最多是迟到，但绝不会缺席。"高中光满面春风地匆匆走进来，一进门就马上加入战团和大家喝起来。

看见高中光风尘仆仆地赶来参加，胡相文心中非常感动。此时，他已经喝了不少，他摇摇晃晃地走上前去，"高总，你那么大的老板，那么忙，还专门赶过来，感谢你呀！"胡相文手舞足蹈地说道。

"哈哈，什么大老板不大老板的。咱们都是天元的好兄弟，这大快人心的喜事我必须参加！"高中光搀住胡相文真诚地答道。

"风行，我现在和你确认，死亡名单里没有陈天明。他昨晚被同监仓里的人殴打，受伤较重，当晚留在看守所的医务中心观察治疗，因此躲过了袭击。"安平向肖风行通报了最新的情况。

安平的消息让肖风行一下子脑袋发蒙。自己周密策划，冒了那么大风险实施的行动，居然错过了最主要的目标。正在他脑子一片空白，内心根本不愿意接受这个最新消息的时候，胡相文的电话铃声响起。在短暂的通话之后，大家发现胡相文挂掉电话之后整个人一下子蔫了起来，他一言不发地坐到角落里的沙发上掩面哭泣起来。

肖风行大概猜出了胡相文通话的内容，因此他不敢去问胡相文怎么回事。夏天元不明就里的，看到胡相文突然变得萎靡，便走过去询问情况。当胡相文面无表情地说出陈天明因为殴打受伤，在昨夜看守所遭受袭击时不在监仓，因此躲过一劫的惊人消息后，一瞬间，大家都沉默了。

"天元，我们俩送相文回去吧。风行，你在这里陪一下高总。"晓雯看到一场欢庆顷刻间成了泡影，连忙过来化解现场的难堪。

"风行，你和小吴律师一起吧。我不用你陪着，我还是回家吧。我突然想起来了，还有些邮件要赶着回复一下。你们就别管我了。相文兄、天元，早点回去休息吧。"高中光和大家一样，一时间没法接受这突如其来的变故。

大家默默地散去之后，肖风行和吴梦面面相觑。吴梦委屈地望着肖风行，此时的肖风行内心有说不出的复杂滋味。他定了定神，伸手拉住吴梦轻声地说："梦梦，你今天辛苦了，对不起。你那么累，还叫你赶过来，没想到事情发生了这样的变化，人算不如天算呀！"

"嗯，世事难料。大家的情义我想胡副院长完全可以体会到，尤其是你风行，你尽力了。"吴梦的话语让肖风行既安慰又觉得话里有话。

"我没事，你知道的。我就是希望能做点什么，好了，我送你回去吧。你今天走了那么远的路，昨晚又没睡好。"肖风行怜爱地搂住吴梦说道。

"哼，人家就是想听你亲口说出来的关心。你这么一关心呀，我就一点儿也不觉得累了。走吧，我的大枕头，把我送回家吧。我现在是屁股酸、腿酸的。"吴梦被肖风行的关爱融化了，她撒着娇地回应着肖风行。

在回去的路上，胡相文变得沉默不语，他的精神仿佛一瞬间被摧垮了。外面突然下起了冬雨。雨夜里，晓雯坐在前排给司机指引着回胡相文家的路。夏天元和胡相文默默地坐在后排。这时，一个闪电照亮了路边一个站立的行人。这个路人猛然地显现，吓得晓雯大叫出来。她的叫声充满着惊恐和不安。夏天元见状，连忙从后排扶住晓雯的肩头，晓雯立即紧紧地拉住夏天元的手，夏天元明显感受到她的身体在剧烈颤抖。

"天元，晓雯，谢谢你们。我回去了，感谢你们一直的陪伴！"胡相文拉开车门，慢慢地在雨中走进楼道的大门。

望着胡相文的背影，夏天元心中百感交集。他现在内心中也是充满着一种无力感，妈妈去世的时候，他也有这样的感觉。此时此刻，看见胡相文那么的失落和消沉，那种无能为力的挫败感又卷土重来了。

"亲爱的，你刚才怎么吓成那样了？我觉得你整个声音都变了，身体也在发抖，是不是看守所的事情把你吓着了？真不应该让你知道这些事情。"夏天元心疼地说道。

"没事的，我觉得我是不是在梦里见过这样的情境呀。当时那个闪电的时候，路边突然出现的人真的把我吓坏了。今晚你陪着我好吗？我害怕。"晓雯惊魂未定地说道。

这是一个雨夜，也是一个不眠夜，每一个人都各有心事，难以入眠。

十六、穿越时空

　　整个西坦像炸了锅一样。看守所出了那么大的事故，瞬间让这个刚刚平静下来的小城再次翻滚起来。市里的、省里的刑警经过多方勘查，基本上没有找到什么有价值的线索。案发第二天的那场大雨，将各个现场的痕迹消除殆尽。在刑侦局的检验室里，技侦人员反复测量比对17号监仓里找到的2粒钢珠和破碎的玻璃容器残片。随即，几路人马奔向市内各个化工厂、化学品商店及可能拥有氰化物和强酸的地方。但他们几天下来，一无所获。近期没有失窃及可疑的销售相关化学品的记录。案发当天的执勤武警及当班民警，也没有发现任何异常现象。但是袭击就那样无声无息地发生了，作案手法精准、利索而且狠毒。

　　阳山所的粒子加速器和微型核聚变反应堆，联合试机随时准备开启。从周一开始，研究所布置了更加严密的安保措施。主要工作人员像高中光、夏天元、肖风行和其他一些安保级别在4级以上的核心人员的住所附近，以及他们出行时都有两名以上安全人员随时监护和陪同。高中影亲自布置了相关的安全措施。他深知实验的重要性，心里充满了焦虑和不安。

　　高中光对高中影的安排不以为然，他觉得弟弟有些过于小题大做，显得神经紧张。直到一行神秘的客人在市委书记吕涛的带领之下，匆匆造访阳山所后，高中光才认识到高中影的安排是有必要的。

周二的上午，吕涛书记直接电话高中光，通知他有重要客人来访，他将亲自陪同。吕书记希望高中光安排最核心人员接待，范围越小越好，注意保密。

神秘客人到了后，竟然请吕书记先行回避。他们拿出神秘而庄严的证件，向高中光表明了身份。半小时不到的简短交流后，客人道谢准备离开。临行前，领头的客人请高中光马上安排，把他带来的随行人员秘密编入阳山所安保部门。在高中光和夏天元脑袋发蒙，仍然有些反应不过来时，对方径直走出会议室大门，叫上等候在门口的吕书记一起，挥手离开。

高中光不敢怠慢，马上调来直升机赶往上海，向高中影当面汇报这一紧急情况。出发前，高中光叮嘱夏天元和肖风行：马上更换上神秘客人带来的新"手机"，并且强调所有核心人员在电话通信中不允许再讨论任何与实验相关的敏感事项。外来电子设备、外部网络全部物理隔离，严格地按照安全专家的要求和建议执行。

在上海，高中光详细地向高中影汇报了相关情况。高中影听完汇报之后，默默地从保险柜中拿出一份文件递给高中光。那份文件的封面上有个硕大的国徽，左上角红色的印章标有"绝密"二字。

"哥，之前咱们低估了时空项目整体事件的国家战略意义。从现在开始，我们这个项目的研发和进展，已经不再是一个阳山所的企业行为，它已经升级为国家战略。"高中影的语气低沉，面色凝重地说道。

"明白，其实我是太兴奋太紧张了。我没有办法形容我现在的内心感受，好像不真实一样。在飞机上的时候，我觉得我整个身体都是一直在颤抖的。我这辈子就是在敏儿出生时由于脐带绕颈，胎儿心率过快紧张过。那时我在产房外等待的时候，我紧张兴奋到体似筛糠，再就是刚才来的路上。"高中光一边深呼吸着，一边说着。他诉说的样子，显得整个人有些气短。

"嗯，昨天安全部的相关人员在欧阳副市长的陪同下，拜访我的时候，我和你的状况差不多。有点蒙，也很意外，感觉云里雾里似的。这既是我们的荣幸，也是我们重大的责任，容不得丝毫怠慢！"高中影的话语中显露出他的内心承受了巨大的压力。

向高中影汇报完后，高中光马不停蹄即刻乘机返回西坦。他向夏天元、肖风行和其他几名核心人员简单地通报了情况。CHC集团同样在上海也收到国家安全机关的正式机要文件和具体指示。直到这时，在场的人员才真正意识到，这是一件异常严肃和郑重的事情。

当晚下班的时候，肖风行的车被要求停在研究所的停车场指定位置，由中午到位的两名安全人员驾特种车辆送他回住所。安全人员以命令的口吻，要求肖风行严格按照安保流程出入。肖风行可以感觉得到，这两名特工的专业精神和坚韧。他只好像个领导一样，微微点头，表明自己对他们的充分理解和尊重。

回到家中，肖风行觉得非常疲惫。他从冰箱中拿出一瓶朱古力牛奶的饮料，他整个人舒服地倒在沙发上喝起来。他明白，自己已经失去了再次袭击看守所的机会。首先，看守所肯定加强了警戒和防范；其次，自己目前根本就失去了自由行动的机会。他猛地想道：几天前安全部门会不会已经对自己和所里其他几位关键人员实施了高等级的监控保护措施，要是这样，自己岂不是像演电影一样暴露在人家的监视之中？不会吧！要是那样，自己现在应该在看守所内被关押了。

"风行，你在干什么呢？两三天没见到你了。我跟你说，陈天明的案子二审推迟了，这次他受伤还是挺重的，不过打他的那个人当晚被毒死在监仓里面了，这事儿没法追究下去了。喂，你在听吗？"肖风行接通电话后吴梦一股脑儿地说了一通。

"嗯，我听得到，那陈天明的案子什么时候再开庭呀？"肖风行赶快问道。

"他的肋骨断了好几根，右手也被打断了，估计恢复要一段时间。我觉得打他的人是想要他的命，幸亏同监仓里的人拦住了，否则当时肯定被打死，奇怪的是，当天看守所没有将打他的人单独关押，现在死无对证了，一切都成了谜。"吴梦继续说道。

"是有些违反常理，不过这也正常。西坦这么个小地方，陈天明一下子毁了那么多家庭，想他死的人不在少数，这条狗的命真大，一天两次都没死成！"肖风行狠狠地说道。

"风行，我想你了，你过来接我，我们一起吃饭好吗？"吴梦在电话里央求道。

"好吧，那你在哪儿？我去接你。哦，不行！我没车了。"肖风行突然想到了自己的车停在了所里的停车场。

"怎么回事儿？"吴梦不解地问道。

"梦梦，你来我家接我吧，到时我和你说，电话里不讲这个了，好吗？"肖风行说道。

吴梦有些不情愿，但还是说："好吧，我现在就开车去接你。"挂断吴梦的电话后，肖风行觉得应该和安平沟通一下新近的情况。一瞬间，安平就联系到了他。

"安平姐，有些事情我想不应该隐瞒你。"于是肖风行在脑海里就把自己设计、袭击看守所，刺杀陈天明，以及阳山所今天以来被安全部门介入的事情统统向安平做了说明和解释。

"风行，谢谢你那么信任我，告诉了我这么重要的事情。你为胡相文夫妇和凯之所做的一切努力，我不去评判你的对错。那些都已经发生过了，都已经无法逆转，但是我觉得你现在肩负的使命更重要，不要再铤而走险做那些事无补的事情了。这世界不只是你为了爱你和你爱的人活着，天元、我和高氏兄弟也是这样的人。"同时，安平告诉肖风行，自己其实已经知道看守所袭击案就是他一手策划的。安平告诉肖风行，虽然他很仔细，但是仍然会有细节疏漏。案发当晚，肖风行没有携带手机是为了防止被定位，但是其实无人机和操作手柄也是可以被定位的。还有就是他脑部的芯片也是可以被定位的。最后，安平告诉肖风行，她侵入了市交管部门的交通监控系统，她已经删除和修改了部分肖风行在大桥上推摩托车入江，以及那辆皮卡在建筑工地上抛下吊装支架的视频。

肖风行听得面红耳赤，他的策划和行动在安平的面前好似裸奔。他从内心深处感激这个神一样存在的姐姐，感谢她默默地为自己化解危机。

"肖先生，我们将开车跟随着你和吴梦小姐，我们会尽量不打扰到你们，抱歉！"特工A的电话打断了肖风行和安平的沟通。

特工的来电清楚地提醒了肖风行，现在开始他已经没有什么秘密可言了，只有和安平的沟通是最隐秘和安全的。

吴梦的到来，让肖风行的心情有所放松。吴梦噘着嘴抱怨着，责怪肖风行乱摆谱。肖风行赔着笑脸，然后在她的面颊上狠狠地亲了一下，这样吴梦才高兴起来，说不生他的气了。然后问他怎么回事，那么谨慎，电话里什么都不说，好深沉的样子。

"梦梦，我们阳山所你是知道的，之前我们的研究一直是相对保密的，你看我从来都不在你的面前讲什么，但也就是仅此而已。可是就在今天，国家安全部门的人等于是接管了我们的安保部门。"肖风行简单地把上午神秘来客的事情讲给吴梦，惊得吴梦嘴巴张得大大的。

"好吧，风行，以后我给你当司机吧。看样子未来的一段时间之内，你是离不开我了。本来我挺累的，想让你来接我，现在听你这么一说，我还哪有资格感觉累呀，我就是你的贴身司机、保姆、保镖，哈哈！你看我多体贴呀，对吧？"吴梦感觉到了肖风行对自己的坦诚，于是她满脸幸福地说道。

"你这是往哪里开呀，啊！已经到了这里了。"谈话间吴梦把车开到了时光止步红酒店的停车场。

"今天是我们的好日子。两年前在你们所的年会上咱们俩历史性的首次相遇，你个大坏蛋！你不会早就忘记了吧！你真的是不记得了，我不高兴了。"吴梦见肖风行好像没什么反应，不由得有些生气。

"我又不如你，像个特工一样能把什么细节都记得那么清楚，再说了，那天晚上我喝了那么多酒。我哪里记得住3月3日还是什么别的日子呀，你知道的，我脑袋摔过，记不住事儿的。"肖风行装作非常委屈地说道。

"不理你了，那么重要的历史一刻你都记不住，我看你就是心里没我。"吴梦看见肖风行一副答不出，却又不在乎的样子有些来气。

"好了，算我不好！今天请你好好吃点喝点，这样可以将功折罪吗？"肖风行感觉吴梦真的有些不开心了，连忙表态哄哄她。

"哈哈，大笨蛋！你被我骗了，咱们两个首次相遇根本不是今天，你虽然没记住，但是你没有撒谎，好吧！看你那呆呆的样子挺可爱的，又老实巴交的，我就不和你一般见识了。走，吃吃喝喝去！"吴梦看见肖风行认真赔罪的样子，不忍心再蒙他。

吴梦挽着肖风行的胳膊得意扬扬地走进光影止步红酒店。店里的部长阿燕见到肖风行进来，马上走过来招呼着，把他们往里面带。"肖先生，今天的客人特别多，你们所高总今天也在。我请示过晓雯总了，她说请你和你的朋友委屈一下，坐到她办公室里边用餐。你看可以吗？"阿燕客气地问道。

"哦，这样呀，那多不好意思，我觉得我们坐到吧台上就可以了，不用那么客气了。"肖风行想礼貌地谢绝晓雯的好意。

"您可千万不要客气，晓雯总的办公室已经布置好了。没事的，之前夏总也经常在她的办公室里面吃饭喝酒的。"阿燕看见肖风行那么客气，连忙解释道。

"风行，你就别那么客气了。晓雯姐又不是别人，哦，什么晓雯姐呀，我看咱们还是改叫嫂子吧。"吴梦看到肖风行在那里磨叽，便拉着他的手跟着阿燕往房间里走。

那是一间非常雅致的办公室，在靠窗的位置有一个长条的西餐桌，餐桌上摆放着两个造型独特的酒杯。"风行，你看这两个酒杯应该是夏总和晓雯姐在这喝酒用的吧？这种杯子一看就是定制级别的。到时候咱们两个也要备一对类似这样的相亲相爱情侣杯，啊！我今天又学到了。"吴梦被晓雯办公室的舒适和雅致带动起了情绪，她高兴地说道。

"是的，您可真有眼力！这一对杯子是我们晓雯总自己用的，她怕我们笨手笨脚地把杯子打碎，从来都是自己洗完之后自己擦。"阿燕称赞似的对着吴梦说道。

"谢谢你阿燕，麻烦你帮我们安排一下菜。我的这位小朋友喜欢吃鱼，蒸一条鲥鱼给我们吧。然后来一点儿花生米，油炸的或是烤的都行，她都爱吃。再来一个稍微辣一点儿的菜，就做你们最拿手的水煮花枝片加牛柳吧。"肖风行熟练地安排好了晚上的菜，吴梦在一旁满脸幸福地点着头，她对肖风行的安排相当满意。

"好的，肖先生，那你们今晚喝什么酒？要不要我把您的存酒单拿过来给您看一下？"阿燕殷勤地说。

"我们点了辣菜，你觉得怎么配酒比较合适呢？"肖风行自己拿不准主意，便征询阿燕的意见。

"我去拿一下您的存酒单，再来帮您推荐好吗？请你们两位稍等片刻。"说罢阿燕转身出去安排菜式，拿存酒单。

"风行，你真好，点的全是我爱吃的！又是辣的，又是鱼。你刚才点菜的时候我都流口水了，你要是能一直对我这么好就好了。"说到这里，不知怎么的，吴梦的情绪一下变得有些激动。

"又怎么了？梦梦，你怎么好像突然不高兴了？不是夸我做得好吗？这样你就被感动了，这也太容易了吧。好的，以后我一直这样对你，照顾你好吗？"看到吴梦情绪有些起伏，肖风行赶忙安慰道。

"你对我真好，我好幸福。好希望你能一直在我身边，就算对我没这么好，我也要和你在一起。"即便是吴梦自己，此刻也不知道内心真实的感受到底是什么。只是这一刻，她感到幸福真实的存在，那么临近，那么自然。让她迫不及待地要触摸和拥抱这份心动。

肖风行一下子搂住了吴梦。他紧紧地搂住她，然后一下子把她举了起来。吴梦先是一惊，随即马上爆发出开心的笑声。她假装挣扎着，却实实在在地享受着被这个自己深爱的男人高高举起的感觉，那是小时候被爸爸举起来的感觉。

正在吴梦徜徉在过去美好回忆和现实的幸福中时，阿燕轻轻地敲了敲门。见没人应，便推门进来。一瞬间，正好撞见这幸福的一幕。吴梦看见有人进来，害羞地晃动肖风行的肩膀，想让他把她放下来。肖风行正沉浸在自己的世界里，猛地被吴梦连摇晃带撒娇的叫喊一惊，他差点没站稳。然后他顺势假装趔趄，吓得吴梦叫了出来。一旁的阿燕也连忙跑过来，想扶住他们。这时肖风行笑了出来，他轻轻地把吴梦放下，然后再用手指刮了一下她的鼻子。

此时吴梦也反应过来，刚才肖风行是故意在吓唬她。当着阿燕的面，她有些害羞，于是她假装生气去捏肖风行的胳膊，"讨厌！拿人家当哑铃举。要是把我摔坏了，你照顾我一辈子。"她数落着肖风行，言语之中却充满欢喜。

"肖先生，你们的菜已经安排好了。这是你的存酒单，我看见你有2015年的史密斯拉菲特的干白。你们有辣的东西，又有鱼，我觉得干白是不错的选择，你看呢？"见到肖风行和吴梦有趣的样子，阿燕强忍住不笑问道。

"好的，就听你专业的意见，开一瓶帮我们冰一下吧。"肖风行这次倒是显得从容，好像一点儿都没有受到刚才略有尴尬场面的影响。阿燕答应着，抿着嘴偷笑着离开。

阿燕前脚出门，吴梦就马上对肖风行说："刚才真好玩儿，我还要你再抱一次，把我举起来。"谁知肖风行却说："没想到你那么重，我的胳膊都快举断了，不能再举了！"后来吴梦央求着他必须再来一次，肖风行才装作无可奈何，不情愿的样子，又把吴梦抱住，举了起来，这一次他在吴梦露出的肚子上亲了一下。

当晚吴梦的状态特别好，她不停地帮肖风行把鱼刺挑掉，再放在他的盘子里。她频频举杯，不知不觉两人喝掉了差不多三瓶酒。肖风行觉得非常不可思议，他没想到吴梦的酒量那么好，中间他几次出去上洗手间，走起路来感到自己有点晃，好久没有这样喝酒了。

"风行，今天我们要测试用加速器把可识别信息注入核聚变形成的微宇宙中，这是一个复杂的系统工程。这个过程中将可能产生两层量子云纠缠。

"我们把当前的时空坐标的可识别信息称为A，把A的复制克隆体称之为B。我们把B通过强磁力加速直至达到介入到微宇宙中，参与其中的往复运动。现在关键点来了，B在微宇宙中的往复运动中，标刻并准备对接到母宇宙中同一标刻点。这时我们需要调整聚变的量级，同时改变外围控制磁场的强度。我们通过内外共同作用从而改变粒子屏障球的半径，使B从微宇宙的视界边界中逃逸出来，融入母宇宙并成为C。

"这时整个链条呈现为：源于当前时空的 A 的克隆体 B，通过微宇宙这一'黑体'的加速或者减速，到达微宇宙中的过去或者未来。最终 B 逃逸出，融合并入母宇宙，成为到达母宇宙中同一标刻点的 C。

　　"这时最初的 A 和他的克隆体 B 构成一层纠缠关系，当 B 融入母宇宙后 B 转换为 C，由此最初的 A 和 B 的纠缠关系，转换为 A 和 C 的一层纠缠关系。

　　"这里复杂关系来了：C 在到达标刻点后，同样会作用到 A 在标刻点的本体 A-，如果我们的越空行为是去到未来，那我们就称标刻点的本体为 A+。"

　　夏天元一口气讲完，颇有些得意。

　　他看到肖风行有些发愣，便笑着接着讲：

　　"其实是这样，如今天，也就是 2031 年 1 月 7 日，我们克隆你的部分思维，将这部分克隆体注入微宇宙中。然后这部分克隆的意识体被加速，最终逸出、融合到 2030 年 12 月 7 日。你作为宏观物体没有感知你的思维和克隆体有纠缠关系，但是你的大脑中的神经元的细胞的组成部分，会受到克隆体的变化影响。你不一定有直观上的感知，但是你脑神经元的存储器会记载到克隆体的变化过程。虽然，你的本体没有参与，但是本体的数据库已经被改写，甚至被完全覆盖。假如克隆体的经历的信息量过大，有可能造成本体的数据量过载，造成危害。

　　"根据上面的例子进一步解释给你：你 2031 年 1 月 7 日的本体，就是现在的你，和刚刚发射出去的克隆体，构建了第一层量子纠缠关系。我相信这一点你已经可以确认并接受了，对吧？但是事实上，克隆体在越空后，会同时影响 2030 年 12 月 7 日的你的本体，也就是你的克隆意识体在越空后，还同时构建了和一个月之前的你的纠缠关系，这样讲你清楚一些了吗？"

　　夏天元清晰地描述着这些复杂的关系，他要让肖风行彻底明白其中重要的要素和环节，这些都是至关重要的。

　　"嗯，我基本上明白了，如果克隆我的部分思维进入微宇宙，再融入回母宇宙的某个标刻点，这部分克隆体和我的脑神经元会形成双向回路，可控的情况下，我的本体主导克隆体的变化，也可能克隆体覆盖我本体的意识，从而造成本体迷失，而且克隆体不但作用当前的我，也同时作用过去或者是未来的我，这取决于我们的越空方向！"肖风行清晰地表述了他的理解。

"是的，你说得完全正确！我们现在没有能力运送宏观物体从 A 转化成 C，但是在粒子的层级，我们或许可以做到跨越时空。时间的标刻可以通过微宇宙完成，空间的标刻我们需要借助太斗系统精确定位。并且从现在的技术角度来看，我们要展开的是单程运送，我们投射的信息体无法回收，C 会在标刻点湮灭。C 的存在时间，受标刻点当时当地的磁场影响。以咱们前期做过的测量，C 大致上可以稳定地存在几分钟的时间。还有就是我们投放的信息体在强磁场的驱动下，可以在标刻点入侵电子系统或者生命体，从而达到利用标刻点附近资源完成任务的意图。"夏天元用科学家的严谨准确描述了整体思路，他用最简单的语言勾勒出复杂的逻辑链条，这些也正是肖风行最佩服他的地方。

"夏总，我完全清楚了，我想争取做第一个尝试越空意识体的本体。我是项目组的成员，我清楚我们的每一个设计环节，再有就是我觉得我意志坚强，在任务中不容易迷失，可以确保任务完成！"肖风行马上积极请缨，表情严肃，带着完成一个神圣使命的坚定决心。

"风行，我和两位高总商量过了，你的确是最佳人选。你说的理由都成立，还有一点你忽视了，就是你脑中安装的芯片，它就像一条线绳一样，只要我们牵着它，就有机会把你拉回来，这一点你是得天独厚的优势。"夏天元望着主动要求涉险的肖风行认真地回应道。

"感谢您的信任。我这又是印证了一句老话，塞翁失马，焉知非福？两年前，我摔下来的时候，怎么也想不到会有这样的福利！"肖风行激动地说道。

"风行，这可不是什么福利。这中间蕴含着巨大的风险和不确定性！你意识的克隆体要穿越粒子风暴区。过程中，你的本体会有强烈的反应，这一切都是不可知的领域。宏观物体会因为本身的绝对长度在巨大速度差前导致分解碎裂，粒子层面的信息云也可能因速差导致框架散裂，无法重组复原。当然，速度趋于无限大的时候，粒子所携带的能量也趋于无限大，这样的粒子云本身的结构应该趋于稳定。"夏天元进一步向肖风行做出各种可能性的说明。

"放心吧，夏总。我愿意承受这些不确定的风险。我们什么时候开始？还需要我做哪些方面的准备？"肖风行问道。

"我们和太斗系统的对接还差军方的最后确认，这件事情的协调是由安全部运作的。咱们所完全没有决断权。按照高总的说法，就是这一两天我们就可以系统接入，现在看来国家介入我们的研究还是很有必要的！对了，你刚才说还有什么需要你准备的，我觉得你需要构思两三个时空标刻点，最好是你相对熟悉的而且危险性低的场景。我们首先从这些平常的时空点开始，再有就是每次越空之前，我们都需要详细地记录当前的综合情况和细节，以便我们比对由越空引发的对现实、过去、未来的链式改变。

"安全局的人对你或者其他参与越空计划的人，可能会给予一定程度的刑事豁免权。但是很多时候，你要自己把握，介入时空时尽量控制好事件的连锁反应度，这些都是需要我们提前测算和推演的。但是，我认为我们对于这种蝴蝶扇动翅膀式事件的推演，肯定是无法窥全貌的。"夏天元说到这里时，表情又变得严肃起来。

"好的，夏总，我知道了。我会做好每一个细节的记录，以便我们追踪时空的连锁反应。"肖风行认真地回复道。

"风行，有件事情我想和你商量一下。就是胡相文他们家的事情，我想你在选择越空标刻点的时候，可以把其中一个点放在小凯之出事的那个点上。我想知道我们有没有可能挽回这件事。你先不要想着干预历史事件，我只想你去了解当时的情况，综合判断一下我们是否有机会扭转。"夏天元最终还是没忍住，他向肖风行提出了请求，他不忍看到胡相文夫妇和其他破碎家庭的悲痛。

"明白，我的第一站目标本来就想定在这个点上。但是我怕您觉得我利用这么重要的系统完成私事，您这么一说，我就更加没问题了。我一定会想办法挽回整个事件。"肖风行了解到夏天元的想法之后，内心激荡，兴奋不已。

"嗯，你去我是最放心的！我相信你一定能把任务完成得非常圆满。相文的事情不是一件私事，这是一件重大意义的事情。我们所做的一切努力，就是为了能使像相文一样的人得到好的结果。我们试图扭转时空，就是为了追求这样的美好。"夏天元听到肖风行如此表态，内心的自豪感油然而生。

肖风行离开夏天元的办公室后，马上回到他们小组周密布置。此刻他的内心已经无法用激动来表达，他想马上去和胡相文聊一下这件事情。上次看守所袭击案中，陈天明逃出生天的事情对胡相文的打击很大，肖风行渴望能通过越空计划带给他的家庭重生的希望。

　　"风行，老夏和你沟通完了吧？"这时安平主动联系了肖风行。

　　"是的，安平姐。我刚从夏总的办公室里出来，他已经向我布置了最新的马上要着手的事情。"肖风行兴奋地回应着安平。

　　"嗯，太好了！你们将是真正创造历史、改写历史的人。我做了一个系统用来推演事件在节点上突变引发的链式反应。我有个建议，就是由于关键人物和事件的影响深远，有时候你可能需要先到未来去搜索相关的信息后，再做实质性触发。要保证在尽量小范围内改变事件。"安平的提醒和协助让肖风行非常感动。不知怎么的，他突然想起了在上海时拉拉对自己的照顾和关心，可是现在这么长时间过去了，拉拉你在哪里？现在怎么样了呢？

　　肖风行对拉拉的牵挂，安平当然立刻感知到了。但是她没有说什么，她被肖风行的执着和专情感动。她觉得肖风行和夏天元是一样的好男人。

　　"安平姐，我想和你商量件事情。我能不能和胡相文聊一下我们越空项目的事情？我想让他和他的家庭重新燃起希望。夏总已经决定把当时凯之出事的时空点，作为我先行探索的点。"肖风行拿不准主意，又没人好商量，所以他只好向安平征求意见。在他的心中，安平是一位超智慧又值得信任的人。

　　"嗯，我觉得是没问题的。风行，在这个世界上有些人是值得我们信任和支持的，胡相文是这样的人。我的事情胡相文和你都是知情者，除了天元以外，只有你们两个知道这件事。我的体会和你是一样的，胡相文是我们的恩人！他拯救了很多人，如果做些什么能够帮到他，我会毫不犹豫去做的。"安平动情地说道。

　　有了安平的理解和支持，肖风行不再犹豫，马上离开办公室。他拨通了胡相文的电话："相文大哥，晚上有时间吗？我想和你一起吃饭，然后有很重要的事情和你沟通。"

"哦，你定好了时间和地方告诉我吧。"胡相文的声音中透露着他糟糕的状况和心情。"那就在你家楼下的那个小川菜馆吧。咱们晚上 7 点之前到。"和胡相文确定好之后，肖风行挂断电话。

　　肖风行打电话告诉吴梦，今天晚上和胡相文吃饭，可能要晚一点回去。吴梦问他是不是又去了光影止步红酒店？在知道他们准备吃川菜后，她提醒肖风行少喝点酒，她知道肖风行喝白酒和啤酒的酒量都不行。

　　告诉了执勤特工晚上吃饭的地址后，肖风行坐上车，前往胡相文的小区。路上两名特工都沉默不语，肖风行觉得非常不好意思。他觉得自己太耽误人家的工夫了，但又不知道怎么样表示这种情感。于是他试探着想邀请他们一起吃晚饭，结果可想而知。肖风行被他们礼貌地谢绝了。不过肖风行可以感觉得到，他们对他的邀请还是挺高兴的。肖风行想：这就算是人和人之间的一种尊重吧，他不习惯一直受别人恩典，自己却毫无表示的感觉。

　　"甲天下"是一家非常有特色的川菜馆。肖风行特别喜欢他们做的水煮肉片，薄薄的里脊肉片上，覆盖着青花椒和蒜蓉，滚油里干红辣椒透着迷人的香气，豆芽和青笋又一次把味蕾的感受推向高潮。每次想到这些都让他情不自禁地咽口水。

　　肖风行麻利地点了两份担担面，又买了几瓶饮料，他把这些东西打包好，拿给车上的两名特工，不管他们怎样拒绝，他坚持留下给他们，然后自己返回餐馆。这时胡相文已经到了，前后几天不见胡相文，这次肖风行觉得他不仅仅憔悴，而且一下子变得有些苍老。

　　"相文哥，咱们哥俩还是老几样吧。今天没别人在，咱也不附庸风雅了，我看一瓶泸州老窖正好。"肖风行想尽量提起胡相文的兴趣，于是他显得很豪爽的样子点酒要菜。

　　"风行，你什么都不用说了，你过来看我，大哥心里明白！来，喝着。"胡相文打起精神说道，他知道肖风行是要陪陪他，可是他怎么样也没法走出丧子之痛。

　　两人推杯换盏不停地举杯共饮，不一会儿喝掉了半斤白酒。在酒精的刺激下，胡相文的话逐渐多了起来，他举起杯子不管肖风行喝多少，每次自己都是干掉。

"风行，我知道你喜欢凯之。你是我们整个家庭的朋友，这几个月以来我和你嫂子仿佛变成了行尸走肉。凯之的房间到现在还保持着之前的样子，他的小闹钟每天上午7点半还会响，我和他妈妈每天醒来听见闹钟的响声，就想象着凯之一直在我们身边，从来没有离开过。等我们清醒过来，知道孩子已经永远不会回来了，再也没有人会爸爸妈妈地喊叫了，一想到这个我的心就碎了。即便是这样，我也舍不得把闹钟停掉。我希望这只是一场梦，梦醒的时候我儿子还活着。"胡相文说到这里的时候已经泣不成声，泪流满面。

"相文哥，我之前听你这样讲的时候，除了陪你一起哭一场，流流眼泪以外，一点儿办法都没有。可是今天不同了。"肖风行用低低的声音把下午和夏天元在办公室商量的事情全部告诉胡相文。

胡相文先是呆了一下，好像完全没有理解肖风行所说的。随后，仿佛突然清醒的样子，把剩下的酒全部倒入一个茶杯。他端起杯子站起来，肖风行见此情境连忙也站起来。他一下抢过胡相文手中的杯子，将里面的酒倒出一半给自己，剩下的还给他。两人四目相对，然后一饮而尽。

结完账之后，两人相互搀扶着往小区里面走。这时一名特工迅速走下车来，不远不近地跟在后面。肖风行悄悄地告诉胡相文，什么也不要说了，后面有执行保护任务的特工跟随。胡相文挣扎着想过去看个究竟，却被肖风行死死地搂住动弹不得，于是胡相文笑着大骂："小兔崽子力气真大！"直到他们进入了单元电梯间，特工才停下来，不再跟进。肖风行神情肃穆地告诉胡相文，绝对不要跟任何人提起这件事情，包括黄医生。胡相文歪歪斜斜地给肖风行立正敬礼后，含含糊糊地哼着歌上电梯回家。

当肖风行回到家时，吴梦听到门口有动静跑过来给他开门。不胜酒力的肖风行一进家门，马上浑身瘫软，回来的路上他硬顶着没吐，还假装谈笑风生地和特工讲理想，谈人生。

吴梦看到肖风行喝成这样，非常心疼，她着急得埋怨着他。只见肖风行嬉皮笑脸的一个劲儿地往下栽，他那样子让她又气又心疼。她搀着他费力地走进卧房，等脱掉外套一躺下，肖风行马上就呼呼睡着了。望着这个沉沉睡去的男人，吴梦心中思潮涌起。

为了国家的利益她来到西坦，来到肖风行的身边。由于她的见面和谈话，逼走了肖风行挚爱的女人拉拉。她以为自己可以做到心中只有任务，现在她动摇了。几天前肖风行把她抱起来，吻在她肚子上的一瞬间，她彻底颠覆了！她真正地意识到原来自己就是个普通女人。她的使命，她一直以来追寻的使命，现在已经不再是唯一主导她生命的要素。和肖风行在一起，不再只是她的任务，而是她渴望得到的终极归宿。

"一号事件开始定标！"随着夏天元的指令，所有参与越空项目的成员就位。主控系统光子提取并复制了肖风行的思维框架和部分重要记忆节点。此时，肖风行静静地躺在脑波监控平台上，为了防止脑部信息过载造成伤害，开始越空时肖风行需要被催眠。

"怎么样，风行？有些紧张吧？我们会随时监控你的脑部活动情况，一有异常我们会马上终止。"夏天元过来安慰肖风行。

"我还好，就是这个带子勒得有点紧。"肖风行通过深呼吸，极力克服着来自内心深处对于未知的恐惧，他略显紧张地轻声说道。马上有工作人员过来调节了固定肖风行身体的带子。

"意识体编组完成，准备进入粒子加速器。倒计时开始。"主控系统"光子"宣布倒计时开始。

"意识体完全进入粒子加速器，加速器开始接力加速。"主控系统按照流程一项一项地执行。

"意识体达到99.9999%光速，准备介入微宇宙。"180秒后，主控系统确认意识体在真空管中的运行速度达到介入黑体的量值。

"意识体完整介入微宇宙，标刻2030年9月23日上午7点45分00秒。意识体完整参与了粒子云风暴。调整聚变核心周边辐射防护层的磁场强度，压缩电子屏障球的半径，完成意识体处于事件视界临界位。"主控系统一步一步地操作执行着，夏天元和其他参与人员全神贯注地关注着正在发生的一切。

"完成微宇宙和母宇宙的同一标刻点对接准备。"主控系统发出最后指令准备，这时夏天元发现肖风行的脑电波已经从巨幅波动中逐渐平稳下来，他可以想象出，刚才意识体在微宇宙中往复穿行时对肖风行脑部的冲击。

"光子，执行标刻点对接。"夏天元在确认了肖风行生命体征正常后，向系统下达了对接的命令。

此时，肖风行处于昏睡状态，他的意识在梦境一般的状态下。之前主控系统光子扫描、提取了他的生物脑波，并把这些粒子填充至之前构建好的逻辑框架内，再以此为基础简化版地造出了他的意识体的克隆体。这个由生物电子为主框的意识体，随后像闪电一样被强磁力接力加速，直至达到无限趋于光速。

标刻点对接的一瞬间，整个世界猛然从一个点变得豁然开朗，意识体反馈给本体一份从来没有过的绚丽和平静。

呈现给意识体视觉、嗅觉和听觉感知的各种波的震动被编译还原处理成影像、气味和声音，这些混杂在一体的信号触发了意识体在标刻点的认知体系。此时，本体思维活动在意识体的带动下同步展开未知之旅。

意识体清晰地观察到，陈天明是突然从布包里拿出尖刀，之后他冲向学校门口，准备对门口前来上学的孩子们动手。环顾四周后，意识体发现有三处当地资源可以动员或征用：一是 10 米以外的一位学生家长正准备驾车离开，他的孩子刚刚下车准备步入学校；二是当天学校值班的保安员，此时的他在二三十米之外指挥入园的教师停车；三是学校门口的电动伸缩门。这时意识体的稳定状况出现波动，3 秒钟后，意识体受当地磁场影响解体。在之前的观测过程中，经过测算，陈天明行凶时间长度前后共计 1 分钟 7 秒。凯之在第 4 秒时受到攻击，是第二个被攻击的孩子。至此为止，意识体基本上可以完整地描绘整个案发过程细分到秒级的各个环节。在历时 180 秒钟后，意识体在标刻点受当地磁场的影响开始不稳定，之后逐渐解体、发散。

"我们已经失去意识体的逆反馈，意识体正在溃散。"光子开始提示意识体的运行状态，在光子的宣告中首次越空行动完成。

肖风行被唤醒后，检测系统反映他综合状态良好。看见他意识清醒，没有太大的不良反应后。夏天元、高中光和在场的人员都松了一口气。在肖风行的口述下，工作人员记录下他的全部越空感受，以及意识体逆反馈带给他的新增"记忆"。

这时肖风行仍处于极度兴奋当中。他向夏天元形容着就发生在刚才的匪夷所思的越空经历。他所形容的那些经历都非常清晰，如同在梦境之中，但是他的感觉却比梦境更加真实。如果去比较的话，刚才的经历在他的记忆中更像是亲历的事件。

随着肖风行的讲述，夏天元确认了首次越空已经取得了成功。肖风行的记忆库在不知不觉中已被刷新、重置，这充分证明了纠缠关系的传递不单跨越了空间，同时也跨越了时间。他们的越空实践是人类首次将时空逆转并介入观察的创举。

"风行，你早些回去休息一下吧，最辛苦的就是你了。这次越空的成功你功不可没！"夏天元还是有些担心肖风行的状况，于是他关心地说道。

"夏总，您就放心吧，我真的一点儿事都没有。我想问您今晚有没有时间，我想叫上胡大哥咱们一起聚一下。"肖风行掩饰不住想让胡相文高兴一下的心情，便说出了自己的想法。

"好的，我知道了。我约一下他，晚一点儿我通知你，你现在的首要工作是休息。"夏天元一边说着一边用眼神暗示肖风行不要再讨论这件事情，肖风行心领神会，便马上和大家道别离开了项目基地。

"梦梦，晚上你要自己吃点东西了，晚上我和夏总、相文哥有事情要谈。"肖风行在车上打电话给吴梦，吴梦让他少喝点酒，早点回家。

仍然是两名特工默默地开车护送，他们见到肖风行的表情凝重，便和他没有更多的交流。

肖风行回想刚才和吴梦的通话，他听到吴梦那边环境有些嘈杂，不像是在办公室。他也没有多想什么，只是觉得吴梦讲话和平时的音调有些不同。

一进家门，肖风行马上拿出纸笔，把之前越空时在学校门口感知的细节全部写下、画下，他仔细地推敲着每一个环节，他要从中找到介入和改变的机会和可能。

"风行，天元让我通知你晚上在广庐吃饭。他说你介绍过好几次，今天他想约上相文一起见识一下。"安平这时转达了夏天元的安排，肖风行知道夏天元不愿意更多人知道他们的计划和行踪，所以请安平代为沟通联系，以减少被监听的尴尬。

"好的，安平姐，我知道了，谢谢你！"这时肖风行听出了安平没有结束交流的意思，他猜到安平一定是想了解今天他越空的经历和过程，于是他把那些经历像过电影一样仔细回顾了一遍。

"风行，谢谢你！我收到了。等一下我会用系统帮你推演一遍，你们如果介入其中，并施加影响，可能引发的系列后果。"安平瞬间了解了肖风行的新记忆和基本想法，她非常感激肖风行对她没有任何设防和隐瞒。

"对了，风行，我提取了陈天明作案时的监控录像，在案发现场附近 5 分钟左右的范围内，还有这几个人可能用得上。"安平把几个关键点上出现过的人的背景资料向肖风行一一介绍了一下，随后，她把那段录像资料发给他以供他再分析。

肖风行整理了一下自己的思路后，走出家门。他联系了一下 A 特工，告诉他们，他准备外出吃晚饭。对方请他在单元门口稍候，几分钟后，两名特工从电梯里走出来，肖风行这才知道他们已经和自己租住在同一栋楼里。经过这一段时间的相处，肖风行对这两名特工颇有好感，逐渐地，他们对肖风行的态度也热情起来。

发觉到几次特工欲言又止的样子，肖风行估计他们是想了解一下当前项目进行的情况。可是出于工作纪律又不能询问，所以他们表现出有些和平时不同的样子。

"今天进行项目非常顺利，基本上达到了预期。咱们中国人在这一领域走在了人类的最前列。"肖风行不方便透露更多，但他不忍心看着他们俩着急，便笼统地介绍了一下。听到肖风行的话语之后，两名特工爆发出热烈的欢呼。他们的情绪很快感染了肖风行，于是三人就在行驶的车上一路欢呼热闹起来。

"肖先生，我的代号是 A，我叫刘必成，以后请你叫我大刘或者必成都行。我的搭档叫陈树立。树立，你以后不许再抱怨现在的任务单调，提不起精神这事儿了！"刘必成满怀激动地诉说着。

"大刘，有你这样的吗？你不一直也在说守着个研究所真没劲的事儿嘛，现在你高兴了吧，倒说我负面，就算是前一段时间有负面的情绪也是受你的影响。"陈树立开始数落起刘必成来。

"这不怪你们，当时安全部门和我们接触的时候，我们所也觉得莫名其妙。根本就是小题大做，现在来看，项目动用了这么多资源和协同，的确不是我们研究所一己之力可以做得到的。这个项目的现实意义也非比寻常，应该说你们来接手安保和预警系统是最恰当的，感谢你们的时刻守卫、默默付出！谢谢！"肖风行态度真诚地说道。

"部里面要求我们不能打听你们的相关研究方向和内容，你们的保密等级是我接过的任务里最高的。大刘和我其实还是有些好奇的，请你不要见怪。"陈树立有些惭愧地说道。

"理解！我其实和你们一样，对我们的项目也是仅仅负责一小部分，你们就是让我说我也说不清楚。"肖风行这么一说，让大家都释然了。

在肖风行的指引下，很快他们来到了广庐。仍然是两名女子手里提着灯笼站立在门口迎候，肖风行知道邀请是多余的，便对两位特工拱拱手，下车跟随提灯笼的女孩子往里走。车上的两位特工倒是被这阵仗吸引住了，他俩对此种仪式颇感赞叹！

来过几次，肖风行对广庐也算相对熟悉，于是他问那位给他引路的女孩子，晚上溪山房的客人是否已经到了。得知客人还没有到后，他请女孩子等一会儿给刚才送他来的车上的两位特工拿两份黄金饼和广庐拿手的凉拌菜。

到了溪山房后，肖风行给陈庆馨打电话。电话还未接通就听见门外电话铃声响起，这时陈庆馨敲敲门走了进来。

"风行哥，你来了。"陈庆馨的脸上洋溢着欢快。肖风行的到来让她心中充满快乐，有了上次在咖啡店的经历之后，在她的心中肖风行已经不再仅仅是一个普普通通认识的人，肖风行让她觉得非常亲切。

"庆馨，又来打扰你们了，我觉得你的状态不错！看来最近挺不错的嘛。"肖风行明显地感觉到陈庆馨比前一阶段状态好很多，他按掉电话站起来笑着说道。

"哪里会打扰，连我们秦总都老在说，像风行哥这样的客人来我们这里，是我们的荣幸呢，承蒙你们看得起，才光临我们小店。对了，今天吴梦姐来吗？有没有什么要我们特别准备的？"陈庆馨望着肖风行认真地说。

"今天没有叫你吴梦姐，我们有三个朋友聚一下。等一下夏总会拿来几瓶酒，你要帮我们全开了，倒在醒酒器里好好醒一下。然后你再帮我安排一下菜，我们就三个人，主菜就要那个鱼羊之鲜，其他的菜你定就好了。"肖风行想让夏天元和胡相文见识一下那道让他惊叹的神菜。

"好的，我这就去安排。我们秦总在他的房间呢，你要不要过去跟他打个招呼？他知道今天你们要过来吃饭。"陈庆馨愉快地答应着，当她得知吴梦今天没有一起来时，心中突然有些激动。

"我现在过去跟秦老打个招呼，庆馨你别忘了再提醒一下服务员给我们的司机送黄金饼和凉拌菜。"肖风行说着站起来，按照陈庆馨的指引去到秦朔的办公室。

"风行老弟，欢迎呀！这一段时间估计你忙，没见到你来，非常思念呀！"肖风行敲门进去之后，秦朔热情地走上前来说道。

"还真的是被您说中了，我们所最近是特别忙的时候。今天这也是我们这么长时间第一次出来聚会，我带我们所的夏总和人民医院的胡副院长过来您这里开开眼。到时我给您引荐介绍一下，您是肯定会喜欢他们的。"肖风行握住秦朔的手亲切地说道。

"风行老弟，你的朋友肯定都不是泛泛之辈，等他们来了我好好地给人家接待一番。你刚才说的胡副院长可是胡相文？"秦朔显然知道胡相文这个人。

"是的，秦老，就是胡相文大哥，您认识他吗？那样就太好了！"肖风行连忙询问道。

"我那个犟牛弟弟秦方和谁都合不来，他也谁都不服气。但是我多次听秦方讲，在他们医院里他只尊重胡院长，那个胡副院长的太太是他精神科的同事，说是放弃了上海的工作跟随胡院长来到了西坦。"秦朔对胡相文看来早已有些了解，他的介绍中流露出对胡相文的尊敬和钦佩之情。

"哈哈，您的弟弟看来真的是有个性，不过他尊重胡相文那是绝对的明智之举。胡院长为人处事、专业能力都是一流的。"肖风行自豪地介绍道。

"明白，兄弟，你们先聚先聊。等晚一点我过去给你们敬酒，到时有劳兄弟给愚兄引荐。"秦朔说罢拉着肖风行把他送回到溪山房。

此时夏天元和胡相文已经来到，看见肖风行进来，胡相文马上站起来走向他。胡相文紧紧地搂住肖风行，之后用力在他的肩膀上拍了两下。夏天元坐在一旁满面春风地望着他们，此刻的他内心享受着成功的喜悦和诚挚的友情。

"风行，我好久没见你这么开心了，自从拉拉神秘离开后，就少见你这样放松自己了，看来我们小吴律师还是成功地开启了你的心扉呀！相文，你说风行这小子是厉害哦！他身边的女孩子一个个的都是那么出色！相比之下，咱们俩简直就算失败的中年男人。"夏天元看见肖风行心情那么好，便乘机开他的玩笑，胡相文在一旁装出垂头丧气的颓废样，此刻他们几个人的内心充满了幸福和快乐！

"相文，我估计风行多少和你透露过一些我们的项目和计划，我之前也非常含糊地给你讲过一下。当时我和风行也只能作为一种可能性来告诉你和安慰你，但是今天下午，是的，就是在今天下午3点多钟的时候，之前和你描述的理想和概念变成了现实。你的好兄弟风行是我们这个星球上第一个以意识体穿越时间空间的人。现在请风行讲一下，来，风行，你来讲，让相文更为直观地了解一下过程。"夏天元热切地望着肖风行说道。

"好的，今天下午我们项目组……"肖风行就把下午他参与项目的过程，以及意识体逆向反馈给自己带来的记忆刷新的情况复述了一遍。他在复述的时候，非常明确地再次感知到了自己的部分记忆的确发生了变化，那些本属于意识体的经历，经过量子纠缠后忠实地记录在他的大脑中。

"风行，你的意思是那个意识体已经回到了案发现场对吗？"胡相文虽然之前知道一点儿相关的事情，可是当他亲耳听到肖风行跨越时空，回到了凯之遭遇不测的现场，他的惊讶程度仍然使他瞠目结舌。此时，他的兴奋和好奇战胜了内心对惨案记忆的恐惧。

"是这样的，相文哥，我仔细勘查了现场。我已经开始按照时间顺序在设计介入的方式，这点要感谢安平姐，她已经向我提供了一套她做出的推演系统。我们会按照几个关键点的变化来推演事件的链式反应，我们想尽量小地去改变历史事件，从而把事件的连锁反应控制在有限范围内。"肖风行不敢去描述现场的惨象，他绕过具体的过程，直接把概要讲给胡相文。

"大家好，抱歉，打扰一下，我可以给你们上菜了吗？"陈庆馨敲敲门走进来热情地询问道。

"哎呀，你看我们都忘了过来这里是吃饭的，夏总带来的酒你帮我们醒了吗？"肖风行望向陈庆馨问道。

"嗯，都已经按照您的吩咐安排好了，就等你们叫起开始呢。"陈庆馨礼貌地用眼神和他们一一打招呼、致意。

"肚子饿了，我和大家聊得都饿了。庆馨，你马上安排上菜，把酒也给我们倒上吧，今天杯子里稍微倒满点，我们要大口喝才过瘾！"肖风行此刻真的觉得有些肚子饿，于是他笑着让陈庆馨加快。

很快那个传奇的铜盆端上来了。瞬间，一股难以名状的香气马上弥漫到了整个房间，这香气的渗透力很强，它浓郁的味道顺势钻入了在座的每一个人的毛孔，夏天元的喉头蠕动，他情不自禁地一直盯着那翻滚着的、细白的汤汁。

在肖风行的介绍下，夏天元和胡相文迫不及待地每人盛了一大碗羊肉，美味第一时间便征服了他们。

"风行，我的好兄弟，大哥敬你一个，来！"胡相文举起杯子和肖风行碰杯，然后大大地喝了一口。

夏天元站起身来走到肖风行旁边，"风行，我也敬你一杯！为了相文的事情，为了所里的研究项目，你做到了随时提刀上阵的程度。你是咱们三个人中最年轻的，你的经历和付出一点儿也不比我们少，最后也为安平的事情，感谢你的理解和帮助。"说罢，夏天元举起杯子将杯中的酒一饮而尽。

"天元、风行，我的两位好兄弟，我胡相文在咱们中最年长。之前我经常在想，我这人的一生真的是非常坎坷和不幸，但是我现在有你们，有丽婷，我还能要求什么呢，只是凯之这孩子太可怜，他都没有好好看过这个世界就离开了。我就是后悔当时陪伴他的时间太少！"说到这时胡相文不由得伤心落泪起来。

"相文哥，您别这么责怪自己了。您的工作那么辛苦、那么累，您已经是很好的爸爸了。"看到胡相文那么动情难过，肖风行连忙安慰起他来。

"相文，风行说得对，过去那些不幸的经历都是你无法控制和预测的。你不用太过自责。按照我们的计划，在做好事件推演后，风行将开启介入过去时空的行动，我们现在所做的事情，都是没有先例可以借鉴和参考的。因此请你理解真正行动起来压力还是非常大的，我和风行拿你当小白鼠了，还请相文兄海涵。"夏天元不想让胡相文有太多的愧疚、负欠之情，便这样说道。

"天元，你这么说只能让老哥我更加惶恐。你们为我做的想的事情太多了，我胡相文无以回报，只当是我人生的造化和幸运！来，咱们一起喝一个。"胡相文说着把自己的酒杯加满，然后举起来向夏天元和肖风行示意后大口喝下。

"相文哥，只要兄弟一息尚存，就不会放弃凯之的事情，请你和嫂子放心。这杯酒我喝了。"肖风行说着自斟自饮满满喝掉一大杯。

他们三人都极力地抒发着自己内心的情感，凯之的事情在他们的心头压抑已久，今天终于可以在这件事情上长长地吐一口气，所以每一个人都感受得到一种别样的放松。

"风行，这件事情的演变后期就要看你的了，这件事情难为你了。"夏天元知道肖风行承担了太多的压力和责任，于是他表明对肖风行的理解和支持。

"对了，有件事情忘了向你们两位报告。这里的老板秦朔是一位值得交往和尊重的兄长，恰好今天他在这里，你们看这房间里的这幅画就是这位老哥临摹的杰作。我想请他过来和咱们共同一聚，不知你们是否有兴趣结识？"肖风行希望能与朋友们分享新的友情和这些他觉得有意义的事情，于是他介绍道。

"太好了，风行，能让你看中又介绍给我们的人，一定非同凡响，赶快请人家来，让我们也提高一下境界。"夏天元看见气氛不错，他不想大家再沉寂在灰色的话题中，于是他率先表态，胡相文的情绪随即也被调动起来，他也让肖风行快点去把秦朔请过来。

肖风行来到秦朔的办公室，敲门进房间之后，发现秦朔已经换了一套衣服。诧异间，秦朔迎上来解释道："你那么重要的朋友要介绍给我，我还不得沐浴更衣以示重视。"秦朔的说法让肖风行觉得非常感动。秦朔可谓大隐隐于市，从实力上说，绝对算得上是大艺术家，但是为人处世那么周全和恭敬，实在是令人钦佩！

肖风行领着秦朔一进房间，就见夏天元和胡相文起身迎了上来。几个人马上热情地彼此问候。秦朔转向肖风行说："风行老弟，为兄要批评你了。你这两位朋友要是早一些介绍给我认识，我岂不是早一些可以提升自己的境界，幸会呀！你们是西坦科技界的翘楚，不，你们是国家的栋梁！老朽高攀你们了，今晚我这广庐蓬荜生辉了。"

"秦老，之前我就听风行介绍过您和您的广庐，今天是百闻不如一见呀！您别见笑，您看我们把这饭菜吃得基本上什么都没有剩下。在这么雅致的环境里，享用如此美味，再和您这样博雅的兄长共叙友情，人生得意须尽欢呀，我敬您！"说着夏天元举起酒杯恭敬地和秦朔碰杯，然后一饮而尽。

"秦老，我也敬您，我比我这两位兄弟逊色多了，他们是真正的男人，是有情、有义、有本事的中国人！我先干为敬。"说罢胡相文站起身来先向秦朔鞠躬，再向夏天元、肖风行鞠躬，然后大口喝掉杯中酒。

胡相文强压着内心的狂喜，他无法想象凯之会以怎样的方式回到自己身边。但他知道夏天元和肖风行为了这件事已经全力在拼了。此刻，他沉浸在与他们浓浓的友情之中，他内心激荡在对儿子命运改变的期待中。

十七、历史的推演

  阳山所的首次意识体跨越时空实践，在极度保密的情况下进行。阳山所同时向安全部汇报了相关情况，在听取了专项报告后，安全部成立了代号为"悟空"的专门委员会来统筹和支持阳山所。

  夏天元把越空的进度压了下来。在之后的几周内，肖风行仍然只是将意识体投放到标刻点，但是他们依然是观察却并不介入。前后又经过几次的越空行动，肖风行基本上掌握了控制意识体在标刻点移动和侵入生命体和电子设备的方法。侵入电子设备的方式比较直接和简单，就是直接接通电流加以控制。对生命体主要是针对人类的侵入，肖风行和夏天元多次请教了胡相文，胡相文建议直接依靠意识体强大的能量入侵目标大脑的屏状核。首先让目标体暂时丧失原有意识，然后植入意识体的相关信息，从而达成对目标体加以控制的效果。在此之后，胡相文多次用模型和系统展示给肖风行，让他明确屏状核的位置和作用机理。

  "风行，我有一件事情想和你商量一下，这对我来说有点难以启齿，但是我还是想把问题搞得清楚一些。"安平联系到肖风行后对他说道。

  "安平姐，你千万不要客气，有什么事情就请你直接说吧。"肖风行马上回应道。

"嗯，是这样的。我对晓雯一直很好奇，我想这一点你应该可以理解。我从来都不排斥她，我甚至觉得她的存在对天元和小川都是一件好事。不是我虚伪才这样说的，我明白自己的状态，所以我完全是站在他们父子的利益和幸福的角度上看待晓雯。天元也和我交流过一些晓雯的事情，天元的妈妈去世时，晓雯的表现实在是让人非常感动。那个期间，对天元来讲，有晓雯在他身边陪伴着他，是特别重要的事。而在这件事上我只能缺位，晓雯替我担当了，照顾了天元。天元是个孝子，妈妈的去世对他打击很大，如果不是晓雯在身边一路陪伴他，他不可能那么快就走出低谷。所以，从这个意义上讲，晓雯是我的恩人。可是你知道我是女人，我的直觉告诉我，晓雯这个女人可没那么简单。引起我最大质疑的就是晓雯的长相，她的长相应该说比我更秀气，虽然大家包括我在内都觉得我们长得很像，但是我查过很多有关她的历史资料。我能找到的东西非常少，真的是非常少的！在这个有限的资料中，我发现晓雯之前的长相，也就是两年多前的长相和现在的差别相对有点大。"讲到这里的时候，安平在肖风行的脑海中，给他展示了一下几年前晓雯在护照上的照片的样子，肖风行可以明显地感觉到当时的晓雯和安平的长相大不相同。

"对女人来讲，美容整形是为了使自己变得更美，这样女人才会冒着风险，忍受痛苦，花费金钱做出改变的选择。但是你知道吗？风行，我觉得晓雯之前的样子比我更好看。可是不知什么原因，她把相貌变得不如之前，但却更像我，你觉得这是很正常的一件事吗？"安平把心中的疑虑告诉肖风行。

"安平姐，我觉得你分析得有道理，但是会不会单纯是因为晓雯喜欢天元，她为了天元更容易接受她而做出的改变呢？我不懂女人，你觉得会有更复杂的背景吗？"肖风行提到晓雯喜欢夏天元的时候觉得有些别扭，可是他的确想不出还有别的理由，便这样问道。

"我把晓雯之前的那些照片发到你的邮箱，你再看看。希望是我太多心了，这些事情我没有和天元沟通过，我不想他有不好的感觉。晓雯爸爸的身体状况不是很好，我看天元对他爸爸的事也挺关心的。刚才我和你沟通的事情，我没有和别人商量和诉说过，风行，你别介意，好吗？还有一件事情我想请你帮忙，我追踪过曾入侵你们研究所的黑客，我有一些线索。顺着这些线索，我发现它们最终指向了 K 国国防工业公司。他们的系统防御非常严密，我多次尝试想进入，都没有大的突破，好像我还被他们盯上了。我把进入他们系统的路径也发给你，你看能不能突破他们的防御体系。我估计国防工业公司现阶段也在你们阳山所的研究领域从事科研，他们一定是对你们的研究有所了解和窥探了。好了！一下子那么多事情麻烦你，非常不好意思，我先走了。"安平说罢离开了。

周五的时候，夏天元从研究所回到家里。这时夏川已经早早地从幼儿园回来，一见到爸爸回来，他便马上跑过来兴奋地说："爸爸，今天我可真厉害，我的水彩画在整个幼儿园得了一等奖。我画的是节日里你和妈妈带我去游乐场玩的画。阿姨，你快把手机上拍下来的那张画给我爸爸看。"

李梅连忙拿出手机把夏川那幅画展示给夏天元，夏天元搂着儿子一边欣赏，一边夸奖着画得好。夏川得意地说："下周我们有一个大型活动，我的画会被展览出来，获奖的人会有一个颁奖的环节，我希望爸爸妈妈都可以去。"说到这里的时候，夏川突然情绪低落起来，他扬起头看着爸爸问："妈妈什么时候才能回来呀？"儿子的疑问让夏天元的内心非常矛盾，望着儿子可爱的样子，他实在不忍心再拒绝他，于是他亲了一下儿子的小脸儿，拉着他的小手领他来到地下实验室。

"爸爸，这里好酷呀，我都不知道我们家里有这样一个地方。你怎么以前不带我来玩呢？坏爸爸！"夏川在爸爸开启厚厚的大门之后，被实验室里面的装备和陈设惊呆了，于是他批评夏天元对他一直隐瞒这么有趣的地方。

"这是爸爸做研究的地方，里面全部是重要的设备和仪器，不适合小孩子游玩。不过今天爸爸要在这里给妈妈打个电话，你和妈妈商量一下下周的学校活动好吗？"关好门之后夏天元轻声地对儿子说道。

"啊，现在可以和妈妈通电话了呀！我能和妈妈说什么呢？爸爸，我有点紧张，我不知道该说些什么。"夏川被这突如其来的喜讯惊呆了，他失去妈妈太久了，那时他只有两岁多。

"安平，我和小川来跟你通话了，你那边是早上几点呀？还没有起床吧！"夏天元实验室的系统始终是开启状态，他这样是提醒安平，孩子一直以为她在远方工作，非常遥远而神秘。

　　"小川，妈妈还没起床呢，你看妈妈是不是很懒呀。一点儿都不像我儿子那么乖，早睡早起，每天都棒棒的！"安平模拟了一个在卧房的场景和夏川视频起来。

　　"爸爸，爸爸！"夏川猛地在屏幕上看见安平，他居然吓得一下子躲到夏天元的身后了，躲起来之后他又不甘心，于是他紧紧地拉着爸爸的手，露出半张脸偷偷地看着屏幕中的妈妈。

　　看到这一幕，安平的眼泪瞬间流了下来，她觉得非常愧对孩子。在过去的几百个日日夜夜里，她无时无刻地不在思念着儿子，可是她只能在夏川睡着了之后默默地看着他。她把所有妈妈对儿子的思念都凝聚在了望着他的眼神中，今天他们母子终于可以四目相对，再也不是没有交互的单方面凝视。她完全理解儿子的惊慌和无措，她想象着自己是儿子，她觉得自己根本无法应对这迟到已久的相逢。

　　"儿子，妈妈在叫你呢，怎么不答应呀？快，妈妈多想你，你不是刚才还问我妈妈的事情吗？"夏天元没想到他们母子见面的情境是这样的，于是他把夏川抱起来和他头挨着头对着屏幕说道。

　　夏川看到妈妈满脸的泪水，深受感染，自己也开始默默地流眼泪。他的小手不停地揉着眼睛，想把眼泪擦干，可是他的泪水根本就止不住，一个劲儿地流淌。终于他再也忍不住了，"妈妈，妈妈。"夏川叫着放声大哭起来，屏幕中的安平此时也不再克制自己的情感，两人就这样相互呼叫着，哭诉着。夏天元不忍打搅他们，他放下夏川，自己悄悄地走到实验室的里间，关上玻璃门的一刹那，他也忍不住痛哭起来。此刻他想到了胡相文失去孩子的痛苦，实际上，安平何尝不是也失去了孩子，儿子何尝不是失去了妈妈。过了很久，夏天元再往母子两人那望去时，只见夏川正直直地坐在椅子上，看他那认真的样子，应该是在给妈妈背诵着什么或讲述什么重要的事情。再之后的他们已经开始有说有笑起来，他们好像是要把几年来欠下的话都说完一样。

　　夜已经很深了，夏天元看到儿子虽然非常困，但依然硬挺着不想睡觉。他知道儿子舍不得和妈妈分开，于是他走过来暗示安平太晚了，儿子应该睡觉了，安平才反应过来，他们聊得太久了，现在已经是午夜时分。她冲着夏天元点点头。

　　"儿子，你已经长大了，以后经常可以和妈妈视频了，今天咱们就先说到这里好吗？你要睡觉了，妈妈也要起床去吃早餐了。哦，妈妈应该要直接吃午餐了。"夏天元说着抱起夏川示意安平结束。

　　当安平从屏幕中退出的时候，夏川挣扎了一下，叫了一声妈妈。然后就在夏天元的肩膀上睡着了。离开实验室，夏天元把夏川抱到他自己的房间里，安顿好夏川后，自己也躺在儿子的小床上，今晚他不想让儿子自己睡，他不想儿子一觉醒来发现只有自己。

　　"天元，儿子睡着了吧？谢谢你今天让我和小川团聚了，我知道这样有风险，可是你看儿子那么激动和幸福，我们这样做是值得的。要是儿子对别人讲起这件事情，就按你说的，我们就告诉别人是看孩子太可怜，请晓雯帮的忙。我觉得我们的这个说法没问题！"安平依然沉浸在和儿子相逢团聚的无限喜悦中，她激动地说道。

　　"嗯，这是比较有说服力的说法，可是没想过怎么向晓雯说明这件事情呢。如果晓雯知道了这件事，会不会有什么想法？"夏天元还是有些不放心，于是他担心地问道。

　　"你可以告诉晓雯说，你只是让小川和你们研究所开发的超级人工智能通过话，还有过视频，这对你们研究所不算什么。再说，我的确就是一套超级智能系统，不过算不算是人工的我说不好。"安平这种打趣的说法打消了夏天元的担心和疑虑。

　　"好的，我知道了，看来你还是不想让晓雯知道这件事情的真实情况。我知道你的担心，我觉得晓雯是值得信任的，不过在这件事上我还是听你的吧。"夏天元隐约感觉得到安平希望对晓雯保守这个秘密，于是他注视着安平认真地说道。

"是的，我们还是谨慎一些比较好。再说知道我的存在，对晓雯来讲也是一种心理障碍，我不想影响你们的关系，至少现在我还不想让她知道我的特殊存在。以后吧，等合适的时机再说好吗？"安平把自己真实的想法告诉了夏天元，但是她没有强调她对晓雯的怀疑，的确，她不想影响他们的关系。

"后天晓雯从 K 国回来，我下周二的时候想让她和我一起去参加小川幼儿园的活动，你觉得怎么样？"夏天元征求着安平的意见。

"如果晓雯愿意去，那当然最好了。小川真可怜！这回好了，在现实中可以有个妈妈了，这样爸爸妈妈都可以到场了，我真担心孩子会被别的小朋友歧视，嗯！这样太好了。"安平想都没想就马上表明支持夏天元的提法。

"风行和我提过你做了一套系统是有关事件推演的。你是系统的设计师，给我讲一下设计思路吧，安全部成立了专门的委员会，他们也要开发设计类似的系统。现在我把我们所里的越空进度降了下来。其中重要的原因之一，就是对事件的链式反应和时空悖论环节把握不透，担心事件引发的系列反应导致结果失控。"夏天元此刻完全没有睡意，他把内心的担忧说给安平。

"是的，天元，你的顾虑是非常有必要的。固然你们在过去或者未来参与事件后，可以采取再次越空去扭转，但是仍然面临着任何一个细节被忽视或是处理不当，就将引发新的不确定性事件发生的风险。所以，最好的方式仍然是先行推演再参与和改变，推演重要环节时可能要进行未来调查。我现在能想得出的较好的解决方案，是越空系统和推演系统联机对接，这是效率最高、最缜密的方法。"安平知道夏天元的顾虑和担忧，所以她把自己的想法和思考讲给他听。

"好的，我知道了。剩下的细节和更多的具体事项我会和你、风行再商量和讨论，有了进一步的思考后，我们还需要向委员会申报。那我下周就和晓雯带着夏川去参加他们幼儿园的活动了。"夏天元这时也觉得有些困意，于是他打着哈欠向安平道别。

"看把你困的，这几年你辛苦了，研究所的事情那么辛苦，还把小川带得那么好，真有点儿心疼你了。我等一下把我完成的那套推演系统也给你安装上，你自己也了解和运行一下。现在快睡觉吧！"安平看见夏天元疲倦的样子，心中有些不忍地说道。

不一会儿，夏天元便沉沉入睡了。安平望着他们父子安详的样子，觉得自己非常幸福和满足。

安平提供的推演系统，经过肖风行小组不断地完善，逐渐具备了实操的能力。肖风行试探着把众多因子输入系统，现在已经可以直观地看到，每一个节点变化从而引发的之后的树形分裂。肖风行在单一节点控制和批量节点控制的推演中，寻求事件的确定性概率。

以凯之的事件来看，只要有一个孩子遇难或者受伤就会导致陈天明被捕，从而引发后续的事件继续发生。这样是对未来时空发展影响最小的变化因子，但是这样可能导致肖风行本人不关注陈天明案件，从而看守所袭击事件不发生，造成监仓内三十多人的命运扭转，继而引发众多连锁反应，造成时空事件混乱。

安平提供的学校监控视频显示，凯之的致命伤是陈天明的第二次攻击造成的。当时凯之逃跑的途中，右肩首先被刀刺中，中刀之后孩子并没有摔倒，而是继续向着学校的闸门里面跑，越过电动闸门后，陈天明追上凯之继续行凶，中间间隔3秒钟。这些情况和肖风行越空中得到的信息完全一致。

此时肖风行的心中逐渐形成了自己的计划和方案：为了尽量少地干扰历史事件，陈天明不能直接被除掉；第一个被攻击的孩子是否遇难需要核查清楚，有必要的话，甚至可以前往未来观察他的发展轨迹；凯之的致命伤害要避免发生。

有了这样的主框架，肖风行松了一口气。他想：这大概是损失较小、不确定性因素最少的选择了，他的内心既焦虑又兴奋，他有些迫不及待地想见到凯之回来，大家幸福地团聚在一起的样子。但是，那应该不是失而复得的幸福，而可能是从未失去的一直以来的幸福！因为通过他的介入及改变，凯之应该从没有离开过家人，他们一直幸福地生活在一起，然而现在的痛苦经历会凭空消失吗？一切都是未知的，充满了刺激和诱惑！肖风行的生命需要这样的感受。

"安平姐，我把你的推演系统做了一下升级，现在拿凯之的事件来推演，我基本上得出了这样的一些结论。"肖风行马上联系了安平，和她分享推演的时空事件变化轨迹和推论。

"是的，风行，你的思路和我最初的想法一致。等一下你把升级过的系统给我，我再顺着你的思路跑几遍数据，有了这些基本的过程分析，会让我们有效地把握住关键节点。我会把这些节点的分支全面细化并记录下来，这样在你们介入过去或者未来的时候，我们就可以通过顺推或者倒推来比对和现实的差异。我想几次真实的事件介入后，我们的系统会日臻完善。"安平对肖风行的执行力非常赞赏，她知道肖风行小组面临的压力和挑战有多大。

"风行，你在干什么呢？我一睁眼就发现你不在我身边了。你呆呆地坐在那里想什么呢？穿得那么少，你不怕冻感冒流鼻涕吗？"吴梦睡眼惺忪地从房间里走出来，看到肖风行坐在电脑前发呆便问道。

"哦，我没事！就是睡不着，我在运行我们所里的一套新系统，刚开发出来的，我们还处于系统的完善阶段呢。时间还早着呢，你再睡一会儿吧！"肖风行看见她没睡醒的样子关心地说道。

"我不，除非你也回来再睡会儿。"吴梦撒娇着回答道。

"我可没你那么幸福，我得开始工作了。你知道我们所现在的状况，大家都在往前赶进度呢。"肖风行站起来走过去搂住吴梦对她说道。

"嗯，知道你们都忙得很，压力大。那我们家属也得做点什么吧，你不是老是说心里有爱就做点什么嘛，你想吃什么？我去给你做。"吴梦满眼爱意地望着肖风行说道。

"你知道的，我雷打不动的就是喝牛奶煮燕麦。那在下就有劳吴大状亲自下厨给草民来个营养早餐吧！草民这厢有礼了。"说着肖风行退后一步向吴梦作揖行礼。

"坏人，就知道用这套虚头巴脑的伎俩骗本姑娘干活。可怜我就吃你这套，来，先把背心穿上，我去去就来。"说着吴梦高高兴兴地去了厨房。

望着吴梦的背影，肖风行心里涌起一股暖意。

一起吃早餐的时候，吴梦看着肖风行呼啦呼啦地吃了一大碗燕麦，她觉得特别好奇，于是她问："风行，你说这燕麦有什么好吃的？我看你吃得还特别香，你常年这么吃，一点儿也不觉得单调和乏味吗？我真的好佩服你。"

"哈哈，我觉得首先是健康，然后就是省事。你看用火煮也就是七八分钟，如果偷懒用光波炉4分钟就够了，这不也是提高效率嘛。至于口味嘛，我可没你的小嘴那么馋，我吃什么都行的。"肖风行咧咧嘴笑着回答道。

"好吧，之前你说自己死呆，我还不理解，现在我知道了，我家风行还真是一个乏味的死呆。"吴梦坏笑着调侃着肖风行。

"你不会是后悔了吧？我求求你不要离开我，不要把我一个人丢在这孤寂的尘世间。哦！天哪！我太可怜了！梦梦，你看这样的恳求和表现够不够？"肖风行假装哀求的样子把吴梦说乐了。

"行了，就你会装可怜，我是想给你做别的早餐吃，不想你过得像苦行僧一样，不过还是尊重你的习惯吧。最后说明一下，你才不呆呢！我就喜欢你这样的，哈哈！"吴梦笑呵呵地边收拾着餐具边说道。

肖风行站起来，也想帮着一起收拾，却被吴梦拉到客厅坐下。她说不想让男人做这些琐碎的事情，留着肖风行的精神头还有别的用场呢。肖风行拗不过她，只好看着她扭着扭着地去收拾了。

"安平姐，抱歉，刚才是我的女朋友吴梦过来了，现在我们吃完早餐，她去收拾东西了。我们阳山所现在特意把越空进度降下来，就是要等我们推演系统的推测过程和结果。有了刚才咱们俩讨论的基本线路，我估计我们很快会开启介入时空的具体行动。"肖风行接着把刚才没有进行完的讨论继续下去。

"是这样的，我们的推演系统没有可能穷尽所有变化过程和结果，我们要做的就是尽量使事件在可预计的范围内延伸。还有，风行，我能问一句你的事情吗？"安平突然转了话题。

"安平姐，有什么你就请讲吧！"肖风行想都没想就回复道。

"嗯，我是想问一下拉拉的事情。她离开你大概有两年时间了吧？之前我听天元说过你们俩的事情。几年前，在高总家我也见过她，我觉得她的离开有蹊跷。她那么单纯可爱的小女生，如果仅仅是因为你工作的地点在西坦，就这样无声息地离开消失了，这整件事情有些解释不通！你愿意告诉我一些细节吗？我想帮你分析调查一下这事儿。"安平的话让肖风行愣了一下，随即他想到可能是刚才安平听到他讲女朋友的事情而引发的关注吧。

"好的，安平姐。我们最后的联系是这样的……"肖风行把自己和拉拉的相处与最后从拉拉父亲那里拿到的东西的细节一一向安平介绍，后来他也简单讲了一下吴梦和自己的相识相处。

在肖风行的讲述过程中，安平一直保持着沉默。她没有提问或是中间打断他的诉说，她从肖风行的陈述中，可以感受到他对拉拉的挂念之情，在此之前她也能体会到吴梦对肖风行的用情和用心。

"风行，我都知道了，我觉得吴梦律师对你也是一片真情！好的，你也别太纠结了，拉拉的事情我会去了解的。方便的时候，你把她留下的几张乐谱给我吧，我来分析一下，看看其中有没有什么奥妙。"安平觉得按照肖风行的讲述，这几张乐谱一定没那么简单。

"好的，我现在就把乐谱发给你。安平姐，我也有一件事情想和你沟通，我想了解两年前那个雨夜，你遭遇车祸的情况，如果我们有机会，你也同意的话，我想把它也作为我们越空的一个标刻点。"肖风行有些犹豫，但是仍然说了出来，之后他索性把自己前一段时间做的那个梦里的情境也讲给安平听。虽然他看不到安平，可是他可以感受到安平听闻他梦中经历时的强烈震撼。

"风行，你的雨夜之梦把我带回到了我的车祸现场。我不知道你的梦境怎么会有那么深的记忆和身临其境的感受。但是真的，你梦中的场景和我车祸的情形及我最后的记忆如此相似，简直不可思议！如果你和天元决定把车祸事件作为标刻点之一来分析，我个人没有什么意见。对了，我在各个监控系统上截图了一些晓雯这一两年以来不同时期的照片，我已经按照时间排序发给你了，你有时间的时候看一下吧。"安平的思绪被肖风行的梦境带回到了那个漆黑的雨夜。

"风行，你看我能干吧。我已经把厨房都收拾好了，现在我要去打扮一下自己，中午你带我出去吃顿饭，然后我们两个去一下光影止步红酒店吧。晓雯姐说从 K 国给我带了化妆品回来，我想马上拿回来用上，给你打扮得漂漂亮亮的，好不好？"吴梦走过来，搂住肖风行的肩膀说道。

肖风行拉过她的手轻轻地吻了一下，然后温柔地看着吴梦。刚才安平对吴梦的评价触动了他的心弦，其实他一直以来，都可以深切地感受到吴梦对自己的爱意，只是当其他人有类似评价的时候，还是让他心中有了不一样的感觉。

　　吴梦高高兴兴地去打扮自己了。肖风行从系统中调出安平提供给他的晓雯的照片，经过他多次比对，他完全赞同安平的观点。两三年前的晓雯的长相和现在的她，相差明显！肖风行用程序复原了安平新提供的照片，他找出了晓雯容貌变化的路径图：这两年以来晓雯的相貌基本上每四五个月发生一次微变化，变化的趋势非常明确，是指向趋同于安平的容貌。主要调整的部位包括鼻子和眼角，安平相对于晓雯之前来讲，眼角微微上翘，鼻头稍大。这些不同的特征在过去的两年中逐渐消失。肖风行把这些通过系统和程序比对的特征变化按照时间顺序一一标出后，提供给安平。此时的肖风行觉得女人真是疯狂的物种：她们为了感情真的是非常豁得出去。想到这里的时候，肖风行不由得轻轻地摇了摇头，看来女人对他来讲永远是无法解开的谜。

　　"我美不美？你快看我呀。"这时吴梦打扮完毕，走到肖风行跟前一边展示着，一边得意地问道。肖风行猛地一抬头，他不由得吃了一惊，化过妆的吴梦居然也和晓雯神似。那一瞬间，肖风行问自己是不是对晓雯的怀疑有些过虑了？其实这些年轻美丽的女人某种意义上都是有相似之处的。

　　"哎，问你话呢，你怎么呆呆的？是不是被我惊艳到了。我跟你说，不要以为我平时不打扮，你就可以把我当黄脸婆看。我要是打扮起来，绝对可以拿得出手。我在鼻子两边打了一些阴影，你现在看我像不像拉拉，那丫头鼻子细细的很好看。"吴梦故意半侧过脸让肖风行看，顺着她的提示，肖风行还真的觉得那一刹那，吴梦很像拉拉的样子。

　　"梦梦，你今天真好看，其实刚才我猛地一看觉得你特别像晓雯姐，不过后来你说鼻子的事，我还真的觉得你和拉拉也有点像。不过，以后别跟我开拉拉的玩笑，这样我会觉得不自在。"肖风行的情绪突然有些提不起劲儿来。

　　看到肖风行的情绪一下子变淡，吴梦赶快拉着他的手说："对不起。"她意识到自己的言行让肖风行不开心了。"风行，我本来是想让你开心的，你看我笨死了。不要不高兴哦，奴婢这里给您施礼了。"

"没事儿，我这人有时就这样，会突然觉得某件事好没劲儿，不怪你。"肖风行看见吴梦真诚的样子有些不忍，便安慰她道。

"我家风行最好了，才不会和我一般见识。走，咱们先出去逛逛，然后美美地吃一顿。"吴梦哄着肖风行说道。

下楼的时候，肖风行给刘必成打电话，告知他和吴梦要出门，先去购物城买些东西，中午吃完饭后再去光影止步红酒店。吴梦在一旁听着肖风行的汇报觉得非常好笑。"哎，你到底是谁的男朋友？你怎么和我逛逛还要和别人打招呼请假？那个叫必成的是男的还是女的？"吴梦趁机又开始挤对肖风行。

这次肖风行没有理她，只是在她的耳朵上轻轻地捏了一下，然后就拉着她出门。

"风行，前一段时间咱们西坦看守所遭袭击的案子你还有印象吗？我听市公安局刑警队的朋友说，这么长时间了，都没有发现什么有价值的线索，这个案子现在已经成了公安部督办的重大刑事案件。市局、省局的压力特别大！你说这陈天明的命多大，挨了一顿打没死，顺势就又一次躲过了死神。"路上吴梦和肖风行说着看守所案件的事情。

"噢，怎么就会一点儿线索都没有呢？犯罪分子有那么高明吗？再高明也会留下蛛丝马迹的。不过我觉得那些人该死，这种案子破不破对我们普通市民来讲无所谓！那案犯我看是英雄，不管他的动机是什么，手段是什么，反正我觉得就是以暴制暴，大快人心！"肖风行说着用余光扫了一眼吴梦。

"法律工作者的家属，就这种法律意识吗？好吧！我太失败了，我家风行就是个大法盲，还以暴制暴呢，那是严重的违法犯罪！回家罚你抄一遍刑法。啊，小心！"吴梦尖叫起来，这时一辆黑色轿车强行从右道别入到他们的车前，事先也没有打转向灯，就是那么呼啸着，就强行开到了肖风行他们的车前。肖风行紧急刹车减速，这才好险没有撞到一起。

"混蛋，怎么开的车！"肖风行被这一惊气愤地骂道。一旁坐着的吴梦也气得骂那车的驾驶员是神经病。这时就见那辆超车的黑色轿车在车流中左挤右挤，一时间搞得那些被它强行超车、别车的司机纷纷不满地按起了喇叭，终于那车被左右两辆大货车压住无法快速超车。肖风行从它边上驶过的时候，见到车里面是两个很年轻的男性，打扮得花里胡哨，那个驾驶员嘴巴里应该是嚼着口香糖，他傲慢加愚昧的表情让肖风行记忆深刻。

不一会儿，正常行驶的肖风行猛地发现右侧冲过一辆车，又是那辆黑色的车。它直奔吴梦坐的副驾驶位置挤了过来。这一突变吓得肖风行连忙向左避闪，他紧急地减速和避闪，使得车身在公路上剧烈晃动起来。车子扭了好几下总算没有翻车，所幸后面也没有车跟得太近。这次肖风行盯下了黑色车的牌照4T999。此时的肖风行已经变得怒不可遏，他将油门踩到底，追行了几百米，把那车逼停在了路边。吴梦来不及劝阻，肖风行已经噌地下了车。他径直来到黑色车的驾驶员一侧，猛地拉开车门。用左手一把掐住司机的脖子，把他拉出驾驶室。然后，二话不说将司机按在车门上一顿暴打，打得那小子满嘴是血。这时副驾驶上坐着的人提着一根棒球棒下车冲了过来。肖风行抓起司机的身体，猛地朝冲过来的同伙方向推过去，在那同伙迟疑的一瞬间，肖风行一脚踹中他的腹部，不等那人反应过来，肖风行已经劈手夺过他手中的棒球棒。正待肖风行举起棒球棒准备砸向那人时，吴梦大叫一声："风行，别打了！"这时肖风行才从暴怒的状态中有所醒出。他目露凶光，围着黑色轿车走了一圈，用棒球棒砸碎了汽车的全部玻璃。他的样子和举动完全镇住了现场的那两个人，他们龟缩在路旁惊恐地看着这一幕，仿佛他们是受害者。此刻在他们的脸上已经看不到先前那种骄纵和傲慢。

"肖先生，您没事儿吧？没有受伤吧？我们的行车记录仪记录了所有的过程，他们涉嫌危险驾驶和挑衅，不过，您也有过激行为。哈哈，想不到您那么利索，算这两个家伙倒霉。"陈树立放下车窗向肖风行询问道。

这时肖风行已经从狂怒中逐渐恢复，他歉意地向陈树立挥挥手。肖风行随手将棒球棒丢在那两人的身旁，"你们两个家伙，那么年轻却这么没有教养，缺乏社会公德，今天我让你们缴点学费。"说罢肖风行转身拉着边上惊呆了的吴梦扬长而去。看到肖风行上车准备离开，那两人从地上爬起来，他们此时也缓过神来，远远地指着肖风行说："你给我等着。"

很快肖风行的车准备驶下环城路，当他们来到收费站的时候，发现收费站外面有几辆警车闪着警灯，一群警察如临大敌。正在肖风行不解其意的时候，一名警察在对讲机里确认着肖风行的车牌，然后突然拔出手枪，示意肖风行下车接受检查。在肖风行不知所措发蒙的时候，一阵汽车急刹车的声音，刘必成和陈树立跳下车来，此时他们一人手里拿着一支枪，刘必成厉声命令执勤民警放下武器。他持枪的姿势和命令的口吻，把对方警察搞蒙了，他犹豫间无意识地将枪口对准了肖风行的头部。这时就听一声枪响，陈树立一枪击中了执勤警察握枪的右手臂，枪声顿时把所有的警察全部吸引过来，他们立刻全部端着枪围了上来。

"我们是安全局悟空特勤组。"刘必成收起自己的枪支，用手高高举起他的警徽，直到这时紧张的气氛总算是有点缓和。受伤民警痛苦地叫唤着，他在痛苦中仇恨地看着眼前这一行人。

"刘局，我是吴梦。现在我和我的男朋友与您的部下发生了误会和冲突，有民警受伤，我们的位置在环城路江南 Mall 的北向出口。"吴梦看到形势紧张复杂，不得已当着肖风行的面，拨通了西坦公安局局长刘天勇的电话。通话中的吴梦举起双手走下车子。"这里是刘天勇局长在通话，请你们负责指挥的同志接一下刘局的电话。"吴梦慢慢向前走去并说道。

对面的警察中走出一位样子像领导的人，他警觉地慢慢靠近吴梦。接过电话后，对方已经确认电话中是刘局在布置工作，刘局要求他们马上收队，送受伤民警去医院救治。吴梦听到负责的警察在汇报，说是李保宁处长的儿子李明乐在环城路遇到暴力洗劫，汽车被砸毁，这才报警。收到报案后，他们出动了附近的警力布控准备抓捕凶犯，随即从负责民警的语气和表情上，可以判断他遭到了刘局的训斥。

正当警队准备收队撤离时，那辆被砸坏了玻璃的黑色轿车终于开了过来，被揍的司机冲过来拉着负责民警的手，叫他华哥。他指着肖风行说："他们就是凶徒，不能放他们走。"被称为华哥的警察嫌弃地推开司机的手，没好气地说："你自己看你们像凶徒，还是人家像凶徒？今天碰到厉害的了吧？收队！我们走。"说着头也不回地带着队伍离开。李明乐不死心，这时他看到受伤的警察，忙跑上前问："三哥，你怎么还受伤了呢？咱们兄弟什么时候吃过这种亏！"没想那个受伤的民警现在已经基本上搞明白状况了，他瞪了一眼李明乐说："滚！"

随即大家纷纷撤离，只剩下李明乐和他的同伴傻待在原地。

吴梦见到肖风行一路不再说话，知道刚才自己给刘局打电话的事情引发了肖风行的不解和怀疑，于是她轻轻地碰了碰肖风行的手说："风行，刚才你也听到了，我是怕执勤的警察看到同伴受伤，情绪和场面失控才迫不得已马上拨通了他们刘局的电话。你知道的，我们司法口的人平时联系比较多，你看今天关键时候发挥作用了。风行，你刚才在环城路上的样子吓死我了，你好凶。要不是我拦着你，我真担心你把那小子打坏了。以后可不能对我那么凶，我会害怕的，好不好？"

这时，肖风行也逐渐冷静下来。之前他像火山一样爆发出来，其实很大程度是因为那辆车如果直接从侧面撞击到吴梦的那一侧，吴梦是很危险的。加上之前的那一次强行超车，连续的无理挑衅，让肖风行从非常愤怒变得情绪暴狂。

"肖先生，陈树立和警队一起去了医院。我和你汇报一下，你放心。树立的枪法出神入化，绝对不会伤到那警察的骨头的。"刘必成打电话过来安慰一下肖风行。

"对不起，大刘，给你和树立带来麻烦了，我应该控制自己的情绪。"肖风行满带歉意地说道。

"话是这么说，我们不应该防卫过度，或者说我们无权执法。但是像刚才那两个祸害，我也真想能把他们好好地教训一通。挨了一枪的那位民警这不也是拍马屁过头，自己白挨子弹。虽说我们是同行，可他那种人我也看不惯！树立的事情你不用担心，在我表明身份了之后，那位警察用枪指向你的头，树立开枪程序没问题。只是我们人情上，要做得过得去。"刘必成怕肖风行担心便向他解释道。

"风行，跟着你的那两个特工也太凶悍了吧。对方可是警察，还拿着枪，可他们说开枪就直接开枪。对了，还有件事也和你说一下，我听见刚才带队的那位警察对刘局说到了李保宁处长的名字，按照当时说话的上下文推断，被你揍的那小子应该是李保宁的儿子。"吴梦显得惊魂未定地说道。

"别怕，梦梦，我想就是因为对方警察拿着枪指着我的脑袋，树立才毫不犹豫地开的枪。他们的任务是不惜代价保护我的安全。都怪我太冲动了，给大家造成那么多麻烦，还伤了一个警察。你刚才表现得特别镇定。说真的，刚才是你把困局解开了，如果刚才没有你拨通局长的电话，事情没那么容易马上平息。"肖风行此时已经完全平静下来，他真诚地表达着自己的歉意和对吴梦勇敢、机智的赞叹。

刚才吴梦提到的李保宁的名字，一下子让他想起了陈庆馨的事情，应该就是那个李处！

经过这一路的折腾，肖风行和吴梦到江南 Mall 的时候已经是中午时分了。刘必成不紧不慢地跟在他们后面，今天的事件后，他明显更加警惕，于是在肖风行邀请他一起用餐时，他点点头表示同意。但是当他们走进一家粤菜馆时，他却一个人坐到了他们的身后，肖风行知道他要时时警戒，便没有再邀请他坐过来。

"你好，请帮我点两份果皮蒸泥猛，一个凉瓜炖排骨，再来一份陈村粉，现在有什么鲜嫩的青菜？好的，就要盐水菜心吧，也是两份，一碗白饭。好了，就先要这么多。点两份的给后面坐的先生上一份，白饭也上给他，我们吃陈村粉。对了，要两小碟花生米，我们这儿有人爱吃。"肖风行看完菜单后向服务员安排道。

"风行，你怎么对粤菜那么熟悉呀？你点的菜我基本上都没听说过。哦，我忘了你原来在深圳工作。好吧，你见多识广，不许嫌弃我这个没见过世面的女生。"吴梦对肖风行的安排特别满意，她享受这种被他关心和宠着的感觉。她知道肖风行很多时候都特别在意她的感受，虽然肖风行没有询问她要吃什么，但是她知道肖风行全都会按照她的喜爱去点。不光是吃东西这件事情上，生活的很多细节上，肖风行都流露出这种对她的关爱和用心。每每想到这些，吴梦的内心总是充满了欢喜，但有时也会浮现出一丝隐忧。

"明乐哥，你可别气着了，你看你的鼻子还在流血呢！你说他，一个研究所的臭小子，竟敢在咱们的地头上耍横，找机会我一定帮你搞死他！明乐哥，你倒是说句话呀，你这么不发话，兄弟们可是群龙无首。咱可不能忍了这口气，迟早干他！别生气了，这不咱们计划也有了，就等你一声令下。要不我现在叫陈庆馨那个小贱货来陪陪你。"一群人骂骂咧咧地走进饭店，被簇拥着走在前面的，正是挨过打的李明乐。他们直奔里面的房间，并没有注意到坐在角落的肖风行等人。

"风行，我刚才好像听到那几个家伙提到了陈庆馨的名字，不会那么巧吧？这和那丫头有什么关系呀？"吴梦显露出有些不解和害怕的样子来。

"嗯，我也听到了，可能是巧合吧，他们说的不一定是同一个人。咱们吃完就走吧，我不想和这帮人再有什么纠葛，真是一帮无聊的猪！"肖风行露出厌恶的表情，他的确从小到大都最讨厌李明乐这一类所谓的衙内。

"安平姐，请你帮我监听一下市局李保宁处长儿子李明乐的电话。对的，就是那个和秦方有联系，帮陈庆馨开看守所探视证明的李处长。"肖风行随即把今天的经历大概向安平说明了一下，听到李明乐他们提到陈庆馨的名字，他有些替她担心。

"好了，我吃饱了，嗯！真的吃得好饱。风行，你让我吃那么多好吃的东西，每次我都吃多。要是我长胖了，你会不会嫌弃我，不爱我了呀？啊，我再也不敢乱吃东西了。我看电视上的节目里说：女人老了的标志性特征就是身体变厚了，我可不要变厚！"吴梦撒着娇假装抱怨道。

看到肖风行没有反应，吴梦觉得他的样子好奇怪。"哎，风行，你在想什么呢？我都变厚了，你给我赔！不理你了，人家那么重要的人生大事，你怎么无动于衷呢？"吴梦哪里知道此时肖风行正在和安平沟通交流。

"噢，对不起，梦梦，我刚才走神了。你才不会胖呢，你的身材是最棒的！好的，咱们走吧，必成，你吃完了吗？"肖风行转过身去问刘必成。

"哈哈，我吃得快，早就吃完了。你们先上车，我去给树立打包点吃的，他跟我说刚从医院出来还没吃东西呢。"刘必成站起身来说道。

"没事，那咱们就一起等一下吧。梦梦，麻烦你去给树立打包一份叉烧，主食要葱油饼吧。这两样东西最快，小伙子吃起来也最来劲儿。"肖风行走过去坐到刘必成的旁边，吴梦点头答应着走向柜台去打包。

"肖先生，您太客气了，那我就恭敬不如从命了。我去下洗手间，您稍坐片刻。"说着刘必成转身离开。

"风行，我进入了你说的那个李明乐的手机，我在他的短信系统中找到不少他骚扰陈庆馨的内容。从陈庆馨回应的情况来看，陈庆馨属于被迫受辱的状况。估计和她父亲陈天明的事情有关联。再有就是李明乐和秦方没有联系，看来他们之间不认识。我了解了一下这个李明乐，在西坦算是一害。他依仗着父亲的权势，做过不少缺德的事情。他手下的人在市里垄断和控制了主要娱乐场所，有几起暴力伤害事件背后的黑恶势力都指向李明乐。只是因为他的保护伞强大，并没有真正触及他。几次都是最终找了小喽啰顶罪，他的公司出钱摆平之后不了了之。我看要是这家伙盯上了陈庆馨，恐怕陈庆馨的处境堪忧。"安平说到这里的时候，肖风行心中的怒火再一次被燃起，他即刻觉得在路上揍李明乐揍轻了。

"明乐哥，我刚才在收银台看见了上午的那个妞儿了。就是和研究所那个小子在一起的妞儿，你说巧不巧？我估计那小子也在这里，我们要不要搞一下他们？"和李明乐一起被打的喽啰发现正在打包埋单的吴梦，马上回到房间向李明乐汇报。

"走，给我搞他们。"此时仗着人多势重的李明乐，胆量和信心在膨胀。他披上挂在椅背上的衣服，带着一群人气势汹汹地冲向饭店的收银台。

听见有人群躁动的声响，肖风行转身回头望去，正好和李明乐一伙目光相对。"这小子在这里。"一声呼叫后，刚才汇报的那人率先朝着肖风行的方向冲过来，后面的打手见状纷纷跟着涌过来。

"谁都不要动！谁再往前一步我就打死谁。"刘必成高声呵斥道，此时的他已经双手握枪，冲到了肖风行的面前。这突如其来的变化，一下子把李明乐一伙人镇住了。他们打量着、试探着刘必成。

"你们马上离开，不要有任何妄想。我现在表明我的身份是警察，你们再不离开就是阻碍警察执行公务。再上前一步，就是准备袭警。马上离开！"刘必成厉声命令道。

"你算什么警察，你要是警察你能不认识我李明乐吗？我看你是不想混了。"话是这么说，但李明乐并没有再往前靠近，他站在那里挑衅着。虽然他心里吃不准，但是他不甘心就这么离开。正在双方僵持不下的时候，吴梦走过来。她见到眼前的局面马上反应过来，在她正准备向后回到肖风行身边的时候，那名挨过打的马仔却突然向她冲过来，准备控制并劫持她。当他伸出胳膊强行想勒住吴梦脖子的时候，吴梦猛地用双手擒拿住那只伸过来的手，就在那一瞬间，吴梦娴熟地控制住袭击者，并把他牢牢地扭住动弹不得。

伴随着袭击者杀猪般的嚎叫声，肖风行和刘必成被吴梦的反应能力和反制能力震惊。李明乐一伙也被当前的局面搞得不知所措，他们惊异地望着眼前这非比寻常的一幕。

这时饭店的值班经理报警有人滋事，接到报警后，当地派出所的民警迅速赶到现场。看到有当地民警来到现场，李明乐一伙人马上恢复了元气。

"哎，你们看呀。有人冒充警察持枪行凶，你们警察是怎么保护我们无辜群众的？"李明乐一伙人嚣张起来。

"同志，我们是安全局的，正在执行任务。遇到地痞无赖挑衅，我再次表明身份，请你们配合我们，确保我们的安全！"刘必成枪口放低后对着派出所的民警说道。

"什么安全局的？警察叔叔，我给你们汇报，两小时前就是他们在环城路上暴力行凶，把我们的车也砸了，人也打了，他们就是假警察，真土匪！"挨揍的马仔叫嚣起来。

听到他们这么一说，赶来的警察反而解除警戒。他们刚才已经收到最新通报，被要求全力支持、配合相关特勤组的行动，于是领队的警察用手指着李明乐一伙人说："不要让我再看见你们寻衅滋事，否则不客气！"

当地派出所民警的表态让李明乐下不来台，他僵在那里欲罢不能，于是他索性在那里破口大骂起来道："你们是什么警察？我看就是厌包。今天这事儿你们不妥善处理，你们吃不了兜着走。"看到李明乐来劲儿，他手下的那帮混混们也跟着一通叫嚷。

"通通给我蹲下，双手抱头！蹲下！"带队的警察被李明乐的气焰激怒，于是他命令李明乐一伙人。

"刘队，算了吧！这小子是李保宁处长的儿子，是咱们西坦有名的恶人，让他们离开就好了，犯不上把事情搞大。"旁边一名认识李明乐的民警悄悄地对那位叫刘队的人说道。

"必成，你先把枪收起来。伙计们，辛苦你们了，我们是一个小组的，我们还有事情就先行一步了，你看我刚从医院回来，午饭还没吃呢，饿得是心发慌！抱歉！我们先撤了。"这时陈树立根据刘必成的定位赶了过来，他一边说着，一边对刘必成和吴梦使眼色，催他们离开。

"好的，刘队，辛苦您了，我们走！"刘必成知道久留无益，马上向那个被称为刘队的人挥手示意，同时拉着肖风行就往外走。

在李明乐等人仇恨加无奈的眼神注目中，肖风行一行四人离开饭店。

"风行，咱们回家吧，我被这些家伙搞得什么心情都没了。明天或者什么时候我自己去找晓雯姐拿化妆品就行了，我看你好像情绪也不高，咱们回去吧。"吴梦流露出受到惊吓之后的疲惫，车上，她拉着肖风行的手轻轻说道。

"没事儿，这不算什么。你知道吗？对这种坏蛋，如果你不彻底打击他们的气焰，他们会像野狗一样盯上你没完没了！"肖风行轻蔑地说道。

"知道，就是不想你的心情受到这些人和事的影响！还有就是你的拳脚好利索，亲爱的，在环城路上你打他们两个的时候，我都看呆了，好像是奥特曼打小怪兽一样。"吴梦感觉到肖风行的心情并没有受到太多的影响，于是她兴奋地夸奖起他。

"我那不算什么，倒是我觉得你那手擒拿让我大开眼界。我估计我不是你的对手，看来以后我不用保护你了，相反，我可以寻求得到你的保护了。"肖风行话中有话地说着。

"哎，你也太小看我们警官学院毕业的学子了吧。我跟你说，风行，我读书的时候每门功课可都是优，包括枪械和格斗。如果要是用枪的话，我那枪法可号称神枪。"吴梦在刚才情急之下本能的反应和格斗能力展露在众人面前，她索性自豪地报出家门。

"警官学院毕业的不当陀枪师姐，怎么做了律师？"肖风行知道吴梦读书的学校，可是他不知道吴梦做律师的选择背后的原因是什么。之前吴梦没有说过，他也从来没有问过，今天话说到这里他索性问道。

"我爸妈不想让我做风里来雨里去的工作，他们可只有我这么一个宝贝女儿。再说了，鲁迅先生起先不也是学医的嘛，可是他后来觉得国人需要医救的不仅仅是身体，更重要的是内心！我这不也是从更根本的角度去从事法律工作吗？还不用让爸妈担心，我就是一个忠孝两全的大好女子！我这么懂事，你爱不爱呀？"吴梦的解释非常有说服力，说得肖风行只好连连赞叹。

他们两个一路聊着，车子很快就来到了光影止步红酒店。肖风行停好车，吴梦迫不及待地下车，她拉着肖风行就往里走。

"晓雯姐，我们过来了。哦，好的。我现在去你的办公室吧，风行在外面酒窖看酒就行了。他才不爱看什么化妆品呢，再说他也看不懂！"在门口吴梦接通了晓雯的电话，两个女人叽叽喳喳地说了起来。

肖风行在酒窖里慢慢地欣赏起酒来。在夏天元和高中光的带动下，他也开始迷恋红酒。他对好的红酒在饮用中，体现出的那种复杂、发展、平衡的过程非常痴迷，他觉得红酒就像人生：不断地积累、陈化，只为了那绽放的一刻。红酒的一生，都是在等待懂他的人开启它的一刻。这样算来，它们的生命也就是绽放几个小时！每次想到这时，肖风行的内心甚至会有一丝感动。

隔着酒窖的门，都可以听到吴梦和晓雯两个女人开心的笑声。想到夏天元和晓雯，肖风行的心中总是会涌起一丝异样的感觉。

"风行，快出来吧。你还要不要老婆了？酒窖里不冷吗？哎呀，里面好冷，快出来吧。我和晓雯姐聊得差不多了。你看这些全是晓雯姐送我的，除了化妆品，还有一个漂亮包包，晓雯姐说这是 K 国才有的限售版！"吴梦推开酒窖的门，在门口兴奋地诉说着。

"那怎么好意思，这也太贵重了吧！"肖风行走出来非常不好意思地说道。

"风行，梦梦，你们两位就不要再客气了。咱们是那么好的朋友，而且你家风行是我们店里的大客户。你可能都不知道，风行在我这里的存酒价值百万元以上。我这也算是回馈重要客户。就请你们二位不要再客气了。"晓雯的解释让吴梦觉得心安理得了一些，也让肖风行略感吃惊。他没想到自己已经买下这么多的酒。

在离开光影止步红酒店回家的路上，晓雯给肖风行打电话。"风行，我过两天要和天元一起参加小川幼儿园的活动，我是以孩子姨妈的身份去的。有些事情我不是很好问天元，我想你能给我点建议好吗？我应该怎样表现，才能让孩子和其他人感觉自然？"

"好的，晓雯姐，我知道了。我要想一下，我晚点儿回你电话好吗？"肖风行被晓雯的问题问住了，他觉得这件事情比较重要。一时之间不知道怎么样回复晓雯，于是他先这样回复。

"是晓雯姐吗？她找你什么事情呀？"吴梦鬼鬼地笑着问道。

"嗯，是。她问我她要是参加小川幼儿园的活动，她应该怎么样才得体。我一时之间答不上，所以我想回去想一下再给她回话。"肖风行把刚才的情况向吴梦说明了一下。

"晓雯姐真是的，这种事情问你这种没有孩子的男人有什么用？是不是她太紧张了？她这是第一次介入夏总的家庭，正式以家长的身份出现在孩子的面前吧？"吴梦带着不同寻常的笑容问道。

"我觉得应该是吧。之前没有听夏总说过他们一起参与和孩子有关的事情，我估计晓雯姐心里也是拿不准主意。她不太想让夏总觉得她为难，所以她只好问我。这符合她一贯的行为处事方式，她追求细节，力图完美！我等下问一下安……"说到这里的时候，肖风行几乎说漏嘴，他差一点儿说问一下安平。

"哈哈，有趣儿。我觉得这就叫赶鸭子上架，你慢慢想吧。晓雯姐的问题我和你一样也是不懂，我就不和你们掺和了。"吴梦一边说着，一边高兴地摆弄着她那一堆的礼物。

肖风行大致上和安平沟通了一下晓雯提出的问题。安平知道了晓雯的想法和顾虑后，她建议肖风行这样和晓雯讲：不用刻意讨好孩子，准备一个小礼物给小川。让夏天元提前告诉小川，阿姨会和爸爸一起去参加幼儿园的活动。让夏天元先主动介绍晓雯给小川的老师认识。肖风行一一记下后，安平才离开。

回到家后，肖风行拨通了晓雯的电话。他按照安平的交代一一做了说明和陈述。边上的吴梦听得有些发呆。她可以从肖风行的表情和语气中，知道电话另一端的晓雯也是非常惊奇和诧异的。中间有几次，晓雯会请肖风行再说清楚一下，很显然她在记录。

夜深了，吴梦已经睡下。肖风行一个人在书房里无法平静，对于马上要真正实施的越空行动，他从未这么紧张和期待过，仿佛是大战前的最后宁静。

十八、回 天

"风行，这是安全局相关技术部门为咱们小组完善的事件推演系统。框架是你们做的，但是他们在事件因子的处理上下了力气。现在的系统可以实现因子在过去和未来之间相互印证，你们运行一下。如果逻辑通顺，我们就可以着手展开时空介入行动了。"夏天元一早来到肖风行的部门。

"好的，我们马上开始试运行一下，我想他们的视角一定和我们只做技术的部门有所不同，肯定对我们非常有帮助。"肖风行一边说着，一边马上着手安装新的系统。

"等一下有空你来我的办公室，我有事情和你商量。"说完，夏天元用手在肖风行的肩膀上轻轻地拍了一下。

肖风行安排了其他几个研究员，请他们马上开始用多因子测试安全部完善后的事件推演系统，并且让他们随时通报进展和匡算完成试运行的周期。之后，他离开部门去找夏天元，他知道夏天元一定有重要的事情和他商量。

"夏总。"肖风行敲门进来后，发现夏天元正在通电话，于是他走到一旁坐到沙发上等着。

"是的，明天上午9点钟前到就可以了。我昨天和小川已经说好了，他知道是你，他的晓雯阿姨代替妈妈出席活动。放心吧，他知道妈妈赶不回来，我一直和他说妈妈工作的地方特别远。我用我们所的人工智能系统模拟安平和他通过几次电话，他不知道妈妈已经去世了。"夏天元一边和晓雯通着电话，一边用手示意肖风行稍等一下。

"抱歉，风行，刚才是晓雯在和我通电话，她准备明天和我一起到小川的幼儿园里参加他们的活动。我觉得她有点紧张，这不又打电话和我确认一些事情。"夏天元放下电话，走过来坐到肖风行边上。

"正常的，她没有孩子，估计对明天的活动没底。昨天我和吴梦到光影止步红酒店去拿化妆品，晓雯姐还特意问了我该注意什么。我也不懂，我就马上问安平姐。"肖风行大概把前一天和安平、晓雯沟通的情况说明了一下。

"哈哈，难为你们了。你看就是这一件小事，牵动了多少人呀！"夏天元端起一杯茶递给肖风行时说道。

"夏总，您说这些就太客气了。能为您和安平姐做点事情，是我的心愿和荣幸。"肖风行真诚地表态道。

"好了，兄弟，你的心意我领了。这事是小事情。我现在最关心的是你的推演数据，安全局的人也是高度紧张。刚才拿给你的系统已经列入了国家最核心机密。这方面你是专家，怎么看呀？有没有信心和把握？"夏天元说到这时，表情变得严肃并且有一丝焦虑流露出来。

"之前我和安平姐已经反复地测试和修补过系统。这次安全局对过去和未来因子的互动互正程序了增补，这将促进我们的系统进一步完善。您放心吧，我们项目组应该可以在本周内完成系统升级。还有就是，我针对凯之的事件做了多次和严谨的推演，结论是这样的……"肖风行把自己多次验算和安平的提示及补充情况，详尽地向夏天元做了说明。

"风行，今天我这么急找你过来，是想告诉你，悟空委员会已经通过了关于把凯之的事件作为我们实质上介入越空行动的首单。从现在开始，凯之的事情已经不是我们朋友之间的事情，他已经上升到了国家战略和安全的高度。这个事情是中影总向委员会上报，最终争取来的。说实在的，这个立项让我松了口气。现在我们可以非常公开和正式地运作这件事了。"肖风行可以从夏天元的语气中，领会到他的确有一种如释重负的感觉。

"夏总，还有一件事情我想也正面向您汇报一下。"说到这里的时候，肖风行停顿下来。

"接着说呀！怎么突然停了下来？"夏天元不解地望着肖风行问道。

"我想把安平姐的车祸事件也作为下一阶段的越空标刻点。我想到现场看一下，有没有挽回的机会，至少我想知道事情的真相！"肖风行怔怔地望着夏天元说道。

"真相？你什么意思？"听到肖风行这么说，夏天元有点被搞糊涂了，于是他诧异地问道。

"我做过一个梦，梦里的情形非常清晰和真切。后来我把我的梦对安平姐讲了，她说我的梦境和她最后时刻的残留记忆高度吻合。我觉得有可能是我和安平姐在意念上沟通比较多，她的部分意识在她未感知的情况下传递给了我的大脑，从而在我的脑中形成了一些事件的投射。我觉得我在梦中所经历的场景，极有可能是安平姐在她车祸现场的记忆残留片段经我的大脑重建后的结果。"肖风行一股脑儿地把自己的想法说了出来。

夏天元默默地听着肖风行的讲述，他的思绪被带回到了那个黑暗的时刻，和妈妈去世一样，安平所遭受的意外带给他的每一份记忆都是痛苦和辛酸的。

"把车祸的现场作为一个标刻点的想法，我之前已经和安平姐商量过了，她不反对。您看可以吗？"肖风行看见夏天元半天没有反应，便追问道。

"抱歉，我刚才有点儿走神了，其实我内心里是有些怕这件事情的！我这样说你可能不容易理解，我觉得自己是在潜意识里回避。就好像相文是最近才告诉我他之前的太太晓云的事情一样。他对自己的那段往事也是在内心里本能地回避，算是一种远离痛苦和恐惧的自我保护机制吧。你按照自己的想法去做吧，你问我，我对此是真的想不清楚。"夏天元沉吟半响后幽幽地说道。

肖风行知道夏天元心中的矛盾，于是他郑重地点点头，表示明白和理解。随即他站起身来向夏天元道别离开。

"老王，这是第一标刻点的基本因子的细节清单和节点要素表。你和陆工再带你们小组其他几个人，把它们带入到新的推演系统里。我这次的要求是主干线上的节点做 10 层枝节推演，支线上的节点做到 5 层枝节的推演延伸。"肖风行回到办公室后，马上和小组成员分工安排起来。

按照之前和安平商量过的推演深度，肖风行迫不及待地展开了最后的演算工作，他感觉到自己能隐隐听到凯之欢快的笑声了。

K 国的国防工业公司科技部的实验又一次遭遇了失败。威尔·史密斯在越空传输的实验中经历了一次又一次的失败。子空间的宏观物体在粒子化后顺利实现跨越，但是在融入母空间的过程中，不能克服速度差，从而导致无法复原重组。

"威尔，我的孩子。到我的办公室来一下好吗？"沃顿在电话里让威尔·史密斯去和他会面。

"根据阿尔蒙德他们情报部最新的消息，中国人已经开始实质性跨越时空了。我们的特工认为，他们已经取得了突破。"沃顿用尽量舒缓的语气说道。

"非常遗憾，我们还是在速度差问题上无法攻克。这样等于我们没有办法重组有机体，我们的测试止步于分子层面。"威尔·史密斯心事重重地回应道。

"我的孩子，我现在要给你说一点科技以外的东西，应该会对你有帮助的。"沃顿说着将威士忌倒入杯子后递给史密斯。

史密斯满脸疑惑地望着沃顿，他不确定沃顿会跟他沟通什么。

"是这样的，我们的特工已经渗入到了一家叫作阳山研究所的中国科技机构。在几个月之前，我们成功地入侵了他们的主测试系统，在他们发现我们之前，我们得到了部分他们的研究路径和思路。我把得到的这些资料交给了里奇博士，当时我不想对你的研究造成任何影响。所以我一直没有和你沟通过这件事。"说到这里，沃顿停了下来，他注视着史密斯的表情。当他确认史密斯非常镇静的时候，他用手中的酒杯碰了一下史密斯的酒杯。

"阳山所的研究员是一群不知疲倦的家伙。他们在半年前，已经攻克了微型核聚变装备，他们跳跃性地离开了之前的研究主题，你还记得吗？也就是一年前吧，他们还纠结在电能的无线传输和储能上呢，现在他们早已绕开、跳过了这个阶段，直奔主题。他们在思路上和我们非常接近。我们的特工暂时无法得到更确定的最新动态，但是有迹象表明，他们开始实质性实现真实跨越时空了。"沃顿接着说道，从他的语气中可以感受到他的心情非常复杂。

"里奇博士没有和我沟通过这件事情。现在我想请问您，他对中国研究团队的进度和前景怎么看？"史密斯终于还是没有忍住，于是他马上追问道。

"里奇博士起初对阿尔蒙德的报告嗤之以鼻。但是，随着事件的不断进展和情报的更新，他现在开始有点慌乱了。他知道现在中国人已经走在我们前面了。"沃顿呷了一口酒回答道。

"威尔，我请你过来是想正式告诉你，我希望你愿意接手那些我们从中国人手中得到的资料。说不定对你有启发，你说呢？"沃顿知道史密斯不肯服输的性格，所以他非常委婉和谨慎地说道。

"谢谢您，我会尽快接手这些资料的，抱歉，让您失望了。"史密斯言语中肯地说道。

"谢谢你，威尔，你这么说我非常开心！干杯，我觉得属于我们的时间不多了。最近我总是能闻到危险的味道，我不知道它什么时候降临，也许是下一分钟！"沃顿表达了他内心的恐惧和担忧。

"天元，你看我穿这件衣服参加活动好不好？"晓雯从家里拿了几件衣服到夏天元家里，准备让夏天元帮着确定一下明天一早去小川幼儿园的装扮。

"你穿什么都好，我看这几件衣服都挺合适的。晓雯你不要有太大的压力，我们只是去参加孩子的活动而已！"夏天元知道晓雯征求过肖风行的意见后，觉得她在这件事情上太过认真了，于是他连忙赞美她的人和审美品位，并且请她放松下来。

"我就知道问你也问不出什么名堂。好吧，我就穿这件毛衣外套吧，你看我像不像一个妈妈？"晓雯见夏天元没什么正经主意，便自己挑出一件外套来。

"晓雯，等一下咱们两个一起去幼儿园接小川放学吧。也算是提前预热一下，你看行不行？"夏天元觉得提前铺垫一下，可能儿子的接受度更高一些，于是他建议一起去接小川放学。

"儿子，你看爸爸和谁一起来接你了？"夏天元拉过儿子的手，指着晓雯问道。

"晓雯阿姨好！"夏川有点儿吃惊，但他马上礼貌地问候晓雯。

"乖！小川真有礼貌！这个礼物阿姨送给你，这是一个乐高的警察局套装。"这时，晓雯从她的大手提袋里拿出了一套乐高玩具送给夏川。

谁知夏川并没有马上接过，而是向夏天元问道："爸爸，阿姨给我的玩具我可以要吗？"

"当然啦，晓雯阿姨可不是别人，她是爸爸最好的朋友，你知道吗？妈妈明天没有办法参加你们幼儿园的活动，她委托晓雯阿姨代替她和爸爸一起去，怎么样？这下老师和同学不会再说家里只有爸爸参加活动，从来不见妈妈了吧？儿子，你看晓雯阿姨和妈妈长得是不是特别像呀？"夏天元在积极地做儿子的准备工作，于是他一边对晓雯使着眼色，一边笑眯眯地说道。

"小川，快拿过去吧，爸爸都同意你接受礼物啦。等下上车后，你可以马上打开看一下，是不是你喜欢的。"晓雯说着轻轻搂住小川的肩膀。

在爸爸的鼓励下，一上车小川就马上打开盒子。当里面的各种人物造型和场景呈现在他面前的时候，他兴奋地欢呼起来。"爸爸，我跟你说，这个就是那个坏小偷，你看他的脸上还有胡子。哦！这是一匹警察骑的马。爸爸，你看，马的身上有警察的标志，超帅！"小川一路惊叹着，间或也会拿起一两个部件给晓雯看。

夏天元在前排开着车，就听到儿子和晓雯在后排的欢声笑语。此时，他的心中充满着快乐，那种久违的美满的感觉，在不经意间回到了他的身边和心里。

三个人在外面吃完饭后一起开车回家。这时小川和晓雯已经熟络得很了，小川在背诵着学来的唐诗。这些唐诗有的是幼儿园教的，有的是夏天元教的，还有的是奶奶生前教过的。晓雯使劲儿地给他鼓着掌。

"爸爸，我想给晓雯阿姨背那首你写的诗，好不好？"突然小川停下来问夏天元。

"当然好了。不过爸爸的诗可没法跟那些唐诗比！"夏天元鼓励着孩子说道。

于是小川开始大声朗诵道：

> 西土高风地气扬，
> 黄河北曲贺兰长。
> 金沙金河金秋月，
> 长滩长水长风歌。

"还有一首呢。"朗诵完了一首诗后，小川接着说道：

> 日照坡前催丽珠，
> 碧蔓滕头未敢摘。
> 寒霜夜降凝霞雾，
> 沙露参透琼浆来。

随着小川的吟诵，晓雯的心被带向了那遥远的塞上。她突然觉得内心一阵震颤，在夏天元的诗中，她完全听懂了他对故乡的思念和热爱！此刻，晓雯想到半年前陪同夏天元走过他母亲最后一程的艰难时光，也想到了满园的葡萄在夏日风中摇曳。

"晓雯阿姨，你觉得我爸爸的诗好不好？我觉得爸爸的诗能让我想起奶奶，爸爸说他的诗写的是家乡的风土。"小川看到晓雯有些发呆，便这样解释道。"嗯，小川解释得真好。阿姨一下子明白爸爸的诗了。"晓雯紧紧地搂住小川没有再说下去。

晚上 9 点 30 分，夏天元安排小川洗澡睡下。等小川躺下之后，晓雯过来在他的额头上亲了一下说："晚安，宝贝，做个好梦。"

当晚，肖风行和他的小组彻夜未停。他们在全力做新推演系统的带入事件因子测试。测试的过程中，肖风行多次和安平沟通。安平了解了测试情况后，对新系统的运作情况非常有信心。她认为继续越空的介入试验更为迫切和重要。推演的层级永远无法穷尽，当前的因子和节点的设计已经足够周全，应该尽快继续展开越空介入。肖风行非常认同安平的观点，他表示会在几天之内提交测试结论。

"起床了，儿子。今天是晓雯阿姨做的早餐，可香了！快起床吃饭喽。"一早夏天元叫醒了夏川。

吃过早餐之后，李梅忙着过来收拾餐具。她见到小川坐在椅子上，嘴里哼着音乐快乐的样子，便问他道："小川，今天这么开心，是不是晓雯阿姨要和爸爸一起陪你去幼儿园呀？"

"嗯，李阿姨。今天我要让老师和同学们都见一下晓雯阿姨，她和我妈妈长得可真像。只有我才知道她是晓雯阿姨，别人都会以为她是妈妈。等妈妈回来了，晓雯阿姨就可以不用假装了，可是没有人会知道这些。李阿姨，你也要保守秘密。"小川认真地向李梅说道。

"嗯，这可真好，等你妈妈回来了，大家保管都看不出来！"李梅随声回应着。

"咱们出发吧！小川，你看今天阿姨打扮得像不像妈妈？"晓雯说着还摆出特别慈祥的样子，她的样子直接把夏川逗得笑了出来。

"儿子，今天你就叫晓雯阿姨妈妈好不好？反正也没人知道她是晓雯阿姨。"夏天元在一旁马上接过话题说道。

"啊，这样算不算骗人呀，爸爸？"夏川看着夏天元和晓雯问道，从他的神态中可以看出，他是希望晓雯今天以妈妈的角色出现在老师和同学们面前的。

"当然不算骗人了。你想想，这可是妈妈亲自安排的事情，对不对？现在妈妈最想做的事就是让晓雯阿姨代替她陪着你。"夏天元觉得时机成熟，便做起儿子的说服工作。

到了幼儿园之后，夏天元有意走在后面。这时，只见小川的小手不自觉地和晓雯拉在了一起。有时候在看挂得高一些的画作时，晓雯会把他抱起来看。时而她又会俯下身来，跟小川议论些什么。夏天元悄悄地把这一幕用手机录下来，他此刻的心情难以名状。有幸福，也有为安平现在状态的悲哀。之后，他们三人站在小川的作品前，请其他家长帮忙照了几张合影。照片中大家的表情充满快乐和幸福。

幼儿园的老师们都理所当然地把晓雯当成了小川的妈妈。夏天元向班主任谢老师解释了一下，孩子妈妈长期在国外工作，这次是专程赶回来参加儿子的活动的。于是晓雯也拉着谢老师的手，说这说那，极力地表示自己没尽到妈妈的责任，给老师们添麻烦了。在家长和老师们交流的时候，孩子们去后台准备小节目去了。这时，只见小川跑到晓雯身边，拉着她的手说："妈妈，我想尿尿，可是我的扣子解不开。"在一旁的夏天元听见后马上过来说："爸爸带你去。"

　　听到小川叫自己妈妈，晓雯心中的母爱一下子被点燃。她马上拉起小川的小手，对夏天元说她带孩子去，让他陪老师多交流。夏天元望着小川离开时的样子，他能感受到儿子心中的快乐。在接下来的演出中，孩子们的表演掀起了这次活动的高潮。在音乐声中，小川和班里的孩子们跳起了迈克尔·杰克逊的经典舞蹈。演出结束后，晓雯拉着夏天元跑上去拥抱了小川。这时其他孩子的家长也都过来，大家一起欢庆这一温馨时刻！夏天元从儿子的表情里，看到了他的骄傲和幸福。儿子自信微笑的样子，让他铭记这一刻。

　　上午的活动结束了，孩子们继续上学。夏天元和晓雯驾车离开，在回去的路上，夏天元的心仍未能平静。他握起晓雯的手，拉到嘴边亲吻了几下。他动情地说道："晓雯，谢谢你，我爱你。"晓雯紧紧握着他的手，两个人觉得此刻不需要什么言语。

　　"风行，我监听到李明乐的电话，他在电话中威胁陈庆馨。他说要陈庆馨马上到他的会所去，否则就把她和秦方的丑事揭露出去，让她没法做人。看来这个李明乐已经知道了陈庆馨被秦方虐待挟制的事情。"安平急匆匆地通知肖风行她刚刚窃听到的内容。

　　"好的，安平姐，你帮我随时跟踪陈庆馨的位置。我不想这个可怜的女孩子再受更多伤害。再有，我想把上次看守所袭击的事情的部分线索引到李明乐的身上，看能不能借此把他这个祸害给除掉。安平姐，你觉得可行吗？如果可行，也请你帮我设计一下。我现在出发去找一下陈庆馨！"说着肖风行离开办公室，准备去找陈庆馨。

　　"必成，我有件事情必须和你说一声，我的一个朋友……"肖风行遵守着安保制度，大致上和刘必成说了一下自己和陈庆馨的事情，当然他隐去了陈庆馨的关键隐私部分。

"收到，我无权过问您的私事。我和树立会全力保证您的安全，谢谢你那么信任我。好的，咱们出发吧！"刘必成对肖风行和他们研究所的核心人员充满敬佩和尊重之情，他知道这些被他们保护的人是国家、民族的脊梁，他早就做好了随时为他们和他们伟大事业牺牲的准备。

"梦梦，你现在有时间吗？我的一个朋友透露给我，李明乐，对，就是上次在路上挑衅我们的那个猪，他掌握了一些陈庆馨非常私人和不雅的证据。我见面和你说吧，我现在担心陈庆馨会有麻烦和危险。我想你和我一起找她一下。"肖风行一边向外走，一边打电话给吴梦。

"风行，抱歉，我现在已经到省城了。上午走得急，我也是到办公室以后所里紧急通知我出差的。陈庆馨那丫头真可怜，你要是能帮就帮帮她吧，放心，我不吃醋！爱你。我正开会呢，我大概今天下午回西坦。先不和你说了，晚上回家聊！"吴梦匆匆忙忙地把电话挂掉。

"风行，我发现了一个重要线索。上次看守所遇袭的事件中的 17 号监仓里有四名在押犯和李明乐有密切关系。这四个人是三个月前一起暴力追讨案件中的两名主犯和两名从犯。当时李明乐一伙放高利贷给一家小工厂的老板。10 万元的本金，两个月之后连本带利要还将近 50 万元，那个老板还不起，李明乐一伙就把他打成重伤，强迫拍了他女儿的裸照，还砸了他的仓库。后来老板的女儿自杀，事情越搞越大。不得已李明乐让当时行凶的四人投案顶罪。李明乐告诉他们，很快就可以放出来。可是赶上这一波严打，他们的案件又间接造成当事人家属死亡，他们被重判的可能性非常大。所以这四人的家属经常去李明乐那里闹着要人，李明乐对此不胜其烦，在多个场合表明，恨不得这几个家伙死了算了。所以，我想这是我们的突破口。"安平随后告诉肖风行，现在陈庆馨仍然在广庐。

肖风行马上请刘必成驾车，他们一行直奔广庐而去。路上肖风行拨通了陈庆馨的电话。"庆馨，你好，我现在在过去广庐的路上，你有时间吗？我有些事情想和你商量一下。好的，我估计 15 分钟就可以到吧，我们见面谈！"肖风行可以听出陈庆馨的状态非常差。陈庆馨真是一个命运多舛的人，肖风行想到这里，不禁摇摇头。

来到广庐的停车场，肖风行下车，陈树立也下车陪同他走到庭院的门口。"我和必成在这里等着您，若遇到紧急事件，您可以马上按手机上的红色警报按钮，我们马上就会赶到处理！"陈树立关心地又交代了一遍。经过上次高速路的冲突事件后，他和刘必成的戒备状态明显地提高了很多。

肖风行谢过陈树立之后，快速步入广庐的院落。刚走到正厅门口时，就见陈庆馨正从那里走出来，看她的样子，估计是要去门口迎接肖风行。

"庆馨！"肖风行看见她低头走路的样子，估计没发现自己已经进来，于是他轻轻地叫了一声。

"风行哥！"陈庆馨的叫声中充满了喜悦。在她的心中肖风行是一位特别值得信任和敬爱的人，就是眼前这个男人在她生命之火最微弱之时，重新点亮了她的世界。

"嗯，我来了！秦老在吗？"肖风行说着走上前轻轻地拥抱了一下陈庆馨，他可以感觉到陈庆馨的身体在颤抖，他知道此刻这个姑娘多么需要有人来呵护她。

"秦老要晚一些过来，他昨天晚上被一帮无赖气得不轻。我真怕他老人家有个好歹，那可就麻烦了！"陈庆馨的语气中流露出浓浓的担心之意。

"什么无赖？怎么回事？你快点告诉我。"肖风行听说有人到这里闹事，搞得秦朔病倒了，心中的火一下子被点燃，于是他提高了音量急切地询问起来。

"是市里的一群坏蛋，他们看上了秦老的这个地方。昨天晚上他们来了一拨人吃饭，吃完饭后就借酒闹事，说我们这里是黑店，多收了他们的钱，他们砸了我们的一些家具，秦老闻讯赶来的时候，对方仗着人多，并不给秦老讲理和解释的机会，还差点把秦老推倒。他们的人故意摔倒之后，反而诬陷是被我们的服务员打的，后来派出所的民警来了之后，大家都能感觉出来警察也不想管这个事儿！这帮人当着警察的面更加猖狂，带头的人说除非秦老把这家店卖给他们，否则没完！"陈庆馨悲愤交加地诉说道。

"这是一帮什么人？怎么如此猖狂？难道就没有地方去讲理了吗？"肖风行强忍住胸中的怒火追问道。

　　"风行哥，这帮人的后台老板是一个叫李明乐的人。这个李明乐是西坦的一霸，他的爸爸是市公安局的一个领导，在西坦，很多人都怕他们。"陈庆馨小心地说道。

　　"又是这个混蛋！我那天真应该打死他！"此刻的肖风行再也按捺不住满腔的怒火和仇恨，他边说着猛的一拳砸在桌子上。

　　"风行哥，你也知道这个李明乐吗？"陈庆馨满脸迷惑地问道。

　　"是的，我不但知道他，前几天我还痛揍了这个混蛋。"于是肖风行简单地把前几天和李明乐一伙遭遇、冲突的事情讲给陈庆馨。当陈庆馨听到肖风行暴打李明乐的时候，她情不自禁地欢叫起来："打得好！"

　　此时，肖风行逐渐冷静下来。于是他双手拢住陈庆馨的肩膀说："庆馨，我今天来这里是为了你的事情。我公安局的朋友监听了李明乐的电话，他告诉我，李明乐在威胁你，他是不是用秦方那个混蛋的事情来要挟你？他想要怎么样？"

　　听闻此话，如同晴天霹雳一般，陈庆馨不由得失声痛哭起来。她太委屈了，此刻终于有个宣泄的地方。她的泪水簌簌地落下，泣不成声地说："我本来根本就不认识这个恶棍。有一次，在他爸爸的办公室无意中撞见过他。那时我常会去找他爸爸，开到去看守所探视的证明。谁知自那以后，他就没有停止过对我的纠缠。我因为陈天明的事情，不敢得罪他们。所以我就是躲闪。后来，不知道他是通过什么渠道了解到秦方一直在用同样的事情胁迫我。他就变本加厉地来骚扰我。他威胁我说，要把秦方虐待我的照片公布于众，除非我乖乖地由他差遣。"

　　"那你？"肖风行直视着陈庆馨问道。此时他的眼中充满了疑惑和杀机。

　　"我拼命躲，我都不敢接电话，看短信。我看透了陈天明，我恨他！我不会再为他做那些没有人格的事情！我恨所有的这些恶狼。可是我觉得这次是我连累了秦老。李明乐可能是因为我才关注到秦老的广庐！风行哥，我现在该怎么办？

我好怕！我觉得我是走投无路了。"陈庆馨在肖风行的直视下，道出了那些深埋在她内心，不愿再提起的痛苦记忆。

"好了，庆馨，我知道了。我想我们可能要将真实情况告诉秦老，不应该让他蒙在鼓里。我知道，这对你来说是一件痛苦的事情。可是，我们不能让关心我们的人不明真相对吗？而且，应该让秦老明白事情的背景，好让他对昨天这件事有充分的考虑和准备。"肖风行决定通过这个突发事件，彻底揭开秦方和李明乐这些渣子的面具。于是，他动员陈庆馨勇敢地把真相告诉秦朔。

"风行哥，我听你的。我不要再这样苟且偷生了！我觉得我死都不怕，更不用怕这些俗世恶人！"陈庆馨此时的回答，语气中恢复了底气和力量。她在肖风行的鼓励下，坚定了抗争的决心。此时，肖风行不仅仅看到了她的决心，更感觉到了她生存下去的勇气。陈庆馨的表态，也让他增强了将此事进行到底的决心！

肖风行安慰好陈庆馨，让她电话告知秦老，他在店里等他，有重要的事情同他讲。在陈庆馨给秦朔打电话的时候，他快速地把刚才了解到的李明乐的相关情况和安平做了一个沟通。沟通中，他可以清楚地感受到安平的愤怒。安平带着与平时非常不同的情绪，表达着她对李明乐和秦方的憎恨。肖风行明白，那是一个女人对可怜姐妹不幸遭遇的同情及随之带来的愤怒和仇恨，不比寻常！

"风行老弟，愚兄惭愧呀！昨天居然被一群地痞流氓给逼得无计可施。你看看，这溪山房里的桌椅也被那帮畜生给砸坏了！好在这画没有被波及呀！我看我还是把这广庐关掉吧，省得生出是非，给大家带来麻烦！"秦朔来到之后，拉着肖风行的手说道。他的说辞中带着悲愤和赌气。

"秦老，您千万不要这么想！我今天赶过来，就是要和您商量些事。有件事可能和昨晚的事情相关。您坐下消消火，咱们慢慢说！"肖风行紧紧握住秦朔的手说道，他能感到秦朔的手在颤抖，那是愤怒的震颤。

"好的，老弟，愚兄愿闻其详。咱们慢慢说。庆馨，麻烦你去给风行冲壶好茶，这事情搞得我是五心烦躁，肝气郁结呀！"秦朔对肖风行的来访深感欣慰。

"秦老，这件事情背后的事端可能是这样的……"于是，肖风行便把秦方如何利用作伪证要挟、占有、虐待陈庆馨的事情和盘托出。他的讲述清晰而平静，可秦朔听得目瞪口呆，怒火中烧。挺长的一段时间，根本就说不出话来。从情感上，他无法接受自己的弟弟是这样一个魔鬼。之前，他只觉得弟弟是一个不好相处的人，那应该是他弟弟有些恃才傲物的原因。可今天肖风行和他描述的秦方，简直就是个毫无道德底线的无耻之徒！

　　看见秦朔的样子，肖风行明白他正在经历怎样痛苦的心理历程。

　　"风行老弟，我真的不敢相信这些都是真的！秦方，他这还算是人吗？他就是一个畜生啊！他愧对我们秦家的列祖列宗呀！"秦朔此时不知如何表达自己矛盾的心情。他知道，肖风行一定不会胡乱编造，这叫他该如何是好呢？踌躇间，陈庆馨端着茶走了进来，她见到秦朔和肖风行沉默、严肃的表情，估计他们已经将事情说开了。

　　"庆馨，我对不起你和你去世的妈妈啊！我把秦方介绍给你认识，原本是想他可以帮助你，给你那个所谓的爸爸求一条生路。却不想给你造成了这么大的伤害！我们真是愧对你呀！我糊涂啊！"秦朔此时不知该怎样表述自己内心的矛盾，只好先这样语无伦次地表达自己的歉意和忏悔。

　　陈庆馨哭着恳求秦朔不要这样说。她知道秦朔都是为她好！他们都是当局者，是受害人，彼此互相劝慰着，温暖着。此情此景，肖风行感觉眼前已是朦胧一片，也更加激起了对始作俑者的无比愤恨。

　　"你们两位都别太难过了。事已至此，关键是我们下一步怎么样去化解，不要让麻烦和伤害再无限制地扩展。你们看这样行不行？我想找个时间再去会一会李明乐，如果跟他讲不通，我就去找那位李保宁处长。我倒是真想见识一下这位黑保护伞。"肖风行无法更多地向两人说明解释，于是他就大概描述了一下自己的想法。

　　"风行老弟，这件事情我觉得可没那么容易。我昨天回去也了解了一下，李明乐一伙人在西坦那可是一害呀！"秦朔不太放心肖风行，于是他担忧地说道。

"秦老，交给我就好了。您自己多注意身体，千万不要为了这事儿伤了身体。再有就是拜托您一件事情，最近庆馨她一直受到李明乐的威胁和骚扰，这段时间您把她看好了，剩下的事情我来解决！你们放心，我现在的身份特殊，走到哪里都有人贴身保护。你们不用担心我的安全。"肖风行为了让他们两人放心，只好对自己的状况稍作吐露。

告别秦朔和陈庆馨后，肖风行回办公室去了。路上他简单地把李明乐在广庐闹事的事情说了一下，刘必成和陈树立听闻之后怒不可遏。一路上三人气呼呼地咒骂着李保宁和李明乐父子。

"安平姐，我的想法是，既然李明乐和看守所遇袭案中的四个遇难者有直接相关性，我们能不能做一些安排，然后把看守所袭击案件的侦破方向指向李明乐。"肖风行的想法立即得到安平的支持，她认为这件事具有可操作性。

得到安平的支持后，肖风行信心大增。他明白安平的赞同是经过周密测算的结果，绝非来自不理智的冲动。于是肖风行就将自己准备约一下李明乐，并且最好在他的地盘上约见，好让他有机会，把部分物证放置好的计划讲给安平。同时，肖风行请安平将他之前盗取的看守所的建筑设计图、管线图、警戒图的资料安装到李明乐的电脑上。此时，安平已经完全清楚肖风行是要将看守所袭击案嫁祸给李明乐。她想：看来这次肖风行是绝不会轻易放过李明乐了。

"必成、树立，要辛苦你们一趟。我突然想起来我要回趟家，我有一个重要的东西要拿到办公室去。等下我到家后，麻烦你们半个小时后来接我。还有就是，我想今天联系一下李明乐，我要会一会他。"于是肖风行把陈庆馨被骚扰的事情也简明扼要地说了一下。之前刘必成、陈树立二人对李明乐砸广庐的怒火还未消，现在又听说他这番卑鄙行径，他们估计肖风行想要震慑李明乐，便马上表示请肖风行放心，他们会全力配合他。

肖风行连忙解释道："你们二位不用过虑。我只是以陈庆馨家人的身份去警告他们，应该不会有冲突。"听到肖风行这样说，刘必成和陈树立稍稍安心一些。他们当然不想有任何意外出现。

回到家里后，肖风行找出那辆作案用的皮卡车的车钥匙。他戴上手套，仔细清洗了钥匙后，将钥匙装入信封，然后他把双手的指头上贴上小块胶布。

来到李明乐会所楼下的时候，肖风行借用了刘必成的电话。之后，他用安平提供给他的李明乐的电话号码拨通了电话。"李明乐，我是上次在环城路上和你有过冲突的人，我已经在你会所的楼下。我现在上去有事情和你谈！"说完后，不等李明乐回复，肖风行把电话还给刘必成，然后三人直接上楼。

李明乐接到电话后，气急败坏。他怎么也想不到肖风行会找上门来。肖风行的到访，让他突然变得不知所措。他从没有这样的经历。正在他恍惚间，肖风行一行三人已经走进他的办公室。

"我来有事情告诉你，广庐是我的产业，你要是想买你可以和我谈。我不知道你下一步会干什么，但是我知道我下一步会干什么。所以，我警告你！以后远离那里！"肖风行冷冰冰地盯着李明乐的眼睛说道，他根本不在意李明乐会说什么。此时，肖风行就是要让他陷入混乱和疯狂中。

"你以为自己是谁？跟我这样说话。来人！给我……"说到打时，李明乐突然停了下来。此时他想起他父亲李保宁对他的反复叮嘱："不要再招惹研究所的人了，他们是当前西坦乃至国家最重要的一批人。不要再问为什么，听话就好！"

看到李明乐停止了张狂，肖风行猜到了他的顾忌。于是他对刘必成和陈树立说，请他们带着李明乐的手下都暂时回避一下，他想单独和李明乐聊几句。刘必成心领神会，他和陈树立一摆手，两人把李明乐的手下三人一起带出办公室。

"哎，你们别出去呀！"李明乐看见自己的手下被赶了出去，有些惊慌地叫道。只是这时，他的几个手下已经被带出办公室，他们已经被肖风行的气势和李明乐的尿样颠覆了。

"我不想以后再和你打交道，所以我刚才说了我来的目的。你的人现在都不在，我在你的地盘上留了面子给你！陈庆馨是秦方介绍给我的，这娘们不错，怎么听说你也想染指？我的店你看上了，我的女人你也看上了，你想怎么样？"肖风行一边说着，一边走向李明乐，李明乐本能地不断往后挪，肖风行可以感觉到他内心的恐惧。

"你不要再往前了，你想干什么？"李明乐的语气相当不自然，他本能地把手往桌子的抽屉拉手上摸去。

肖风行一下推开他，之后猛地拉开抽屉。这时一把手枪呈现在眼前。"你私藏枪支！"肖风行仍然没有什么表情地看着李明乐说道。

"我那是仿真枪，你可不要乱说！"说着李明乐连忙把抽屉关上，此时他显得更加慌乱。

"哈哈，六四的仿真枪我还是第一次见！"说这话的前一刻，肖风行已经乘机将装有汽车钥匙的信封推入抽屉的最里边。

看见肖风行的脸上终于有了表情，李明乐的心中松了一口气。自从上次连续两次遭遇肖风行后，最初的他对肖风行是充满了仇恨。可是，随着他父亲和周边相熟的警察都在告诫、劝说他远离肖风行之后，他对肖风行的神秘逐渐产生了恐惧。他始终搞不明白，是什么人能够做到让执勤的警察挨了枪后，却像什么也没发生过一样从容地离去。

"我是过路财神，你是坐地虎，怎么样？我说的事情你做得到吗？你要是没意见，我就走了，你接着发你的财。现在把你手上陈庆馨和秦方的小电影交给我，我不管你是怎么得来的，现在拿给我。"看见李明乐沉默不语，肖风行估计他心中打鼓，盘算不清，于是进一步紧逼道。

"老子认栽了！我答应你，视频全是这部手机上的。"李明乐憋了半天终于屈服了。他的心智刚才一直被肖风行压迫和控制着，此刻他不愿意再对持下去，他知道自己遇到煞星了。随即他从底下的抽屉里拿出一部手机交到肖风行手上。

"好，我相信你一次！对了，外面有人传你为了杀人灭口，袭击了看守所，你的手段挺毒辣呀！"肖风行往外走的途中好像是想起了什么，于是停下来回头对李明乐说道。

"他们的死和老子一点儿关系都没有。那些混蛋的家属像苍蝇一样没完没了的到处散布谣言，老子搞死他们！"李明乐显然是被肖风行所讲的传言激怒了，于是他口无遮拦地喊道。

"你厉害，现在连家属都不想放过了？哼！你们真行，在看守所里还敢收钱杀人，陈大明是被你的手下打得半死的吧？没被打死是不是算是意外？看来你是真的看上陈庆馨了，在最后关头饶了她爹。哦，不对，你是怕陈天明死不透，你连杀两次！要不就是你的手下背着你，他们自己赚钱，没想到你当老大的当晚给他们来了个一勺烩。"肖风行似笑不笑地又说了几句，转身离开。

肖风行走了之后，李明乐呆呆地坐在办公室里。这时他的手下也缓过神来，他们故作强悍地骂起肖风行等人。李明乐实在听不下去，抓起桌子上的烟灰缸砸过去，让他们滚蛋。肖风行的一席话让他如坐针毡。是谁在散布这些传言呢？现在和看守所遇袭这件大案沾上边儿可没有什么好下场！一定是秦方这个老狗发觉自己被抢了包，丢了手机，怀疑到他的头上。对了，是陈庆馨这个小贱货告诉秦方的！居然找肖风行前来报复。这样既拿回手机，还到处散布谣言！都怪自己为了陈庆馨这么个妞儿，惹上了肖风行这样的煞星！现在自己拿肖风行是没什么办法，可是秦方这个狗东西，一定要找个机会好好收拾一下他！李明乐此时恨不得马上剁了秦方。

肖风行在回办公室的路上，向刘必成和陈树立道谢。他们两人说：在不限制他的行动自由的情况下，提供安全防护是分内的工作！于是三人心照不宣地哈哈笑起来，他们都对李明乐这种人有无法形容的反感和敌视。

随后，肖风行和安平沟通了一下刚才和李明乐面对面斗智斗勇的事情。安平知道后心花怒放，她深深地为肖风行的机智和冷静折服。肖风行告诉她，他正在想办法阻止陈天明在看守所袭击那天的受攻击，或是还有什么别的办法，也请她帮着分析这件事情，一起寻找化解和避免的办法。

回到办公室时，已经是下午3点多钟。项目组的同事见到肖风行回来便立即围了过来，他们把最新的系统运算情况向他做了汇报。肖风行从大家反馈和运用的情况上判断，他们很快可以依照运算的提示进行实质介入越空了。

下班的时候，肖风行来到夏天元的办公室。简短地汇报了系统运行的情况，并且提出后天上午开始介入越空。

夏天元听完汇报之后，拉上肖风行一起到高中光的办公室。刚到门口，他们就听到房间里传出的阵阵笑声。

"快快有请，我们的两位大忙人！"高中影见是夏天元和肖风行，马上走过来迎向他们。

"中影总，您来了！"夏天元和肖风行都被高中影的到来感到惊喜。

"是呀，我一个人坐镇上海太孤单寂寞了。你们不去看我，我只好过来看望你们了。怎么样？我听我哥说天元给他儿子又找了个新妈妈，最妙的是和原来的妈妈一模一样。天元，今天晚上要不要我这个当大哥的见一下呀？"高中影满面春风地说道。

"好的，高总，我马上联系一下晓雯。我们晚上就在她那边吧？"夏天元内心还是有些羞涩，他无法忘记和忽略高家两兄弟及康美卿对安平的高度评价和喜欢之情。

"哎！这就对嘛。我哥和我说你们交往了挺久的，你那位在你妈妈去世的事情上表现得让人印象深刻，不错！今天大哥要为你们祝福一下。"高中影显得兴致颇高的样子称赞道。

这时高中光从外面走进来，他身后还跟着一位女性。

"风行，你看看这是谁来看你了？"高中影笑眯眯地问道。

"倩仪姐，好久没见到你了！"肖风行认出了刚刚进来的女子，他激动地叫了出来，来者正是几年前一起在深圳、在南京几经见面交流的陈倩仪。

"风行，你好，自南京一别，我们俩有两年没见面了。我可是经常对咱们的秦淮之旅泛起思念呢！你的那个小美女呢？那个小姑娘，现在想想是真的可爱！"陈倩仪热情地过来轻轻拥抱了一下肖风行，关切地询问道。

"风行，你倩仪姐现在可不得了了。她现在已经是集团的副总裁了，徐总退了之后，倩仪总接任。风光无限呀！"高中影没想到陈倩仪一上来就问到拉拉的事情，连忙把话题岔开。

"倩仪姐！恭喜恭喜！"肖风行真诚地祝贺道。在他的心中陈倩仪是个厉害角色，他觉得她的出头是必然的。

看到夏天元不知所以地站在一边，高中影连忙把那年在秦淮河的画舫上上演的一出儿现身说法的大戏向他简单说明，听得夏天元连连称奇！这时，陈倩仪走过去挽了一下高中影的手臂说："时过境迁，但是我还是宁做高太，不愿为所谓的倩仪总。风行，你现在能理解吗？"

"这大陈总尽拿我这个老大叔开玩笑！你现在贵为集团副总裁，我可高攀不上呢！哈哈。"高中影装出诚惶诚恐的样子，把在场的人都逗笑了。

"风行，我在从上海过来的路上，听了中影在不停地称赞你和你们的项目小组，我真的为你们感到自豪和骄傲！"前几次的交往，令陈倩仪对肖风行非常有好感，于是她毫不吝惜地称赞道。

一行人趁着夕阳，来到光影止步红酒店。之前夏天元已经通知了晓雯，于是晓雯取消了所有其他客人的预订，腾出整个店来迎接他们的到来。

"中影总，她就是您刚才提到的晓雯。"夏天元下车后连忙把站在门口迎候的晓雯介绍给高中影。可想而知，高中影的惊讶程度和夏天元妈妈病逝前家人、朋友们见到晓雯时一样，他的确无法区分晓雯和安平，她们太相像了！

"高大哥，久闻您的大名了，感谢您对天元的器重和抬爱，谢谢您。快里边请吧！"晓雯热情地招呼着高中影一行。

"天元，你和风行真是好兄弟，你们的行为模式都一样，不对，你比风行还要专一，风行是喜欢一类的女人。你就是喜欢一个女人，都比我强！比我专注！"高中影坐下之后，望着吴梦、晓雯感慨道，他的说法引得大家哄堂大笑起来。

晓雯和吴梦都是第一次见到传说中的高中影，一坐下来瞬间就被调侃了。两人不禁相视苦笑，她们都被这位老板的风格搞得不知所措。

高中光在一边看出了其中端倪，连忙端起酒杯岔开话题。他使劲儿用眼神暗示高中影的样子惹得陈倩仪哈哈笑起来。这时，高中影终于反应过来了，于是他拉过陈倩仪说："我的老红颜知己，不是年纪老，是我们的交情够久。来吧，今天我们不担心人类，不管宇宙、地球，我们只管把酒言欢！"

回到家后，吴梦疲惫地躺在沙发上，肖风行看见她憔悴的样子，赶快走过来，"我给你拿瓶酸奶吧？"他关心地问道。

"嗯，我想喝。风行，你真好！"吴梦的话语中透露着幸福。

连喝两瓶酸奶后，吴梦的状态少许有些缓解，于是她侧过去，搂住坐在旁边的肖风行。"风行，你今天和陈庆馨聊了吗？情况怎么样？"她强打起精神问道。肖风行把有关秦方的内容隐去，简单地向她说明了一下陈庆馨的境况，整个过程听得吴梦惊心动魄，她想不出李明乐的无耻竟然到了这个程度。犹豫了一下之后，肖风行也简略地讲了一下下午的时候他在李明乐办公室的经过。他承认自己利用当前的特殊身份威胁了李明乐，让他远离广庐和陈庆馨。

"风行，你真好，我觉得陈庆馨那丫头能够有幸结识你，真是她的福气！还有秦老，你对朋友的义气真是没的说！"吴梦由衷地赞扬着自己深爱的男人。此刻，她的内心充满着矛盾和压力，她深情地望着肖风行。可是，她现在没有办法告诉他一些隐情，这种内心的矛盾和激荡让她身心疲惫。

吴梦在肖风行的怀里渐渐睡去。望着她逐渐放松舒展开的眉头，肖风行心中满是怜爱。照顾好吴梦睡下之后，肖风行回到书房，他此时处于亢奋状态，毫无睡意。

"安平姐，我想做一件事情，要得到你的帮助。"肖风行的询问马上得到了安平的回应。

"风行，你是要做越空介入的准备了吧？"她试探性地问道。

"是的，安平姐。我现在想要立即开始做一件特别重要的事情，就是我想做一个封闭的信息锁定工作。我的意思是，一旦我们开启了越空介入，整个事件的连锁反应带来的信息链的断裂和跳跃是不可预测的。我担心到时候，连我自己都会失去初衷。虽然我们的主控系统光子有一个伴行的备份系统，但是出于谨慎的考虑，我还是想自己也做一个备份。"肖风行把自己的担心和疑虑全部讲给安平。

肖风行的担心不无道理。因为他一旦越空并开始改变整个事件链条中的关键环节，那么包括肖风行本人在内，所有事件上相关的人的记忆和经历节点都会发生涟漪式的变化。当他进一步向安平解释说明时，安平马上清楚了这件信息锁定工作的重要性和意义。

"风行，你考虑得非常周全。我有个提议，不如我们这样：我们把你所有和这件事情有关的细节，主要是和陈天明案件延续下来相关的人和事件，按照时间的顺序重新过一遍。我来帮你完成每一个涉及的人物的时间刻度坐标，再关联上对应的事件。"安平已经完全理解了肖风行的意图，于是她补充道。

这样，肖风行马上开始在脑海中一一回顾过去这段时间以来，相关的重要的人和事件。在其中一些特别重要的事件上，肖风行多次在纸上记下和勾勒出交叉相容的复杂关系图，直到安平表示，在她的系统中这些人和事件已经形成了逻辑清晰明确的链条。

"风行，就用你这里的那台超级服务器吧。我想复制我的全部数据备份在你这里，等我备份完之后，我会通知你。然后，请你拔除电源线，切断网络，让这台服务器彻底物理隔离出来。"安平在得到肖风行的认同之后马上开始复制自己。

夜已深，等肖风行再次听到安平呼唤自己的时候，他迷迷糊糊地看了一下时间，此时已经凌晨 4 点多钟。安平表示已经全面地将他复制完毕，肖风行按照安平的要求拔除了电源线和网线。

早上醒来，肖风行一睁眼，看见吴梦正痴痴地望着他。从这情形上来看，吴梦应该是早已醒了。"亲爱的，你什么时候醒的？怎么脸蛋上还挂着泪水？"肖风行说着用手轻轻抹去挂在吴梦面颊上的眼泪。

"我也不知道怎么了，一觉醒来发现你在身边就感到好踏实。可是心里却特别怕失去你，想着，我的眼泪就止不住了。爱上你，人家都变成怨妇了！"吴梦嘟着嘴诉说道。

吴梦的说法触动了肖风行的内心，他不是很清楚为什么吴梦会这样讲。但他可以从她的眼神和语气中体会到爱。吃过早餐后，肖风行告诉吴梦，今天所里有重要的事情，他要一早过去。吴梦送他到门口时，突然紧紧地抱住他，深深地吻了他一下，好像是要送丈夫上战场的妻子一样。

"全体注意！一号标刻点介入倒计时开始！"夏天元尽量克制着自己的激动，他宣布了这一指令，参与的组员们随即就位，准备开启人类伟大的旅程。

"意识体加速完成度 90%，完成度 99%。达到临界速度！开始介入微宇宙！意识体组体完全进入微宇宙！微宇宙融入母宇宙！完成融合！"主控系统光子用它特有的声调，一步步地传达着操作的各个阶段。

此刻，通过对肖风行脑部反应的追踪，主控系统确认意识体和本体的双向反馈已经成功建立。

意识体在第一个孩子被砍倒之后，立即控制了学校门口的伸缩门。当凯之被砍伤肩部本能地逃离时，意识体操纵伸缩门猛地撞向追击的陈天明。陈天明猝不及防，摔倒在地，他手中的刀也跌落在一旁。没有给他任何喘息的时间，意识体瞬间侵入了 20 米外正在指挥老师停车的学校保安阿涛。身强力壮的阿涛猛地一个激灵，随即冲过来，一脚踢飞了陈天明想要捡起来的刀，然后拔出警棍对着刚刚爬起来的陈天明一通狠揍，直到把陈天明打到一动不动，这时，周边的家长和老师纷纷赶过来，大家七手八脚地揪起躺在地上的陈天明。

意识体受当地磁场的影响，开始不稳定。20 秒钟后，主控系统宣布：和意识体的联系中断，首次时空介入行动结束。

肖风行躺在监控仪上慢慢醒来。在短短的几分钟之内，他的思想跟随克隆体穿越了时空，在宇宙的尽头和起点穿行。现在可以说重新站起来的他，已经不是几分钟之前的他。眼前的夏天元也不再是之前的夏天元，这些改变不再是简单的量子纠缠关系引发的信息覆盖，刚刚他们一起扇动了"蝴蝶的翅膀"。

"根据当时新闻的详细记载，一号标刻点的事件如下：一名儿童身亡；一名儿童肩部被砍伤；行凶歹徒被保安员于国涛和现场附近的其他老师和家长共同制伏。"主控系统光子平静地描述着主要媒体对案情的介绍。肖风行一一确认着光子讲述的每一件事实。此刻的他极力回想着过去以来发生的事情，他反复地对比着光子讲述的事件细节和自己记忆深处曾经的痕迹，他可以依稀地回忆起部分重要片段，只是他觉得那些更像是梦中的影像，非常不真实。

"风行，怎么样？现在你有没有精力，我们单独沟通一下？"夏天元兴奋地一边扶起肖风行一边说道。

在主控基地的办公室，夏天元迫不及待地追问道："风行，你对机电设备的操控怎么样？对有机体、生命体的控制效果怎么样？能够确认我们改变了历史事件吗？"一连串的问题冲口而出，令肖风行奇怪的是，夏天元只字未提拯救凯之的相关事情。这时肖风行慢慢明白了：只有自己因为越空，在实施介入后一直和意识体双向反馈才得以保留了部分平行的记忆，现在自己可能是这个世界上对陈天明相关事件唯一的"外部观察者"了！所以，刚才越空行为引发的信息衍射，应该是第二层量子纠缠在同步作用和覆盖，处于案发现场那个时空中的肖风行本体的结果。

参与越空的其他技术组的研究员随后开始了比照分析。肖风行按照新的记忆一一回复，当天的工作结束时阳山所内部宣布：越空介入项目已经实施，项目包括超越时空后意识体自由操控机电设备以及对生命体的思维、行动控制。然而这一切操控的有效性的验证，只能通过和主控系统光子的伴行备份系统数据比对去实现，就是这个备份系统，之前在"肖风行意识体"射出时，同步发射了"光子意识体"。因此备份系统的数据和肖风行的本体一样，经历了两层信息云纠缠的过程，同步双向的交换过两个时空的数据，这样才得以保留了原有的数据。

比照了光子的备份系统数据后，整个项目组沸腾起来，之前多名孩子殒命的残酷事实已经被改写，事件中一名学生殒命，一名轻伤送院治疗。这一伟大的时刻终于到来，经过光子的双系统比对得出结论：阳山所的越空介入项目已经获得成功！

夏天元极力地回想着之前所有的细节，但是他无法在自己的记忆库中找到相对应的记忆。凯之的死从未发生过，因此他没有这方面痛苦的记忆，但是光子的时空同步数据清晰地指出：凯之的死亡曾经发生过！"那一定是一场噩梦！好在已经有回天之举。"夏天元在心里告慰着自己。

当晚回到家里的时候，肖风行感到疲惫无比。此时在他的脑子中存有着两条没有交集的平行记忆。他努力地判断着哪一些是更可能接近当前现实的，在一片混沌中他沉沉睡去，等待他的是未知的明天。

十九、夺回昨天，探索明天

"儿子，该起床了，你的小闹钟都响了半天了！"胡相文一边习惯性地关掉小闹钟，一边轻声呼唤着凯之。

"爸爸！你就让我再睡一会儿吧，我太困了！"凯之赖在床上不愿意起来，他不情愿地咕囔着，眼睛都没睁开。这时妈妈走过来用手挠着凯之的小脚丫说："起床啦，小懒虫，小肖叔叔等一下要过来，接你去公园跑步和练习截拳道呢！再不起床，我打电话让叔叔不要过来了哦！"

"不要嘛，坏妈妈！我再躺5分钟，真的就5分钟，不许给叔叔打电话！"凯之听到妈妈的威胁后噘着嘴不满地说道。

"好，我儿子说话最算数了，爸爸给你6分钟，怎么样，我大方吧？"胡相文用他的惯用伎俩糊弄着儿子，他这些招法经常管用。凯之爬起来之后小声告诉他："爸爸真好，妈妈坏！"这时胡相文得意地哈哈大笑起来。

门铃声响起，肖风行志忐地在门口等候。

"快去给你肖叔叔开门，你看叔叔都来了，你还没吃完早餐呢！小磨蹭鬼。"胡相文满脸幸福地责备着儿子道。

昨晚接到胡相文电话的时候，肖风行完全不知道胡相文会跟他沟通什么。

他在越空时经过了两层纠缠互动，此时他的记忆中充斥着相互矛盾的信息链条，他不明确在历史事件被改动后受波及的自己，也就是在另一条平行的轨道里的肖风行一直以来都在做着的事情是否真实，或者说两个链条中哪一条更接近现实，他的大脑和记忆需要重新组合构架这些纷乱的信息。

按照昨天胡相文在电话里的说法：明天一早，按照这大半年以来的习惯，由肖风行带着凯之去八峰山爬山之后，教授凯之截拳道。胡相文的说法让肖风行倍感幸福，他终于可以在现实世界中确认：凯之的营救行动已经取得了成功。

"肖叔叔，早上好！"凯之奔跑着去开门，他欢天喜地地迎进了站在门口的肖风行，他欢快地和肖风行打着招呼，他完全不知道眼前的肖风行根本就搞不清，在过去的这几个月和他有关的经历中哪些才是现实的。

肖风行一把抱起凯之，他高高地把孩子举起，听到凯之欢乐笑声的时候，他却止不住自己的眼泪。那么多个日日夜夜的努力就是为了这样一个幸福的时刻。

"风行，那么早就来了。来吧，你嫂子给你准备了燕麦。"肖风行在胡相文的邀请下稀里糊涂地坐到了餐桌旁，他实在记不起什么时候告诉过胡相文夫妇他早餐是吃燕麦的，这种感觉让肖风行觉得有些好笑，那是一种恍惚的感觉！是的，只能用恍惚来形容。

"风行来了！"这时黄医生也走过来和他热情地打着招呼。

"嗯，嫂子，早上好！"肖风行礼貌地回应着。

"风行，你说奇怪不奇怪？我昨天晚上做了一个噩梦。在梦里，凯之走丢了，我和你嫂子到处都找不到他，我依稀觉得我失去了他。我们急得团团转，但是总是有个声音在不断地提示着我。在那个声音的指引下，我来到了一处特别广阔的平原。那里的风光绚丽无比，那种壮丽和宁静根本就无法形容得出来。一瞬间，我们好像忘记了凯之走丢了这件事。正在徜徉间，突然周围场景变换了，眼前的景象变成了繁华的都市。人群中，我隐隐约约地可以看见我儿子走在前面，我跟在后面，但是始终无法追上他。我就跟在后面不停地喊叫凯之！凯之！可是他就像是故意要逃脱一样，在拥挤的人群中钻来挤去的，始终和我保持着一段距离。我在这时突然发现你嫂子也不知所踪了，她不知何时神秘地从我身边消失了。

"正在我焦急万分的时候，我在人群里看见了晓云。她手里抱着一个孩子，这时晓云也看见了我，她慢慢朝我走来。我连忙迎着跑过去，等我们相遇的时候，她把手里的孩子递给我。我接过孩子后就觉得不对劲儿，再看手中的孩子，居然是凯之一两岁时的样子。但是我能够感觉到手中的孩子已经没有了生命，我一下就蒙了！即便是在梦中，我都可以感觉到自己有多么恐惧和悲伤！在我最悲痛难过的时候，站在我身边的晓云已经不再是晓云，她突然变成了你，我手中抱着的孩子也不见了。只见你的手中拿着凯之房间的小闹钟，你把闹钟递给我，然后告诉我：'现在就回家等着，当小闹钟再次响起的时候凯之就会回来。'

"我手中拿着小闹钟泪流满面，我就在梦中不断地告诉自己：'这一切都是在梦中，这不是真的！'

"就在这个时候，我被小闹钟的铃声惊醒，我从床上爬起来冲到凯之的房间，看见他睡得好香。"

胡相文完全沉浸在自己的梦境中。他的讲述深深地震撼着肖风行的内心。他猜想胡相文的梦境也应该是一种信息的涟漪在发生作用！他无法解释这种现象，但是那些粒子正在改变着世界，就在昨天他完成了越空介入救回了凯之，但是现在这世界上，可能只有他知道胡相文说的事情并不完全只是一个梦！

"相文哥，这一切都过去了！相信我。"肖风行知道此刻的胡相文只是对梦境中的残酷和真实感心有余悸，所以他安慰道。

"风行，说出来不怕你笑话。其实我昨晚也做了差不多的梦，你看我们这些当父母的内心有多么焦虑和脆弱！孩子一有风吹草动就紧张得不得了！昨天下午，凯之放学后说他受过伤的背有点疼，可能就是这件事情把我们两个吓得做起了噩梦。"黄医生此时拿过来切好了的水果接着他们的话题说道。

"哈哈，我挺理解的。我小时候生病，有时也不是什么大病，但是我妈妈经常就会做我走丢了或者受伤了这样的梦。可怜天下父母心嘛！"肖风行赶紧用自己的经历补充道。

"让你见笑了，你看我们这一家子大清早的全是这么怪诞的想法和念头。今天你们不要搞太晚，争取11点左右结束好吗？中午咱们几家人一起聚一下吧。"胡相文一边收拾着餐具一边说道。

"爸爸再见，妈妈再见！"凯之迫不及待地拉着肖风行往外走，在门口他对着父母道再见。

"叔叔，你身边的那两个特工今天也来了吗？我还想玩他们的手枪。"凯之兴高采烈地边走边说道。孩子的说法，只能印证这些天以来他们两人是一直正常地在一起的，只是肖风行的记忆系统仍然以越空前的记忆为主线，被覆盖的部分暂时处于弱信息状态。这种不时出现的并行记忆的事情，带给他似是而非的感觉，经常让他一下子反应不过来。

"小孩子不要老是摆弄那些武器，咱们中国人管那些东西叫凶器。知道吗？就是不吉利的意思。"肖风行努力回忆着自己记忆中带凯之和特工们的交往，在他的脑海深处好像是有那么回事！确定之后他就吓唬凯之，然后故作神秘地说道。

"哈哈，叔叔，你能不能换个说法？你每次都这样跟我说，我都和你说过好多次了，我不迷信，才不相信那些吉利不吉利的说法呢！"凯之的回答让肖风行觉得好尴尬，难道一直以来自己的思路和语言都是那么贫乏，连哄个孩子都哄不出什么新花样。

看到凯之走过来后，刘必成和陈树立就热情地迎上来。凯之见到他们也表现得相当熟络和高兴，显然他们之间的关系很亲密。现在自己倒像是一个不知所措的陌生人了。想到这里，肖风行觉得这一切都透着令人着迷的神秘和玄妙。

活动开始后，肖风行开始教凯之截拳道。眼见着他们两人一招一式地练习，刘必成和陈树立不由得发出赞叹。练完后，在回家的路上，刘必成敬佩地说："肖先生，你的动作干净利索，出拳的速度之快令人眼花缭乱。上次在环城路上揍李明乐那种角色，那简直是小菜一碟儿。"凯之听到他们夸肖风行心里特美。他连忙接过话题说："我肖叔叔当然是最厉害的，陈叔叔，我还想再看看你的手枪。"大家聊天说到这里时，没想到凯之话题一转又提出了看枪的事情。陈树立有些为难，于是他转过身征求肖风行的意见，肖风行冲着他点点头。此时肖风行心中惦记的事儿，是刚才刘必成说的环城路上揍李明乐的事情，看来这一切还是按照历史顺序如期发生了，这个信息的确定让肖风行的内心逐渐放松下来。

"你看我肖叔叔同意了吧。"凯之得意地说道。陈树立见状，假装不情愿的样子，慢慢从枪套里取出手枪，然后卸下弹夹，再打开枪膛，确认没有子弹后把枪递给凯之。经过之前几次的训练，凯之已经知道了枪口不能对着自己，也不能对着他人的规矩。他兴奋地摆弄着手枪。望着他快乐的样子，肖风行心中涌起了许久没有的满足感。

"凯之，回家以后不可以跟爸爸妈妈说叔叔让你玩枪的事情，也不许和同学们显摆！记住了吗？"肖风行在下车前叮嘱道。

"我知道了，这是我们几个人的秘密，绝对不可以被别人知道。"凯之神秘兮兮地回答道。肖风行和凯之到单元楼下时，打电话给胡相文，请他们夫妇两人下来。大家一起去广庐吃午饭。

见到爸爸妈妈下来后，凯之兴奋地描述着上午和肖叔叔在公园里，他练习的时候多么认真，肖叔叔夸奖了他。一家人在欢声笑语中乘车前往广庐。

肖风行一行人在路上的时候，安平联系了他。通过和安平的沟通，肖风行确认：安平的数据库也已经被完全覆盖，安平丝毫不知道凯之在几个月前曾经蒙难的这件事情。但是她在随后说到的，关于在李明乐电脑中已经安装好了相关西坦看守所的全面资料的细节，使得肖风行进一步验证了，他们之前在推演中力求最小改变历史事件的这一努力，已经取得了圆满成功。

夏天元、晓雯、吴梦已经早早地来到了广庐。他们正在和秦朔一起品茶聊天，看到肖风行一行人走进来，秦朔热情地迎上来和肖风行、胡相文等人打招呼。从秦朔对黄医生和凯之的态度上肖风行判断，之前他们母子没有来过广庐。

即便夏天元已经比照过光子的备份数据，现在他的头脑中有经过昨天补充的理性判断信息，但是他仍然无法想象得出，胡相文夫妇居然在几个月前曾经一度失去过他们的孩子。此刻，看着他们一家人幸福地在一起，夏天元觉得内心非常安慰，他告诉自己眼前的世界就是真实的世界，是他喜欢和盼望的。

"风行，你们怎么这么慢？我们都到了半天了。是不是凯之又不听话，拉着你到处疯跑？"吴梦看到肖风行他们走进来，就一边搂着凯之，一边假意地批评着肖风行。

"吴梦姐姐，你冤枉我和肖叔叔了。我没有疯跑，但是我今天早上的确起晚了。可是这不怪我。我昨晚上很早就上床睡觉了，然后我就做了一个梦。在梦里面，我一个人坐火车到了陌生的地方，那里的人都是默默地走在路上，他们不说话，也不看我。可是你知道吗？在梦里我一点儿都不害怕，我甚至觉得那里的一切都好正常。之后，我也像他们一样默默地走起来，走了好长时间后，我觉得自己有些累了。于是，我就想找个地方坐下来休息一下。可是这时我发现我就像在一条轨道上一样，我不能脱离当前的路线。再仔细看一下我身边的人，原来他们也都是按照固定的轨道在走。我们所有的人都是在一条环形的道路上来回转圈。这下子我可是有点着急了，于是我拼命地叫喊，想有人来帮助我。我就一直使劲儿地喊救命！救命！突然我身边的人全都不见了，我脚下的环形的路也不见了。这时候有一股特别大的力量将我控制住，往后拉。我当时的感觉就像是在乐园里坐过山车一样，我无法回头看是什么东西在拉我。我向后倒退的速度越来越快，我眼前的景物全部变成了一条一条的彩色光影。就这样不知道过了多久，终于停了下来。这时我发现我可以转动身体了，于是我马上转头去看是谁一直拉着我。当我回头的一瞬间，我惊呆了，是我的那个同学，就是在我们校园袭击时死去的那个同学。他站在我的身后，眼里淌着泪水，我觉得他应该是有什么话想对我说，但是只见他的嘴唇在动，我却什么也听不到。我当时在梦里看清他的样子的时候，我突然想起来，他早已经死去了，可是我没有害怕，我想伸手拉他的时候，他就在我面前突然消失了。我虽然已经看不到他了，但是我可以感到他像风一样逐渐飘远了！那一刻我的心里可难受了，好像是自己做错了什么才失去了同学，他不是我们班里的，可是我认识他！"说到这里的时候，凯之不禁哽咽起来，吴梦见状连忙安慰他，叫他不要太伤心难过。

听到凯之的诉说，夏天元不由得望向肖风行。肖风行看着夏天元微微地点点头。此刻他们俩心里明白，孩子的梦境应该也是信息衍射在发生作用。

晓雯被凯之刚才描述的梦境吸引住了。她好像是忽然想起什么要问夏天元，但她即刻又止住了。之后，她马上让小川拿出玩具和凯之一起玩。看到两个小男孩儿那么开心地玩在一起，这时凯之似乎已经从刚才梦境的阴影中走了出来。

"秦老，您好。这可是又有些日子没来您这里叨扰了。您老一向可好？"胡相文的心情特别好，他愉快地和秦朔打着招呼。

"胡副院长大驾光临，我们这里无上荣耀呀。这位是您的夫人吧？你们两位真是般配得很呐！"秦朔被胡相文的情绪感染，热情地回应着。

"丽婷，这位就是我和你多次提起过的秦老先生。你们科室的秦方大夫就是他的弟弟。"胡相文连忙介绍黄丽婷给秦朔认识。

"秦老您好，幸会！"黄医生礼貌地上前问候道。

"黄医生好！你们来了，我太高兴了！庆馨，你这丫头别傻待着，赶紧给大家把酒菜安排好，今天我要好好招待大家一下。"秦朔叫陈庆馨过来给大家安排。

"风行哥好，梦姐好，大家好。"陈庆馨一一和大家打过招呼，她在问候肖风行的时候，明显地带有特别的羞涩。

"庆馨你好，辛苦你了！"肖风行看到陈庆馨的气色不错，于是他开心地回应道。

"哎，丫头，我和你说点事情。"吴梦走过来拉着陈庆馨往外边走着说道。

当着胡相文家人的面前，吴梦不愿意提起陈天明的事情，毕竟陈天明伤害过他们的孩子。"陈天明的状况怎么样？"吴梦在过道上询问着陈庆馨。

"非常不好，在几个月前他被捕的时候，已经被学校的保安、老师和家长打得够呛，当时他的手腕被钝器打成粉碎性骨折，近期在监仓里又被同仓的犯人打得够呛，我觉得他最近没有办法出庭了。"陈庆馨平静地诉说着，仿佛是在讲述别人的事情。太多的变故，让她对陈天明失去了之前的关心和牵挂。她不想和陈天明这样的魔鬼再有更多牵连，虽然她无法彻底切断父女关系。

"好吧，看来我们的二审开庭要延后了。我没有别的事情了，有什么情况和我沟通哦。"吴梦确认了陈天明的现状之后，安抚了一下陈庆馨便离开了。

"风行，我现在正在过去的路上。你们先开始，我和我哥应该在半个小时左右可以赶到。麻烦你再发个太斗系统的定位给我，我们联系航管争取直接降落在你们的院子里。"高中影在直升机上给肖风行打电话，告诉他正在和高中光一起赶过来参加大家的聚会。

肖风行马上发了定位给高中影。随即，他郑重宣布：CHC 集团的董事长和总裁高氏兄弟半小时之内赶来赴宴。夏天元和在座的人被这一消息振奋和鼓舞着，在座的大家都或多或少地听过些关于高氏兄弟的民族气节和情怀，对于这样的重要人物的到来，每个人都充满了激动和期待！

"风行老弟，这来者就是你和夏总的老板吗？"秦朔听闻高氏兄弟即将到来的消息兴奋地问道。

"是的，秦老。他们不仅仅是我们的老板，他们还是我们的兄长和精神领袖！"肖风行骄傲地回应着。

"风行说得对。我们这些人大多是所谓的专业人士，但是中影总是我见过的最有深厚民族底蕴的中国人。他没有曲高和寡的论调，没有不切实际的空想，更没有妄自菲薄。他就是实干兴邦、爱我中华的典范！"夏天元每每谈起高中影的民族主义情怀时，都会情不自禁地流露出对他的尊敬和拥戴之情。

"说得好！夏总，能让您这样推崇的人，一定是位非常值得我们尊重和跟随的领袖！等下老朽要好好向他请教、致敬。"秦朔被夏天元的介绍深深打动，不由得十分恭敬地说道。

"各位，请大家上座吧。我们的菜式已经准备好了。风行哥，今天的酒是夏总带来的，要全部打开，醒了吗？"陈庆馨安排好餐食后，走来请大家入座，酒的事情她小声向肖风行询问道。

"夏总，今天还是喝您的酒对吗？您看我们要不要把酒全开了？"肖风行马上问夏天元的意见。"好的。我一共拿了十二支。没问题，全部开了吧。今天是一个特殊的日子，我们尽兴吧！"夏天元此刻的心情完全沉浸在时空跨越成功的喜悦中，他紧绷已久的心需要片刻的放松。没有什么事情比现在和身边的至亲好友共聚言欢更让他感到如此释然。昨晚，他已经和安平沟通过研究所时空跨越、介入取得成功的事情。他把光子系统的比照数据详细地讲给安平，当时他从安平的反应中确认，安平的数据也已经完全被越空行为所颠覆和覆盖。

马达的轰鸣声由远而近地传来。听声音，应该就是在广庐的停车场方向，看来飞行员已经找到了那一片空旷的地方。

"风行，你快去迎一下两位高总。哦，我和晓雯也一起去吧。你们各位就请稍坐，等我们一下。"说着，夏天元带着晓雯和肖风行站起身来，去迎接高中影兄弟俩。

"我也去，风行，你等下我。"吴梦见状也走过来跟着一起。

"哎呀！你们两对璧人亲自来迎接我呀！哈哈，上次见面我好像有言语不当的地方，还望你们两位弟妹多多海涵。"高中影的开场白让气氛一下子变得轻松活泼。夏天元和肖风行都被高中影的仔细和周全所感动，吴梦和晓雯的心中更是一下子放松起来。本来她们有些尴尬的内心感受就此化解。

"中影总，中光总，鞍马劳顿，赶紧里面请！"夏天元上前拥抱着两位高总说道。"哪里呀，两位兄弟，我可没你们俩辛苦。你们是国家的栋梁，当之无愧的英雄！"高中影的言语中流露出无比的欣喜。

说话间，大家一路往里走，来到溪山房时，全部的人都已经站立在门口，等候着他们的到来。当高中影向大家挥手致意的时候，掌声响起来。在场的每一个人都情不自禁地用自己的掌声表达着对他的尊重和敬佩。只见高中影快步走向秦朔说："您就是秦老先生吧？鄙人高中影，久仰您的大名，今日得见，荣幸之至呀！"

"高总笑话了。我秦朔何德何能，经得起您这样高看呢！您快快里面请，咱们坐下好说话。"秦朔拉着高中影的手往里带路。

在大家落座之后，所有人的目光都集中在高中影的身上。连小川和凯之都不由得盯着这个伯伯看。两个孩子非常好奇，为什么这个看似平常的伯伯，如此受到众人的关注和敬重。

"秦老、相文、丽婷，这两位就是我们阳山所的两位高总。他们是大企业家，但他们更是心怀民族大义的俊杰。他们心中有理想，内心无比坚强，他们靠质朴执着的民族主义情怀赢得了大家的尊重。他们带领我们从一个光荣走向另一个光荣！在他们的引领下，我们的团队像潮水一样卷过对手！"夏天元按捺不住内心的激动，深情地介绍着。

"天元，你过奖了。我和天元、风行、我哥都是满怀伟大民族复兴理想的人。这个不假，但是我远不及天元说得那么高大挺拔。天元和风行才是我们时代的陈天华和邹容！他们将用科技的力量撞击着每一位国人的内心，唤醒我们骄傲的灵魂！我们不能指望所有人都可以像他们一样引领潮头，但是我们可以共享他们创下的荣耀！这个世纪是我们中国人的！我们这代中国人是近500年以来最幸运的中国人，我们将用我们的双眼和内心去感受、去体会伟大民族复兴和崛起的光辉！来吧，干杯！"说罢，高中影端起酒杯，他大口地将杯中的酒一饮而尽。

在高中影的带领下，大家的情绪高涨，好像热血在沸腾。连小川和凯之都举起了手中的饮料一口喝掉。

吴梦在激动之余，也一直观察着晓雯的举动。她可以感受到，晓雯在听到高中影慷慨激昂的讲述时，表情的不自然。这时，晓雯也发觉到吴梦在注视自己。于是，她本能地回望了一眼吴梦，只见吴梦正笑眯眯地端起酒杯向她示意。

"高总，老朽这一辈子也算是见多识广了。能人、牛人、义士也认识不少，但是像您这样大气、舒展之人还真是第一次领教。听闻您一席讲话，我受教了！敬您一杯，我先干为敬！"说着，秦朔站起身来举杯痛饮。高中影见状连忙起身，双手举杯也将杯中的酒一口喝掉。

觥筹交错间，大家纷纷举杯畅饮起来。夏天元拿起酒杯来到高中影身旁，高中影见状马上站起身来。两人相视一笑，什么都没说，只是碰杯喝掉了杯中酒。"天元，客气话咱们兄弟之间就不说了，你和风行超越了历史，参与和改变了人类进程。我哥他大体上给我说明了一下。你们的成就超出所有人的想象，你们的光子系统那么强大和神秘，它保留下来的备份数据成了我们比照另一个平行世界唯一的参照了！按照中光的话：'如果不是光子系统，在我们越空回来后，都不知道几分钟之前为什么要越空了！'哈哈！"高中影亲切地拍着夏天元的肩膀说道。

"我们项目组会马上展开跨越未来的行动，但是跨越未来时，我们冒的风险会更大。主要是信息衍射的问题，这种对未来本体的改变，我们无法知晓会对现实本体的影响。但愿也和跨越过去一样，仅限于平行信息的应对问题。只是有一点是很明确的：跨越未来的人会成为现实中对未来世界的通晓者。他是否会利用信息不对称，在现实中做出干扰事件发展的一系列举动，从而导致重要事件的发展不符合预期，最终导致世界变得无序。"夏天元小声地把自己的担心一股脑儿地讲给高中影听。

"好的，天元，我基本上听明白了。那么你们项目组有什么好的办法吗？这个问题有解吗？"高中影觉得事关重大，一字一句地慢慢问道。

"嗯，我现在还没有明确的思路和解决办法，但是请您放心，我们一定会找到方法的。"夏天元坚定地回答道。

"抱歉呀，兄弟。我不是要给你们太大压力，其实我主要是好奇，我对那一片未知的领域充满憧憬！来！不聊工作了，喝酒！"高中影意识到自己的疑问带给了夏天元压力，于是他马上转移话题。

"天元，今天上午来这里之前，我和风行讲了我昨晚上做了一个梦。梦里的情形逼真得很，丽婷说她也做了类似的梦。刚才吃饭前我儿子也讲了他昨晚上做的梦，这些事情叠加在一起，未免让人有些不安的感觉。"胡相文看见夏天元离开高中影回到自己座位上，便走过来拉着夏天元对他说道。

"相文兄，你不要担心。我向你保证，你们三人类似梦境的经历不是什么不祥的征兆。我告诉你一个概念：信息衍射。你们一家三口出现的信息衍射现象，是和我们研究所昨天进行的项目内容有关。找时间我慢慢和你讲。这不是一两句话说得清楚的。来，祝你们全家身体健康，小凯之学业有成！凯之，来，叔叔和你碰杯。晓雯，你也一起来吧。"夏天元的话让胡相文的表情放松起来，于是他们几人共同举杯欢庆。

"梦梦，你怎么好像情绪不高？要不要咱们俩一起给大家敬一下酒？"肖风行觉得一旁的吴梦好像心事重重的样子便对她说道。

"没有的事！我现在的心情可好了。和你在一起，我怎么会情绪不高呢？才没有！走，咱们开始敬酒吧！"说着吴梦端起酒杯，准备随肖风行一同开始敬酒。

"咱们先敬秦老和两位高总吧！"肖风行站起身，拿着酒杯拉着吴梦来到刚才提到的那三位面前。"秦老、中光总、中影总，我和梦梦给你们敬酒了，祝你们身体健康。你们几位都是我尊敬的兄长，能够与你们相识共事是我的福分！梦梦，来，我们先干为敬。"说着肖风行和吴梦将杯中的酒喝掉。

"哈哈，我弟他这人不像我那么阳光。我任何时候都特热情奔放，但是就像他刚才说的一样，他和风行、天元的关系绝不是工作关系那么简单，很多时候我觉得我们是四兄弟！哈哈，对吧，董事长？"高中光愉快地说着，之后他把目光投向了高中影。

快乐的时光像流水一样滑过。小川和凯之在一边，早已玩起了小朋友才懂得的游戏。陈庆馨耐心地在一旁陪着两个孩子，这边大人们兴高采烈地谈论着酒、谈论着秦老的画。肖风行环顾着周边的一切，此刻他的心中充满了幸福和骄傲。这场聚会从中午一直持续到晚上。临结束前，秦朔略带酒意地把肖风行拉到一旁。"风行老弟，昨天晚上，李明乐派人来了一趟，他们带给我3万元，说是对广庐的赔偿。我还没有来得及说话，他们道了歉就走了。"秦朔说到这里时，语气中流露出快乐和自豪。他知道一定是肖风行出面摆平了那帮浑蛋。肖风行微笑着搀扶着秦朔的手臂，他告诉秦老，李明乐这伙人不会再来捣乱了，请他老人家放心待着，安心作画！

当晚回到家时，夏天元仍然处于非常的兴奋当中。晓雯安顿好小川之后，准备离开。夏天元拉着她的手挽留她。"亲爱的，今天就不要回去了，留下来陪我说说话好吗？我觉得我有一肚子的话想和你说。"晓雯用手抚摸着夏天元的面庞，然后轻轻地吻了一下说："天元，我要先回一趟家，我和我爸爸的主治医生约好了时间，我们沟通完了我就过来。正好那会儿小川也睡着了。"

"晓雯，你和医生沟通完了吗？情况有没有好一些？"夏天元在家里等了一阵后有点担心，便打电话过来询问。

"嗯，我刚刚打完电话。爸爸的情况不是很好，医院想尝试给爸爸做肝脏移植手术，但是配型的情况一直不乐观。而且我爸爸的身体太虚弱，可能也经不住大型手术的折腾。小川睡着了吗？好的，我现在过来。"晓雯接到夏天元的电话，连忙整理了一下自己的心情回应道。

这一年以来，只有和夏天元在一起时，才是她内心安详宁静的时刻。很多时候，晓雯会把自己当成安平，好像她从来都是待在夏天元的身边一样。然而，这样的感觉有时候也会使她的内心陷入痛苦，她成了安平的影子。她不确定夏天元是否把她当作安平的影子或者替代品，那是她内心所惶恐的。

来到夏天元家的时候，已经很晚了。看到晓雯疲倦的样子，夏天元非常心疼，于是他轻轻地搂过她，在她的头上和肩颈上慢慢地按摩起来。晓雯惬意地半躺在夏天元的怀里，不知不觉间便睡着了。当听到她均匀的呼吸声，夏天元怜爱地吻了她紧闭的眼睛。这时不知怎么的，他突然想起了梅艳芳的一首老歌"抱紧眼前人"。

当晚回到家中后，吴梦满腹心事的样子让肖风行觉得很奇怪。他关心地问道："梦梦，怎么了？大家今晚都那么开心，可是我觉得你好像有些心不在焉的样子，是有什么事情吗？可以跟我说说吗？"

"风行，我也说不出来是怎么回事，我听了凯之讲的，他昨晚做梦的时候，他梦里的情境让我有一种特别的感觉。就是好像我也经历了他类似的梦境一样。说出来你别怪我说话不吉利，我好像在梦中参加过凯之的葬礼！"吴梦一口气把自己心中的不安说了出来，当然她没有告诉肖风行，宴会上高中光看她时有些异样的眼光。

吴梦诉说的情况符合肖风行的预期。他现在已经明确的一件事就是：所有和凯之事件相关度高的人，都会或多或少地受到昨天越空项目的影响。在这个重要节点突然变化的影响下，相关的信息被迫重新排序编组，难免造成相关当事人的意识波动，这些意识的波动基本上以梦境的形式传递和展现给当事人。吴梦的情况和胡相文一家人的情况类似。

想透这一层时，肖风行反而有些释然的感觉：是的，这样的局面正是他们所期望达到的最小干扰、影响事件的结果。他们反复推演、论证的过程就是为了最大限度地减少对历史的撞击，让涟漪变得平缓。到现在为止，看来他们的努力取得了成效！

"梦梦，我都知道了。没有人会怪你讲话不吉利的，我还做过一些更可怕的梦，梦里面我不但参加了凯之的葬礼，还去了他的墓地。我抱着他的墓碑任凭泪水流下。"肖风行为了安慰吴梦动情地说道。他猜想胡相文夫妇的梦境中出于自我保护的本能，大脑中自动把关于凯之死亡的信息过滤掉，或者以走失，或者以伤害等形式展现和传递着死亡的符号，但是在吴梦的梦境中，凯之的死亡被平铺直叙了。

"风行，还有一件事情我想问问你的感觉。你先答应我，你不许不高兴好吗？"吴梦的态度突然显得认真起来。她好像是要问一件埋在心里很久的事情，她的表情让肖风行不由得警觉起来。但是他没有犹豫，直接拉了一下吴梦的手说："好的，我不会不高兴的，无论你要问什么。"

"你喜欢晓雯姐吗？我不是说那个意思，我是说你作为夏总的兄弟，你看好他们的未来吗？"吴梦说这话的时候，原本半躺在沙发上的她突然坐了起来，显然她觉得这不是一个普通的话题。

"我？我没有仔细想过这个问题，这好像是人家两个人的事情，不关我们的事儿，你怎么会问这个？"肖风行的话语中和表情上有一丝不自然。虽然只是那么一瞬间，这种不自然还是被吴梦察觉到了。于是吴梦马上转入攻势，她噘着嘴不高兴地说："风行，你为什么不和我讲真心话？你对晓雯姐的态度那么客气，是谁都可以察觉到你刻意和她保持着距离，她不是你喜欢的类型吧？"吴梦看到肖风行发蒙的样子越发得意起来，于是她忍不住调侃起他来。

"你说的什么嘛！不许开夏总的玩笑，没个正形！"肖风行说着捏了一下吴梦的手。"坏人，那么使劲儿，把人家的手都捏疼了，快给我揉揉。还有，你还没回答我的问题呢，你答应我了不生气，说话不算数！"吴梦被捏了之后不依不饶地说道。

"这不算什么敏感话题,但是这的确是别人的事情。而且,是我尊重的夏总的私事,所以我一时不知道该怎么样回答你比较好。你没有见过安平,所以你可以比较轻松地讨论和她有关的话题。但是我和安平相熟,我们昨天还……"说到这儿时肖风行猛地意识到自己差一点讲漏嘴。"昨天还提起安平姐生前的一些事情,我没有办法准确地描述。我是否看好夏总和晓雯姐的关系和未来,但是我可以告诉你,我自己的感受就是:我心里不愿意接受安平姐已经不在人世了这个事实。晓雯姐和夏总、小川在一起时,我不单只替活着的人感到高兴,也替逝者感到遗憾和伤痛!这可以算是我的答案了吧。"从肖风行的语气中,吴梦能够感受到他此时非常认真严肃。

"嗯,风行,你最好了。你对身边的人和事都有深深的情感,拉拉真幸福!现在的我真幸福。"吴梦的话语中流露出浓浓的满足感。

"梦梦,我爱你,早点睡觉吧,看你的样子好累了。"肖风行心疼地拢着吴梦的手臂说道。

"风行,上次你说我化完妆之后像拉拉,我的心里可高兴了。我能不能再八卦一下?"吴梦看着肖风行问道。

"说吧,说完不许再捣乱,马上睡觉!"肖风行无可奈何地回应道。

"我觉得晓雯姐没原来好看了,她的变化还是挺明显的。你说女人会不会都是这样一点一点变难看,最后自己都不愿意看自己的样子了?"吴梦说完,眼巴巴地盯着肖风行看。

"晓雯姐不是变难看了,是她越来越像安平姐了。安平姐可一点儿都不难看,我给你纠正一下观点。"肖风行随口就把自己心中的想法说了出来,望见吴梦睁大的眼睛和嘴巴,肖风行不再说什么,径直站起身来去冲凉睡觉了。

第二天的上午,肖风行早早地醒来。一睁眼,却没看见吴梦。"梦梦,你在干什么呢?在哪儿呢?"肖风行打着哈欠问道。

"给我家风行做早餐呗,我还能干吗。家里有一个能人就可以了,我决定以顾家为主,怎么样?"吴梦听到肖风行喊她,便走过来回应道。

“我可舍不得你放弃事业，你呀，还是主外吧。我觉得咱们两人之间，我更适合主内。”肖风行说着，一个喷嚏打出来。“起来了，就马上把衣服穿上，你那么大的人了，一点儿都不懂得照顾自己。穿这件厚一点的衬衣，再把背心也穿上。今天有点冷。”吴梦关心地在边上一通忙着说道。

肖风行被吴梦的关心感动着，他能够深深地体会到吴梦对自己的爱！

“我等一下要早一点儿去研究所，今天我们有重要项目要上。吃完饭我就先走了。”肖风行坐在餐桌前，一边吃着燕麦，一边说道。

“知道了，家里的大忙人。对了，风行，我市局的朋友告诉我，看守所袭击的案子好像是有了新的转机。听说是经办小组的人接到了匿名举报的电话，在电话里举报人提供了线索。新的线索指向一个大家都没想到的人。”吴梦说到这里，突然停了下来。她望向肖风行，这时她发现肖风行也正看着她，从肖风行的表情可以看出她的消息引起了他的高度关注。

“是谁呀？”肖风行忍不住问道。

“哈哈，你猜一下。你要是猜中了，就不算我泄露案情，要不要我给你点提示？”吴梦得意地笑着说道。

“大家都意想不到的人？”肖风行像是自言自语一样，垂下视线边说着边琢磨起来。“会不会是李明乐？”肖风行突然抬起头来向吴梦询问道。

“啊？你怎么会猜到李明乐？你猜得不对。再猜。”吴梦鬼鬼地笑着回答道。

“好吧，你给我点儿提示吧，我猜不出来。”肖风行一边摇着头，一边说道。

“风行，你可真聪明。其实你刚才猜李明乐是对的。我故意骗你说你不对的，我就是想看你还会猜谁。好了，不逗你了。匿名电话揭发李明乐多次勘察看守所的地形、建筑结构、管网布线、下水道系统，武警、民警的排班表。收到举报后，办案人员在李明乐的办公电脑里发现了详尽的看守所相关的资料。再查看文件生成和调阅的时间，正好是案发前一段时间的。据说按照举报电话的提示，还在李明乐的办公室里找到了作案用的交通工具的钥匙，只是现在李明乐拒不承认这些事实，他一口咬定这些事情他完全不知情。风行，你怎么发呆呀？”吴梦的说法让肖风行的记忆陷入了混乱，他有些拿不准自己记忆中的事情是否都是真实发生过。

"谢谢你告诉我这些。我去研究所了，爱你。"肖风行站起来吻了吴梦一下，之后离开家前往研究所。望着肖风行离去的背影，吴梦突然觉得自己对李明乐，对看守所相关的事情有些混淆，是啊！总是觉得哪里有些不对，可是为什么自己有点思考不清呢？还有，为什么要告诉肖风行有关于李明乐袭击看守所的事情呢？这中间自己的思维为什么好像被中断过一样，不具有连续性？吴梦仔细地回想着那些和凯之及李明乐有关的细节，可是她无法从中理出头绪。

悟空委员会对吴梦的要求是：继续保持隐秘的身份，不到万不得已的情况下，不可以显露她特工的真实面目。在这样的指令下，安保小组的刘必成、陈树立以及其他特工也都不知道吴梦的真实身份。随着事态的发展，吴梦内心越来越矛盾，她经常会挣扎在使命和自己的情感之中。而在她的情感中，最让她煎熬的就是，一旦肖风行发现了拉拉出走的真相，按照吴梦对肖风行的了解，她认为肖风行会毫不犹豫地选择离开她。很多时候，吴梦根本就不敢顺着这个思路想下去。

市局和省局的看守所袭击案的联合办案组，在突击搜查了李明乐的办公室后大有斩获，他们一举得到了众多证据。随后，在全市停车场的逐一排查后，很快，专案组在农贸市场的停车场找到了疑似的作案车辆。在专家不断地推断和还原事件的过程后，专案组逐渐清晰了：李明乐自己或者指使手下用剧毒化学品袭击看守所，最终达到一举消灭前期为他顶罪后无法出狱的打手们的目的。专案组认定李明乐作案动机明确，作案条件具备，经过现场勘查和轮胎的比对，以及所有案发前后那一时段主要交通路口的摄像头的录像资料分析，确定在李明乐办公室找到的车钥匙所对应的汽车为主要作案工具。

李明乐的父亲李保宁得知儿子办公室被联合办案组突袭检查后，如坐针毡，他到处托人疏通，想了解情况和营救李明乐。情急之中，李保宁也去找了秦方，他想问秦方能否考虑用李明乐精神上有问题来为他的一些行为开脱。

谁知道秦方见到李保宁，气不打一处来。原来上次肖风行离开李明乐的办公室后，李明乐越想越气，他认定是秦方在背后搞鬼来报复自己，于是他当夜就派人跟踪秦方，在他回家的路上拦截下秦方，狠狠地揍了他一顿。在揍秦方的过程中，李明乐不停地咒骂他是个老混蛋，竟敢因为一个女人的事情找人报复他李明乐。李明乐的呵斥和咒骂让秦方基本上搞清楚了自己挨打的缘由，也明白了之前原来是李明乐抢了自己的手机。又恨又气的秦方在家病了好几天，他就想怎么报复李明乐。谁想李保宁来找他想办法救他的混蛋儿子！

被秦方奚落并赶走的李保宁不解其意，但是外面的传言和秦方的态度让他不由得倒吸一口凉气：看来明乐这小子这次真的是遇到坎儿了！

肖风行来到研究所后，马上到夏天元办公室作简短汇报：肖风行小组已经做好越空未来的推演准备。听完汇报后，夏天元马上召集核心人员前往操作中心。按照既定的议程，大家讨论了未来标刻点的确定问题。和跨越过去不同的是：未来事件在本体所在时空尚未发生，因此无法做更详细的对标参考系；对未来事件只应该保持观察和记录，不应该介入，以免引发超未来的连锁反应；一旦越空参与者要介入和改变未来，参与者和光子系统都无法从未来标刻点回溯之前所有未发生的事件。因此对未来事件结果的认定和比对，只能更大程度地依赖现有数据做逻辑推演。

会议讨论结束后，夏天元和肖风行来到高中光的办公室，他们急切地向高中光征求意见，他们想知道悟空委员会和集团对越空未来的整体规划。

"天元、风行，我之前征求过中影总关于越空未来选择标刻点的意思。当时，他表示这个事关重大，需要和悟空委员会共同商议确定。但是他随即表示：在越空但是不介入的约束前提下，他认为咱们所可以自主确定标刻点。有关这一点，中影总也已经和悟空委员会达成一致，所以你们大胆地放手做吧！"高中光知道夏天元和肖风行的压力大，便尽量用平和的语气介绍道。

"中光总，我和风行小组经过讨论，想以3年以后，也就是2034年的全球经济、科技、军事和主要政治事件为观察对象进行越空。您看可以吗？"夏天元认真地询问道。

"非常好！之前中影总虽然没有说到这么细的问题，但我能感觉得到，他的关注点正是你们刚才提到的。哈哈，你们俩总是那么有预见性，凡事都考虑得特别周到！"高中光高兴地夸赞道。"对了，风行，我的宝贝女儿，你的小朋友敏儿让我带了一个 U 盘给你，她特别嘱咐我，让我不许偷看里面的内容。还说 U 盘的密码只有你们俩才知道，是你们俩的秘密。有关密码她提醒说是三个中文字。哈哈，你看这么大点儿的孩子就已经有事瞒着爸爸了！哎呀，教育失败呐！"高中光说笑着，从桌子上拿起一个卡通造型的 U 盘递给肖风行。

肖风行接过 U 盘，一瞬间高敏儿可爱的样子占据了他的脑海：多么可爱的孩子，又有挺长一段时间没有见到她了！凯之被自己越空拯救回来后，肖风行那颗渐冷的心被他的欢声笑语激活了。现在看到高敏儿的问候，他不由得想起了过去和拉拉、高敏儿一起的幸福时光。

看到肖风行有些发愣，高中光笑着说："我和我家美卿开玩笑时说过，如果风行的年纪再小个十岁八岁的，或者我们敏儿长大嫁给他是不错的选择，哈哈！"

听到高中光这样开肖风行的玩笑，一旁的夏天元不由得哈哈大笑起来。肖风行在高中光和夏天元的笑声中窘得不知如何是好。"好了，天元，咱们俩就别再欺负风行这老实孩子了。"终于，高中光停止了对肖风行的逗笑。

"风行，你们组再辛苦一下。我们做好明天上午展开跨越未来的准备！"夏天元说罢，拉着肖风行对高中光挥手道别。

肖风行回到自己的办公室后，联系了一下安平，他把越空未来的计划详细地向她说明。很多时候，肖风行觉得安平的存在比现实中的其他人更加真实。

安平在仔细了解了他们的进展和计划之后，沉默良久。随后她说："是的，风行，你们的担心是有道理的，我也觉得在你们的未来推演系统没有进一步提升之前，暂时不做未来时空的介入是明智的选择！"

"好的，安平姐，我和夏总也是这样想的。对于未来，我们缺少连续的信息链条来加以推断和分析，所以最好是以观察为主。不到重要节点不要轻易参与改变！"肖风行肯定地回复着安平。

"风行，还有一件事情我要和你沟通一下，你现在方便吗？"安平的语气里透露出关切和不寻常。

"您就请讲吧！我没什么不方便的。"肖风行马上回应道。

"我上次和你说的拉拉的情况，现在有一些进展了。"说到这里，安平停顿了下来，她体会着肖风行的情感。

"啊，是吗？安平姐，你快告诉我，你有什么新的线索了吗？"肖风行激动地问道。

"风行，你不要怪我。我监听了拉拉家里的电话，现在我已经可以确定拉拉这两年多以来一直生活在 C 国。她和她父母通电话的内容显示出她的生活状况不错。但是不知道出于什么原因，他们在通话过程中是比较谨慎的。明显地可以感受到他们讨论的内容是有选择的、拘谨的。"安平进一步补充道。

"安平姐，真的是太感谢你了。知道拉拉好好的，我就非常满足了。我想迟早我会搞清楚这背后的原因。"肖风行两年多以来，首次了解到有关拉拉的消息。这对他来讲是莫大的安慰，于是他由衷地感谢安平。

"好的，风行，如果你不介意的话，我会进一步跟踪拉拉的情况。放心吧，到目前为止，她一切都好！"安平说罢道别离开。

肖风行按捺住心中的狂喜，他深呼吸了好几次，让自己平静下来：这一切，太好了！虽然还不知道拉拉离开的原因，但是她平安、健康地待着，就是对自己最大的安慰。当肖风行完全平静下来时，他不由得想到了吴梦。是呀！也许这一切都是最好的安排吧！

整个下午，肖风行小组都在开足马力推演未来。他们按照计划，将探索的领域划分成几组，在主要的数据链条来分别推演。最终他们在 5 大类、200 多个关键数据上描绘出了核心框架和枝节。晚上 10 点多，肖风行把框架和链条汇总的情况呈交给了夏天元。夏天元仔细研读之后，高度赞扬了肖风行小组的执行能力和严谨性。

晚上回到家里已经很晚了，但是吴梦还没有回来。肖风行有些担心便拨通了她的电话，电话中吴梦表示自己仍然在加班，说是有个案子的材料赶得特别急，让他不用着急等她，自己先吃点儿东西，不要饿着，等她回来，再一起吃正式的晚餐。

肖风行挂断电话，坐到客厅里。这时他突然想起上午的时候，高中光给了他一个U盘，说是高敏儿一定要交给他的。想到这时，肖风行的脸上不禁露出了幸福的笑容。高敏儿可爱乖巧的样子浮现在他的脑海。于是，他从口袋里拿出U盘，随即把它插入手提电脑的接口上。好吧，这小丫头居然学会了给U盘加了密码！随着输入密码的提示弹出，肖风行不由得觉得好笑。

"这个小丫头，密码会设置成什么呢？"肖风行好奇地想到，这时他猛地想起高中光说密码是三个中文字，而且只有高敏儿和肖风行知道，是他们之间的秘密。想到这时，肖风行一下子回想起了上次在上海，他们俩临分别前玩的僵尸抓人的游戏，当时他们俩约定好了臭僵尸、坏僵尸和那个僵尸一瘸一拐的动作，是他们俩之间的秘密约定和暗号。

肖风行试探性地输入了"坏僵尸"三个字，这时屏幕上立马弹出了敏儿的笑脸。"叔叔，我就知道你是最聪明的，也是绝对不会忘记我们俩的秘密的！我有重要的事情要和你说。爸爸妈妈不让我和你讲关于拉拉姐姐的事情，可是你上次给我的拉拉姐姐的乐谱，不在爸爸妈妈的管辖范围内。所以我觉得我的新发现可以和你说一下：拉拉姐姐给你的东西不是乐谱，之前我就很确定，但是我搞不懂那是什么。前一段时间我们上历史课的时候，老师讲到了第二次世界大战的时候，有一种最简单的密码编写方式，是数字对照密码本。我觉得拉拉姐姐的乐谱应该是密码，她的每一组音符应该对照了某一个或者几个字。还有叔叔，我再给你说一件奇怪的事情，最近我总是觉得有人在盯着我和妈妈。妈妈开车送我上学放学的路上，我总是能看见几个同样的人，他们好像总是在我们的周围。我跟妈妈说过这件事，可是妈妈说我太敏感了！叔叔，你相信我吗？我觉得那几个人不正常。叔叔，这个是我的邮箱，以后你有什么发现可以给我写邮件了。好吧，今天的作业我已经写完了，现在妈妈要带我去超市买好吃的了。再见，叔叔！"敏儿的视频结束了，肖风行关掉电脑。他找出拉拉留下的乐谱，思考着敏儿提到的密码和密码本的事情，猛地他意识到那本《日瓦戈医生》有可能是对应的密码本。

很快，肖风行发现了拉拉编码的方式，每一个音符对应了一个数字，每个数字相对应的是小说的页、行、字。顺着这个思路，肖风行很快把乐谱全部破译了出来。

风行：

没有什么比爱着你，却要离开你更让我心碎！

虽然我的离开是迫不得已，但是这里面没有谁是完全恶意的。她有自己的使命，只是我无法担负监视你和随时汇报你的动向的任务。我拒绝他们的同时，注定了我要暂时离开你！我渴望你们能够早日成功，我知道你的生命中渴望这样的努力付出和成功！

她向我承诺会替我照顾你，保证你的安全，我选择了相信。因为我知道你会平安地等着我回到你身边！

我爱你！一直爱！

文娜

肖风行的泪水夺眶而出，此时他已经大概猜出了两年前拉拉出走的真实原因。那么，吴梦就是那个冷血潜伏在自己身边执行任务的人吗？肖风行内心慌乱地问着自己。

"风行，我回来了。饿坏了吧？没有我照顾的风行就是孤苦伶仃的风行！"这时吴梦回到了家里。"怎么了？出什么事情了？亲爱的，你不要吓唬我好不好？你的样子我害怕了！风行。"吴梦来到肖风行身边，见他目光空洞，面无表情，担心地问道。

"吴梦，你看一下这个。"肖风行把破译好的文稿交到吴梦的手上，他站起身来，从吴梦身边走过来到阳台上，他慢慢地坐在椅子上，仿佛世界和他没有了关系。

吴梦飞快地阅读了手上的文稿，她知道自己最害怕的时刻来临了！她之前想象过无数次这样的场景，每一次都让她心神不定，但是她没想到这一刻来得那么快，那么突然！此刻她的内心世界开始崩溃，她无法面对肖风行，她又必须去面对。

两个人一句话都不说，陷入了可怕的沉默之中。过了好久，吴梦终于定了定神儿，她知道自己必须要面对这一局面。不仅仅是为了自己的情感，也是为了身上担负的使命。

　　"风行，我可以解释吗？亲爱的，愿意听我说一下这件事情吗？"吴梦步履沉重地来到阳台上。当她见到肖风行的时候，只见肖风行好像一下苍老了很多，此刻，他的手中正拎着一瓶红酒，他好像完全没有听到吴梦的话，只是那样自顾自地大口大口地喝着酒。

　　看到肖风行黯然神伤的样子，吴梦心如刀绞。她一下子扑倒在肖风行的座椅旁边，"风行，不要这样折磨自己好不好？都是我的错！是我不该这样隐藏真实身份来到你的身边，是我不该把拉拉从你身边赶走。都怪我！"吴梦低声地哭泣道。

　　"我不恨你，你走吧！"肖风行在灌下一大口酒之后说道。

　　"风行，不是你想的那样。我承认，一开始我是为了任务接近你们研究所、接近你。但是我相信你也是有感觉的，我早已经深深地爱上了你。我的生命中不能没有你，我对不起你和拉拉，但我也是个女人，我也有权利追寻自己的爱情和生活。我真的希望我就是个像拉拉一样的普通女人，我很多时候根本就忘记了自己是个特工，我只想留在你身边！原谅我吧，风行。我爱你，我永远爱你！"吴梦说着痛哭了起来。

　　肖风行的内心充满了愤怒和矛盾，他愤怒于吴梦对他自始至终的伪装和欺骗。他矛盾于在过去的岁月里，他的世界已经留下了太多吴梦的痕迹。他觉得自己不能原谅吴梦，拉拉完全是无辜的。正是吴梦他们的介入，毁了肖风行和拉拉的人生。他不能原谅自己，此时他竟然爱上了毁灭自己的人。吴梦和林凤一样，都是将肖风行推入了离别的漩涡的人。林凤为了和别人在一起，毁灭了他的人生；吴梦为了任务，毁灭了他的人生。可悲的是，自己居然都恨不起来！

　　肖风行的沉默和痛苦被吴梦读懂，她抓紧时机搂住他。她知道他内心的悲愤和酸楚。她从肖风行的沉默中，读到了自己的希望。"风行，原谅我吧，我爱你！真的，我这一生从来没有这样爱过谁，我不敢奢求你爱我，我只求你不要不理我！"吴梦的诉说触动着肖风行的心。

不知过了多久，吴梦就一直那样不停地诉说着。终于，肖风行站起身来，他摇摇晃晃地走进房间，然后倒在沙发上昏昏睡去，他疲惫的身心需要好好地休息一下。

吴梦整晚蜷在肖风行的身边，她不确定等到明天太阳升起，肖风行醒来会怎么对待她，她从来没有这么盼望过：但愿夜可以再长一些！

第二天醒来时，吴梦发现肖风行已经离开，自己竟然不知道什么时候睡着了，还睡得那么沉。在书桌上没有发现肖风行给自己写下的留言，或者留下别的什么。吴梦紧绷的心稍稍有些放松，不管怎么样，自己都要坚持下去！吴梦暗地里对自己鼓励道。

在之前，清晨时分，当肖风行醒来时，他发现吴梦偎依在自己身边。夜里的寒气那么重，她身上只是裹了一条薄薄的毯子，家里的厚被子全盖在自己的身上。肖风行没有叫醒吴梦，他轻轻地把被子给她盖好，便匆匆离开家前往研究所。

路上，他脑子里仍然是一片混乱。刘必成和陈树立都觉得他和平时不太一样。肖风行大致上和安平沟通了一下昨晚的变故，安平似乎对这一情况并无太多惊讶。她只是征求肖风行的意见，问他自己是否可以跟踪和监听吴梦，肖风行含含糊糊的样子应该算是答应了安平的提议。

"二号标刻点相关数据准备完毕，意识体加速倒计时开始。"光子以它特有的声调开始了阳山所未来之旅。

"意识体加速完毕，介入微宇宙。对接标刻点完成，意识体融入标刻点母宇宙。意识体开始同步获得标刻点主要对标信息。"光子系统按程序逐一播报着。

此时，在场的研究员们都高度紧张，那是一种源自对未来的恐惧。他们的行为像是翻开了上帝手中的底牌，这种恐惧犹如人类深深留在基因中对黑暗的恐惧。此时根据光子的备份系统显示，当前主控系统在标刻时空的数据交换速度已经达到了 30 个量子位的水平。正当大家为这一刻骄傲的时候，系统突然报警！主控系统提示意识体和本体的数据交换速率过大，对本体即将造成过载。

"马上停止数据交换，切断本体和系统连接！"夏天元当机立断地强行中断了肖风行意识体的数据同步。

"正在失去标刻点意识体的联系，已经失去和标刻时空点意识体的联系。"光子系统的同步备份体在随后的十几秒钟后也解体了。

"风行，你怎么样？你听得到吗？"夏天元焦急地呼唤着肖风行，但是没有得到肖风行的任何回应，于是大家紧急将肖风行送到研究所因越空项目增加的急救中心。医生马上对肖风行进行了检查，初步检查后医生得出简单结论：生命体征正常，未见瞳孔异常变化，未见脑部受损的症状，颅压略高，但仍然在正常范围内。听到医生的初步诊断，夏天元悬着的心略微放松了一下。

这时肖风行逐渐苏醒过来，他慢慢睁开眼睛。"风行，你可醒过来了，刚才大家都好担心你！"夏天元长长地吐了一口气说道。

"哦，我没事。应该是我昨天没有休息好的原因，现在感觉好多了。"肖风行的声音显示出非常的疲惫。

"好的，风行，你先休息一下。等会儿你状况好些了，我再和你沟通。"夏天元还是有些不放心地叮嘱道。

肖风行这次的越空经历明显与上次不同，他的大脑中被海量的数据充斥，但是他可以明确地认知到此次的越空没有形成第二层量子纠缠的信息互动！按照简单的推理可以得出的结论就是，2034年的时候他已经不在人世间了。他努力地在自己的脑海中搜寻着相关的记忆，但是太多的信息让他一时间理不出头绪。

"夏总，我已经没事儿了，您放心！有些情况我需要马上向您汇报！"肖风行说着坐了起来，从他的语气中可以感觉得到他现在的状况已经平稳下来。

来到夏天元的临时办公室后，肖风行迫不及待地把越空获得的有关阳山所和自己的信息讲给夏天元。"我在标刻点搜寻了咱们所的相关资料，令人惊讶的搜寻结果是：三年多前，也就是现在时空的一个月之后，咱们所遭遇了非常严重的爆炸事故。核心研究人员夏天元、肖风行当场遇难。相关的事故原因经调查显示，此次科技浩劫是由于操作不当引发的小型核聚变反应堆失控。"肖风行的讲述惊呆了一旁的夏天元。他久久地望着肖风行，他完全被肖风行讲述的未来镇住了，他甚至不知道此时该和肖风行说点儿什么好。

看到夏天元那么凝重的表情，肖风行连忙补充说道："夏总，我们还需要和光子系统逐一比对才能确认，您不用太过担心。"

"风行，你再休息一下，我们马上集中力量全面比对光子的越空备份系统。给你两个小时时间睡觉，吃点儿东西。11点回到测试中心，我们就比对结果紧急开会。"这时夏天元已经冷静下来，他拍拍肖风行的肩膀后离开。

夏天元离开后，肖风行立即把越空未来的信息反馈给安平。他可以从安平的反应上判断出她对这部分信息感到多么震撼。肖风行知道最让安平难以接受的是，夏天元不久后在事故中将会遇难。肖风行立即补充说明，现在小组正在全面比照光子系统所同步的数据。安平稍作迟疑后安慰肖风行要及时休息一下，便离开了。

出于审慎的原则，夏天元没有立即向高中光和高中影汇报之前肖风行和他的沟通内容。他的心中充满着压抑，他甚至觉得有些悲愤和不知所措。他突然理解了那些得了绝症的病人在得知自己病情后的感受，应该就是这样吧，生命就此有了大限。

在焦急的等待中，数据小组比对了光子越空系统中有关阳山所重大事故的未来记载。光子系统证实：肖风行的描述可以在系统上确认对应点，阳山所于2031年3月26日11时12分彻底毁灭于严重的核子爆发事故中，阳山所周边300米半径内所有有机体均遭毁灭性杀伤。

肖风行稍作休息后，急匆匆地赶回测试项目中心。他不顾身心疲惫，立即和光子系统联机比对关键点。

光子的越空系统也没有形成第二层量子云纠缠，这一结果也直接证明标刻点时空中，光子系统的本体亦不复存在。在这样的数据比对结果面前，夏天元不能再等待。他立即向高中光汇报，再由高中光向悟空委员会和高中影做汇报。在悟空委员会和项目组核心人员紧急磋商后，确定了马上展开针对2031年3月26日11点12分之前的每一分钟级别的越空回探计划，计划代号为：探针326。

二十、探针326

这几天，肖风行一直没有回家，他的内心深处被浓浓的逃避情绪占据。他不能也不愿意面对吴梦。任凭吴梦怎么联系他，肖风行都保持沉默。

项目组是在和时间展开赛跑，现在是 2 月 24 日，距离 3 月 26 日还有 30 天左右的时间。随着光子系统海量的信息填充，上次越空未来后，取得的更多细节被描绘出来，他们甚至找到了异地备份的事故现场画面。尽管一切到现在尚未发生，可是惨烈的现场和熟悉的人与物的消融的情形还是令人不寒而栗。肖风行在视频中目睹了自己和同事瞬间变为气体。随即现场的视频变成一片空白，那代表在现场的一切，包括监控摄像头也熔化了。

高中影在上次越空未来的第二天就来到了西坦，他知道这一次是决战的一刻了。之前来过阳山所的安全局神秘一号客人也来到西坦。所有知情的人已经全面调动起来，悟空委员会、阳山所，以及相关的部门和人全部进入了最高的警戒状态！

悟空委员会调来大批专家协助核查所有相关细节，同时也对所有有权限接触越空项目的人员逐一排查。

"肖风行先生，我代表悟空委员会和你谈话，同时也向你表达最真诚的歉意。我想吴梦的事情你已经知道了部分状况，吴梦的行为不是个人行为，她完全是在局里的授权下，行使自己的职责。你的女朋友黄文娜所承受的痛苦和不幸，完全是个体利益让步国家利益的一种牺牲。希望你在这个生死存亡的时刻，可以理解当初我们的安排具有非常的必要性！"神秘一号领导用最真诚的语调解释道。

"现在不是讨论是非对错的时候，对你们的工作我能做的就是配合。我不想去理解你们，我也不需要你们道歉！我在做的事情是为集团，为民族，也为成就我自己。你们如果代表国家利益，我个人利益服从你们。我没有什么别的要说的了！"肖风行说罢便坐在一旁不再出声了。他的心中夹杂着太多的感受，有难过，有豪迈，有悲哀。一号客人望着他愁眉不展的样子，轻叹一声。

随即，夏天元和高中光也被请进会谈的办公室，仍然是一号客人和他们交谈。

"我刚才和你们的肖风行研究员沟通过了，现在是非常时期，我只好打破工作原则告诉你们部分真相：肖风行的现任女友吴梦是安全局的特工，她在两年多前开始渗透你们所。为了不引起过多关注和方便开展工作，在她介入肖风行的生活时，我们动用了一些手段。"一号客人慢慢地讲述着之前和肖风行沟通的内容，他可以从夏天元、高中光的表情上判断出他们有多么惊讶。

"按照肖风行刚才的说法：现在不是讨论是非对错的时候！我非常认同他的说法，我们现在没有时间去做更多的解释，现在是按秒计算我们的时间的关键时刻！我简单说吧，悟空委员会正式通知你们三位两件事情：第一，吴晓雯的身份基本可以确定是 K 国特工，只是现在尚未到抓捕她的时机。第二，高总的家人目前仍然在 C 国，鉴于 C 国和 K 国的特殊关系和地理位置接近，我们将马上派人前往 C 国迎接您的家人回国。再有就是肖风行的女友黄文娜此次也一并迎接回国。"一号客人没有理会夏天元和高中光的复杂反应，接着安排道。

"晓雯她是间谍？这不可能！我不相信！"夏天元被这突如其来的消息彻底惊呆了，他像是自言自语般地说道。"我想和您确认一下，风行的女友黄文娜，也就是拉拉，一直在 C 国吗？你们怎么知道的？"夏天元被这接二连三的重要信息轰炸得有些崩溃。

"吴晓雯的间谍活动事实脉络清晰，证据确凿。她和 K 国间谍机构的联系方式已经被我们破获，她最早的犯罪行为，可以追溯到你们阳山所的系统被黑客攻破那时。吴晓雯在英国读书的时候读的是计算机专业，她是个网络安全方面的天才。正是她的专业能力和手段，导致了你们研究所最核心模拟数据失窃的事故。在之后她频繁出国，基本上都是情报交换和任务交接。我这样直接地说，希望你可以接受。实际上，你们阳山所的全部核心人员本人和身边的人，我们都早已展开排查。"一号客人的话语变得严肃起来。

夏天元的内心无比压抑，他一时间不知道该怎么应对这一残酷的现实。在他的心中，晓雯永远是那个陪着他远赴贺勒山送别母亲，伴随他和小川出席幼儿园活动的女人，晓雯是他心灵的港湾。现在这个女人却已经成了敌人。

"我现在回答您关于拉拉的问题，其实这个问题由高总回答更为合理。高总，您看您可以回复一下肖风行和夏总吗？"一号客人此时已经恢复了冷静和平淡，他望向高中光说道。

此时的夏天元更加疑惑了，他顾不上自己内心的伤痛和仓皇，他此时也急于想了解拉拉事情的谜团。

"风行，天元，这事儿有些复杂。那是两年多前的事情了。刚才你已经知道了，拉拉受到了来自安全部门的压力，但是她是个倔强的丫头，她非常明确地拒绝了安全部门的安排，她只想好好爱着风行。她没有答应安全局的要求，只想简简单单地爱与被爱。所以结果你可以猜出来了，吴梦在这种情形下取代了拉拉。之后在她绝望、落魄之际，她到上海找到了中影。在她的世界里，这种时刻，她除了自己的父母之外，唯一可以信任和依赖的就是你，但是她不能去联系你，所以她选择了找你最信任的人。我弟弟他当时也搞不清楚状况，但是他本能地理解到这是一件只能暂时服从的事情。后来，在中影的安排下，拉拉去了 C 国。其实她一直和我老婆、敏儿在一起生活。我和中影出于各种综合的原因，选择对你和天元保守了这个秘密，请你不要怪我！"高中光在一号客人和肖风行的注视之下，慢慢地说出了这些隐藏已久的事情。

肖风行被高中光的诉说完全镇住了。他本能地在心里选择相信高中光，他的内心深处告诉自己要理解、认同高中光的说法，那意味着这两年以来拉拉得到了很好的关爱和照顾。

不仅是肖风行非常惊异，一旁的夏天元也被高中光的说法深深地吸引住了，拉拉的事情对他的震撼不亚于晓雯的事情。

"谢谢您高总，我们总是给您添麻烦！"肖风行内心充满着感激和喜悦，他知道拉拉和自己团聚在一起的时间不远了。

"风行，你不要怪我和中影，还有你的小敏儿，敏儿多次想把拉拉的事情告诉你，但是我始终觉得在看不清事件的真相前，还是应该遵守承诺，保住这个秘密。我生怕你知情后，真相会对你或者拉拉有什么不利的影响。出于这样的原因，我们对天元也采取了保密，很对不起你们两位！"高中光语气中带着歉意说道。

"我还是不能相信晓雯是间谍，她没有做过任何伤害我们的事情。您能否重新再对她的身份做一下甄别！高总、风行，你们难道也觉得晓雯是间谍吗？这里面一定是有误会！"夏天元此时已经陷入了内心的煎熬和矛盾之中，他求助似的问着在场的每一个人，尽管他明白大家无法给他一个答案。

"夏总，看来我还是有必要多向您透露一些吴晓雯犯罪的事实。我们在光影止步红酒店光止步的宝雅克房间内发现了数量众多的监听、监视设备。这些设备把收集到的信息统统发送到她的一处秘密住所，我估计这个地方的存在你是不知道的，其实就在你居住的小区里面，和你住的别墅只隔着5栋房子，怎么样，你没有去过吧！还有，在吴晓雯送给吴梦的手提包的夹层里，我们也发现了定位设备。现在您觉得我们的证据够充分了吗？我们现在没有对她进行抓捕，是因为我们想一举歼灭她背后的组织。"一号客人为了让夏天元确认这件事，不得已又将一些案件的细节讲给夏天元。

"天元，我知道你的心里不好受。说实在的，两周前这位大哥，对了，我们称他为长老。他是悟空委员会的最高负责人，此次任务中的代号是长老。"高中光安慰着夏天元，为了说明问题的复杂和重要性，他介绍了一下一号客人的情况，这时长老在一旁点头致意。

"在你们所首次越空成功后的几天后，我们在 K 国的最高级别特工反馈了重要信息：K 国国防工业公司的情报部已经部分掌握和了解了我们的动态。这个情报引起了我们的高度警觉。结合了我们前期的排查结果，我们把侦办重点锁定在了吴晓雯的身上。我和高总特意连续安排了几次重要聚会，故意把聚会地点都放在了光影止步红酒店的宝雅克房。在那几次的聚会中，高总和我临时杜撰了一些越空事件中根本没有发生的事件经历。结果我们在 K 国的特工很快就反馈了部分我们杜撰和故意泄密的内容。这些所有的问题，都指向宝雅克房的泄密事实！要知道那些故意泄密的内容都是我们临时准备的，事先没有通知任何人，也没有在其他场合提到过。这还要感谢高总高明的讲故事能力！"长老不动声色地继续补充道，他知道在当前的紧急关头，他面前的几个人的状态是多么重要！

话说到这种程度，尽管夏天元的心中仍然不愿意接受晓雯是间谍的事实，但是理智告诉他，不可以再糊涂下去了！此刻在一旁看到夏天元煎熬的样子，肖风行完全可以想象得出他内心的苦闷。是的，这样的结果对夏天元来讲打击太大。

沉默了一段时间后，夏天元终于控制住了情绪，恢复了理性。他强忍住心中的惊涛骇浪，向长老问道："我明白了，现在我和我们的团队应该怎么做才是最正确的？"

"很好！夏总，我可以感受到您的痛苦，感谢您的理解和表态！现在你们团队要一切照常进行，不要有什么反常的行为和举措。但是你们要做好秘密越空的准备，我的意思是，现在不能排除你们团队里是否隐藏着其他间谍，这个人也许根本不存在，也许存在，甚至可能连吴晓雯都不知道他的存在。在这种情况下，部分最机密的越空项目要保证参与的人越少越安全，最好就是你们几个人。我不知道目前你们能做得到吗？"长老对夏天元的表态非常高兴，他顺势把自己的担心和想法进一步说了出来。

"明白了。以我们前几次的越空实践来看，我们不需要调动很多人参与，就可以启动越空。因为我们的主控系统光子的运算能力强大。我和风行会把项目参与人数控制在最少，理论上做得到只有我们几个人就可以操作。退一步说，只要我们给光子系统重新设定参数，可以保证系统不再公开涉密信息。这样，即便是更多人员在场，其他参与的人员可以完全不知道项目内容和进度。"夏天元此时好像暂时从对晓雯的困惑中走了出来，他认真地计划着下一步的安排。

听到夏天元的描述，长老和高中光都感觉到异常欣慰。高中光知道夏天元对晓雯的情感，他明白夏天元此刻真的非常不容易。

"小肖，还有一件事情我想请你支持！"说到这里，长老停顿下来望着肖风行。

"您说吧！"肖风行明白这种时候，长老一定是有重要的事情安排，于是他应声回答道。

"好的，我听说你已经几天没有回家了。我完全理解你的心情，但是我在这关键的时刻请你正常回家，不要让潜伏在我们身边的间谍看出问题和感到有什么破绽。怎么样？你可以答应吗？"长老微笑着看着肖风行说道。"好吧，我答应你们，我请求你们保护好高总家人和拉拉。"肖风行稍作沉默后，答应了长老的提议。

"没有问题！我们一定会竭尽所能去做到保护他们，你们放心吧！吴梦这两天就应该出发了，她是我们最王牌的特工，这一点我想你是知道和见识过的。最后，我补充一下，今天在场的你们几位都是最核心人员，你们之外的项目组的所有的人目前尚不能认定是否可靠，因此排查工作仍将继续。保密工作更加艰巨，望各位理解和配合！"长老说着站起身来和大家一一握手后离开。

长老离开后，他们三人面面相觑，一时间谁也不知道该说些什么好。高中光知道他们两人此刻早已是心绪不宁，于是分别拍拍他们的肩膀，告诉他们一定要顶住，在这个最困难的时刻！然后大家各自去忙自己的工作。

肖风行在回自己办公室的路上，便和安平沟通了刚才长老透露的信息。在肖风行的心中，安平是最值得信任的人，他觉得安平就是自己的姐姐，没有什么不可以和她说的。安平的反应非常平常，因为她对晓雯的怀疑由来已久。倒是她对拉拉的处境相当满意，于是安平安慰他，让他凡事往好处想。

安平特意拜托肖风行多关心和注意夏天元的情绪和状况。在安平的提示下，肖风行才反应过来，当前夏天元的状况要比自己难得多！想到这里，肖风行原心中不免羞愧起来，他马上意识到自己应该更多关注夏天元。

安平离开后，肖风行来到夏天元的办公室。当他敲门进来后，他发现夏天元眼圈发红地坐在办公桌后面。肖风行可以想象得出刚才夏天元一个人独处的时候内心多么挣扎。

"夏总，我刚才和安平姐联系了一下，我把咱们的情况大体上和她讲了。我觉得安平姐对这一切好像都非常有心理准备，她没有太多的惊讶和不安。"肖风行一股脑儿地把刚才和安平沟通的情形给夏天元描述了一遍，他可以从夏天元的眼神里看到：夏天元听说安平知道这一切后是欣慰的，因为这些事儿是夏天元自己难以启齿的话题。有关晓雯的事情他无法面对安平，从一开始就是这样，到现在更是这样。

"谢谢你风行，我的好兄弟，如果不是你和安平沟通的话，我真的不知道该怎么样和她说这事儿。还有晓雯，不，吴晓雯这边我该怎么处理？现在我还没有头绪。"夏天元的言语之中充满了焦虑和不安。

"我觉得这个事情上我们就听长老的安排吧，您表现得自然些，不要让晓雯感觉到有什么不一样就行。夏总，我觉得当务之急是我们要马上再启动越空行动。我想回到3月26日事故前的现场去，我要了解所有的系统设定数据，我要找到核聚变反应堆失控的原因，我想找到补救的方法。"肖风行急切地说道。

"好的，风行，今天已经太晚了。我们明天一早开始吧！"肖风行可以从夏天元的语气中听出他已是身心俱疲。

当晚在回家的路上，刘必成和陈树立都发现肖风行变得比平日更加沉默寡言。他们俩谁也没问肖风行，肖风行在之前已经两三天没有回家了，应该是研究所的工作太忙了吧？他们只能这样猜想。

到小区楼下时，肖风行慢慢走下车。他对着日夜跟随着他的两位特工挥手道别。回到家中的时候，他在桌子上看到吴梦留给他的字条。

风行：

你前天和昨天没有回来，这两天我度日如年。关于拉拉的事情我有口难辩！

在伤害了你和拉拉后，一切解释都是苍白的。

即便是竞争，我也是个不公平的竞争者。我破坏了游戏规则，但是我不后悔，因为我爱你！

等你看到这个纸条的时候，我可能已经启程了，我奉命前往C国接回高总家人和你的拉拉。

风行，你不是我的任务，你是我爱的男人！

我把欠你的还给你，我把拉拉带回来给你。

给你写这字条的时候，我突然想起了问问我自己：我是谁？

就当是那个在你们欢声笑语的时候，默默为你祝福的人吧。

无梦

2月26日

肖风行的双眼湿润了，尤其是当他看到吴梦将自己的落款签名写成了"无梦"的时候，泪水就这样一滴、两滴，不停地跌落在吴梦的字条上，短短的留言将他的内心鞭打得伤痕累累。

第二天一早，肖风行直接来到运行中心。夏天元只通知了几个最核心的研究员参与此次越空，并且确定了事前、事中、事后不向大家通报越空情况的基本原则。

"三号标刻点准备完毕，意识体加速至……"光子一如既往地以它那特别的语调开启了新的一次越空行动。

此时远在K国的阿尔蒙德如同热锅上的蚂蚁，他焦躁地关注着史密斯团队的进展，之前移交给里奇博士的有关阳山所的资料，前一阶段又移交到史密斯的手上。自那之后，他和沃顿就很少能够见到史密斯。通过对史密斯助手的问询，才知道史密斯完全被阳山所的设计方案和解决办法所折服。与此同时，史密斯团队就马上转换了思路，他们大胆地借鉴阳山所的路径，准备在短时期内展开实质性的操作。

史密斯一边忙着新的设计思路，一边被自己的事情困扰。前一段时间他在沃顿的办公室碰到了他的女神伊莲，当时他甚至没有认出那是伊莲。她的身形和说话的样子都和以前有所变化，当时还是沃顿打破了僵局。沃顿笑哈哈地责怪史密斯见到老朋友不够热情，并且告诉他，伊莲现在在负责中国区的工业信息。

当晚，史密斯和伊莲一起用了晚餐。史密斯怀着激动的心情，在晚餐中间多次向伊莲表达自己这两年以来对她的思念和牵挂，但他从伊莲的反应和表情上看到了距离。即便是这样，史密斯仍然非常兴奋，他不停地诉说着，他渴望能回到从前，他一个劲儿地检讨着自己，直到热泪盈眶。在他深情诉说的过程中，他能感觉到自己的真情得到伊莲的触动，虽然只是那么一瞬间，但他仍然觉得快乐和希望。

晚餐后，伊莲在离开前轻轻地吻了史密斯一下，随即消失在无尽的夜色中，如同几年前她离开时一样。

短短的相聚，重新燃起了史密斯爱的烈火。他觉得自己终究会赢得伊莲的爱。在爱的动力下，史密斯团队全力展开攻关，他们希望在半年内追上竞争对手的步伐。

"史密斯博士，我们的系统防火墙报警，有黑客入侵。"史密斯的思绪被信息部同事的紧急汇报打断，这是本周以来第二次系统发出遭到入侵的报警。

当史密斯来到沃顿办公室的时候，阿尔蒙德、里奇等人也已经来到了。

"好吧，我们现在被不明身份的人盯上了，黑客的突破方向直指科技部。威尔，你要提升你们的防护能力，我看是时候启动我们的超级反杀系统来对付这个狂妄的入侵者了。"沃顿的语气异常严肃，他一边用眼神环顾着在场的每一个人，一边用坚定的语气布置和安排着，这样的场面非常罕见，可见沃顿对系统连续遭到入侵的重视和警惕。

"是的，老板。我看我们有必要启用捕食者系统了，没有什么好顾虑的。我不认为这是一个偶然事件，我们必须尽快彻底解决这个该死的黑客。"阿尔蒙德在一旁咬牙切齿地说道。

"嗯，这个事情你去安排！里奇博士，我让你转交给威尔的资料，你不会有什么东西遗漏了吧？"沃顿突然改变话题，他就这么盯着里奇问道。

"老板，您怎么会这么说呢？我可是全部移交了的。现在我们部门是史密斯博士主导研究，他当然应该得到最全面的资料！"里奇回答的语气之中透露着不自然。

"那就好，竞争对手的系统思维，尤其是关于微宇宙和母宇宙标刻点对接方面的构想资料最为关键，你务必再次确认有没有什么遗漏。你明白吗？"沃顿说着走到了里奇的身旁，他硕大身躯的逼近，给人以巨大的压力。

"好的，老板，我们这就回去再做一次检查，看看会不会有什么重要资料被遗漏的。"里奇被沃顿的注视逼到不知所措，他不敢直视沃顿的眼神，于是他就这样低声回应道。

"威尔，你陪里奇博士去他的资料中心核查有无遗漏。现在就去！"沃顿用眼神示意史密斯马上去解决这个问题。史密斯心领神会地跟着里奇离开。

见到史密斯和里奇离开的背影，沃顿无奈地摇摇头对阿尔蒙德说："现在是时候展开你的工作了，你马上派上几个最精干的手下到 C 国去，把目标名单上的几个人全部控制起来。另外，你做好准备去一趟中国，如果事情到了不可收拾的地步，我需要你现场指挥。伊莲那里我们不能完全信任，必要的时候可以放弃她或者干掉她！我们没有时间再假装什么了！里奇这个猪，都这种时候了还搞这么恶心的把戏，真是见鬼！"沃顿的眼神里逐渐透出杀机，他内心的恐惧，使得他对当前进展缓慢的研究失去信心和耐心。

史密斯在里奇的资料中心顺利地找到了关于双宇宙标刻点对接的相关信息。面对里奇尴尬的表情，史密斯没有多说什么，他只是简单地道谢便离开了。

回到自己的办公室，史密斯打开了有关双宇宙的材料。他即刻被夏天元他们的构思和路径所倾倒，他知道对手是真正的科学家，他对这个未曾谋面的对手充满了敬意。

"标刻点对接成功，意识体融入母宇宙。"此时光子已经不再说明相关越空的核心信息，在场的人员已经无法知道本次越空的相关细节和内容。

意识体在介入粒子风暴的时候，肖风行的脑波经过了剧烈的波动。夏天元在监控器前默默地盯着数据的变化，他既担心肖风行的安危，又担心所有未知的一切。

这一次出于安全考虑，系统数据的交换最高速率限制在了20个量子位的范围内。在穿过粒子风暴区后，肖风行的脑波逐渐平稳下来。249秒之后，光子系统宣布意识体消散。249秒的时间，创造了他们越空以来最长的纪录。在肖风行稍事休息之后，夏天元立即和他离开了运行中心的操控室。

"风行，怎么样？有没有得到些有价值的细节？"夏天元急切地问道。

"夏总，我这次行动中取得了大量的重要信息，还有一些非常不幸的消息。"肖风行神色凝重地回答道。

"你快说说，情况到底怎么样了？"夏天元的心被揪了起来，于是他连忙问道。

"我们的核事故应该可以认定为人为事故。现在判断最大可能是控制聚变核心温度的电磁防护墙参数被恶意修订过，只是修改的手法隐秘，光子在温度失控的临界点才发现危机，只是那时一切已经为时已晚了！对系统参数能做到这一点的，在我们项目组只有我和控制组的组长王长礼！"肖风行犹豫了一下，随后说出了自己怀疑的目标。

"这真是可怕的事情。我们有什么应对的方法吗？"夏天元立即追问道。

"我们现在同时做几件事情，首先彻查光子系统中现有的电磁防护墙参数。从这次我越空的情形来看，目前光子系统中的相关参数应该没有问题。如果彻查后证实这一点，我建议立即调离王长礼，从现在开始，在3月26日前，不要让他参与任何行动和进入运行中心。这样我们再次越空观察，看看灾难是否还会发生？如果核爆仍然发生，就可以排除王长礼的嫌疑，那么破坏者就另有其人。那是一个被我们忽略了的人。"肖风行把自己的排除构想讲给夏天元，他可以从夏天元的神态中确定，夏天元非常认同他的思路。

"风行，你辛苦了。今天下午下班后，我们聚一下吧。你叫上吴梦，说实在的，我真是挺喜欢这个丫头的，也叫上相文吧。既然我们的秘密晓雯都已经窃取了，我们也没必要那么拘谨了，索性让相文知道一下凯之回来背后的故事，你说呢？"夏天元的话语中充满着苍凉和落寞。

"夏总，还有一件特别重要的事情要向你汇报。这次我的越空还获得了晓雯和吴梦的相关信息：晓雯在两天后死于枪击。吴梦也在上海执行任务中牺牲了。"说到这里时，肖风行已经泣不成声。

"什么？晓雯她两天后死了？吴梦也牺牲了？"夏天元简直不敢相信自己的耳朵，他提高声音惊恐地问道。

"是的，这是我两层信息交换的基本数据结论。当然，还需要和光子系统进行比对校验才能最终确定。"肖风行的话语中也显露着巨大的悲伤。

"好吧，我知道了。可以确定的是，这两天我们都还活着。我们还有时间和机会对吗？"夏天元在最低迷时，反而豁达了起来。他知道肖风行和高中光以及所有的人都在期望着他能够带领大家冲破重围，创造奇迹。他要振作起来，为国家，为自己，也为自己爱的人！

在请示高中光后，项目组马上派王长礼赴上海总部参加为期一个月的内部交流。同时立即撤销了王长礼在运行中心的所有权限。安排好这些事情的时候，已经是下午时分。肖风行按照夏天元的意思，通知了胡相文晚上一起聚一下。胡相文非常愉快地接受了邀请。肖风行犹豫再三，还是拨通了吴梦的电话。听她电话回铃的声音时，肖风行确认此时她应该还在国内。

"风行，你终于肯理我了。这几天我打你的电话你不接，晚上你也不回家。"说到这里时，吴梦在电话的另一端失声痛哭了起来。她伤心的哭声让肖风行的心里也翻腾起来。他内心的爱火被吴梦的情绪感染和带动起来，那一刻，他对吴梦不再有怨恨，他真真切切地感受到吴梦对他的真情。

"梦梦，不要再哭了！我昨晚回家了，你留给我的字条我看了，也看懂了！我现在没有什么想不通了，我不怪你，要怪只怪我们相识相遇的原因。晚上夏总约了相文哥一起吃饭，你有空也来吧。"肖风行止住心中的伤痛说道。

听到肖风行依然叫自己梦梦，吴梦的心中一暖。她能够体会到肖风行对她的关心和爱护，还有什么比这更让人开心的呢！吴梦破涕为笑地连忙答应道：

"好的！"

放下电话之后，肖风行觉得自己整个人像散了架一样。太多的事情集中摆在了自己的面前，更何况眼前的每一件事都是决定命运的重大事件。深呼吸了几次之后，肖风行稳住了自己的身体和情绪状态。他默默地对自己说：是的，这才是真实的人生，残酷而美！

肖风行来到光影止步红酒店的时候，晓雯早已把晚餐安排好了。她在大厅里迎候着大家，肖风行走进的时候，他明显地感觉到晓雯的气色非常不好。当联想到自己在越空时得知她将在两天之后死去的相关信息时，肖风行甚至从晓雯的脸上读到了死亡的气息！出于对安平的敬爱，肖风行从来也不看好晓雯和夏天元的关系，但是当自己发现她将命不久矣的时候，此刻一种恻隐之心占了上风。

"风行，你来了，快进去吧！吴梦已经到了，她在里面等着你呢！"晓雯向肖风行打着招呼。

"谢谢你，晓雯姐！"肖风行礼貌地回应着。

当他推门走进房间的时候，那个本来熟悉的环境不知道怎么的一下子变得有些陌生。肖风行嘲笑着告诫自己：这里充满着各种间谍设备！

"风行，你来了！"吴梦小心翼翼地走上来问候道。

看见几天不见的吴梦变得那么憔悴，肖风行压抑已久的情感终于爆发了。他紧紧地抱住吴梦，当吴梦也紧紧地拥住他的时候，肖风行的感情像决堤的河水一样奔涌起来。当他想到几十个小时后，吴梦将在执行任务中牺牲的一幕时，他再也控制不住自己的情感。他放声痛哭起来，他哭得那么不加掩饰，眼泪和鼻涕喷涌而出。此时，被搂在怀中的吴梦深深地被感动着，她才知道肖风行伤得是那么深。她永远都无法猜到在肖风行的心中，此刻正像是经历一场和她的生离死别。就在刚才那一刻，肖风行已经决定了：挽救她或是替她去死。

过了很久，他们慢慢平静下来，肖风行满怀温情地望着吴梦。吴梦满怀幸福地回望他时，肖风行的面上露出了久违的笑容，他用自己的衣袖轻轻沾去吴梦脸上的泪水。

"风行，小吴，抱歉，路上给儿子买了个礼物耽搁了！"胡相文满面春风地走进来，他热情地招呼着肖风行和吴梦。

"相文哥好！"吴梦开心地问候道。此时她已经逐渐恢复了正常的状态，她的心情被肖风行的举动重新点亮。

正在他们三人相互问候、寒暄的时候，夏天元和晓雯也走了进来。胡相文见到他们非常开心，他也不知道最近是怎么了，自己的心情特别好。一想到儿子和朋友们，他就会有按捺不住的喜悦之情。

大家入座之后，夏天元拉着晓雯的手站起身来对大家说："诸位亲朋好友，今天把大家聚在一起，主要是有两件事情：第一件是我和晓雯的事情，你们都知道晓雯和我，我们一晃也已经走过了好几个年头了，从相识到相爱，每一步都充满着谜一样的美！作为男人，我需要给她一个结果，今天当着大家的面，我向晓雯小姐正式提出求婚！"说着夏天元从口袋里拿出一个小盒子，他打开盒子后，取出里面的戒指。"亲爱的，我可以为你戴上吗？"夏天元的举动引起胡相文的热烈鼓掌和欢呼。在他的带动下，肖风行和吴梦也跟着鼓起掌来。

晓雯面对这突如其来的情况，先是一惊。等她彻底反应、明白过来后，她对着夏天元深情一吻，然后慢慢把手递给那个她深爱的男人。此时的晓雯已经是满面的泪水，但她的表情却是充满着欢喜的，巨大的幸福一下子占据了她惶恐矛盾的内心。

这时，正好餐厅的阿燕带着胡相文的太太黄医生走进来。见到这么幸福的一刻，她们俩也马上加入了欢呼和鼓掌的行列。吴梦靠在肖风行的怀中，转过头悄悄地对他说："风行，我也想要你这样对我。不论是不是你真心的，也不论我们能维持多久！我就是想拥有一个完美的过程。"肖风行没有回答她，他拢起吴梦的秀发，用鼻子轻轻地划过。吴梦的手紧紧扣住肖风行的手，那一刻她沉醉了。

肖风行心里明白夏天元的心境：此时此刻，对于夏天元来讲，他是想给自己的爱在晓雯的生命在画上句号之前不留遗憾。即便他已经知道了晓雯的真实身份，他还是愿意为自己也为她，更为他们一起走过的岁月做一个交代。

"还有一件特别重要的事情，就是我们的越空英雄肖风行，经集团总裁高中光先生提名，办公会议上一致通过：从即日起担任集团总裁助理兼任信息技术部总经理。恭喜肖总成为集团最年轻的高管！来，让我们举杯欢庆。"夏天元宣布了集团刚刚做出的任命，他衷心地为肖风行的成绩和贡献感到骄傲和自豪。

"哎呀！今天不得了了，两件天大的喜事。丽婷，你快来把酒杯端起来，平时你可以不喝，今天这酒必须喝得痛快！来，天元、晓雯，我先敬你们两位。白头到老这样的话不适合你们这些潮人，那就祝你们生生世世吧！"说着胡相文分别碰过他们两人的酒杯后，自己满满地喝了一杯下去。黄医生见状，连忙带着歉意说："老胡高兴，他全喝掉了，你们随意！"没有人注意到晓雯听到生生世世时眼波闪动。

夏天元拉着胡相文的手说："老哥呀！兄弟今天开心，来，帮我再加多一点，我要好好陪一下我们胡大院长！"一旁的阿燕急忙再往夏天元的酒杯中加了些酒。晓雯在边上看见夏天元给自己加了那么多的红酒，有些担心便说："阿燕怎么倒的酒？夏总喝红酒可不是这么喝的！"不等阿燕回话，夏天元笑着说："我今天不要品什么红酒，我要品的是我的人生。喝少了品不出个中味道！晓雯，你今天也豪迈一点儿好不好？来，像我们中国人那样喝酒！"说完他一口喝掉了杯中的酒。

"风行，该和你喝了。来，我的好兄弟，大哥祝你步步高升！也祝你和你的梦梦认真学习夏总的实践能力，早日对自己、对爱的人有个圆满的交代！来，梦梦姑娘，咱们一起！"胡相文拉着黄丽婷敬完夏天元，敬肖风行。在他的带动下，大家逐渐喝开了。一时间，在座的人们三三两两地交谈、畅饮起来。所有的人都在为今天的两大喜讯频频举杯祝福着。

"天元，你慢点喝！"晓雯小声地提醒着夏天元。

"晓雯，咱们俩相识多久了？你还不知道我，今天我开心呀！我为我自己，为我的好兄弟风行，为了好兄长相文，为了我们一起走过的路感到幸福和骄傲！不对，还有伤感！你说这么多情感交织在一起，除了开怀畅饮外，还有什么能够抒发和宣泄我心！"夏天元在酒精的作用下变得有些激动起来，他张开双臂像是宣读嘉奖令一样对着大家说道。

"天元，说得太好了。我老胡除了膝下有一犬子，身边有一糟糠，这世界上就是天元和风行与我最亲近！我最近总是觉得我的人生有哪里不太对，我说不出来，但就是觉得快乐，我隐隐觉得这份幸福和快乐是我的兄弟们带给我的！干杯！"胡相文无法判断和识别心中不对称的信息，他的梦境以最抽象的形式暗示他：朋友们帮他和他的家庭度过了最可怕的黑夜。

胡相文的说法让晓雯在逐渐确定一件事：夏天元和肖风行应该是通过越空行动，改变了凯之的命运。在自己的脑海中一直存有相互矛盾的记忆，有一段记忆，可能都谈不上是记忆，但是那些信息的碎片和现实交集不上！之前她就猜测是和凯之有什么关联，现在听胡相文这么说，她的怀疑渐渐变得具有了轮廓。几天前，阿尔蒙德突然联系了她。他通知说，准备在上海和她会面，阿尔蒙德的即将到来让晓雯萌生了强烈的不安和疑惑！这种高级别的人物亲自来见自己，一定是有非常重要的事情，应该是和阳山所有关的。现在没有什么事情比阳山所的研究更重要了！这正是让晓雯内心充满恐惧的地方，她隐隐的有一种非常不好的预感。望着夏天元、肖风行、胡相文这些人，他们是这几年以来朝夕相处的亲人和朋友，他们才是自己幸福快乐的根源，想到这层时，晓雯暗自下了决心：虽然自己不能回头了，但是可以不再走得更远，错得更多！

"晓雯，今天你是公主，天元就要名正言顺地归顺你了，你不多喝点儿怎么行？"胡相文拉着老婆走到晓雯的面前说道。

"是的，相文哥，您说得没错，丽婷姐，你们随意，我喝掉！"晓雯连忙和他们俩碰杯，然后一口喝掉杯中酒。

"相文，我给你说件事情，你来。"夏天元拉着胡相文来到房间的阳台边低声说道。

"你这兄弟，这大好时光，有什么不能和大家一起分享的吗？神神秘秘的。"胡相文边走边笑哈哈地说道。

"这些事没法分享，那是你风行兄弟以命相搏，去帮你拿回了本已失去的往昔。"夏天元在酒精的促动下，大致地将肖风行越空，并改变时空事件的过程讲给胡相文。胡相文脑中混乱的信息碎片在夏天元的讲述后稍有复原。他虽然不能区分梦境和现实的界限，但是他读得懂夏天元的真诚和情谊，终于胡相文爆发出低沉的哀号。在夏天元的提示下，他确认了心中的迷乱和疑虑，这时他明白了自己快乐的源头！

胡相文抽泣着走向肖风行，他把手中的酒杯高高举过头顶，突然双膝跪倒在肖风行的面前。他这一举动把大家都惊呆了，肖风行在不知所措间，连忙伸手去搀扶跪在地上的胡相文。怎知胡相文满面泪水地就是不肯起身。情急之间，肖风行也扑通跪倒在胡相文的面前。

"风行，我的好兄弟。老哥我到现在也想得不是很明白，但是我的心告诉我，太多的事情让你担待了！"胡相文依稀明白了夏天元话中的真实含义，于是他情不自禁地马上想对肖风行表示些什么。

一旁的黄丽婷被这突然的变故搞得不知所措，她连忙走过来，先将肖风行扶起，再去把胡相文拉起。看到她错愕的表情，胡相文说："丽婷，是风行拯救了凯之和我们这个家。现在和你说不明白，等回去和你慢慢说。赶紧谢谢风行，谢谢天元！"

这时吴梦也有些明白是怎么回事了。她的职业敏感性马上帮她把这件事情的前后关系串了一遍，这就对了！怪不得自己的记忆中很多事情都似是而非，前后矛盾，原来是这样！

与此同时，晓雯结合刚才发生的一幕，现在已经确定了：夏天元和肖风行越空并改变了历史，他们成功地营救了凯之。这一惊人事实让她心中掠过一分骄傲，她为肖风行和夏天元感到自豪，他们的团队创造了人类新篇章！但是只是那么一瞬，她又马上跌回到了内心挣扎的深渊。

"晓雯姐，我敬您一杯，祝您永葆迷人风采！"吴梦在晓雯踌躇间，来到她身边举杯说道。

"哦，谢谢小吴，风行有你真幸福，祝你们俩早日步入殿堂！"晓雯回应道，此刻她确定自己从吴梦的面孔上读到了一些和平日不同的东西。

"这是一个充斥着焦虑、感恩、疑惑、挣扎、孤独、幸福的夜晚！各种复杂的情感交织在一起，令人难忘！宴席结束的时候，仿佛意味着一切终将曲终人散。"在大家临行离别时,肖风行的心中突然闪过这样的念头。

"风行,你陪我在院子里走走好吗?"回到小区后,吴梦央求着肖风行。肖风行笑笑,拉起她的手沿着小路走了起来。

"风行,你和夏总应该知道晓雯的身份了吧?怎么夏总今天会突然向她求婚了呢?"吴梦对夏天元今天的举动非常不解,于是她向肖风行问道。

"我不是也已经知道了你特务的身份了嘛,而且你还逼走了我的女朋友,现在我还不是拉着你的手一起散步吗?我想夏总是想给自己的情感和经历画上一个句号,他觉得晓雯应该不是完全为了阴谋才和他一路走得那么远,靠得那么近吧!"肖风行随口说出了他对这件事的理解。

"坏蛋!你怎么可以拿我和吴晓雯去比较嘛!我是好人!吴晓雯是坏人!我觉得自始至终我最多是伤害过拉拉,但是我对你可是半点伤害都没有,你说对不对?我跟你说,风行,别说去实质性伤害你,要是我知道谁,哪怕只是有伤害你的想法,我都直接把他拿下!"吴梦从肖风行说话的语气中,判断出他对自己的爱怜,于是她逐渐恢复了在肖风行面前的信心。

"那你就先把自己拿下吧。你把老肖家都搞得妻离子散了,你还到处找伤害老肖家的人,过分!"肖风行听出了吴梦的矫情,于是就给了她这么一句,噎得她够呛。

"你偏心,拉拉只是你的女朋友。她又没有嫁给你,怎么是妻呢?不是妻,何来妻离?你们俩又没有生下一男半女,根本没有孩子,"哪里算是子散呢?你的说法经不起推敲,不理你了!"吴梦摆出一副要据理力争的架势。

"好了,说不过你,倒是好像是我理屈词穷了一样。不跟你计较这些了!你是坦坦荡荡的好人,胸怀大义。论手段你是搞阳谋的,不像晓雯是搞阴谋的。"说到这里的时候,肖风行猛地想起自己做过的那个梦,就是雨夜谋杀的那个梦。两年多前安平的交通事故,会不会是晓雯设计和实施的呢?这个想法让他不寒而栗。

"风行,你怎么了?话说到一半突然不讲了?"吴梦见到肖风行突然有些发愣,便好奇地问道。

"梦梦，刚才说到阴谋的时候，我突然想起前一段我做过的一个梦，应该算是个噩梦吧！"肖风行就把自己当时在梦中看到谋杀案的事情大致讲给吴梦听。这时吴梦明白了，原来肖风行担心和怀疑几年前安平的车祸根本就是一场谋杀。要是在以前，肖风行可能根本不会有这么可怕的联想，但是现在是非常时期，在明确了晓雯的身份之后，他认为一切皆有可能。

　　吴梦被肖风行的想法惊呆了。但是她觉得肖风行的说法是有可能的，因为晓雯有这样的动机，她需要除掉安平这个绊脚石，才好潜伏在夏天元的身边。自己对拉拉不也是这样做的吗？不过自己只是把拉拉逼走了，而不像晓雯一样彻底把障碍清除掉。想到这一层，吴梦不禁觉得有些毛骨悚然，她不自觉地用双手握住了肖风行的手。

　　肖风行立即和安平沟通了这个想法，安平的沉默让肖风行增强了不安的感觉。

　　"谢谢你，风行。你知道对于这件事情我的本能是回避的，我不愿意面对过去的那些黑色的记忆，也不愿意让天元觉得我看不开！但是你说得对，现在既然晓雯的身份已经确定是间谍了，起码对天元这方面来讲，我已经没有什么顾忌了！现在最重要的是，你们和你们研究所的安全，按照你们越空获得的数据，留给我们的时间不多了。也许顺着晓雯这件事情，我们可以发现一些有用的线索。咱们现在就兵分两路，你们按照你们的计划和想法去寻找，我在过去这件事情的档案里去搜寻核对，看有没有什么有价值的信息。"说完安平马上离开了。

　　"梦梦，我想起一件事情，前两天你不是给我留信说你要去 C 国吗？你计划什么时候出发？"肖风行突然问起吴梦这件事来。

　　"本来计划是明天就出发，可是委员会突然临时让我留下。我的另外三名同事计划不变。是不是舍不得我走？我其实也不想去，我不知道该怎么面对拉拉！真是的，我应该理直气壮的，现在怎么总觉得心虚呢？关键时刻我可真没用！"吴梦停下来，扒着肖风行的肩膀看他的表情，她的举动让肖风行哭笑不得。

　　"我的意思是如果你有时间，想请你帮忙重新调查一下当年安平姐车祸的相关案情。我觉得现在这件事情已经不再是普通的交通事故了，我想请你动用一下你们的特殊渠道和手段，看能否在这个案子中找到有用的线索。我们是在和生命、时间赛跑，任何有价值的东西都有可能发挥巨大的作用。"肖风行那么认真的神态，明确地传达了事情的重要性和紧迫性，这时吴梦也开始严肃起来。

"我们回去吧，天还是有点凉，你喝了不少酒，别着凉了！"吴梦一边说着，一边拉着肖风行往回走。到家的时候，肖风行已经开始打喷嚏了，吴梦一个劲儿地说，怪自己不该拉他在外面待那么久。

"梦梦，你先睡吧。我没事的，刚才是冷热一交替，鼻子有些敏感，你看起来那么疲惫，快休息吧！我得把手头的事情再过一遍。"肖风行说着便自己来到了书房。等他坐下开始用电脑的时候，一抬头他发现吴梦站在门口眼巴巴地看着他。

"风行，你是不是开始嫌弃和远离我了。拉拉要回来了，你再也不会和我在一起了，我成了多余的人了！"说到这里吴梦已经泣不成声。肖风行见到这一幕心里也很震颤，他站起身来走过去，抱起哭泣的吴梦，他可以感觉到吴梦的身体在颤抖。

"亲爱的，我陪着你，你太累了！我不会离开你，一直在你身边，睡吧！"肖风行同样交织在过去和现实的困惑中，他不禁感慨起自己的人生来，一直以来，自己到底是幸福还是不幸呢？都有吧！

"风行，我还是想不通。为什么夏总会在现在这个时候求婚？他可真不容易！如果晓雯真的是杀害安平姐的凶手，那这件事情也太让人无法理解和接受了吧！"吴梦躺在床上拉着肖风行的手疑惑地问道。

"夏总肯定没有想过晓雯是凶手这件事。我了解的夏总就是这样的，他希望能在晓雯的最后时刻，给予她希望和关怀。夏总曾经说过这样的话：'没有多少人是真正的大恶或者大善之人，因此，在我们的世界里，往往只存在对我好的或是对我不好的人。'我想在他的心中，晓雯曾经是那个对他深爱和关心的人吧！而现在晓雯的生命已经开始倒计时了。"说到这里，肖风行停了下来。他觉得话题太过灰色，另外，即便吴梦是特工，他也不应该道破太多未来的玄机。此刻他深深地体会到那种看破未来和生死是一件多么令人沮丧的事情。

"风行，你说什么呢？晓雯很快就要死了吗？怎么回事儿？你可以告诉我吗？说呀！风行，我会怎么样？也会死吗？我要死也要死在你的怀里。"吴梦说着索性坐了起来，她把头埋在肖风行的怀里不停地轻轻摆动着。此时肖风行突然有一种生离死别的感觉，绵长而刺痛！

两人长时间的沉默，慢慢地，吴梦在肖风行的怀中已经睡着。把吴梦抱起放平躺下的时候，肖风行仍然可以看见她脸上的泪花。

肖风行离开卧房之后，他越想晓雯有可能是谋害安平的凶手这件事就越害怕，于是他拿起保密电话拨通了夏天元的电话。铃声只响了一下，夏天元就接起了电话。"风行，怎么这么晚还没有休息呀？"夏天元看了一下时间，已经是深夜 12 点多了，于是他关心地问道。

"夏总，您现在说话方便吗？晓雯姐在不在旁边？"肖风行谨慎地询问道。

"哦，她已经睡下了。我睡不着，自己在书房看看书，喝点儿茶，晚饭的时候喝了太多酒，现在嘴巴里干得很，喝点茶舒服多了！"夏天元的话语中明显表现出他是有心事无法入眠。

"夏总，我要和您说一件很重要但是不一定能确定的事情。我的直觉告诉我，吴晓雯有可能是几年前策划实施安平姐车祸的人！这件事情我之前也和安平姐沟通过，起初她不愿意评价和触碰这件事，但是现在吴晓雯的身份既然已经证实，安平姐也不再有什么顾虑，她觉得我的推测具有合理性。"讲到最后，肖风行索性把吴梦逼走拉拉的事情一起对比出来说服夏天元。

"风行，你的话题太沉重了，这没有可能吧？我觉得，晓雯是间谍没错，但她就是个工业间谍，你觉得她像是那种为了利益就可以痛下杀手的人吗？"夏天元此刻根本无法接受关于晓雯谋害安平的推断。

"夏总，我知道您不愿意也不敢想这么可怕的事件背景。但是我觉得现在弄清楚这件事的意义，不在于这件事的本身。我想通过跨越，回到事故现场，看能不能找到更多有用的信息，说不定对我们化解 326 危机有帮助！"肖风行认真地说服着夏天元，他的理由让夏天元没法拒绝。是的，也许会有新的发现和帮助，在现在的情形下，任何细节的错失都有可能会导致拯救行动失败。

"好的，风行，我明白了。现在安平车祸的事件不再是普通交通事故了，那可能是一系列连环事件中的一环。我同意展开以这个事件为标刻点的越空行动，你做好准备吧！"夏天元像是已经下了决心，于是他用坚定的声调回答了肖风行。

得到了夏天元的支持后，肖风行心中立刻敞亮了起来，他知道接受这个推断对夏天元来说有多么艰难：他已经失去了安平，现在又要让他在心中永远抹去晓雯。

"天元，怎么还不睡？别太晚了。"这时晓雯睡眼惺忪地打着哈欠来到夏天元的身旁。

"刚才风行给我打了个电话，我们聊了一下明天项目的事情。好了，我刚才是渴得难受，现在喝了点儿茶好多了。"听到晓雯对自己关心的口吻，夏天元的心里陷入了矛盾和挣扎之中，他真想对她说出真相让她回头，可是他不能这样做。现在他内心的感受就如同妈妈在弥留之际一样，他什么都不能做，也做不到，只能眼睁睁地等待悲剧发生！想到这里，他心中的爱和恨混杂在一起翻腾起来，这种感觉让他窒息。

此时，晓雯的心中也正承受着空前的煎熬。实际上，事情发展到现在，已经完全不在她的控制范围中。和夏天元在一起的每一刻都那么美好，然而这些自己最珍视的东西正像流沙一样从手指缝中消逝。阿尔蒙德突然要到中国来，这件事传递着不祥的气息，她无法预测阿尔蒙德的下一步要做什么。但是他亲自到来，一定意味着事情在向极端的方向发展。那会是什么样的一种结局呢？好像没有什么结局是自己想要的！她觉得自己有些透不过气来。也许结束自己的生命是最好的解决办法，那样就不用再面对这一切了！想到这时，晓雯居然有了一丝解脱的放松。"天元，不求你原谅我，但求你可以了解到这些。"晓雯心中默念着。

"相文，你今天晚上失态了，怎么和自己的兄弟对着磕起了头？"回到家里后胡相文的情绪仍然十分激动，看见他这个样子，黄丽婷不禁问道。

"丽婷，我今天基本上搞清楚了这一阶段发生的事，为什么咱们一家都会做那种奇怪的梦。按照天元的说法，那是一种信息的涟漪效应。"胡相文大致上把夏天元对他的解释告诉了黄丽婷，他哽咽着用含糊不清的言语诉说着那些令人唏嘘的内容。他的讲述惊呆了黄丽婷，她虽然无法判断那些听似荒谬的说法，但是她以自己对丈夫和夏天元的信任选择了相信。

　　夫妻俩抱头痛哭，继而又相视一笑，他们一起来到凯之的房门前，看到熟睡的儿子，他们依偎在一起，仿佛是劫后余生。

二十一、搏　杀

"标刻点对接准备倒计时。对接完成，意识体进入母宇宙。"光子按照程序不断地播报着越空行动的步骤。

在一片雷鸣闪电中，意识体进入了黑色轿车。基本上和肖风行之前的梦境中的情境一样：车子在暴雨中疾驰，轮胎溅起的水扑向两边，不时地发出吭吭的声响，突然车身向右冲上路边的人行道，紧接着一声闷响。一名站立在路边的人被车子撞击，被撞的人整个身体一下子掀了起来，随即又砸落在挡风玻璃上，最终倒在路边。司机马上下车查看，在确认伤者状况后，司机打出 OK 手势，这时借着闪电的光亮，意识体发现司机是一位女性，似曾相识！同时意识体确认副驾驶位上坐着的人正是吴晓雯。没有更多的时间继续仔细观察，意识体的状态已经开始不稳定，之后光子系统宣布：对意识体已经失去联系和控制。

"夏总，我知道这是让您很难接受的事情。但是可以确认，吴晓雯在安平姐出车祸的那辆肇事车里，她不是驾驶者。"肖风行稍作恢复后，马上向夏天元开始汇报。肖风行可以从夏天元的面部表情中读到无法掩饰的失望和焦虑，他甚至一下子觉得夏天元变苍老了。

"好的，风行，我知道了。"夏天元强忍住心中的痛苦，用尽量平静的语气回答道。

"夏总，当时驾车的司机也是一位女性，我觉得她像一个人，可是我不能确定，感觉她有点像您家里的阿姨李梅。"肖风行犹豫了一下，还是把自己的担心说了出来。他明白这对夏天元会造成新的打击和不安，但是他更知道这信息事关重大，只要是有怀疑就必须讲出来，帮助大家去防范和侦破。

"风行，你马上和安平联系一下，把这些情况对她说明一下，看看她有没有什么手段可以监控、追踪吴晓雯和李梅。我担心我儿子的安全。我现在马上向高总和委员会汇报。"夏天元被接踵而至的坏消息不断地折磨着，如果不是内心强大，他早已无法支撑。此刻，他意识到自己和家人已经陷入了一张早已编织好的网中。他没有时间去难受，只有争分夺秒地去补救和挽回。

"安平姐，我们刚刚完成越空行动。现在可以确认车祸事件背后的主谋就是吴晓雯，而且我们还有新的发现和线索。"肖风行不敢怠慢，离开夏天元后，马上向安平讲述了主要经过。

安平的第一反应和夏天元是一样的。她马上觉得小川的安全已经完全没有了保障，作为一位母亲，孩子的安危始终是绷得最紧的一根弦！

"风行，谢谢你，在危难的时候总是有你！我把我车祸的案卷调出来看过，有价值的信息非常少。整个案件像是匆匆结案一样，事故发生后肇事者逃逸。之后肇事车辆在富江边上的泄洪湖里找到了，那是一辆报失车辆，驾驶员是无业人员，叫谷长顺，在发现时已经溺水死亡。公安部门报告的内容和当时披露的一样：谷长顺涉嫌醉驾，肇事并逃逸，逃逸过程中慌不择路，车子失控冲下路面，跌落水中，最终谷长顺溺亡。"安平把自己搜寻到的调查结果说给肖风行。

"跟我之前估计的差不多，吴晓雯他们是有组织的犯罪，案发后找个替死鬼不难。现在这些都不重要了，等一下我们马上比对光子系统的伴随系统，只要没有大出入，我们就可以把这个谷长顺的事情先忽略不计。现在主要是李梅的身份太特殊，这涉及夏总和小川的安全问题，必须尽快有个应对方案。而且这个事儿还不能引起吴晓雯的警觉和惊慌。"肖风行的想法得到了安平的赞同。

肖风行来到运行中心，马上比对起光子系统中的信息，由于安平事故在发生时光子系统尚未启用，所以此次的光子伴随跨越系统只录得了单向的纠缠信息。根据光子的新增信息的补充得出结论：肖风行的意识体所获得和覆盖的信息可以得到证实并采用。

当肖风行再次回到夏天元办公室的时候，高中光、高中影和夏天元正在一起。现在是非常时期，每一个重要信息的发掘都会让大家如临大敌。

"风行，你过来了。越空获得的信息比对情况如何？"高中光迫不及待地问道，夏天元和高中影也期待地注视着他。

"正好你们几位都在，和光子的系统已经初步比对过事件的关键点了。现在可以确认，车祸时吴晓雯就在肇事车辆上。另外，驾驶人员面部特征和步态与李梅的吻合度达 98%，可以确定肇事司机就是李梅。"肖风行在大家的急切关注下把结论说了出来。

"风行，刚才你在比对数据的时候，我已经和长老沟通了这一重大的新情况。可以说长老非常震惊，他也没有估计到我们的环境已经是如此的凶险！看来我们所有的人对现状的复杂性都估计不足。"高中光表情异常凝重地说道。

"天元、风行，从我们现在掌握的情况来看，不管吴晓雯背后是什么样的势力，这股黑暗的势力已经早就开始了对我们的渗透和绞杀。只是我们太迟钝，没有感觉到而已！这个棋局中我们的对手布局那么早，那么大！就不可能只是针对安平和天元你们两个人下手，所以我们每一个人都要提高警惕，危险可能就在大家身边，大家不要有侥幸心理和不在乎的心态。中光，悟空组的人已经登机了，明天上午他们一到 C 国就直接和美卿、拉拉、敏儿会合，然后马上返回机场，乘坐最近的一班飞机回国。风行，我有一个大喜事要告诉你，你的宝贝女儿已经快两岁了。这次拉拉母女俩一起回来了，你们一家三口再也不用分开了。"高中影将隐藏在自己心中两年的秘密告诉了肖风行，他知道此刻不应该再隐瞒什么了，事情已经到了不需要回避和遮掩的时刻。

肖风行被这突如其来的喜讯惊呆了。他有些不知所措。那么自己在梦中曾经梦见过的那个可爱的小女孩儿，难道就是拉拉和自己的女儿，天呐！这一切来得太突然、太快！但是他的心中还是被这从天而降的喜事点燃了。自己太粗心！

拉拉在突然离开前有一段时间特别能吃东西，能睡觉，早上刷牙的时候还容易恶心干呕。现在回想起来，那些应该都是拉拉的妊娠反应。想到这里，肖风行内心一阵自责和惭愧，他无法想象这两年以来拉拉是怎样照顾自己和孩子的，在他眼里，拉拉也还是个孩子！

高中光见到肖风行呆立在那里，知道他思绪澎湃，于是他过来拍拍肖风行的肩膀说："风行兄弟，拉拉真是个好姑娘。她把孩子带得真好，连敏儿都羡慕你女儿。对了，你家的小宝贝的名字叫卿卿，是小名儿，我太太给起的。大名儿还是要你这个当爹的给起！"

"风行，这是我们这一段时间以来听到的最好的消息！恭喜你！祝福你们即将到来的团聚！"夏天元也深深地被这一喜讯感动到，因为这个孩子让他感到了希望，那是他们为之奋斗的未来。

"你小子行呀！拉拉一个人给你带着娃儿，你在国内和吴梦朝夕相伴的，你别拿吴梦是特工的身份来说事儿，我们几个不听你说这个。要说，你等拉拉回来你跟她说！"看到气氛那么沉闷，高中光开玩笑似的数落着肖风行，肖风行被他说得羞愧无比。一旁的高中影和夏天元见状后哈哈大笑起来，那一刻大家似乎暂时忘却了缠绕在身的痛苦和危机。

经过一段时间的消化吸收，史密斯对阳山所的双宇宙对接构思基本掌握，他抓紧时间在自己的部门里安排和布置起来。现在，他已经决定放弃之前的思路，停止宏观物体的时空跨越。他认为夏天元把越空的主体聚焦在意识体上是非常明智的选择。正在史密斯沉浸在思维突破的喜悦中时，信息安全中心发出最高级别的警报：系统遭到入侵。

借助肖风行的专业帮助，安平数次成功入侵国防工业公司的系统。这次她直指科技部的数据中心，她希望可以毁掉那些失窃的资料和数据。她更希望可以发现一些有关于326事件的蛛丝马迹。

这一次在入侵的过程中，安平发现了一个隐藏的管理员账户。她兴奋地介入进去，期望得到超级权限。当她一进入系统时，就知道坏了！自己触发了反入侵系统，在对方软件的、硬件的防火墙的同时定位追踪下，安平的主IP地址虽然裹挟了几层代理服务器，但还是被穿透锁定了，阿尔蒙德口中提到的"捕食者"系统紧紧地咬住了她。

"史密斯先生，我们已经咬住了黑客，现在正在破解对方的防火墙，要对他们进行彻底清除和毁灭吗？"科技部的网管请示道。

此时的安平已经陷入重重危机之中，她栖身的主机的防护系统即将被攻破！安平在情急之间向肖风行呼救："风行，我被咬住了，现在对方的清除系统正在撕裂主服务器的防火墙，快来救我！"

肖风行听闻之后，不由分说，马上拉着夏天元就走。在高氏兄弟惊讶的注视中，两人驾车疾驰，特工们见状纷纷驾车跟随上来。路上肖风行用最简短的语言告诉夏天元大致情况，夏天元的心一下子揪了起来，他明白如果不能及时赶回去反制侵入程序，后果将不堪设想。

"史密斯先生，防火墙马上攻破，请下指令！"网管急切等待着最后的时刻。

这时，安平所在服务器的防火墙已经被破解。网管惊异地发现被追踪对象是人工智能系统，他马上把这一震撼性的发现汇报给史密斯。"史密斯先生，太出奇了，我们围剿的是一个有自我意识的人工智能系统，捕食者系统扫描了它的自我认知体系，发现它是一名女性，这是她的自我感知系统呈现出的她的外貌，她可真美！"网管被安平系统的复杂和强大惊呆了，他激动地说道。

"老天，这不是伊莲吗？我们可以和她对话吗？"史密斯看到了安平的自我展示外貌后用近乎颤抖的声音问道。

"好的，我马上尝试和她对话。"说着网管发出一串指令。

"告诉她我是史密斯，问她认不认识伊莲？为什么她们长得那么像？"史密斯焦急地吩咐道。

"我不认识什么伊莲！史密斯，在我的印象里你算是真正的科学家，但是我不明白为什么你会为了盗取别人的科技成果而不惜杀人。"安平在绝望中，反而变得异常冷静起来，她嘲笑似的直接通过语音质问史密斯。

"你认识我？我不知道你在说什么，我怎么会去杀人呢！"史密斯觉得有些不淡定了，当他听安平这样形容他时，于是他辩解道。

"你抵赖也没有用，你没有杀人，那你系统里有关于双宇宙融合的相关资料是哪里来的？是你们自己的研究成果吗？你也许没有直接参与杀人，但是你分享杀人越货得来的赃物，这样和你直接去杀，去抢，去偷，有什么本质区别？"安平怒斥着史密斯，她非常愤怒，她也是在给自己争取时间，她知道夏天元和肖风行此时一定在救援的路上。就在这个时候，夏天元和肖风行已经来到了别墅的地下室，那是安平栖身的基地。

肖风行开始操作的时候，发现自己已经不能控制电脑。他知道对方已经攻陷并控制了系统。"安平姐，现在对方已经接管了计算机，我要重新拿回管理权需要时间，你现在怎么样？"肖风行一边破除捕食者的防御系统，一边和安平沟通着。

"风行，我正在和史密斯对话，我觉得我们没有时间了。我刚才从史密斯那里得到了一条信息：吴晓雯在K国的身份可能用的是伊莲这个名字，刚才史密斯问我为什么和伊莲长得那么像，所以我猜她们是一个人。风行，这次如果我们失败了，你和天元要好好活下去！3月26日的行动你们两人都不要参加了，替我照顾好夏川！"安平的声音中透露着无望和凄凉。

"你怎么知道双宇宙融合系统？你到底是谁？喂喂！"史密斯呼叫着，此时安平已经不再回应他。

"史密斯先生，捕食者系统正在遭受对方的反击，我们现在开始清除吧？"网管高度紧张地问道。

正在史密斯犹豫的时候，阿尔蒙德走了过来。此时已经有人向他汇报逮住了系统入侵者。"威尔大男孩儿，都什么时候了，你还在跟伊莲视频，你可真行！"眼前这一幕让阿尔蒙德有点糊涂。

"先生，这个就是多次闯入我们系统的黑客，她居然是一个人工智能系统。您看到的是她的自我认知系统展示的外貌。她可真高级！"网管不无羡慕地说道。

"哦！上帝！好了，不管她长得像谁，她都该被消灭掉！开始吧，怎么样，威尔？"阿尔蒙德快速地在脑中转了几下，他觉得这个人工智能系统事关重大，绝对不能放过，于是他命令道。

"史密斯先生，我们？"网管不敢直接执行，于是他请示着问道。

"执行吧！"史密斯知道阿尔蒙德就是为此事来的，他绝对不可能放过这个黑客。不知道为什么，史密斯觉得内心有些难过，难道仅仅是因为她长得像伊莲？还是因为自己窃取别人的科技成果的原因？

"风行，来不及了，我的资料绝对不能再落入他们的手中，我现在请求你切断电源和网络，然后毁掉整个硬件系统吧，记住要让李梅过来清理，一定让她知道这里遭到了彻底毁灭。"说到这时，肖风行已经失去了和安平的联系。

夏天元就见肖风行猛地起身拔掉了电源和网线，然后拆开服务器的机箱，他用力地用手中的工具砸毁了里面的设备。

"风行，你怎么了？安平她怎么了？你不能砸了呀！"夏天元反应过来的时候已经晚了，此时肖风行含着眼泪将主机彻底砸毁了。

"那个人工智能的美人消失了吧？真可惜！我要是你我也会舍不得的！"阿尔蒙德得意地问道。

"是的，我们已经检测不到她存在的线索了，就在一分钟前我们的系统和那个人工智能都消失了，彻底！以我对捕食者的了解，它应该已经暴力清扫了对方的全部体系，信号失踪估计是对方在最后关头想自救切断了电源，但是这没有用！捕食者就像是细菌一样，会把她的每一寸骨头都啃掉。只是有点遗憾，我们要是早几分钟动手的话，可以把那个人工智能的数据全部带回来！"网管摇着头遗憾地回答道。

"你确认她已经彻底被清除了吗？"史密斯有点落寞地问道。

"是的，捕食者最主要的功能就是破坏目标的逻辑框架，相当于把一条鱼的骨架抽离，然后顺便带走鱼肉。不过这次我们下手晚了点儿，只拆了她的骨架，没来得及把肉拿走。"网管肯定地回复道。

"肖风行！你疯了吗？你这样做安平就彻底消失了，你知道自己在干什么吗？"夏天元说着冲过来夺走肖风行手中的扳手。

"安平姐的系统已经完全被控制了，如果不这样，她的所有信息会被对手获取，刚才正是史密斯对吴晓雯的一点恻隐之心为我们争取了时间，否则不但安平姐会消失，我们所有的资料都会被对方获得。安平姐对我们的系统和技术框架高度熟悉和掌握，您能够承受所有核心资料的损失吗？"肖风行哭泣着对着夏天元吼起来。

　　夏天元扔掉手中的扳手瘫坐在地上，作为顶尖的科学家，他当然知道无法反驳肖风行的话。但是他也无法面对自己的无能，安平在他的面前再一次"死去"。终于，夏天元倒下了。等他苏醒过来的时候，晓雯依偎在他的身边。"天元，你终于醒了，你可吓死我了，你在这里躺了一两个小时了。"晓雯见到夏天元醒来哭着说道。夏天元见到晓雯的一瞬间，他眼神一亮，但是马上他的眼里又变成暗淡。

　　"对不起，我最近太累了，我现在要回研究所去了。"夏天元面无表情地说到，他现在实在没有状态再去掩饰自己的感情，安平的毁灭让自己没法再装下去了，他嫌恶和不耐烦的语气令晓雯不知所措。

　　"我担心你！风行说家里出事了，你在地下室的实验室遭到了破坏，为了防止火灾隐患，风行已经和李梅一起把实验室清理了一遍。"晓雯扶着夏天元慢慢地说道。

　　"肖风行这个混蛋在搞什么鬼，简直是不可理喻！"夏天元沉浸在再度失去安平的悲伤之中，近期连续的打击让他整个人的状态非常差，他的脾气也变得暴躁和愤怒，他在心中咒骂着肖风行。

　　"夏先生，您等一下。"值班医生走过来叫住夏天元。

　　"您这是要出院吗？胡副院长特别交代要我叮嘱您按时吃药，保持良好的饮食和休息。"值班医生说着也一起送了出来。一旁的晓雯连声道谢。夏天元却面无表情，只是微微地点点头。

　　离开医院后，夏天元直接上了特工开来接他的车，他甚至没有向晓雯打招呼，便乘车离开了，留下晓雯独自伫立在风中。

　　在把夏天元送到医院之后，肖风行一刻也没有闲着。他先是赶回到夏天元的家里，叫上李梅一起把地下室被损毁的设备清理掉。在夏天元晕倒后，肖风行顺手又将一些设备故意破坏掉，因此当李梅清理的时候，呈现在她眼前的是里面一片狼藉的样子。在整理的过程中，肖风行注意观察着李梅，从李梅的表情和眼神中，肖风行可以感觉到她对眼前的一切充满了关注和兴趣！收拾整理完毕后，肖风行将损毁的元器件收拢起来装在袋子里全部带走。

肖风行上车之后，请刘必成马上开车送他回家。一路上大家无话。到了小区之后，肖风行匆匆打个招呼，便小跑着上楼去了，留下刘必成和陈树立两人面面相觑。

肖风行回到家中后，立即将自己关闭已久的服务器接上电源和网络，系统开始运行的一瞬间，安平便联系上了他。"风行，你们越空的情况进展得怎么样了？"这时肖风行知道安平的系统一切正常，他长长地舒了一口气回答道："安平姐，我们取得了巨大的成功，按照您的规划和设计，我们基本上做到了最小触碰和改变历史事件。"肖风行用最快的速度把近期以来发生的重大事件告知安平。

"安平姐，顾不上解释得更详细了，更多的细节以后再说。现在请你马上跟踪监听李梅和吴晓雯的动向和通话，确认她们今天下午在夏总家是否交换过情报，哦，对了，你家地下室发生情况后，马上告诉我，随时知会我，尤其是她的位置。下午4点半的时候，她应该去幼儿园接小川，我准备在她去的路上安排点事情。另外，你先不要联系夏总，我想让他表现得更真实一些。你知道夏总他不善于掩饰，他现在依然沉浸在再一次失去你的痛苦之中，我们就让他多痛苦一阵子吧！否则有可能被吴晓雯发现什么不对。"肖风行一边说着，一边开始联系吴梦。

此时的安平已经清楚了事情的概况。她对已经坐实了晓雯和李梅是间谍的事实，在程序的世界中，她既有快意恩仇的喜悦，也有挥之不去的焦虑。她完全可以体会得到，晓雯身份的事情以及她参与谋害自己的行为，对夏天元是多么大的打击和伤害！来不及想这些，她马上按照肖风行的计划开始行动。

"梦梦，有件事情需要你马上办理。请你安排人手在小川的幼儿园附近待命，等我这边确定了李梅和吴晓雯已经接头交换过情报后，你那边马上在李梅接小川放学的路上用车撞倒她。我需要她暂时离开夏总的家，远离小川，但不要引起吴晓雯的过多怀疑。用车撞伤她，这也算是以其人之道，还治其人之身！"肖风行在接通吴梦的电话后，根本没有和她客套什么，直接布置起任务来。吴梦知道肖风行心思缜密，而且现在是非常时期，于是她二话不说，马上请示上级，开始布置。此刻，在她的心里有一种深深的满足感，肖风行就像一位足智多谋的猛士一样，带领着她一往无前，这就是她想要的。

"风行，不出你所料。一分钟前，吴晓雯和李梅通了电话。李梅告诉吴晓雯说：'家里出了事故，地下室的设备爆炸了，全都成了破碎的零件。在她开始打扫之前，夏先生已经送到医院去了。后来听肖先生说，完了完了！系统全部毁掉了。'风行，这些就是她们对话的全部内容，听起来像是给女主人汇报家务事，很正常。倒是晓雯听到天元倒下被送医院时的反应很激烈，我似乎能体会到那是一种真情流露。"安平侦听到李梅和晓雯的对话后，立即向肖风行反馈，此时她为了让肖风行客观判断，她没有回避晓雯对夏天元关心的情节。

"好的，安平姐，我知道了。现在请你继续跟进李梅的行踪，我已经安排好了针对她的行动，我要让她远离小川，不能在夏总和小川身边留下这个隐患。"肖风行狠狠地说道。他随即通知了吴梦，告诉她现在已经可以开始行动了。

晓雯失魂落魄地离开医院，此刻的她内心是那么孤独。年迈的父亲生命垂危，远在他国，自己孤独一人漂泊在故乡，但是自己又怎么能面对这一方故土呢？自己已经走上了一条不归路。恍惚之间，她不知不觉地走到了送小川去幼儿园的那条路上。

突然，嘎的一阵急刹车的声音从不远处传来，紧接着又是沉闷的撞击声音和女人的尖叫声混合在一起。顺着声音，晓雯望向不远处的街口，此时被撞的行人躺在地上，从肇事车辆上下来一对年轻人。显然那个驾驶汽车撞到人的是其中那个年轻女子，只见她手足无措地站立在伤者的边上，没看清伤者的情况怎么样，她自己倒是大哭起来。

晓雯这时已经走到事故现场的附近，当她看清地上躺着的人时，她一下子觉得头发都立了起来，那应该是李梅吧！想到现在正好是接送孩子的时间，她更确定伤者是李梅了。

晓雯来不及多想，马上跑过去，她扶起李梅。"怎么样？李梅，我们马上去医院。"晓雯关切地问道。

"我的腿没有知觉，可能是断了。还有您要通知一下夏先生，请他安排别人去幼儿园接小川。"李梅用微弱的声音回答道。

"对不起，我们现在赶紧去医院。"撞人的司机在一旁连连道歉着说道。

在大家的搀扶之下，李梅艰难地从地上爬了起来。晓雯坐在车子的后排，她一路扶着李梅，李梅不时地发出痛苦的呻吟。很快，车子开到了人民医院。时隔很短的时间，晓雯再一次回到医院，这让她有种时空倒错的感觉，最近太多的事情让她内心仓皇。

那对肇事的年轻人在医院交了住院押金后留下联系方式，晓雯可以感觉得到他们是有诚意的。几千元的押金刷掉了他们两人身上所有的银行卡。这时保险公司的出险员也赶到了，他们一同商讨着责任和赔偿的问题。晓雯见状请他们出去谈，她需要让自己冷静下来。

经过急症医生的诊断得知：李梅小腿骨粉碎性骨折，轻微脑震荡，需要马上安排手术。在手术室门口等待的时候，晓雯悄悄地问李梅："天元的实验室情况到底怎么样了？之前电话里不好说什么，你判断一下这是怎么回事？"

李梅强忍住疼痛，把自己看到和听到的情况描述给晓雯。在听到李梅的诉说后，晓雯不知道为什么，觉得此事和安平有某种关联。之前她一直对夏天元的地下实验室很关注，但她没有机会和理由介入。上次夏天元和她讲到，他一直用阳山所的智能系统模拟安平和小川联系的时候，她的脑中闪过这样的念头。难道这套智能系统就是安平本身？这太不可思议了！想到安平的影子有可能一直就在自己身边的时候，晓雯无法再淡定了！

"晓雯姐，风行去幼儿园接小川了，他叫我过来照看一下。没想到您来得这么快，李梅姐也太不幸了。她的情况如何？"吴梦在手术室门口看到了等候的晓雯，于是她上前焦急地询问道。

"辛苦你和风行了。李梅的小腿骨骨折，估计要休养一段时间了。真是忙里出乱呀！"晓雯有气无力地回答道，此时的她真是心烦意乱又心力交瘁。

"晓雯姐，您快回去休息吧，这里有我就可以了。听风行说下午夏总在家里摔倒了，您还是回家自己好好休息，也把夏总照看上。"吴梦说着就把晓雯拉起来让她走。

晓雯拥抱了吴梦一下，便离开了医院。此刻的她，心急如焚。她的确也没有心思继续待在那里。

回到自己的秘密住所后，晓雯马上连线了情报中心。这次居然是阿尔蒙德直接和她对话。阿尔蒙德非常得意地向她宣称，就在今天他们已经成功地摧毁了一处秘密黑客基地。最出奇的是，黑客居然是一套人工智能系统，而这套系统的自我标示形象就是她伊莲！晓雯简单地说明了被摧毁的黑客基地是夏天元在家里地下室里的秘密实验室，现在她已经确定目标被完全摧毁。听到这儿时，阿尔蒙德哈哈大笑起来。可以感觉得到他对此事和晓雯的汇报非常满意。离线之前，阿尔蒙德告诉晓雯，一天后他会到中国。最后在晓雯的追问之下，阿尔蒙德说：她父亲肝脏移植的手术马上可以进行了，让她好自为之。

不知道出于什么原因，晓雯没有汇报李梅车祸的事情。她本能地排斥主动上报和夏天元有关的事情，尤其这里还涉及了安平这个她曾经消灭过的女人。现在她只能祈祷夏天元永远也不要知道安平车祸的真相！这件事情处理得应该是天衣无缝了，除非他回到事故现场。想到这里时，晓雯突然感到不寒而栗。肖风行和夏天元正在做的事情就是跨越时空。天呐！但愿他们腾不出手来处理这件事情，毕竟这只是夏天元的私事。

"威尔，是我伊莲。"晓雯拨通了多年未曾打过的电话。史密斯听到晓雯的声音后，异常激动，他就觉得他的伊莲会回到他的身边。上次在K国匆匆一聚之后，他的心中一直都在期待这一刻，现在他等到了！

"亲爱的，一切都好吧？你知道我有多么想你吗？你给我打电话，我太高兴了。等一下我去拿杯酒，我要庆祝一下。"史密斯近乎语无伦次地说道。

"对不起！这么多年我们都没什么联系。你知道公司的规矩，我现在的身份和工作内容要求我隔离过去。"晓雯无法说得更明确，于是她便含含糊糊地解释道。

"亲爱的，完全没问题，我懂！你是个独立的女人嘛。你爸爸还好吗？我还记得他爱喝中国白酒，哦！那酒太强壮了，不过我喜欢。"史密斯兴奋地聊起来。

"我爸爸的状态不是很好，我希望他可以度过这段最难的时间。我想问你，今天阿尔蒙德告诉我，你们今天成功地清除了一个人工智能的黑客系统，这是怎么回事？我想知道。"晓雯急于想了解这件事的相关细节，于是她直接问道。

"非常抱歉，关于你爸爸的身体状况问题！你说的这套人工智能系统太神奇了！她以你的形象作为自己的感知外观。由于我的好奇心，我们错过了收集她的数据的机会，但是我们确定已经彻底杀死了她。你知道我有多么不忍心！"史密斯现在说起来，仍然流露出遗憾之情。

确认了安平系统的事情之后，晓雯随即和史密斯道别，感谢他一直以来关注自己。没等史密斯说更多的东西，她就挂断了电话。之后，她马上将电话和卡同时销毁。

现在，她已经基本上清楚了安平系统的情况，她心中涌起一种复杂的情感。她被夏天元对妻子的爱深深折服了。这是一种其他民族难以理解的中国人对家，对亲人，对故土的热爱。就像多年前那部科幻影片《流浪星球》所展现的情结：中国人不会丢下自己的家园和家人。他们就算是要逃离，也会想方设法带上亲人、家当，甚至是地球。在晓雯看来，夏天元拯救安平的决心和信念就是这种精神的体现。

此时，研究所的运行中心里，光子系统正在准备一次越空行动。按照夏天元的计划，他们必须要马上检测在王长礼调离之后，326事件是否还会发生。随着双宇宙成功对接，意识体再一次来到了标刻点，那是聚变核心失控前一分钟的时刻。意识体侵入了光子系统。此时它展开了30个量子位的运算，意识体全方位地清查了有关于聚变核心和电磁场的每一环节。就在这时，光子系统突然开始报警，整个运行中心的警报声响成一片，紧接着一股强光闪过，巨大的热能和辐射融化了周遭的一切。

"失去和意识体的联系，唤醒本体。"光子宣布越空行动结束。

夏天元此刻顾不上生肖风行的气，马上过来询问情况，他从肖风行沉重的表情中判断出情况不妙。

"夏总，我们还是没能避免事故发生，但是我们还是有收获的。这次我们发现在326事件中，我们运行中心当时并没有进行越空行动，但是事故仍然发生了。虽然我们不能直接锁定或者排除王长礼，但是我们可以确定系统中的引爆点，是和时间设置有关的，是时间点触发的电磁场异常导致的事故发生。为什么是3月26日11点12分，我想我们会找出其中的关系的，这里面一定蕴含着特殊的意义！"肖风行的大脑在超速运行后，整个人显得异常疲惫，他强打精神说道。

"好的，风行，你好好休息一下。我们来比对光子系统吧！"夏天元似乎对这样的结果并不意外，他说着离开肖风行回到测控室。

光子忠实地记录了双层的纠缠信息。其中包括了意识体对它的分析和检测，意识体高速地审核了两个月以来光子系统的日志和断点，没有发现异常。这样的结果让夏天元非常不安，这就意味着操控光子系统的人在更早就开始设定和谋划326事件。对手到底是谁？这样的话，王长礼仍然不能排除嫌疑，但是如果是他，他这样做有什么动机和理由呢？夏天元陷入了沉思。

离开测控室后，夏天元默默地回到自己的办公室。在坐下来的一瞬间，他对妈妈的思念和对安平的思念一下子涌上心头，他无法控制住自己，任由眼泪簌簌地落下来。夏天元拨通爸爸的电话，当他听到父亲的问候时，他再也忍不住了，于是他索性放声痛哭起来。在父亲的安慰声中，夏天元慢慢冷静下来。他告诉父亲他有多么思念妈妈，但他无法告诉父亲今天他又一次失去了安平。挂掉父亲的电话后，夏天元逐渐恢复了平静。他一个劲儿地告诉自己越是这个时候，越不能乱了阵脚。坚持！顶住！此刻自己一定要顶住！

"中光，我们的行动失败了。现在确认前往C国的三名特工全部失去联系，我们在C国的情报人员也失去了和接应目标的联络！最后失联的时间是15分钟前，C 国的中午 12 点 25 分。"长老用最低沉的语调告知高中光这一可怕的事实。

"什么？长老，我听不明白！怎么会这样？我的家人现在都失去联系了吗？你们的那么多特工是干什么吃的？"高中光显然被这突如其来的紧急情况惊呆了，同时他也被这一消息激怒了，他简直不敢相信长老所说的事情是真的。

"中光，你先不要着急！我们正在调集更大规模的特勤小组前往。他们会联合 C 国的警方，和他们一起马上展开调查和搜救。请相信我们，给我们时间来处理。"可以听得出，长老对现在的状况也相当焦灼。

结束和长老的通话后，高中光马上和高中影商量此事。这时候高中光已经联系不上所有在 C 国的家人，包括拉拉和前一段时间过去的赵主任赵雅廷。高中影说要马上通知肖风行一下。

当肖风行和夏天元来到高中光的办公室的时候，高中光瘫坐在沙发上。突然间和全部家人失去联系，让他几近崩溃。看到肖风行走进时，他脸色阴沉，微微点了一下头，甚至没有勇气对肖风行说出这个令人绝望的消息。

"风行、天元，我哥刚才接到了长老的电话。电话中，长老表示前往 C 国接应家人的特工已经全部失去联系了。我们刚才拨打了所有在 C 国的家人的电话，也是全无音信。从现在的情况看，我们的家人和特工们应该已经遭到了控制，现在请你们两位过来就是商量这件事情。我估计，很快会有人来跟我们摊牌、谈判，我们要做好预案。到现在为止，我们还不清楚将要面对的是什么，但是暴风雨要来了！"高中影说完当前复杂的情况后，看着他们。此时他的情绪已经掉入了冰点。

拉拉和高中光家人全部失去联系的消息，让肖风行怒火万丈。他的直觉告诉他，这是 K 国的间谍开始动手了。他们所有的事情都是冲着阳山所的研究来的。这些卑鄙的家伙藏在最阴暗的角落里，像幽灵一样窥视着、谋划着！

夏天元在听闻这一不幸的消息后，他那颗已经有些麻木的心，反而被震荡得开始复苏了。此刻，他和肖风行一样，仇恨在胸中燃起怒火。

看见肖风行和夏天元半天没有说话，高中影知道他们的心中正经历着人生最大的挑战！尤其是肖风行，他的面部表情开始变得有些扭曲，那是一个人愤怒至极的样子。

"高总，我们能做些什么呢？难道就只能在这里被动等待？"肖风行终于按捺不住自己的情绪，他用力拍了一下桌子，忿忿地问道。

"安全部门在 C 国的人员已经开始联系当地政府和警方，他们会尽快找到线索通知我们，并且营救我们的人。"高中影安慰着说道。

"我们不能完全指望安全部，更不能寄希望于 C 国警方。C 国就是 K 国的一条狗，他们帮不到我们！"肖风行虽然愤怒，但是他不糊涂。他知道任何时候都不能把命运交到别人的手中。

"风行说得对！我们必须要做点什么，不能就这样让时间和机会一点点流逝。现在，必须马上启动针对 C 国事件的越空行动。中光，你马上联系长老，请他介绍更加详细的情况，我们需要准确的时空坐标。来吧！让我们一起为家人做点儿事情吧。"夏天元努力让自己重新振作起来。此刻，他明白这已经不是家事那么简单的事情了，他们现在是要共赴国难！于是他朗声说道。

就在这时，高中光的电话铃声急促地响起。当他犹豫地接起这个陌生号码之后，一个陌生的声音说道："高中光先生吗？我代您的家人向您问好！"高中光听闻这句话之后，神色大变。他意识到这应该是劫持他家人的绑匪打来的电话，于是他将电话转为免提状态。

"是的，我是高中光。你是谁？"高中光的声音中透露着愤怒和焦急。他一边说着，一边示意大家保持安静。

"不用那么激动，也不要紧张！高先生，我们是和你谈合作的，你的家人很好，请你放心！"对方用平淡的语气，不紧不慢地回答着。

此时，在一旁的肖风行示意高中光告诉他对方的来电号码，高中光将电话递到肖风行的眼前，肖风行迅速地记录下来。随后他马上将这一号码告诉安平，请安平帮忙搜寻和确定对方的具体位置。

"你有迷人的太太和可爱的女儿，你真是个幸运的成功人士！但是请你帮助我们，你手上有我们需要的东西。我们是科学爱好者，深深地被你们的研究吸引和征服。记住我的话，不要将这美好的一切变成记忆。"此刻，对方的言语已经变成赤裸裸的威胁。

"你们想要什么？你们到底是谁？"高中光强忍住胸中的怒火，他努力控制着自己的恐惧和愤怒厉声问道。

"高先生，你的态度非常不友好。这不是良好合作应该有的样子。我估计你现在还存有侥幸心理，认为我们是在虚张声势，漫天要价！这样，我发一段你太太和女儿的视频给你。对了，还有你家的客人，那母女俩也在一起。相信他们能让你保持冷静和幽默感。"绑匪用他们的语言撕扯着包括高中光在内的每一个人的心。

此时，一旁的高中影示意让高中光保持冷静和对话。高中光紧皱着眉头，点头回应着高中影。这时，手机的提示音响起，紧接着一段视频发送了过来。画面中康美卿和敏儿坐在地上，一旁是拉拉怀里抱着个孩子。她们的面部表情都充满着恐惧和疲惫。

"怎么样？画面非常温馨吧？我们现在可以好好谈一谈了吗？"绑匪得意地说道。

"你们要是伤害了我的家人，你们将什么也得不到！"高中光的话语之中流露出无奈和落寞。此时，他似乎已经失去了先前的斗志和勇气。

"这样很好。让我们心平气和地谈谈，什么都有可能。我猜你们现在正在想方设法地追踪我们的信号，不要有那些不切合实际的想法。我们都是专业队员，我甚至可以把我们的定位发给你，假如你真的需要的话，哈哈。"绑匪的声音中透露着得意和对事情高度掌控的自信。

绑匪嚣张的态度让大家非常气馁。夏天元明白对方在极尽所能地打压他们的勇气和信心。于是他用力握起拳头，然后举起来在脸庞边舞动，他要对在场的每一位打气。

"好了，我们可是非常友好的合作方。从现在开始给你们24小时的时间，来考虑我们之间友好合作的事情。我们非常看好你们的光子系统和小型核聚变反应设施的技术，希望我们能够达成一致！"绑匪终于讲出了他们的终极诉求。

在高中影的示意下，高中光强忍住没有骂出来。绑匪的要求验证了他们最担心的事情终于还是来了。

"中光，我们在 C 国的情报人员现在确定，今天到达 C 国的接应人员有两名遇难，另一名重伤。重伤的队员经抢救后已经苏醒。根据他的描述，他们是在你家附近和不明身份的人交火，对方是专业人员。作战时战术素养极高，火力强大。他对自己受伤之后的事情不得而知。"长老一得到最新消息，马上电话通知高中光。

"谢谢你，长老。就在刚才，那伙人已经联系我们了，他们控制了我的家人！他们给我们 24 小时，要求我们交出光子系统和小型核聚变设备的技术，他们是冲着这些来的。"高中光毫无生气地说道，此刻的他心中乱作一团。在他的人生当中，从来没有遭遇过这样重大的危机。

"知道了，中光，我们会全力以赴！没到最后一刻，大家就不要轻言放弃！你们要做好拖延对方的准备，咱们一起争取时间。"长老沉着地说完，挂断了电话。

吴梦接了小川之后，按照肖风行的意思，直接把他送到了胡相文家。得知李梅遭遇车祸之后，黄医生特意请了假早早回家，等着吴梦和小川的到来。

"黄阿姨，肖叔叔说今天下午爸爸晕倒了。李梅阿姨去接我的时候，被汽车撞倒了。现在吴梦姐姐把我送到你们家。"小川像个小大人似的介绍着今天发生的情况。黄医生连忙把吴梦和小川往里面让。

"小川真懂事，你胡叔叔已经跟我说过了。你爸爸下午在实验室累得睡着了，你可不要学你爸爸。你要早睡早起，不可以熬夜，要好好睡觉。等一下你凯之哥哥回来了，你们一起玩，这两天你就住在阿姨家了。好不好？"黄医生一边给吴梦倒着茶，一边热情地说道。

把小川送到之后，吴梦着急要走。一出门，她便拨通了肖风行的电话，她说已经完成了他布置的任务，现在准备离开。肖风行请她向悟空委员会申请，派人保护小川和胡家众人。吴梦回应道："会马上安排！"肖风行这才放心。肖风行正要挂断电话，吴梦突然小声说道："风行，我也知道了，高总家人和拉拉都已经被劫持了。我真不敢相信这一切！"

"现在就不要再说这些没有意义的话了，我们要想好怎么应对和化解才好！另外，夏总父子的安全你要绝对保证，这事是你现在最紧要的事情。其他我就不多说了。"说罢肖风行结束了通话。

"风行，我把之前我们忽略的一个人物重新调查了一遍，这个人就是我车祸案的谷长顺。他竟然是王长礼的哥哥，他们的父亲姓谷，妈妈姓王，所以哥俩中哥哥随了爸爸姓谷，弟弟随了妈妈姓王。这个王长礼就是你们所的那个王长礼，他和晓雯是西坦二中的初中、高中同学。高中毕业后，他考取了国内一所名牌大学。我在晓雯的通话记录中，找到过几次和王长礼联系的记录。但是奇怪的是，那都是两年多前的历史记录。之后他们好像突然就不再联系了。"安平觉得这是一个非常重要的信息，所以她马上告诉肖风行。

可以想象肖风行知道这件事情后，内心有多么震撼！他现在不能判断这件事情的内情，但是他本能地预感到，这件事情的背后一定隐藏着巨大的秘密。

"安平姐，我们能不能这样假设：王长礼和晓雯是启动了别的联系方式，而不是突然就中断了联系。顺着这个思路，你看能不能找到别的一些有帮助的东西。"肖风行觉得他们之间一定不会那么简单，因此他让安平按照这个线索继续去搜寻。安平马上就领会了肖风行的意思，她觉得肖风行的直觉是对的。她更相信肖风行的逻辑判断能力是一流的，于是她马上紧抓着这一线索去搜寻。

"梦梦，我要所有王长礼和谷长顺的资料。包括家庭的、社会关系的，以及他们历史上的重要经历，有记载的所有能找到的一切。"肖风行接通了吴梦的电话，他简单地讲述了事件的缘由。吴梦一听，马上就明白了事件的复杂性和重要性。她隐约觉得这是整个事件的一个重要突破点，他们必须紧紧抓住这一重要线头。"风行，我知道了，你放心吧。我们会调动一切可以调动的力量来完成你刚才说的事情。我好担心你的身体能不能吃得消！我真想能多为你分担一点！"吴梦流露出对肖风行状况深深的担忧。

时隔几个小时之后，在 C 国遇袭受伤的特工提供了更多的相关遭遇战的时间和物理地址情况。他根据对当时车上导航系统的使用过程，回忆并最终确定：他们在中午 12 点 20 分左右，到达了高中光家的附近。正当他们停好车，准备下车接人的时候，和两辆大型 SUV 突然遭遇。对方有六七个人，身穿 C 国的特警制服。对方下车后，以战术队形包围了高中光的住所，在他们准备破门而入的时候，我方特工果断开枪射击，企图阻止他们的行动。但是由于对方火力强大而我方人员仅仅携带了制式手枪，在击倒对方两名武装人员后，我方特工全部被击倒。

现在由 C 国警方证实有两名中方人员牺牲，对方亦有两名武装人员当场毙命。目前冒充 C 国特警的人员真实身份尚不明确。

收到了上述最新的情况通报后，高中影马上把大家召集起来。他明白必须让每一个人都清楚现在的局势：这不是一个普通商业、工业间谍案那么简单，这是不明势力在和我们整个民族博国运！听完高中影的讲述和评价之后，大家的心中都非常沉重。

高中光一改平日里开朗的风格。此刻他的内心压抑到极点，他甚至不愿意讲话，哪怕是一个字！高中影心里知道现在这个至暗时刻，对于高中光、肖风行、夏天元来讲有多么艰难！他眼望着自己最亲近的人，一个个陷入失魂落魄的状态，自己却无计可施，对此，高中影内心的挫败愈加强烈起来。

"我向大家也公布一下我的最新核查情况：两年前，安平姐车祸事件被认定为醉酒肇事逃逸后溺毙的谷长顺，其真实身份确定为咱们阳山所王长礼的亲哥哥。"肖风行把谷长顺和王长礼的关联关系，以及晓雯和王长礼的关联讲述出来。肖风行可以从大家的反应中知道，他刚才所描述的错综复杂的关系，像在大家心中引爆了一颗炸弹。尤其是夏天元的反应最为剧烈。

"风行，你刚才分析的情况，有没有和长老他们沟通过？现在我们不要在任何问题上有所隐瞒和自作主张了。我们必须调动和联合所有的力量来对抗我们的敌人！"高中影心里清楚，刚才肖风行说出的新情况至关重要，于是他特别强调了一番。

"风行，依你的推断，王长礼对电磁防护系统的参数做了手脚的可能性，不但不能排除，反而更加确定了，是这样吗？"夏天元的第一反应是这样的，于是他马上询问道。

"是的，现在王长礼作案的动机和发起攻击的途径是关键。现在安平姐……"说到这时，肖风行猛然意识到在场的高家兄弟对安平的状况一无所知，于是他把准备讲出来的话又生生地咽了回去。

"事已至此，风行，请你把安平的事情讲给两位高总吧。"夏天元知道此时安平的事情不应该，也不需要再对大家隐瞒了。他以为自己再一次失去了安平，他无法讲出这么沉重的话题，于是他请肖风行讲给大家。

肖风行望着夏天元，他从夏天元的表情上读到了坚毅。"安平姐的事情是这样的……"肖风行用最简短的语言说明了安平的存在和状况，他从大家的表情中，可以感受到安平的事情带来的冲击有多么大。当他介绍到就在几个小时之前，夏天元家中的实验室被毁，安平再一次消失的时候，一旁的夏天元再也无法控制自己的情感，他猛然失声痛哭起来。那是一种撕心裂肺的痛！

"夏总，我要告诉您一件大喜事！在我们第一次越空的时候，出于数据隔离的考虑，我给安平姐做了备份。现在安平姐的系统已经重新启动，我帮她重建了这段时间以来的数据，现在她一切正常！"肖风行见到夏天元那么痛苦的样子，实在不忍心不对他说出真相。至于夏天元能否在晓雯面前表现得真实，现在已经不是最重要的了。他不能眼见夏天元再次倒下，现在对于他们每一个人来讲，最重要的就是心中要有希望和信心。

果然，当夏天元听到肖风行讲安平仍然正常地存在着的时候，他的眼睛陡然发亮，整个人也挺直了起来，仿佛一下子被从绝望中唤起。"风行，你是不是在安慰我？你说的都是真的吗？安平真的还活着？"夏天元抱着肖风行的双肩激动地问道。

关于肖风行对安平的说法，内容之震撼，让一旁呆坐的高中光都不由得直起了身子。他和高中影对望了一眼，他们两兄弟显然都被这一新的情况惊呆了。

"安平姐，请你接通夏总的保密电话。对！现在！"肖风行联系了安平，请她打电话给夏天元以消除他的担心和疑虑。

顷刻间，夏天元的电话铃声响起。在大家的注视下，夏天元犹豫地接起了电话。"天元，是我，让你担心了。风行他是怕你在晓雯面前掩饰不住，所以本来想暂时对你隐瞒我的备份系统的事情。现在看来不应该，也没必要再隐藏什么了。对不起！让你无端地又陷入了痛苦中。"安平的话语像清泉一样流淌在夏天元的耳边，一下子浸润了他那干涸的心田。

"这真是太好了！安平，你知道吗？我现在觉得自己好幸福，这就是失而复得的幸福。我永远都不要失去你，没有什么可以把我们分开。"说到这儿时，夏天元喜极而泣。在一旁的高中光、高中影已经猜出来，也听出来夏天元是在和安平通话。他们俩完全被这一场景迷住，虽然他们不知道经过了多少匪夷所思的大场面，可现在对他们来讲，眼前的一切仍觉得太不可思议，如此奇幻，如此唯美。

"天元，你代我向两位高总问好。我现在就先不和他们一一打招呼了。我正在通查王长礼兄弟俩的所有相关信息。谷长顺在我出交通事故前半年的那段时间，在医院确诊了胰腺癌中晚期，我想这是一个重要的线索。换句话讲，当时在案发现场的谷长顺即便没有酒驾溺水，也已经走到了生命的尽头。所以我怀疑谷长顺的溺毙，是王长礼和晓雯共同安排好的。这个谷长顺本人也应该是知情的，所以他会配合他们一起来伪造车祸的种种假象。我刚才已经查了谷长顺妻子的银行账户，事故发生的那段时间，她的账户上一下子多出了500万元。汇款人是一个叫李华非的外地人，汇出银行是一家在上海的外资银行。我找不到这个李华非的其他信息，估计这个人自己都不一定知道汇款这件事情。"安平说到这里时，夏天元已经完全清楚了整件事情的脉络。看见夏天元通话时喜形于色的样子，肖风行和高中光、高中影悬着的心放松了许多。

夏天元结束了和安平的通话后，马上把相关的事情向在场的大家说明。他的言语之中透露出许久不见的信心和力量。

大家顾不上客套太多，马上由高中光向长老汇报这一重要情况。长老在电话另一端证实了他们的发现和推测，悟空委员会在同一时间也已经发现了相关的信息和线索。挂电话前，长老告诉高中光道："王长礼已经被严密监控起来了。为了不影响晓雯的接头活动，暂时不对其进行抓捕。"

"天元，我这里有些急事需要马上赶到上海去，我很快就回来。你要把自己照顾好，嗯，我现在已经在去火车站的路上了，我爱你。"晓雯打来电话，告诉夏天元自己准备出发去上海。

肖风行从夏天元对话的情境上推断，应该是晓雯打来的电话，于是他在一边使劲儿示意夏天元要表现得仍然沉浸在失去安平的低迷状态中。夏天元心领神会，便有气无力地只是用"嗯""好""哦"这些字眼敷衍回应着。

在前往上海的火车上，晓雯的心情随着望不见尽头的铁路，走向慢慢黑夜。列车驶出西坦后，她打开电话，拨通了王长礼的手机。"我在去上海的路上了，这次老板亲自过来，应该是到了最后的关头。我无法预测事情会怎么演变，我被盯上了。跟我一起上火车的一对年轻人是特工，可能还有别的人。他们没有动手，估计是冲着老板来的，我现在成了别人的鱼饵了。你突然被调到上海学习可能也是被怀疑了。明天一早，你给我准备好我要的东西。我在老地方和你见面！通完话之后，你把这个手机和号码一起毁掉，我会准时到的。"挂断电话之后，晓雯来到火车上的洗手间，她拆下电话卡，随手丢进马桶。

回到座位上后，晓雯紧紧地闭上眼睛。她脑中闪过一幕幕的场景，那些都是她人生中的悲欢离合。当她回想到前天夏天元向她求婚的一幕时，她情不自禁地露出了幸福的笑容。

从中学时代开始，王长礼对自己的追求就没有停止过。可是自己对王长礼始终没有那种感觉。晓雯清楚地知道，王长礼学习计算机也是为了和自己保持一致。王长礼多次向自己表示，此生他就是这样，不会放弃对她的追求。以他们多年同学的相互了解，晓雯知道王长礼是那样的人。他是一个非常自负和执着的男人，他一定要得到自己想要的东西。几年前，自己成功地招募了王长礼，就是利用了他一心想取代肖风行位置的心理。而且王长礼深深地嫉妒夏天元的才华和自己对夏天元的爱慕之情。如果做些什么，能毁掉肖风行和夏天元，并且由他自己取代他们，王长礼会毫不犹豫地去做。

就在出发前，晓雯在邮箱里设定了两封邮件。那是准备在24小时后，如果自己不亲自解除便自动发送的两封信。其中一封信中她向史密斯真诚道歉，请他原谅自己自始至终的无奈和身不由己。最后，恳请史密斯如果有机会把她的父亲送回中国。另一封是发给夏天元的，信中表达了自己对夏天元的爱和忏悔，希望自己最后与阿尔蒙德鱼死网破的选择，可以取得夏天元的原谅。想到自己危在旦夕的父亲，想到自己现在实际上没有任何人可以依靠和信任时，晓雯的泪水已经无法控制地流下。

在黎明时分，肖风行和夏天元等人悄悄地展开了关于在C国高中光家住宅的越空行动。按照受伤特工提供的时间和位置信息，肖风行开始录入相应的标刻点。就在此时，长老已经取得了C国在该区域的视频监控录像。按照录像上的时间记录，光子进一步精确了标刻点。

意识体在枪击开始前的30秒钟介入标刻点。此时房间内的一家人正在等待前来接应的特工离开住所。意识体看到了拉拉，她正在给孩子擦嘴上留下的水果汁水，高敏儿在一旁帮忙哄着小妹妹。正在此时，外面枪声大作，一家人吓得缩在高敏儿的房间里不敢动。不到一分钟的时间，外面的枪声停了下来。意识体看到庭院周围的地上躺着几个人一动不动，剩下的C国特警装扮的人冲入房间劫持了两大两小四个人。这时意识体的状态已经开始不稳定，意识体在最后一刻记下了对方的车牌号码，随即光子宣布已经和意识体失去联系。

肖风行醒来的第一时间，先是通知了安平对方的车牌号码。安平马上侵入C国的交通监控系统，开始在该区域的主要路口搜寻相关的车辆情况。

"怎么样，风行？有没有什么重要的发现？"这次是高中光迫不及待地追问道。

"我找到了对方的车牌号码，同时我确认被劫持的人一共是四个，就是嫂子和敏儿，还有拉拉和我们的孩子。没有找到赵主任。绑匪暂时没有对她们使用暴力，这是他们逃跑的路线，但只有20多秒钟的数据。"肖风行如实地向高中光一一说明。

高中光马上将肖风行获得的信息向长老沟通汇报，长老马上根据最新的信息展开纵向延伸。

很快，安平和长老的反馈都将绑匪的最终藏匿地点指向K国在C国的大使馆。现在局势已经非常明确：K国政府正在以某种形式直接介入了此次事件。回想起来，怪不得绑匪在昨天首次和他们联系时气焰那么嚣张，现在这一切都可以解释得通了。可是当大家确认了对方的行为实际上代表 K 国政府的行为后，那种压迫感让人无法喘过气来。大家都明白：直接对抗 K 国的国家力量，需要多么大的勇气和决心！

在距离绑匪约定时间还差 6 个小时的时候，事情还没有任何进展。长老和悟空委员会也好像是偃旗息鼓了一样，夏天元知道，这是个关系两国之间政治和军事力量的博弈。现在对方主动出手了，但是我们仍然没有好的应对方案。

高中光把自己一个人关在屋子里，这十几个小时以来，他的内心经历了众多解决方案和所带来种种后果的挣扎：暂时拯救家人的方案，等于将死神的权杖拱手交于他人，对方拿到想得到的技术后，会在第一时间将此项技术用于毁灭技术提供者的身上。而拒绝合作，等于立即宣判家人的死刑。高中光知道，在此之间没有中间道路可以选择。作为父亲、丈夫、兄长，以及一个中国人，自己该怎样选择在这一时刻的角色呢？

"哥，是我，你开一下门。"高中影在门口徘徊很久之后敲门说道。

高中光面无表情地打开房门后，并不理会高中影。他便自顾自地转身走回到自己的座位上。

"哥，现在长老他们还是没有什么进展，我看咱们还是准备一下相关的资料准备交换家人吧。"高中影知道哥哥无法做出明确的选择，便这样开导地说道。

"中影，这个事情咱们不能犯糊涂。我们现在交出去的不是材料和技术，我们交出去的是我们国家和民族的命运！刚才说到的那个王长礼，他用自己的哥哥的生命去交换钱财，在他看来那就是所谓的明智的选择。他的哥哥只有几个月的命了，却可以用来交换对他们来讲巨大的财富和其他不为我们所知的利益与机会。所以，这一切对不名一文的谷长顺及他的家人来讲都是值得的。反观我们，如果交出我们的核心技术，不出半年，等待我们整个民族的就是毁灭性的结果。我决定了：拒绝所谓的合作，这就是我最终的答复！"高中光在经过长时间的痛苦思考之后，做出了这样沉重的决定。

高中光的目光迟滞，眼睛无意识地掠过一旁的书柜。他的目光停留在那部《基度山伯爵》黑色的书脊上。这是他最喜欢的一部小说，峰回路转，快意恩仇。他突然想起书中的最后一句话：人类的一切智慧是包含在这四个字里面的，即"等待"和"希望"。他喃喃地反复说着这四个字……

高中光的决定让高中影心中翻起了巨大的波涛。各种复杂的情绪交织在一起，让人无法理出头绪。高中影无法直接回应高中光的决定，于是他默默地退出房间。他漫无目的地在过道中来回走动，此刻他的心中真的是拿不准主意。

"中影总，您这是怎么了？"夏天元见到他一筹莫展的样子问道。

"天元，我心里发堵。刚才我哥他决定放弃营救家人，以拯救我们的未来！"说到这儿时，高中影忍不住哭泣起来。高中影的情绪波动让夏天元着实吃惊，在他眼中，高中影永远是那个即便是泰山压顶也绝不动声色的男人。想到这些时，夏天元的脑海中浮现出康美卿、高敏儿、拉拉，以及那个他们从未谋面的肖风行的孩子，"不到最后时刻，绝不轻言放弃！"夏天元的心中不断强化着这样的声音。

此时，在上海的晓雯按约定时间来到了和王长礼碰头的地点。这是一处K国国防工业公司设在上海的秘密据点，晓雯用密码打开房门后走进房间。奇怪的是，王长礼并不在这里。在桌子上摆着一张字条：晓雯，我一早就过来了，你要的东西在抽屉里。临时收到老板的指示，今天上午他要先见我一下，我来不及等你过来，我先过去了。按照王长礼的指引，晓雯在抽屉中找到了一支手枪。反复检查过枪支后，晓雯放心地把枪收在手提包内里。她静静地在沙发上坐了一会儿，此刻她已经下了决心准备和阿尔蒙德放手一拼。

此时，在不远处的另一处安全屋中，阿尔蒙德正在热情地接待着王长礼。"尊敬的王，你是我们现在最倚重的强者。没有你的详细补充，我们无法那么快就掌握了光子系统的玄妙之处！由于你的巨大贡献，现在对我们来讲，肖风行和夏天元的作用和威胁正在被淡化。可是出于保险的原则，我们还是在C国控制了他们的家人。没办法，哈哈，用你们中国人的说法叫作有备无患。"阿尔蒙德得意地说道。

"谢谢老板的夸奖，您知道我要什么。我这个人很简单，我完全做到了对你们的承诺，现在我觉得是您对我兑现愿望的时候了。"王长礼盯着阿尔蒙德说道。

"你真是最棒的科学家，外加生意人。没问题！伊莲是你的，科技部副总经理的位置也是你的了。你现在就是地球上最成功的男人，来吧！我们举杯庆祝一下这个历史性时刻。"阿尔蒙德端起了一杯香槟，举起来向王长礼示意道。

在阿尔蒙德的描绘下，王长礼不禁有些飘飘然，此刻他幻想着自己已经拥有了那些渴求的一切。

"老板，有件事情我觉得有必要向您说明一下。伊莲在来上海之前，让我为她准备了一支手枪，她是我的上级，所以我按照她的要求已经把手枪交给了她。您看这件事情不会有什么问题吧？"王长礼急于在阿尔蒙德面前表现，便把晓雯的这一行为直接报告给了他。

"哦，王！你是最正直、诚实的，当然没有问题。只要你确定弹夹里每一颗子弹都是我们提供给你的就好。"阿尔蒙德似乎对晓雯要枪的行为一点儿都不意外一样，他咧着嘴笑着说道。

"这个可以肯定，我根本就没有动过这件武器。枪从代表处取回来之后，就直接放到了伊莲的指定地点。"王长礼连忙解释道。

"是的，王。你看伊莲女士在武器方面比你专业得多！"说着阿尔蒙德打开房间内的电视指给王长礼看，画面中晓雯在认真地检查枪械，她把弹夹取出，又拉开枪膛检查了里面是否有已经上膛的子弹。画面中晓雯面色凝重，操作武器的手法娴熟，显然是经过专业训练的。

"老板，这是？"王长礼不解地问道。

"这是你上午去过的那间安全屋，我们这里有那里的监控。你看看你的伊莲真的很迷人，不过她现在要武器干什么呢？该不会是想用来对付我们这些手无寸铁的人吧？哈哈。"阿尔蒙德话语中流露出不屑。

"怎么会呢？老板。伊莲绝对不会跟您作对，她可没有那么傻！"听出了阿尔蒙德话中有话，王长礼不免有些不安和紧张，他急忙为晓雯分辩着。

"嗯，是的。伊莲是个聪明的女人，她会为自己和自己的父亲充分考虑所有的事情。不过要是她犯了糊涂，王，你的愿望可能就有一项要落空了！"阿尔蒙德说到这儿时，眼中流露出凶狠的光。

"高先生，现在距离我们约定的时间还剩下两个小时了，您考虑得怎么样？我可是整晚都没有睡好，我怀着激动的心情等待您的好消息。再向您透露一点儿小惊喜，你们的管家赵先生现在也在我们这里了，没想到吧？我们在现场留守的伙伴没怎么费事，就把赵先生也带回来了，现在好了，大家全部都聚齐了，只等着您用小小的善意举动，来表达对家人和朋友的关心与爱护。我们很有耐心，但是仅限于未来两个小时之内！谢谢，不打搅了。"绑匪打电话过来催促和提醒最终的时间即将到来。

高中光有气无力地放下手中的电话。过去的二十几个小时里，他就是这样一直守着电话，生怕错过什么。同时，他也在暗自下定决心：决不妥协！这种矛盾的心情挣扎在心里，让他整个人濒于崩溃。高中影知道哥哥已经做出了决断，他从没想过高中光是这样坚毅的人。高中光准备做出的选择，甚至是自己都无法决断和承受的！

"天元，风行，我不知道怎么样说这件事情。我哥他已经做出了决定：他决定放弃家人，以保住我们的科技和未来。"说到这儿时，高中影又一次哽咽起来。他不敢面对肖风行，他觉得好像是他在胁迫高中光和肖风行放弃对家人的营救，这一切仿佛都是他的错！

"中影，我不同意！我们还有两个小时，现在仍然是一切皆有可能！请您马上联系长老，让他们通过外交途径对 C 国施加压力。同时调遣所有能动用的力量，集结在 K 国大使馆附近。我们要准备最后的越空突袭，我们努力了之后，可以坦然面对失败，但是绝不能就这样放弃。"夏天元在得知安平无恙后，重新振作了起来。他坚强的态度一下子感染了高中影和肖风行。

"是的，中影大哥。夏总说得对，我愿意倒在冲锋的路上，绝不接受投降。"肖风行的士气被夏天元鼓动起来，他站起身来紧紧握着拳头说道。

长老那里很快有了回复：外交部已经通过 C 国驻华大使馆对 C 方表达强烈

的抗议，要求 C 国马上以实际行动来阻止恐怖分子对我国公民的绑架劫持行为。同时在他们的安排下，所有能够调动的情报人员预计在 30 分钟内到达 K 国大使馆区域等待进一步指令。

"风行，我已经拿到了 K 国大使馆的结构图。从我侵入他们的监控系统得到的情况来看，我们的人现在都被集中在大使馆主楼六楼西侧的 623 号房间。门口有两名特工把守，房间里应该还有两人。从六楼走廊尽头的楼梯上去是一个楼顶平台，这个通向平台的门的密码是 66785。平台位置很特别，估计可以停泊直升机。从使馆执勤人员的岗亭或者宿舍到达平台需要 2 分钟左右时间。"安平飞快地介绍着她掌握的最新情况。

肖风行马上把这一情况向大家通报。高中光在了解了情况后变得紧张和焦躁起来，他担心地问道："风行，我们有可能在两三分钟左右的时间内，完成除掉四名特工，带着大人和孩子乘机撤离吗？"

"我们要尝试一下才知道，我觉得我们有机会。因为他们根本想不到我们会在大使馆动手，而且是从大使馆内部开始。我们需要安全局的人在外围配合我们，为行动争取时间，我的计划大概是这样的。"肖风行大体上描述了一下自己的行动计划。

"风行，我现在就联系长老，请求他们的支持和协助。我觉得你说得对，这是我们最好的机会，我们一定要把握好。你们现在去做准备吧。一旦长老这边确定下来配合和准备的时间，我们就马上同步开始。"高中影从肖风行的计划里看到了希望，他用坚定的语气鼓励着在场的每一个人。

晓雯经过了不断的内心挣扎，此刻已经不再犹豫。她打开了自己的手机电源，她知道这样做，自己马上会被安全部门精确定位。但这正是她想要得到的结果。她怀揣着夏天元对她求婚的感念和幸福，准备走向别离。也许只有这样，自己的内心才可以得到恒久的宁静！

"伊莲，你终于来了！怎么样，一切都还顺利吗？"当晓雯踏入阿尔蒙德所在的房间时，阿尔蒙德面带神秘的笑容问候道。

"是的，老板，我算是完成了您交给我的任务。您这次亲自来上海有什么重要的事情要布置吗？"晓雯平静地回复道。

"我是来嘉奖王和你的，你们联手创造了一个历史。非常完美！我是想让你们知道，你们是公司的骄傲！"阿尔蒙德夸奖道。

"感谢您的信任以及公司给予的机会，如果可以的话，我想马上返回 K 国了。我担心我父亲的健康状况。我想我在这里已经暴露了身份，昨天在火车上我一路被跟踪和监视，我已经不再适合继续留在这里了。"晓雯征询地望着阿尔蒙德说道。

"伊莲，亲爱的，我非常支持你马上回 K 国。但是你知道，中国人非常狡猾，我们不得不预防他们可能会做出的任何花样，所以我想最后请你再做一件事情：返回西坦控制住夏天元的儿子夏川，然后你撤离的事情我会亲自安排的。"阿尔蒙德眯起眼睛望着晓雯说道。

"不，我觉得没有必要那样做，而且我没有机会做到这个。李梅昨天发生了车祸，现在夏川的接送已经由别人来完成了，我很难靠自己做到控制孩子这一点！"晓雯内心最害怕的情况出现了，她最担心阿尔蒙德是冲着这件事情来的。

"是吗？李梅发生了车祸，可是你并没有报告，你想隐瞒什么？还是想逃避什么？王，你的伊莲她不太对，这里面一定有什么偏差！你觉得呢？"阿尔蒙德不怀好意地假装询问王长礼。

"晓雯，怎么回事？李梅受伤这么重要的事情，你怎么也不汇报一下？你是不是还没来得及汇报？天呀，这可算是重大失误了！"王长礼在一旁听出了阿尔蒙德对晓雯的不满，于是他想帮晓雯分辩。

"王，你把你的计划说给伊莲听一下，让她知道什么才是专业精神。"阿尔蒙德示意王长礼对晓雯施加压力。

"晓雯，我已经在阳山所的系统里修改了部分参数，到时候阳山所会在核子风暴中熔化。你现在想办法再坚持一下，等完成了老板安排的任务，到时候我们一起离开这里。永远！"王长礼走过来说道，他一边说着，一边想拢住晓雯的肩膀。

"不要再靠近了！退回去！"晓雯得知王长礼和阿尔蒙德毁灭阳山所的邪恶计划后，她不再犹豫了。她突然从包里掏出手枪，她用枪指向王长礼，命令他退后。面对这一变化，在一旁的阿尔蒙德猛地笑了出来。"王，你看看我说什么来着，我就说你的伊莲没准会用枪对准我们这些手无寸铁的人。现在她果然疯狂地这样做了！"阿尔蒙德不无讽刺和嘲笑地说道。

"晓雯，你在干什么？快把枪放下，你这样是很危险的，也是很愚蠢的。不要再有任何不切实际的想法，快把那支枪放下，你这样是没用的！"王长礼已经猜到晓雯枪里的子弹是打不响的，于是他焦急地叫唤起来。就在这时，两名阿尔蒙德的随从从里面房间里冲了出来，他们直接奔向晓雯，丝毫没有在意她手中的枪。

"砰砰！"两声巨响，两名冲过来的随从闻声倒下。这一变化惊呆了阿尔蒙德和王长礼，就在那一瞬间，阿尔蒙德一个翻身躲到了沙发后面，并马上将沙发猛地推向晓雯站立的方向。正在集中精神射击的晓雯对这突发情况猝不及防，她猛地一个踉跄，身体不由得向后退去。阿尔蒙德抓住这个机会，开枪击中晓雯，当晓雯中枪倒下的时候，阿尔蒙德对准晓雯的头部准备对她一枪毙命。

"住手。"王长礼大叫着扑向倒在地上的晓雯，就在这时，阿尔蒙德手中的枪再次响起，子弹击中了王长礼的背部。中了枪的王长礼紧紧抱住晓雯的身体，他用自己的身体护住了晓雯的要害部位。见到此情境，阿尔蒙德疯狂地对王长礼喊道："滚开！"并用脚不断地踹王长礼，企图将他和晓雯分开。

这时又是一声巨响，大门被从外面踹开。吴梦领着特工冲了进来。阿尔蒙德猛地从地上抓起王长礼的身体顶在自己前面，在吴梦犹豫的瞬间，阿尔蒙德猛地开火，顷刻间吴梦中枪倒地，紧接着又有两名中方特工被击中，一时间双方僵持在那里。

阿尔蒙德拖着王长礼的身体慢慢向门口靠近，他企图挟持人质逃跑。他不断地挥舞着手枪命令中国特工让开，特工们不明就里，纷纷往后撤让。就在这一刻，先前中枪倒在地上的晓雯挣扎着爬了起来，她举起枪对着阿尔蒙德连开两枪。阿尔蒙德应声倒下，在他倒地的瞬间，他对着晓雯的头部扣动了扳机，子弹从地面上反弹后击中晓雯的头部。特工们冲上来把他手中的枪夺下，此时阿尔蒙德已经失去意识。

王长礼拼着一口气爬向晓雯，他拉起晓雯的手放在自己的胸口上。

"亲爱的，你知道的，我王长礼在这个世界上就在乎你。现在好了，我们也许会死在一起，也算是一种完美的结局吧！"王长礼说着开始向外咯血。

"长礼，你放过阳山所吧，你我都是中国人！你告诉他们怎么样才能避免你设下的那场浩劫。"晓雯说的时候，特工们已经围过来。

"病毒程序隐藏在光子备份系统的 DNLLB1908 执行文件里，文件的密码是你的生日加我们的首次接头的时间。"说完王长礼突然倒在了一边。

"中光，我们这边已经安排好了，可以随时按照你们的时间和进度启动，你们那边的情况怎么样？"长老在电话中关切地询问道。

"风行，长老方面已经就绪，我们可以开始了吗？"高中光焦急地征求肖风行的意见。

"好的，我们在两分钟后开始。现在是下午 4 点 34 分 16 秒。"肖风行说着便直接躺在了联机位上。

"开始介入母宇宙，对接完成！"光子播报着系统的运行情况。

意识体像闪电一样穿越空间来到标刻地点，在一瞬间意识体侵占了 623 房间内一名 K 国特勤人员的大脑。只见被入侵的特勤身体一阵震颤，紧接着这名特勤猛地袭击了身边的另一名特勤，他手起刀落一下子切断了对方的喉咙。然后画风一转，被控制的特勤突然走起僵尸步，他来到惊恐无比的高敏儿身边，用中文对她说："坏僵尸！臭僵尸！敏儿，我是风行叔叔，听我的，你们所有人全部趴下。在叔叔消灭了门口的两人之后，跟着我上楼顶平台。"

高敏儿从那熟悉的动作和声音中，也看出和听出了肖风行的影子和声音。她本能地告诉自己要相信眼前这个人，于是她小声地跟妈妈和拉拉说："这个人是小肖叔叔，他来救我们，我们等下跟着他走。"

当拉拉听到高敏儿这么说的时候，她的眼睛一下子湿润起来。刚才那名奇怪的特工的嘴里提到风行叔叔的时候，她觉得像是幻听，不敢确认！现在高敏儿的说法证实了她听到的是真实的，而不是幻听。她哽咽着小声对女儿说："宝贝，爸爸来救我们了！"

意识体控制着特勤，顾不上沟通更多，便打开房门。当他走出门口，便发现门口的特勤比安平在监控中看到的两人多出一人，三名特勤人员背靠着墙壁站立在门的两侧。

"我出来透口气，里面太闷！"意识体控制的特勤对右手边站立的同伴说道。

"里面的女人不错，头儿说了完成交易之后，她们就是咱们的了，玩够了之后，咔嚓掉。"被问到的特勤眉开眼笑地说道。

"让你玩儿！"意识体控制下的特勤一刀插入对方的心脏。在另外两人被这突如其来的变故震惊得发呆之际，被控特勤掏出手枪直接打爆了他们的头。

"敏儿，拉拉，快点跟我来。"意识体控制的特勤拉开房门对里面惊恐不安的家人呼叫到。

在慌乱中，两对母女彼此拉着、抱着，仓皇地跑了出来。她们跟着被控特勤，顺着楼道跑向右手边的走廊尽头，在那里，被控特勤用密码打开了通向顶层的门。

"敏儿，你要带着妈妈和拉拉姐上飞机，叔叔在这里守着这道门。快点！"意识体控制的特勤在她们全部通过密码门后，关上门，对着敏儿喊道。同时，他联系安平，请她马上更改这道门的密码，此时大使馆内的警铃声大作。

"意识体的联系开始不稳定，预计在 30 秒钟后失去对意识体的控制和联系！"光子通报着运行情况。

被控特勤冲回到六楼的电梯口，他按下向下的按钮。当电梯门打开的瞬间，他将手雷扔了进去，直接炸毁了电梯，然后他顺着楼梯往下冲。当他到达三楼的时候，遭遇了正在往上冲的使馆卫兵，卫兵们对他毫无防备，便遭到他的猛烈开火射击。打倒了数个卫兵后，意识体的系统崩溃，随后被控特勤顷刻间被卫兵们打成了筛子，随即倒毙在地。

当使馆卫兵冲上六楼时，却被密码门阻断住，他们来不及破解密码，便疯狂地射击门锁，很快门被打开了。正当他们准备继续冲击的时候，却遭到了压制火力的覆盖。此时高敏儿她们已经登上了直升机，直升机凭借两侧的机枪死死地封锁住了顶楼的门口，并不断向后撤退飞行。一时间门口的混凝土墙体被子弹打得碎片横飞，尘埃弥漫。

"429 号直升机，这里是悟空委员会。我现在要求你们直接前往 G 省国际机场，你们到达第三航站楼后，马上搭乘南航 CZ669 航班回国。现在发送 C 国警备队在机场三号航站楼的特别停机坪的定位给你们。特别告知：途中如遇到拦截，格杀勿论。重复一遍，遇到拦截，格杀勿论！"长老直接指挥了直升机的机组，并下达了最极端的命令。

在直升机组答复收到指令，立即展开执行后，地面上的特工驾驶着各色车辆同时将警灯安放在车顶，整个车队浩浩荡荡地沿着直升机的飞行路线急速驶向国际机场。

K国在C国的使馆遭遇袭击，但是他们无法向他国发难。所有的证据都指向一名本国变节特勤策划和实施了血腥袭击，之后在C国警备队配合下，四名不明身份的人乘坐直升机逃离使馆。当沃顿在K国接到这样的汇报时，他暴跳如雷！他立即拨打阿尔蒙德的电话，想要他解释这一切是怎么回事，不曾想阿尔蒙德的电话已经无法接通，直到这时，沃顿才知道整个事情已经完全失去了控制。

直升机和车队没有遇到什么拦截和抵抗，很快直升机到达了指定停机坪。在特工们的簇拥下，敏儿、拉拉一行人迅速登上南航飞机。飞机即刻联系塔台申明外交优先权，然后推出滑行冲向云霄。

"中光，所有乘客都已安全登机，飞机在5分钟前已经起飞回国。"长老兴奋地电话通知高中光。

正当大家沉浸在喜悦中的时候，长老的电话又打了进来。"中光，我刚刚收到通知，我们在上海的行动小组，在抓捕幕后老板的过程中遭遇抵抗，现在吴晓雯、吴梦在抢救中，阿尔蒙德和王长礼已经确认死亡！"

听到这样的消息，夏天元、肖风行、高中光、高中影的心情都极为复杂，本来应该是大家举杯欢庆的重大时刻，现在被晓雯和吴梦的伤情蒙上了一层灰色。

"中光，你安排飞机马上让天元和风行赶到上海去。"高中影知道此时这两人的心都系在医院的急救室上，于是他吩咐道。

"谢谢中影总，我想带上胡相文一起去上海，有他在，我比较放心。"夏天元补充道。

"好的，天元，你现在通知一下胡副院长，我们派人去接他过来。等飞机拿到航空飞行指令后，我们一起出发。"高中光说着转身去安排飞机的事情。

很快，胡相文赶到了阳山所，从夏天元通知他的语气中判断，他知道一定是出了重大状况。一路上大家基本无话，经过几个小时的飞行后飞机抵达上海，直接停到了医院的急救中心的停机坪上，不待飞机停稳，等候的特工便冲上来引领大家，在螺旋桨扇动的巨大气浪下，一行人匆匆跳下飞机，跟着接应特工往医院大楼里面走去。

"她们的情况都非常不好，两人分别是胸部中弹和头部中弹。现在子弹已经取出来了，一小时后，麻药劲儿过了之后，看看她们是否能够苏醒。"急救中心的医生认真地介绍着情况。

大家一起在急救室的门口焦急地等待，这时长老也带着在上海执行任务的特工赶到了急救中心。

"夏总，我有件事情觉得非常欣慰，所以一定要马上告诉你。我们行动组和吴梦一起执行任务的小李，就是这个小伙子。小李，你来给我们的大科学家讲一下当时的情况。"长老见到他们一行人，倍感亲切和自豪，于是他让一名年轻特工介绍围捕阿尔蒙德的现场情况。

"首长好。我们在执行抓捕的过程中，遇到目标人物的强烈抵抗。他挟持了王长礼作为人质，最后时刻，吴晓雯击倒了阿尔蒙德。在王长礼死去之前，她成功地劝说王长礼说出了隐藏在系统中的病毒程序文件名和相关密码的信息。汇报完毕！"特工小李怀着崇敬的心情向夏天元和长老立正敬礼。

"天元，吴晓雯最后时刻的表现，称得上还是一名中国人！她的努力也许可以帮助你们化解326危机。如果是那样的话，她也可以算是将功折罪，立了功呀！"长老握着夏天元的手激动地说道。

"谢谢您，谢谢您这么说！"夏天元对晓雯临危时刻的醒悟倍感幸福和欣慰。此刻他更担心晓雯是否能够挺过这一关，到现在她还没有苏醒。

此刻的肖风行焦急地等待着吴梦的最新情况，他的心中充斥着对吴梦的愧疚和对自己的责备：最近他给予了吴梦太多的压力和冷漠。

现在回想，在刚才营救的过程中，肖风行甚至不敢去面对拉拉母女。他的意识体刻意地回避了去面对她们，那是各种复杂的感情交织在一起的混合体。他现在只能用在当时的情况下，他也没有时间去解释更多来疏导自己。

"吴梦醒过来了，她醒过来了。"护士兴奋地叫道。小护士的叫声把肖风行从沉静中惊起，他连忙站起来，小跑到护士身边，问道："请问现在我可以看望她吗？"在得到肯定的答复后，肖风行和长老被带到吴梦的病床前。

"小吴，你可醒过来了！你们的任务完成得非常出色！你好好休息。"长老激动地说道。吴梦躺着微微地睁开眼睛，当她慢慢侧过看到肖风行在身边的时候，她的眼光里透出幸福。

长老见状，对着吴梦摆摆手，便悄悄地退了出去。肖风行含着眼泪拉住吴梦的手，那只曾经充满活力的手现在是如此的苍白无力。"梦梦，你一定要好起来。等你好了，我带你去吃好吃的。"说到这里时，肖风行已经泣不成声。他突然无法再说下去，眼泪就那么直扑扑地掉落下来，一滴一滴地落在他们拉在一起的手上。

"风行，我在那本《日瓦戈医生》里给你留了一封信，回家你读一下。我现在觉得好幸福，我再也不用怕一觉醒来时你不在我的身边了。这一次我可以一觉睡到永远。我会把我们共同的经历全部带走，那些都是我生命中最绚丽和幸福的东西。"吴梦慢慢地诉说着，当见到肖风行那么伤心、动情，她的心陶醉了，在她慢慢闭上眼睛之后，那已经合上的双眼流出了幸福的眼泪。

就在这时，病房里监测生命体征的监控仪器发出了警报，吴梦用尽最后的心力向肖风行倾诉，之后她的气息随风而去。

肖风行再也无法控制自己的情绪，他号啕大哭起来。和吴梦相遇、相识、相依的片段一幕幕浮现在眼前，那么真切，那么温馨，那么痛！

听到系统报警和肖风行的哭声，门口等候的大伙儿纷纷走了进来。当大家见到肖风行悲痛欲绝的样子，再看到吴梦苍白的面孔时，在场的每一个人都无法保持镇定，一时间，所有的人都默默流下了眼泪。

过了很久，肖风行的情绪终于稳定下来。他慢慢地放开吴梦的手，那是一只渐渐失去温度的手。肖风行站起身来，他此刻已经下定决心，要跨越时空去拯救吴梦。他不但要拯救吴梦的生命，还要还给她一片属于她自己的蓝天白云。

在肖风行内心挣扎的时候，晓雯的情况开始恶化。子弹贯穿时空腔效应引发的损伤，头骨的碎片在脑部的散落引起的脑出血，共同威胁着她的生命。

接到晓雯的体征监测报警的时候，夏天元心事重重。长老和特工小李的说法让他内心得到宽慰。是的，在他的内心深处始终不愿意把晓雯和冷血特工、不择手段这些词藻联系在一起，他更愿意晓雯是一个迫不得已、一时受到迷惑的普通工业间谍。

"天元，晓雯的情况很危险，她的脑压变化幅度大，现在看来脑干没有损伤。我看了她的片子，如果现在切除受损部分和感染部分，是有可能保住生命的！"胡相文眼见吴梦已经离去，不忍夏天元再失去晓雯，于是他焦急地说道。

"相文，那么手术的后果会是怎么样？"夏天元不安地询问道。

"天元，你出来一下，我要和你单独谈一下！"胡相文拉着夏天元的手就往外走，夏天元不解地望着他，不由得随着胡相文走出了急救室。

夏天元在疑惑中被胡相文带到走廊的尽头，"我的好兄弟，晓雯现在的情况和当年风行受伤后的情况有相似之处，如果我们及时手术和做好植入芯片的准备，有可能可以挽回！"胡相文急切地回答道。

"相文，你的建议是什么？我现在脑袋有点蒙，你可以明白地说明一下吗？"夏天元仿佛是找到了救命的稻草，兴奋地问道。

"这是一个逆向操作，当年我们是提取了安平的记忆数据和逻辑框架，我们重建了她的自我意识形态。现在的状况是我们可能有机会把安平的思维意识装入到晓雯的大脑中去，这个要比我们当时做得简单。

"可能需要风行来检测设计安平的导入芯片中的框架，我们要想办法让安平的思维和晓雯的部分记忆合而为一。你现在明白我的想法了吗，兄弟？"胡相文知道情况已经到了万分紧急的时候，所以他不再犹豫和顾虑什么，便直接把自己大胆的计划说了出来。

这时夏天元已经完全明白了胡相文的意思，他心中一喜：如果这样行得通的话，安平就再也不用飘荡在数字世界里了。晓雯也可以洗心革面，重新开始属于她自己的人生！"相文，我们可以这样做吗？这样行得通吗？"夏天元虽然激动，但是还是对此事充满疑虑。

胡相文听到夏天元这样说，知道此事没有那么简单。不光是晓雯生命的问题，还涉及其他更复杂的因素。恰好这时高中影冲着他们走过来，"天元，晓雯的情况是不是不好？胡副院长您有什么办法吗？"

"高总，是这样的……"胡相文顾不上那么多的隐晦和遮拦，便一口气地讲述了晓雯的现状和可能的拯救方案。

"好的，我知道了。胡副院长，我现在马上和长老沟通这件事情。我认为晓雯的状况关系到阳山所的安危，如果能够就此让安平回归的话，这个理由就更加充分了！"高中影从胡相文的描述中听出了事件的转机，于是他马上去找长老汇报情况。

在高中影去找长老的时候，胡相文来到了肖风行的身边。"风行，我知道吴梦的事情让你非常难过和痛心，但是现在有一件事情非常紧急，我和天元需要你马上投入芯片的框架设计中去！"胡相文把晓雯的情况说给肖风行，请他振作起来一起拯救晓雯和安平。

肖风行刚才已经知道了在最后关头，晓雯倒戈一击和掌握密码的事情是重中之重。按照当前的形势来讲，拯救晓雯就是拯救大家的未来，于是他收拢起自己的情绪，郑重地点点头。

长老在得知胡相文的想法之后，意识到这是一次满盘皆活的机会，于是他毫不犹豫地答应高中影，并马上通知医院，全力配合胡相文和肖风行展开相关的拯救措施。

"安平姐，我们正在准备着手这件事情。"肖风行把当前的情况和晓雯的转变与重要性一一告诉给安平。肖风行强调安平拥有这件事情的选择权，他同时告诉安平他会马上展开事件推演，看是否存在两年前在车祸现场改变历史事件的机会和可能性。

"风行，我知道了，谢谢你们的安排。我现在也马上自行展开推演，不要把我的个人利益放在首要考虑的位置上，现在最重要的事情是破解 326 事件中的隐藏病毒文件。"安平知道情况后，淡然地回复道。与此同时，肖风行远程启动了光子系统，要求系统马上展开针对安平两年前车祸事件的重要节点推演。

肖风行简短地向夏天元汇报了刚才跟安平的沟通情况，夏天元满怀期待地望着肖风行。他的表情告诉肖风行，自己有多么渴望安平可以回来。不论是什么样的形式！夏天元紧紧地握着肖风行的双手，他用力传达着自己这份期盼。

光子系统只做到第三层节点推演的时候，就向肖风行发来了推演结果不支持改变历史事件的预警信号。光子系统提示：安平在成为超级人工智能后，对夏天元在相关领域的研究起到关键的推动作用。在改变历史事件后，现在阳山所仍然不具备实质上越空的能力！这一悖论将造成历史事件和现实的巨大差距，相关的众多的历史事件将完全被改写，随之而来的是链式反应构成的动荡，历史的发展变得不可预知和失去确定性！

与此同时，安平自己进行的推演也得出了相似的推断！在这种情况下，经过几个人紧急磋商，大家下定决心：马上实施晓雯部分受损脑组织的切除手术，并在晓雯脑部安装载有安平逻辑框架和部分重要记忆数据的芯片。

胡相文在和其他医生会诊之后，立即换上手术室的衣服。此刻他要亲自披挂上阵去夺回那些必须挽回的一切。

在六七个小时的手术中，胡相文好像回到了两年多前在夏天元家中的实验室里复制安平的过程中。这时的肖风行在一项一项地过滤着安平数据库中重要的节点，时间的紧迫让他没办法进行严密的复核，在和安平的同步交流中，肖风行强化了部分安平最为看重的信息点。他加强了这些点的自我保护和覆盖能力，他现在只能寄希望于：部分数据是安平的意识一定要强化和保留的，而那些部分正好是晓雯本体希望被删除和遗忘的。

"安平姐，我现在要将芯片格式化了。你放心，你的备份系统我们仍然会保留一段时间，我们仍然有纠错和增补的机会。我们开始吧！"肖风行得到安平的最后确认后，开始将关键数据植入芯片。

> 红墙已故青苔上，
>
> 古道兴亡俱成荒。
>
> 万世无疆王者欲，
>
> 唯荡秦腔弥苍茫。

输入了这一预定已久的启动码之后，晓雯的脑波逐渐平稳了下来……

二十二、无　　疆

经过十几个小时的飞行，拉拉一行回到了上海。肖风行、夏天元、高中光、高中影、胡相文，以及长老等人都来到机场去迎接这批特殊的旅客。实际上，此时肖风行感觉自己的内心充满着紧张。在过去两年多的时间里，拉拉就像一片云一样从自己的天空飘走。但是那种埋藏在心里的思念和牵挂却无时无刻地在隐隐作痛！之前在 C 国营救她们一行四人的时候，肖风行甚至不敢，也不能去直视拉拉和自己的女儿，越是思念越是事到临头却心存畏惧！事情往往就是这样充满矛盾，令人捉摸不透。

飞机舱门开启的那一瞬间，在场的人都屏住了呼吸。大家对这来之不易的一刻满怀期待和向往。首先走出来的是高敏儿，她快速地跑下舷梯，高中光一把抱起她。父女两人顷刻间交替在欢笑和痛哭中。这时康美卿走过来，他们一家三口拥抱在一起久久不语。拉拉牵着女儿的小手，她们走得很慢。肖风行见到这一幕时，他再也无法控制自己激动的内心，他猛地冲上去，就在舷梯上，他同时抱起了拉拉和女儿。在大家的欢呼声中，他拥着母女俩走下舷梯。高敏儿从父母的怀中离开，跑过来先是亲了一下小妹妹的脸，然后就站在那里看着肖风行。肖风行见状，连忙把她也抱起来。高敏儿趴在肖风行的肩头上，她用两只手紧紧地搂住他的脖子，好像是生怕一放手肖风行就会消失不见了一样。看见高敏儿搂住爸爸，小卿卿站在旁边，仰着头眼巴巴地望着他们。看见女儿的神态，拉拉猜出她可能是有些吃醋，于是她便把小卿卿也抱了起来，然后塞到肖风行的怀里。肖风行这时也醒悟过来，他一手抱一个孩子，左右开弓地来回亲着两个宝贝。

"风行，你才是这个世界上最成功、最幸福的男人呀！"高中光看着女儿那么幸福、依恋地靠在肖风行的怀中，于是他感慨地说道。他说话的神情和假意摇头晃脑无奈的样子让在场的人都笑了起来。

"拉拉，你会不会吃醋呀？你家风行左拥右抱的！"高中光看见大家开心，便接着调侃起来。

"我才不会呢，我家风行抱的两个小人儿都是我的女儿！"拉拉既幸福又得意地说道。

"拉拉姑娘，我是安全局的工作人员。很抱歉！由于我们的工作给你和孩子造成了那么大的困扰。我代表所有参加这次行动的人感谢你，感谢你们的理解和付出！"长老乘着大家都在的时机，把隐藏在心中已久的话说了出来。

"拉拉，这位就是我们这次行动的最高指挥官，我们都叫他长老。"高中影连忙解释道。

"你好长老，我在飞机上听说为了完成任务，你们的吴梦警官身负重伤，她现在还好吗？"拉拉没有正面回应长老，她此刻最为关心的就是那个当年驱离她远走他乡的吴梦的状况。在飞机上通过卫星电话，拉拉她们已经了解了一些情况。拉拉内心对吴梦的态度是非常矛盾的，她不知道自己应该如何面对这种个人利益的让渡。

"拉拉姑娘，小吴警官已经牺牲了。所以，这里只能由我代替她向你表达最诚挚的歉意。"长老说到这里时，整个人不由得黯然起来。

拉拉听闻这一消息，她整个人仿佛一下子有些不知所措。她无数次地想象着自己在申斥着吴梦，直到吴梦彻底承认错误，并远离自己的生活。她一直有这样的心理准备，怎料想那个曾经伤害过自己的女人，最终却牺牲在保护和拯救她们的行动中。吴梦的牺牲让拉拉感觉到自己的渺小，她一下子有些泄气。

这时，在一旁的肖风行放下抱着的两个孩子，走过来挽住拉拉的手说："亲爱的，一切都过去了！在这么重大的事件面前，任何个人的情感和经历都没法再去计较。"肖风行的话击中了拉拉的心事，于是她冲着长老深深地鞠了一躬，那一刻，她的心彻底释然了。

长老也对拉拉深深鞠躬，然后说道："中光总，还有个好消息要告诉你们，你们的赵雅廷主任也已经被我们通过外交途径解救出来了，他马上会搭乘航班回国。"

在安排好后续事宜后，长老带着悟空小组的人先行离开了。夏天元一行人回高中影在上海的家。在车子路过长湖公园的时候，拉拉紧紧地握住肖风行的手，她轻轻地把头靠在肖风行的肩膀上。看着身边的拉拉，还有自己的小女儿卿卿，肖风行仿佛回到了过去的时光。

"天元，风行，你们看时隔两年多，我们这些人又重新聚首在这里。最棒的是我们还多了一个小卿卿。"高中影望见又欢聚在一起的亲人高兴地说道。

"是啊，这时间就像流水一样，不知不觉地从我们身边滑过，一转眼的工夫居然两年多就过去了！因为吴梦牺牲的事情，我们今天就不安排盛大的欢迎仪式了。天元，简单吃过饭后，你就先和相文回医院吧，我们知道你现在的心思都在安平身上！"高中光体贴的安排让在场的每一个人都非常感动。

经过一路上的熟悉，卿卿现在已经开始黏着肖风行了。吃饭的时候，她端着自己的小碗离开妈妈，直接坐到肖风行的腿上。这个情境和几年前高敏儿见到肖风行时的举动一模一样，此情此景真是令人唏嘘和恍惚。

卿卿骑在爸爸的腿上，不时地回头看着肖风行。她的小脸儿上充满着快乐和幸福。拉拉在一旁看到父女两人那么亲密，她的心中充满了幸福和欢乐。这两年多来分离的思念，如今瞬间化成了浓浓的满足。

吃过饭后，夏天元和胡相文匆匆和大家道别。路上夏天元的手机提醒自己接收新的邮件，当夏天元进入邮箱后，那封晓雯在 24 小时前定时发出的邮件弹了出来：

天元：

不出意外的话，我现在已经离开这个世界了。

相信你们已经知道了我的身份和背景。王长礼是我的中学同学，他是被我拉下水的。国防工业公司负责情报的头目阿尔蒙德要在上海和我碰面，他的到来应该预示着最为重大的事情将要发生！我不知道那会是什么。

天元，在这个世界上我的父亲和你是我无法放下和割舍的两个人，我父亲的状况你是知道的，在我爸爸这件事情上，我说的都是真的！

这个邮件算是我和你的告别吧。我做了很多对我自己和对你都没法交代的事情，现在好了，我已经不用再去纠结过往的这些不堪的经历了。

天元，我爱你！希望我可以挽回些什么！别了！

我永远都只愿做那个陪着你在通天大道上迎着贺勒山奔跑的女人！

晓雯

夏天元默默地看完了晓雯的绝笔，晓雯最后的表白让他长长地吐了一口气。之前在医院抢救的时候，听到那个叫小李的特工介绍晓雯最后的情况时，夏天元的心就已经变得敞亮起来。晓雯在最后关头的所作所为，完全可以证明她悔改的决心。她在最后一刻用自己的生命和行动救赎了自己，也救赎了夏天元的内心世界。

夏天元把手机递给胡相文，胡相文很快读完邮件。胡相文搂住夏天元的肩膀说："兄弟，我们都从心里放下这件事情吧！晓雯用自己的命偿还了自己的过往，她就是想让你放下这个心结！"

当他们到达医院病房的时候，负责安防的特工迎上来兴奋地说："大概两个小时前，病人苏醒了，医生说她的状况不错！"

"好的，谢谢你。小伙子！你辛苦了！"夏天元听闻喜讯，整个人无比兴奋。他高兴地握住特工的手，真诚地感谢起特工来。

这时负责医院值班的医生走过来，在她的带领下，夏天元和胡相文换上了探视服，跟随她走进病房。"安平？晓雯？可以听到吗？"夏天元小声地呼唤着，他现在仍然不是很确定是谁在主导着她的主要思维。

安平缓缓地睁开双眼，当她的眼神与夏天元的眼神碰撞在一起时，那种心灵的震撼强烈到让夏天元半天无法说出话来。夏天元从安平的眼中找回了那失去已久的往昔。

"天元，我真的回来了吗？但愿这一切不是在梦里！"安平用微弱的声音问道。从她的眼神和问话中，夏天元判断现在和他交流的人是安平。"是的，亲爱的，我把你带回来了，等你好了我们就一起回家，小川再也不是没有妈妈的孩子了！"夏天元激动地说道。

"嗯，真好！我现在就想抱住我的儿子，我永远不要和你们再分开了！天元，我的大脑中有很多记忆片段是相互冲突和链接不上的，我想这其中应该是有很多晓雯的记忆信息吧。"安平慢慢地在适应重新组合脑中那些纷乱的信息。

"你不要太着急，我们有的是时间！现在最重要的事情就是好好休息，早日康复。"夏天元轻轻地拿起安平的手，放在自己的脸颊上说道。

这时，安平注意到了夏天元边上的胡相文，于是她吃力地对着胡相文摆摆手，胡相文连忙双手合十向她问候。

"天元，你替我好好感谢相文。他这已经是第二次拯救了我。在你最需要帮助的时候，总是有相文在你的身边，相文，谢谢你！"安平提到这事儿时非常动情，此刻的安平真正知道和懂得什么是失而复得的人，她已经经历过两次生死。

"快别这么说，安平。你家天元为我们大家做得更多，我的付出微不足道。你不要多说话，静养为主。最好也不要有什么大的情绪波动。"胡相文回答道。

"天元，有件事情说给你听，你不要笑我。我现在特别想喝咱们家酒庄的酒，那是你家乡的风味，我可以从那酒中喝出你少年时代像一阵风一样跑过原野的味道。"安平非常沉醉地诉说道。

安平的说法让夏天元和胡相文不由得面面相觑。他们都可以感觉到，刚才的那一刻是晓雯的记忆和经历在发挥主导作用。"好的，等你好些了，我们叫上相文、风行，还有高总一起，咱们尽情地喝个痛快！不过你现在的任务只有一个，就是休息。"夏天元说着，慢慢把安平的手放好。之后，他站起身轻轻地在她的额头上吻了一下。看见安平幸福安详地闭上眼睛，夏天元和胡相文悄悄地退出了病房。

悟空委员会严密地封锁了有关阿尔蒙德及其部分组员在上海被击毙的消息。国防工业公司在长达几十个小时的时间内，失去了和阿尔蒙德小组的全部联系。这种状况让远在 K 国的沃顿坐立不安，沃顿结合部分在 C 国执行小组的人员遭遇暴力攻击的情况后基本上断定：中国的特工组织同时在上海和 C 国展开了围剿行动，他们的目标就是收网和反制。

　　"威尔，到我办公室来一下吧。我有重要的事情要向你通报和说明。对了，你把里奇也一起叫上吧！嗯，就是现在！"沃顿的声音中透露着苍老和疲惫。

　　史密斯电话通知里奇后，他心事重重地离开自己的办公室。伊莲发送给他的邮件让他坐立不安，以他对伊莲的了解，他能感觉到他将会永远失去她。

　　"你们两个还好吗？我们的形势非常不妙，本来这些事情不应该让你们科技部的人了解和介入，但是现在是非常时期。就在一天前，我们派往 C 国的特勤小组全军覆没了！更可怕的是，阿尔蒙德现在生死未卜。他的小组已经和我们失去联系几十个小时了，是完全失去联系！再过 6 个小时，我们将内部宣布他们失踪的消息。"说到这时，沃顿停顿了下来，他用阴沉的眼光扫过史密斯和里奇，那种眼光中透露的杀机令二人不寒而栗。

　　"事情怎么会这样？是什么人或者组织有这么强大的能量？"里奇了解的情况相对多些，因此他疑惑地问道。

　　"是我们的老对手，除了他们还能有谁？！威尔，很遗憾地通知你，你的伊莲也已经失去联系了。"沃顿说罢眼睛直勾勾地盯着史密斯。

　　"我刚才收到她的邮件了，但是看起来那邮件是定时发送的，应该是一天前她写好的。"史密斯不会撒谎，在沃顿的注视下，他讲出了伊莲邮件的事情。

　　"她在邮件中说了些什么？"沃顿用近乎威胁的语气追问道。

　　"她的口气有些怪，好像是道别。她还告诉我，几年前阿尔蒙德是如何设计让她接近我，之后又用她的父亲威胁她，让她离开我到中国去充当间谍。大概就是这些！"史密斯未做任何修饰和隐瞒，直接将邮件的内容讲了出来。

　　史密斯的讲述让沃顿的脸色变得很难看，他不愿意史密斯对他有负面的看法。在他的心中，史密斯像是他的儿子。此时的沃顿已经估计到伊莲是在做最后的澄清，她应该是下定决心要背叛了。

"威尔，不要信她的胡言乱语，她是一个不值得信任的中国人。看来她已经选择了背叛我们，她不再是那个你曾经爱过的伊莲了！阿尔蒙德可能已经遭遇不测了，我们不要再给他任何不好的负面猜测了，如果他能活着回来，你可以当面去询问他！"沃顿说着无奈地紧闭了一下自己的眼睛。

"天呐，但愿阿尔蒙德能够安然回来！上帝保佑！"里奇在一旁不失时宜地表态着。

"好了，现在我想知道，你们科技部最短什么时间内可以启动意识层面的跨越行动。我的意思是越快越好！"沃顿不想再做无意义的铺垫，于是他直接问道。

"现在我们的量子主控系统已经完成试机，粒子加速器的前两次的运行情况很好！史密斯博士主持的微型核聚变系统和电磁控制系统的情况也有很大的进展。"里奇邀功似的马上回应道。

"威尔，你给我明确的回答。"沃顿并不理会里奇，他盯着史密斯问道。

"按照现在的进度，我认为两个月之后，可以启动加速器和聚变系统两个系统的对接项目。当然，我的意思是理论上。"史密斯内心也非常渴望早日进行系统对接，于是他按照最顺畅的测试给出了预测时间。

"很好，就两个月的时间！我们没有更多时间了，从这次C国使馆遇袭的情况来看，按照我们的情报部门收集和整理的所有监控视频和各方面的资料，所有的分析指向：中国人应该是动用了意识体，他们对我们的人进行了控制和无情的杀戮。我们的小组成员全部牺牲的结局，只是中国人在小试牛刀，他们的胃口可不止这些！"沃顿没有对史密斯和里奇吐露王长礼在阳山所系统中种下病毒的事情，他盘算着在不到一个月之后，K国将成为唯一掌握时空跨越这个主宰人类历史进程和命运的国家。

结束了在高中影家的聚会之后，肖风行带着拉拉和女儿乘机返回西坦。路上卿卿很快就睡着了，她的小手始终紧紧地搂住肖风行。看着女儿秀气的小脸儿，听着她均匀的呼吸声，肖风行心中充满了快乐和满足。他不时得意地示意拉拉，让拉拉看女儿有多乖。拉拉见他那得意的样子，知道他心里稀罕女儿，于是拉拉就用手指指自己，然后扮成一副失落的样子，暗示肖风行自己受到了冷落。肖风行见状连忙腾出一只手搂着拉拉，这样两人才相视一笑。

回到家里后，肖风行发现吴梦已经拿走了所有属于她自己的东西。吴梦知道拉拉要带着女儿回来，因此她在临出发去上海前，抹去了所有自己留下的痕迹。

"拉拉，你先陪着女儿休息一下，我要马上处理一些事情。"肖风行说这话的时候，拉拉已经把卿卿放在床上安顿好了，她开始里里外外地收拾起屋子来。

"去吧，我简单收拾一下，也要睡一会儿，放心吧！爱你。"拉拉放下手中的东西，搂住肖风行吻了一下说道。

肖风行在书架中找到了那本《日瓦戈医生》，打开书后有一封信夹在里面，肖风行展开信纸读道：

风行：

我马上要出发去上海了，我会把我自己的东西都收拾好，然后全部带走。我是想不留痕迹地离开，可是我舍不得。我在家里转了一圈，是的，就是这个地方，这个我在心里一直称之为家的地方。

在过往的时间里，这里留下了我们共同的气息和身影。一想到自己再也不属于这里了，一切都将成为过去时，我的心里很难过。

这次去上海执行任务，我有一种悲壮的感觉，似乎渴望自己可以倒在完成任务的中途。我不敢想象，拉拉带着女儿和你在一起的景象！我更不能成为你幸福的阻碍，我已经阻碍过你们一次了。

我背着你通过我们的途径得到了你女儿卿卿的相片，看着可爱的孩子，我知道自己这次不能再往前靠近了！我爱你！这一次因为爱，我选择离开！

风行，看守所袭击的事情，我自始至终都知道是你策划和实施的。原谅我，很早之前我就对你动用了跟踪系统。这些系统是为了保护你而采用的，但是它们的跟踪信号只有我一个人掌握，因为在明处有刘必成和陈树立负责保卫，暗处是我。

作为女人，一个深爱你的女人，我的人性战胜了我的理性，我选择了包庇你，我销毁了你实施袭击的相关证据。

亲爱的，如果我不能活着回来，我想求你一件事情：我想请你帮我请求拉拉的原谅。还有就是我从家里收拾出来的东西，都会放在我律所的办公室，到时候我不想它们只是由我的同事送回去给我的爸妈，我想请你一起去。我的父母会从你的眼神中再次看到我，他们会明白女儿所做的一切都是值得的！

以后每当微风轻轻拂过你面庞的时候，你要知道，那些都是我对你的思念。

梦梦

肖风行强忍住心中的伤痛，吴梦的信再一次把他压在心底的痛翻动起来。此时的肖风行已经下定决心要来拯救和改变这一切。

肖风行匆匆离开家，在去往阳山所的路上，刘必成小心翼翼地安慰道："肖总，我们刚刚才知道，吴梦也是我们的同事，还请您不要太伤心难过。"旁边的陈树立也一起安慰道。

"谢谢你们两位，梦梦她永远不会离开我们！"肖风行没法再继续下去这个话题，于是他黯然回复道。

来到办公室后，肖风行马上联系了安平的系统。"安平姐，请你帮我一起做一下关于我和吴梦的关系的事件推演，我觉得我们的相爱导致了此次她在上海执行任务时有强烈的冒险倾向，那是近乎自杀的冒险倾向。所以如果在某个事件节点上能够避免我们相爱，应该可以挽救吴梦，估计这样也是降低对系列历史事件影响的最佳途径。"

"好的，风行。我知道你在心里无法接受吴梦因爱而陨的事实。是的，我觉得你分析得有道理，如果能够避免你们相爱，应该是最好的选择。否则即便是救回吴梦，以她的个性和对你用情至深的状况，她会陷入痛苦和不幸中，那样对她是一种伤害。"安平的系统肯定地回复道。

"是的，安平姐。我就是怕看到这一幕，如果是这样的话，吴梦的状况对拉拉来说也是一种折磨。安平姐，还有一个问题就是，你现在能感受到晓雯脑中的相关信息吗？我的意思是有关于王长礼安置的那个病毒文件的相关信息。"肖风行急切地问道。

"我可以被动地感受到一些信息，但是我在晓雯那里的芯片的系统还没有强大到可以随时提取信息的程度。两个系统在融合，可以感觉到晓雯的本体系统在部分领域主动放弃主导，主要是那些和她从事间谍有关的方面。那些估计是晓雯本身非常不愿意面对和承认的部分。相信用不了太久，两个系统的融合会变得更平滑和顺畅。"安平系统回应道。

一周之后的下午，夏天元和胡相文从上海回到西坦，安平的状况逐渐好转。在她清醒的时候，她全力在回忆和阿尔蒙德最后火拼时的情形。在最后一刻，王长礼把隐藏病毒程序的文件序号和密码都说了出来，但是当时的晓雯受伤严重，只记住了部分内容，加上边上特工的回忆，仍然不能确定，现在需要肖风行在光子系统中根据手上的线索去搜寻文件和破解隐藏其中的病毒。

"风行，要辛苦你了！"夏天元拍拍肖风行的肩膀说道。

"夏总，我觉得我们最为稳妥的方法，就是回到晓雯和阿尔蒙德枪击的现场去，这样效率最高，不会出疏漏！"肖风行了解了情况之后，马上建议通过越空去直接获取文件名和密码。

"好的，风行。那你就着手准备吧，我们的时间不多了！还有一件事情我觉得有些意外，上次我们越空观测到晓雯和吴梦两人都死去了，和我们现在的状况不太一样。这里面会不会出现了什么重要偏差？"夏天元应该是仍然担心安平的状况，于是他疑惑地问道。因为在上次越空后，他们确认了晓雯的死亡，这一点是经过光子系统比对后得出的结论。

"是的，您说的这个问题我也疑惑过。我认为是我们在越空之后，由于马上调离了王长礼去上海，从而导致了晓雯和阿尔蒙德在上海时王长礼也在场。所以晓雯的生死事件被王长礼在场这个意外事件干扰到了。"肖风行直接把自己的想法说了出来，他能够感觉到夏天元对这件事情非常担心。

"是的，这就对了！王长礼舍命保护晓雯的事情根本就是一件意外，他的举动改变了历史。谢谢你，风行。你的分析让我松了一口气，我非常担心这件事。现在好了！我放心了！"夏天元显然是完全认同肖风行的解释，于是他深深地吐了口气说道。

K国国防工业公司在大约一周前，内部宣布了阿尔蒙德失踪的消息。实际上情报部门的好多人已经在疯传阿尔蒙德已经死亡。这样的重磅消息使整个工业公司情报相关部门和知情人士的心里都蒙上了厚厚的一层灰色。

"老板，我想请您出面帮我找到伊莲的爸爸。伊莲在她的邮件里拜托我做这件事情，可是我根本就不知道他爸爸在哪里，情况怎么样了。"伊莲的邮件让他非常担心她的状况，邮件的内容像是最终托付！史密斯经过一段时间的犹豫，最终还是向沃顿求援。

"我可以帮你试试，这件事情我听阿尔蒙德提起过。那是他们情报部的一项拯救安排，伊莲的父亲身体状况出了大问题。最近除了那封邮件，你还有伊莲的其他消息吗？我们和她也失去了联系。"说着沃顿站起来转身去倒酒。

"我先谢谢您，但愿伊莲她不要有事儿！"史密斯接过酒杯同时说道，他的语气中充满了担心。

"威尔，伊莲有你真的是她的幸运！你们最近的运行情况怎么样？双宇宙融合的部分攻克得顺利吗？"沃顿所有的心思都在史密斯他们的跨越项目上，所以他马上问道。

"是的，我们的进展非常顺利，应该可以按照预期完成计划。"史密斯非常肯定地回答了沃顿。

"哈哈，这样就太好了。威尔，你知道吗？我们的内线在阳山所的系统中埋下了毁灭的指令，中国人和他们的全部家当会在特定的时间熔化成气体。这是他们应得的！他们要为阿尔蒙德的事情付出最高的代价。"沃顿在激动之余，讲出了这个惊天的阴谋。

沃顿的话让史密斯异常惊讶，他怎么也想不到沃顿会对阳山所下死手。窃取阳山所的科技的事情已经使自己的良心非常不安，现在居然要去毁灭那些远在中国的科技同行。当晚史密斯心事重重地离开办公室，沃顿的话让他心中无法平静。他非常担心伊莲的状况，现在伊莲生死未卜，他不敢再顺着这样不好的念头想下去。不知道为什么，他又突然想起了那个被他们消灭掉的超级人工智能系统，史密斯心中始终觉得这个超级人工智能系统和伊莲有种说不清楚的某种关联。

回到家中，史密斯仍然无法让自己平静下来，于是他按照之前伊莲教他的方式，用新的电话卡和新的手机给伊莲发送了一个邮件。

伊莲：

上次收到你的邮件到现在已经有十多天了，之后就再也没有你的消息，我有些担心你！沃顿告诉我，阿尔蒙德和他的小组在上海执行任务时全部失踪了。这个消息让我更加担心你的情况！

我请沃顿帮我了解你爸爸的情况，等他有回复了，我会马上去办理的。

沃顿对你的情报对象——阳山所非常震怒。他无意中说到要毁灭阳山所，我不知道这件事情会怎么样，这真是太可怕了！我不知道自己能做些什么才能避免这场浩劫，但是无论怎么样，请你远离阳山所！

非常想念你，希望我们有机会再回到拉莫拉村去！那里有我最幸福的时光！

威尔

"标刻点定位启动，意识体加速至……"随着光子系统的播报，意识体瞬间融合进了上海行动组的最后时刻和地点。

吴梦带头冲进房间，她眼见阿尔蒙德劫持了王长礼。她知道王长礼的重要性，在那犹豫的一瞬间，阿尔蒙德开火了。意识体清晰地见证了吴梦身中两枪的情境，此时躺在监控位上的肖风行本体发生了剧烈的震颤，意识体遭受的强烈刺激透过信息反馈传导到本体。

在吴梦倒下的同时，阿尔蒙德身后响起了枪声。晓雯拼着一口气射杀了他。血泊中王长礼靠向晓雯，从晓雯和王长礼最后的对话内容中，意识体得到了文件和密码的相关信息。

"怎么样，风行？你没事儿吧？"夏天元在越空的过程中看见肖风行本体的身体和脑波反应剧烈，就担心地问道。

"我没事儿，吴梦在我眼前倒下，我却没能去救她，那种情形对我的冲击太大了。我已经得到了晓雯和王长礼最后对话的信息，和光子系统比对过之后，我们马上可以着手清除全部的隐患。"肖风行说这番话的时候已经逐渐平静下来。

"是的，现在首要的事情是要尽快破解326危机。吴梦的事情安平和我沟通过，我也非常认同你的观点，我们需要找到关键节点来彻底拯救她。"夏天元看见肖风行逐渐恢复便安慰他道。

"风行，我刚才在晓雯原来的一个隐秘的邮箱里，收到了一封来自史密斯的邮件。史密斯在邮件中提到了沃顿他们想要毁灭阳山所的事情，他提醒我要远离阳山所。他想帮助化解这场危机。在之前的一封邮件中，还说到了作为人工智能的我，他们认为我在上次行动中被彻底清除了。"安平把史密斯的邮件内容原原本本地告诉了肖风行，并请他马上转告夏天元及其他相关的人。肖风行从安平的口气中判断：安平觉得史密斯是一个纯粹的科学家，不是敌人！

在回应了安平之后，肖风行马上向夏天元汇报了史密斯邮件的这一情况。"风行，你可能不知道，史密斯的理论时空是我们这个项目最早形成框架的关键学科基础之一。他的空间割裂理论对我们的双宇宙概念有直接的启迪和推动作用。也许，没有他的构思就没有我们现在的成功。"夏天元听完肖风行的讲述后认真地表态道。

夏天元对史密斯的高度评价让肖风行对史密斯肃然起敬。"夏总，我明白了，如果我们有什么针对性打击的时候，应该适当考虑保护一下史密斯。这关系科技的未来。"肖风行说这话时，一直望着夏天元，他在征询夏天元的意见。

"是的，风行，你说得对。我们反制 K 国国防工业公司的时候，可以避免伤害到史密斯，我觉得应该重点考虑这件事。史密斯不是我们的敌人。"夏天元尊重史密斯是一个真正的科学家，所以他本能地和史密斯惺惺相惜，于是他直接表达了自己的意见。

肖风行表示他完全理解夏天元的态度。这时他的小组已经完成了比对光子系统的数据，经过校验，光子系统确认：备份伴行系统所得数据和意识体获得的有关有毒文件的位置和密码相同。肖风行马上开始清除 DNLLB1908 的所有组件。

"夏总，我已经清除了王长礼设定的相关问题文件所附带的全部组件，现在请示马上展开 326 越空行动，以确认我们是否完全清除成功。"肖风行在相关程序清除完毕后马上向夏天元汇报。

"好的，风行。你们马上开始吧。"夏天元立即表态同意道。

意识体飞越时空，来到预定的标刻点。2031年3月26日上午11点12分，运行中心一切正常！随即意识体观测到自己另一时空的本体正在越空实施针对K国国防工业公司的报复和攻击。在意识体开始不稳定前，意识体在11点14分通过另一时空的光子系统数据确认：K国国防工业公司的整个基地在剧烈的核子爆炸中熔化。

肖风行稍作休整之后，把刚才针对326越空的情况向夏天元做了汇报。夏天元听闻后久久没有作声。"风行，你辛苦了。做完和光子系统的比对之后，我们马上要向高总和长老汇报。"夏天元的声音中略带些颤抖，肖风行可以感受到那是一种如释重负的激动！

很快，肖风行的数据和光子系统的数据比对完毕。比对的结果，完全证实了肖风行之前所描述的情况。

高中光马上把这一情况向长老做了当面汇报。长老握着高中光的手久久没有放开。

"中光总，这就是我们日日夜夜期盼的最终结果呀！不行！我现在要抽支烟。哈哈，来吧，咱们一人一支，嗯，这种感觉有点像初恋，掺杂着苦涩的甜蜜。"长老拿出两支雪茄，递了一支给高中光，然后给自己和高中光点燃了手中的雪茄，他沉醉地抽了一口之后，一改平日的沉稳和威严，饱含着激动的心情说道。

"哈哈，是的。没想到我们稳重如山的长老也有这么急于抒发、宣泄内心的一刻！"高中光吸过一口雪茄后笑呵呵地说道。

当年清明的时候，夏天元带着安平和儿子，连同肖风行一家、胡相文一家、高中光一家，以及高中影一起来到了乍暖还寒的兴庆城。

从机场到市区的路上，高中光拿着一本书说："没想到天元的家乡竟然如此富有底蕴，人杰地灵，名不虚传啊！我来之前做了功课，这本《视野》讲了你们的历史文化。天元，你的父亲和母亲都是西夏大学的教授吧？里面写了一篇西夏大学赋，有曹孟德的遗风，气势磅礴啊！"众人说道，请高总试吟两段。

高中光缓缓地颂道：

黄河远上，宝地朔方；水洞遗迹，岩画久长。历史悠远，汉武秦皇；康熙挥师，灵州兴唐。西夏旧都，弯弓塞上；六盘高峰，雄心激荡；山河壮美，浩气传扬。

西夏大学，居贺勒之东，历一甲子。虽几度分合，然历久弥坚。惟世事兮沧桑，谢长者兮风范……

厚德载物，变化沧桑。才俊云集，玉液琼浆……名师璀璨，校友栋梁；其志高远，其道大光。文行忠信，博雅厚重……

高中光感慨地说："你们贺勒山东麓，人杰地灵，实至名归啊。"

这景这情，夏天元一下子想起了母亲。心底也一下子涌起了无数发生在这里的美好的回忆。

郑起带着酒庄的同事们早早地等候在庄园的门口。此时正值中午时分，蓝天如洗。在阳光的照耀下，山上尚未消融的冰雪山峰散发着耀眼的光芒。

"各位尊敬的贵客，请大家稍事安顿一下，就马上到主楼后面的阳光房来。我们的烤全羊已经烤了5个小时，它实在等不及了，大家快来享用吧！"郑起热情地招呼着在场的每一个人。

随后，在郑起的带领下，大家迫不及待地展开了这场美酒、美景，以及美食之旅。孩子们早已在欢声笑语中忙做一团。肖风行抱着女儿，想喂她吃点儿羊肉。这时一阵微风透过阳光房的天窗，吹拂着他的面庞。"不知道吴梦此时怎么样？"肖风行心中闪过这样一个念头。

就在这时，肖风行的电话响了。"风行哥，听得清吗？哦，我和陈庆馨陪着秦老到铜川来了。对，我们刚下车。我跟你说，秦老悄悄地告诉我，这次他来铜川就是受你的启发。老爷子说悟到了一句话：'行于所当行，止于不可不止'，他要给你画一幅他自己的《溪山行旅图》呢。"

"陈庆馨这丫头对秦老可孝顺了，我觉得这丫头已经慢慢从陈天明在看守所中意外身亡的阴影中走出来了。陈庆馨和秦老他们父女俩现在可真幸福！嗯，我们在这里大概会待四五天，正好我也可以彻底放松，休息一下。等我回去，我带着拉拉和你家卿卿去逛街，我们到处吃一吃、玩一玩，你根本就不知道哪里好吃好玩。好了，不打搅你们聚会了！嘻嘻！"吴梦从铜川打来了问候电话。

肖风行的内心充满了喜悦。从吴梦的电话内容中，肖风行知道，自己已经彻底扭转了曾经和她相爱的事情。在这之前，在安平的提醒下，肖风行越空回到了吴梦第一次去他家的时候。吴梦听完肖风行唱歌之后，肖风行请她帮忙从冰柜里拿酸奶，吴梦在冰柜的门上，看到了一张拉拉抱着女儿的照片。

"风行，电话打好了吗？是吴梦的电话呀。我要和她说几句。"拉拉走过来问道。随即，拉拉接过肖风行递过来的电话，兴奋地和吴梦聊了起来。看见拉拉开心的样子，肖风行会心地笑了起来。

午宴一直持续到傍晚。当落日的余晖照耀在雪山之巅的时候，肖风行和夏天元的目光碰撞在一起。面对巍巍的贺勒山，他们相视一笑。

同贺勒之晚照，共金波之霞光。知中华之风骨，赞芳华之飞扬。

他们和千千万万的有情怀、有担当的中华儿女一样，为家人和民族开创了一个更美好的未来。

2019 年 8 月 27 日

写于松山湖

此书献给伟大祖国 70 华诞

后　记

把一个故事写成一本书的难度超出了我最初的想象。整个写作过程中，多次因为知识储备不足，或者其他原因而中断，所以小说创作前后耗费的时间比较长。

我是一个学习文科的人，要在硬核科技领域去写一本科幻小说，还是非常具有挑战性的。

我的父亲是一位哲学教授，母亲是历史学教授。在他们的启蒙下，我很早就具备了朴素的时空观念。去探索宇宙，去穿越时空的想法是我不灭的执念。

我非常庆幸自己生活在这个伟大的时代。我们这一代中国人是非常幸运的，我们见证着伟大祖国的崛起，共同投身于中华民族的伟大复兴之中。但是当你拂去历史的封尘，便会看到在距今短短的一百多年前，也就是陈天华写下《警世钟》《猛回头》的那个年代，我们的民族曾面临着何等生死存亡的考验。

历史如同滚动的车轮一路向前，历史同时也在简单地重复着。如果不能通过不断创新去引领科技的话，则不能推动中华文明的复兴和提升，这样的车轮会走得不稳。

小说中那些人物的存在，像是盛世危言。他们如同大家身边的普通人一样有血有肉，他们本身并不伟大，但是他们参与和见证了伟大的时代和事业。

我们大部分人都是普通人，在这个世界上我们唯一能够改变的就是自己的态度和行为。每一个平凡个体的进化，最终汇集成整个民族的不同凡响。

小说写完的那个瞬间我觉得一下子轻松了。把自己的观点和见解写出来，呈现给大家，是一件有意义的事情。把自己觉得好的东西拿出来，和身边的至亲分享的过程令人快乐！如同心里有爱就去做点什么！

感谢一直以来对我寄予厚望的家人和亲朋，你们的健康、快乐是我幸福的源泉！

感谢姜维勇先生，是他废寝忘食，满怀激情地帮我完成了书稿的勘校！

感谢每一位读者，您阅读时露出的微笑令人沉醉！

风起萧行

2020 年 6 月 23 日